KB055338

미야모토 유리코 1

宮本百合子

미야모토 유리코 지음

이상복 · 김화영 옮김

어문학사

미야모토 유리코(宮本百合子)

본 간행 사업은, 고려대학교 글로벌 일본연구원 〈일본 근현대 여성문학연구회〉가 2018년
일본만국박람회기념기금사업(日本万国博覧会記念基金事業)의 지원을 받아 기획한 것이다.

EXPO'70 FUND
(公財) 関西・大阪21世紀協会

차례

일러두기

* 부록에 작가 소개, 작가 주요 작품 등을 실었다.
* 원문의 이해를 돕기 위해 역자 주를 달았다.
* 원문의 고유 명사는 '한글 외래어 표기법'에 따랐다.
* 원문의 일본식 연도는 서력으로 표기했다.

1
노부코

1

　노부코伸子는 양손을 뒤로 한 채 창문이 반쯤 열린 창틀에 기대서서 방 안의 광경을 바라보았다. 방 가운데는 직사각형의 테이블이 놓여 있었다. 샹들리에 불빛이 방 안에 마주앉아 테이블 위에 어수선하게 어질러져 있는 서류—타자기의 보라색 잉크가 흐릿한 낡고 두꺼운 서류뭉치, 반짝거리는 핀으로 끝을 고정시킨 무언가를 적은 메모.—를 열심히 읽으면서 서로 숫자를 맞추어 나가고 있는 두 사람을 선명하게 비추며 회색의 융단 위로 떨어졌다.

　방 안을 비추고만 있는 전등불처럼 두 남자의 일도 단조롭고 재미없었다. 홈스펀으로 만든 옷을 입은 거무스름한 피부에 마른 체격의 남자가 왼손에 서류뭉치를 들고 조심스럽게 페이지를 넘기며 자릿수가 많은 숫자를 계속 읽어 내려갔다. 마주앉은 노부코의 아버지 삿사佐々는 파란색 연필로 빈틈없이 숫자를 체크했다. 그는 품위 있어 보이는 줄무늬의 독특한 스타일의 옷깃이 붙은 스모킹 재킷을 입고 있었다. 느긋한 모습에 어울리지 않게, 그는 벌써 30분 이상이나 기계적으로 일에 몰두하고 있었다.

방관하고 있는 노부코는 일의 내용도, 지금 그 일을 해야 하는 필요성도 전혀 몰랐다. 그녀는 어릴 때부터 아버지가 바쁘실 때는 결코 방해해서는 안 된다는 관념적인 습관이 배어 있었기에 얌전히 창가로 물러나 바라보고 있는 것이었다. 하지만 그녀는 점점 그들의 행동에 끌려들어 갔다. 강하지도 약하지도 않은 평상시와 같은 목소리로 빠르게, "이팔칠 콤마 이육공. 오구삼공삼 콤마 사이칠……." 부지런히 돌아가는 물레 소리 같았다. 삿사의 파란색 연필이 거의 자동적으로 민첩하고도 재빠르게 움직였다. 섬세하고 꼼꼼하게 움직임에 따라 저절로 독특한 리듬이 생겨났다. 가만히 보고 있으면 기계의 규칙적인 동작처럼 강력하고 확고하게 사람의 마음에 전달되었고, 동시에 정열적인 흥분과 같은 것을 느끼게 했다.

그들은 단숨에 두꺼운 서류뭉치를 해치웠다. 그리고 잠시 느릿느릿 세 번째 얇은 메모지까지 맞추고 난 뒤, 삿사는 가까스로 무거운 짐을 내려놓은 듯 머리를 숙이며 말했다.

"수고하셨습니다."

그리고는 의자를 뒤로 물렀다. 주위는 한꺼번에 긴장이 풀렸다. 노부코도 왠지 모르게 안심이 되자, 갑자기 바깥의 소음이 자신의 등 뒤에서 크게 들려오는 것을 느꼈다.

마침 저녁 식사가 끝난 뒤 사람들이 막 외출할 시간이었다. 그들이 있는 5층 바로 밑으로 가로놓인 브로드웨이에서는 끊임없는 무수한 발자국 소리, 이야기 소리, 웃는 소리 등이 서로 뒤엉켜 두

서없는 잡음이 진한 기체가 되어 올라왔다. 밤하늘까지 가득 메운 거대한 도시의 떠들썩한 소음 속에서 '빵빵' 하는 자동차의 경적이 들렸다. 가로등 아래서 석간을 파는 아이의 "파이파아, 파이파아"라는 새된 목소리가 끊어질 듯 말 듯 들려왔다. ─홈스펀을 입은 남자는 재빠르게 서류를 정리해서 자신의 노란 가방 속에 넣었다. 그리고 삿사와 두서너 마디 나눈 뒤 노부코에게 인사를 하고는 점잔을 빼며 황급히 밖으로 나갔다. 삿사는 문까지 남자를 배웅했다. 돌아온 그는 맛있게 담배를 피웠다.

"자, 그럼 슬슬 가 볼까?"

노부코는 창가에서 조금 떨어진 긴 의자에 걸터앉으면서 물었다.

"정말 가실 생각이세요?"

"그럼! 너도 같이 간다고 말해 두었는데."

"전 가고 싶지 않아요."

"왜?"

"피곤하기도 하고, 가봤자 그다지 재미있을 것 같지도 않아요."

"흠……."

삿사는 잠시 입을 다물고 자신이 뿜어내는 연기를 바라보다가 조용히 말했다.

"옷은 그대로 입고 가면 되겠고, 가보면 무언가 도움이 될 일이 있을 거야. 그리고 내가 있을 때 될 수 있으면 한 사람이라도 더 알아 두어야지, 만일의 경우 혼자서는 곤란해."

오늘 밤, 그녀는 아버지와 둘이서 일본인 학생클럽이 개최하는 다과회에 초대받았다. 최근 고국에서 온 모 문학박사를 중심으로 허물없이 터놓고 얘기할 수 있는 모임을 가진다는 안내를 받았는데, 노부코는 조금도 호기심이 생기지 않았다.

그녀는 뉴욕에 온 것이 처음이었다. 오전에는 잘 모르는 다운타운으로 혼자서 쇼핑을 갔다가 지쳐서 돌아왔다. 밤까지 예의를 갖추고 사람들과 같이 있는 것이 싫었다. 하지만 건강하고 활기찬 삿사는 노부코의 내성적인 사고를 그대로 두려 하지 않았다. 그는 육십 세에 가까운 노인이라고는 생각되지 않는 활발함으로 항상 노부코를 데리고 다녔다. 거기에는 자신이 체류하고 있는 동안에 지리를 익히게 하고 교우도 만들어 주려는 의도가 들어 있었다.

그는 회사 일로 3개월 만에 이 도시에 다시 왔다. 그가 돌아가 버리면 노부코는 혼자 남을 예정이었다. 그녀는 여행 기간 동안, 그다지 내키지는 않지만 아버지가 가는 곳을 거의 따라다녔다. 시청을 비롯해, 어느 큰 은행의 철망 뒤쪽에서 사람이 금화의 산더미에 묻혀 핏기 없는 손가락으로 금 감정金勘定을 하고 있는 공기가 탁한 더운 방 안까지. 생소한 고장에서의 하루하루는 아직 목표를 정하지 않은 노부코에게 있어 길고 지루하기만 했다.

지금도 그녀는 정말 가고 싶지 않았다. 하지만 아버지가 나간 후 멍하니 호텔방 안에서 밤 12시까지 혼자 틀어박혀 있을 생각을 하니 소름이 끼쳤다.

노부코가 우물쭈물하는 사이, 삿사는 노부코와 상관없이 활동가다운 발걸음으로 침실로 갔다. 이윽고 열린 문 사이로 물이 흐르는 소리, 머리 브러시를 내려놓는 가벼운 소리 등이 들렸다. 창가에서는 밤늦도록 도시의 졸음을 모르는 웅성거림과 건너편의 건물 옥상 광고 전광 장식의 부산한 깜박거림, 지상의 전등불에 반사되어 불그레해진 눅눅함에 젖은 검은 밤하늘의 일부가 보였다.

노부코는 갑자기 '따돌림을 당하면 큰일인데.'는 어린아이 같은 생각이 들었다. 그녀는 서둘러 의자에서 일어나 아버지의 뒤를 쫓았다. 삿사는 벌써 머리 손질도 끝내고 방 안의 한가운데 서서 윗옷에 한 팔을 끼고 있었다. 그것을 본 그녀는 급하게 말했다.

"조금만 기다려 주세요. 저도 같이 갈래요."

노부코는 재빠르게 거울 앞으로 갔다. 삿사는 시계를 보았다.

"시간이 별로 없어."

"바로 준비할 게요. 5분 정도."

노부코는 급히 머리를 매만지고 작고 둥근 갈색 모자를 썼다.

2

도로가 넓어짐에 따라 사람의 왕래가 줄고 거리가 한산해졌다. 부녀는 음침하게 블라인드가 내려진 커다란 쇼윈도를 따라 왼쪽으로 돌았다. 큰길로 들어서자 어둡고 완만한 내리막길이 나왔다. 거리는 어두워서 발걸음조차 잘 보이지 않았다.

행인이 다니는 큰 도로 하나를 사이에 두고 흐르는 허드슨 강으로부터 때때로 차가운 밤의 강바람이 스쳐지나갔다. 리버사이드 공원의 잎이 져버린 수목 사이로 차갑고 창백한 와사등이 희미하게 켜져 있는 것이 보였다.

노부코는 추운 것인지 쓸쓸한 것인지 알 수 없는 이상한 기분 나쁜 긴장감을 느꼈다. 그녀는 자신도 모르게 아버지의 팔을 강하게 끌어당겼다.

"너무 어두워요."

삿사는 구두 뒤축 소리를 내며 걸으면서 계속 오른쪽의 주택가 쪽으로 주의를 기울였다. 그는 평상시와 다른 무거운 목소리로 대답했다.

"조금만 더 가면 돼. 집 모양이 모두 똑같네. 가로등이라도 좀 더 늘리면 좋을 텐데."

좌우에는 낮은 철책과 서너 계단 위에 좁은 출입문이 있는 형태의 똑같은 집들이 수없이 이어져 있었다. 도로에 드문드문 있는 가로등 불빛도 푹 들어가 있는 이들 집 대문 앞까지는 비추지 않았다. 그들은 점점 구차한 기분을 느끼면서 한 집 한 집 어두침침한 집 입구를 더듬으면서 나아갔다. 너무 싫다는 기분이 든 순간, 앞쪽으로 밝게 등이 켜져 있는 활모양의 창문이 나타났다. 커튼 사이로 서 있는 남자의 모습이 보였고, 내용을 알 수 없는 이야기 소리가 들려왔다.

노부코는 아버지의 팔을 끌어당겼다.

"여기예요."

삿사는 주위를 대충 둘러보고 입구 계단으로 올라가서 벨을 눌렸다. 여운이 짧은 소리가 문에서 울렸다. 노부코는 기대와 호기심이 생겼다. 어두운 골목길에서 이상한 불안을 느꼈기 때문인지 그녀에게는 낡은 판유리가 끼어 있는 문이 왠지 따뜻함과 즐거움을 가져다 줄 것 같았다. 곧바로 유리에 사람 그림자가 비쳤다. 떡갈나무 문이 안쪽에서 의외로 매끄럽게 열렸다. 문을 연 남자는 그들을 보자 문을 활짝 열고 정중하게 인사했다.

"잘 오셨습니다. 어서 들어오세요."

삿사는 현관문에 들어서자 바로 외투를 벗었다. 노부코는 주위를 둘러보았다. 오른쪽 벽 쪽의 거울 위에 모자걸이가 있었다. 왼쪽에는 포도 잎 모양의 두꺼운 살을 부각시킨 의자가 놓여 있었고, 그 앞에 이층으로 오르는 완만한 계단이 올려다보였다. 위에는 두꺼운 커튼으로 사람의 눈을 차단한 활짝 열린 방이 있었다. 그 큰방에서 박력 있는 남자들의 소리가 들려왔다.

그 주변으로 다갈색의 떡갈나무로 된 튼튼한 원기둥과 널빤지가 등 아래에서 반질반질하게 빛나고 있는 것이 노부코에게 쾌적한 감명을 주었다. 신선한 향기가 그 주위에 배어 있음이 느껴졌다. 가구의 광택을 내는 약 냄새, 담배 냄새, 양털과 또 다른 마른 가죽 제품에서 나는 듯한 냄새가 모두 섞여 남자들만 살고 있는 듯한 냄새를 풍겼다. 삿사가 외투를 벗는 것을 도와주며 문을 열어준 남자가 말했다.

"자, 그럼 이쪽으로, 여자 분도 많이 와 계시니까……."

노부코는 가볍게 머리를 숙이는 순간에 비로소 그의 얼굴을 확실히 볼 수 있었다. 그는 희고 작은 칼라에 검은 넥타이, 검고 수수한 조금 낡은 옷을 입고 있었다. 음침한 얼굴이었지만 둥그스름한 큰 턱이 눈에 띠었다.

"야스가와安川 씨는 와 계십니까?"

노부코가 계단을 오르면서 물었다.

35, 6세의 담당자로 보이는 남자가 낮은 목소리로 대답했다.

"네, 오셨습니다."

2층에 오르자 반쯤 열려 있는 방문 안에서 여자들의 목소리가 들렸다.

"야스가와 씨."

그가 불렀다.

"삿사 씨가 오셨습니다."

안에서 말소리가 갑자기 조용해졌다.

"아, 그래요?"

목소리와 함께 약간 구부린 자세로 성큼 문턱을 넘어 걸어오는 야스가와의 모습이 보였다.

노부코를 안내한 남자는 계단으로 내려갔다. 야스가와 후유코安川冬子는 노부코가 잠깐 전문학교에 다녔을 때 그 학교의 상급생이었다. 그녀는 근면하고 성적이 뛰어난 학생으로 누구에게나 잘 알려져 있었다. 노부코는 그녀와 한두 번 말을 했을 뿐이었지만, 여기에서 어쨌든 친구라고 말할 수 있는 사람은 그녀뿐이었다. 야스가와는 1년 정도 전부터 C대학에서 교육심리학을 전공하고 있었다. 야스가와는 신기한 듯 빤히 노부코를 보았다.

"소문은 들었지만, 바깥출입을 전혀 하지 않아서 아무것도 몰랐어. 잘 왔어. 언제 왔어?"

"3주 정도 전에."

야스가와는 학교 시절 때와 조금도 변함이 없었다. 놀랄 정도로 그때와 같은 시원시원한 어조로 물었다.

"아버지와 함께라던데?"

"응, 추종자니까."

노부코는 자신이 이 여성들 앞에서 마치 미성년자 취급을 당하는 느낌이었다.

"오늘밤도 아래층에 와 계셔."

"그래? 좋겠네. 지금 어디에 묵고 있니?"

"브랜드 호텔."

"아, 나도 그곳이라면 가 본 적이 있어. ─모두를 소개하겠어요. 이쪽은 다카사키 씨. ─ 고등사범학교를 나와 정치학을 하고 계세요. 또 이분은 메이토리 씨. ─ 음악이 전공이에요. ─"

노부코는 한 사람 한 사람에게 정중히 머리를 숙였다. 서로 간단한 인사가 끝나자 노부코는 실망이라고나 할까, 의외라고나 할까, 갑자기 쓸쓸한 기분이 들었다. 여기 사람들 중 한 눈에 친해지고 싶다는 느낌이 드는 사람은 한 사람도 없었다. 그녀들은 제각기 전공도 다르고 용모도 물론 다 다르며, 모두 개성이 있고 물질적으로나 정신적으로나 다망하여 끊임없이 무엇인가에 쫓기고 있는 것처럼 여유가 없어 보였다. 그들은 한결같이 정감이 가지 않는 옷차림이었고 더불어 개성이 강한 사람들 같았다. 노부코는 옆에 있는 의자 위에 외투를 걸었다.

잠시 중단되었던 학교 이야기, 유학생에 관한 소문 등이 화젯거리로 다시 시작되었다. 어떤 사람은 노부코에게 친절하게 말을 걸었다. 그녀 역시 친절하게 각각의 물음에 대답을 했다. 그러나 기분이 이상하게 침울해졌다. 노부코는 방을 가득 메우고 있는 좁고 자유롭지 못한 분위기가 왠지 구차하게 느껴져 적응이 되지 않았다. 모처럼 새로운 환경과 인간의 생활 속에 들어와 있으면서도 아무것도 보이지도 들리지도 않았고, 친구라고 해도 과업, 과제, 바쁨, 또는 제3자에게는 흥미를 가지려고도 하지 않는 소문만 무성한 해외 유학생의 입장에 노부코는 공포를 느꼈다. 속박된 느낌은 복도의 거실로 나와서도 사라지지 않았다.

거실 한쪽에서는 삿사가 안락의자에 앉아 기분 좋게 열심히 무엇인가를 얘기하고 있었다. 그녀를 2층까지 안내해 준 남자는 입구 쪽과 가까운 커튼 옆의 기둥에 기대어 팔짱을 낀 채 의자에 앉아 있는 다른 남자와 이야기를 하고 있었다. 의자에 앉아 있는 남자는 장소에 어울리지 않게 무릎위에 검은 점박이 고양이 한 마리를 안고 있었다. 그 남자는 편안한 모습으로 고양이의 등을 쓰다듬으며 말을 하고 있었다. 그러한 가정적인 환경에 그녀는 기분이 좋아졌다.

노부코는 옆에 앉아 정감 있는 아름다운 목소리로 말을 하고 있는 늦게 들어온 나카니시中西라는 사람에게 그 남자의 이름을 물어보려고 했다. 그러자 아까 그 남자가 커다란 몸집에 골격이 좋은 몸을 어색하게 움직이며 그녀의 바로 앞에 있는 테이블 옆에 섰다. 그는 테이블 가장자리의 먼지라도 터는 듯한 손놀림을 하며 낮은 목소리로 "오늘밤은—" 하며 개회사를 대신할 인사를 시작했다.

주변의 몇 사람이 소리가 나는 쪽으로 얼굴을 돌렸다. 큰 방 안이 웅성이기 시작했다. 나무로 된 바닥 위에서 누군가가 의자를 뒤로 물렸다. 갑자기 기침소리가 났다.

남자는 눈을 내리뜬 채 많은 사람들이 모인 것에 대한 감사의 뜻을 전했다. 마쓰다松田 박사에 대한 환영 인사와 소개가 끝나자 모두 자리에 앉았다. 마쓰다 박사는 강직하고 친절한 사람이었다. 그는 좌석에서 일어나 좌담 형식으로 예술의 향토적 특징이라는 관점에서 아프리카 그림에 대한 이야기를 시작했다. 목이 잠긴 평범한 목소리로 상식적인 말이 이어졌다. 노부코의 흥미는 또 시들해졌다. 그녀는 말을 들으면서 건너편에 있는 남자들의 얼굴을 비교해 보았다. 대부분의 남자들이 큰 방 오른쪽에 서 있는 박사 쪽으로 고개를 돌리고 있었기 때문에 노부코 쪽에서는 많은 사람들의 왼쪽 얼굴만 보였다.

윤기 나는 혈색을 가진 거무스레한 피부에 두툼한 눈꺼풀의 평범한 얼굴, 입 언저리에서 냄새가 날 것만 같은 얼굴, 뺨에서 입 주변에 걸쳐 엷은 점액질 같은 매끄러운 피부를 가진 얼굴. 대수롭지 않게 다리를 내려놓은 것과 의자에 기댄 모습들 모두 어딘가 숨은 성격의 일부를 나타내는 것 같아 노부코는 그 모습들을 재미있게 바라봤다. 정면에서 볼 때는 영리해 보이던 청년들의 얼굴이 측면에서 보니 마치 우둔함을 폭로하는 것처럼 힘없어 보였다.

노부코는 문득 평생 그다지 본 적이 없는 자신의 옆면 얼굴에 불안감을 느꼈다. 차례차례 넘어와 그녀와 비껴 마주보고 있는 아까 그 남자, 이름도 직업도 모르는 중년남자 차례가 되었다. 그는 의자 속 깊이 허리를 묻고 버릇처럼 팔짱을 끼고 고개를 숙이고 있었다. 노부코는 앞을 한 번 흘낏 보고는 약간의 당혹감을 느꼈다. 그의 옆얼굴에는 지금까지 보아온 여느 남자들에게서는 찾아볼 수 없는 무언가가 있었다. 그 밖의 어떤 남자와도 용모와 몸이 같은 힘의 밀도,—즉 가슴 주변이 다른 이들과 마찬가지인 피와 살로 이루어졌다고 생각하는데도, 그 남자만은 어깨가 넓은 북방인 같은 풍채에, 게다가 얼굴과 얼굴 사이에 묘하게 조화감이 없었다. 발끝에 힘을 주며 위쪽으로 점점 올려다보다가, 얼굴 가까이 와서는 시선을 어찌할 바를 몰랐다.—수수하고 감상적인 것, 마음이 느긋하고 외부로 발산되지 않는 내공이 있는 듯한 인상을 주는 등 강하게 아랫입술을 끌어당긴 창백한 옆모습에 만연했다.

노부코의 시선은 한두 번 뒤를 향했다. 그녀의 호기심이 그 어두운 옆모습을 향해 움직였다. 그의 얼굴은 결코 많은 사람들이 지니고 있는 자신감 넘치는 남자의 쾌활함과 용기가 아니었다. 오히려 무엇인가 그늘져 있었다. 그것은 어두움에 가까웠다. 볼 때마다 음침함이 어디에서 오는지 몹시 알고 싶은 마음을 불러일으켰다.

마쓰다 박사의 이야기가 끝났다. 주변 사람들은 벌써부터 서로 터놓고 이야기를 시작했다. 복도 쪽 문이 열리고 아이스크림과 사탕, 과자가 배달되었다. 그러자 노부코의 호기심을 불러일으킨 남자가 다시 일어섰다. 그리고 새로운 얼굴도 있으니까 돌아가면서 자기소개를 하자고 제의했다. 그런 것을 너무 싫어하는 노부코는 무의식중에 도움이라도 청하려는 듯이 멀리 있는 아버지를 보았다. 아버지는 그녀의 요청이 자못 유쾌했는지 애정 있는 미소를 눈꼬리의 주름에 담으며 밝은 표정으로 앉아 있었다.

"그러면 이쪽부터 시작하도록 하겠습니다. 먼저 제가 말씀드리겠습니다."

그의 이름은 쓰쿠다 이치로佃一郎로 C대학에서 비교언어학을 전공하고 고대 인도어인 페르시아어イラニアン語를 배우고 있다고 했다. 고향은 일본해日本海로 학교 이외에 YMCA의 일도 도우고 있었다. 그는 "제가 할 수 있는 일이라면 무엇이든지 도와드릴 테니 누구라도 사양하지 마시고 말씀해주세요."라고 끝맺었다. 고대어 연구와 지극히 실리주의적인 YMCA의 일 사이에 어떤 연관성이 있는지 노부코는 이해할 수 없었다. 하지만 그의 전공은 그녀에게 막연한 만족감을 주었다.

그의 얼굴에 나타나 있는 것과 그의 연구 사이에 성격적으로 어떤 관계가 있는 것처럼 느껴졌다. 나중에 일어선 사람들은 거의 대부분이 정치·경제·사회학·법률 등이 전공이었다. 고양이를 안고 있던 사람은 사와다沢田로 식물학을 공부하고 있었다.

여자들도 제각이 포부와 목적을 짧게 말했다. 노부코는 쑥스러위 짧게 '샷사 노부코입니다. 잘 부탁드립니다.'라는 말만 하고 앉았다. 그녀는 사람들 앞에서, 자신은 폭넓은 인간생활을 하고 싶다. 죽을 때까지 한 편이라도 좋으니 소설을 쓰고 싶다는 고백을 할 용기가 나지 않았던 것이다.

부녀는 12시가 다 되어 호텔로 돌아왔다. 노부코는 샤워를 마치고 실내복으로 갈아입은 후, 낮에 사온 세공이 잘된 은제의 봉잠도구를 만지작거리고 있는데—유럽전쟁 제 5주년을 맞이하여 여러 곳에서 적십자의 전지 위문을 위한 바자회가 있었다. 노부코는 그곳에서 고풍스러운 것을 발견하였다.—잠옷으로 갈아입은 샷사가 들어왔다.

"내일 아침 9시에 쓰쿠다가 오니까 기억해둬."

"쓰쿠다 씨라면 오늘밤에 만난 사람?"

"응. 찾고 있는 조카 난바南波의 일이 너무 걱정돼서, 한 사람에게만 부탁해 두는 것보다 여러 사람에게 부탁하는 편이 좋을 것 같아, 그 사람에게도 말하려고."

샷사는 대범하게 말했다.

"그는 여기 아주 오래 있었으니 반드시 뭔가 단서를 찾아줄 거야, 뜻밖에도 어쩌면 난바의 행방을 알고 있을지도 모르고. …이번에 이곳에서 몇 년 동안 행방불명된 조카를 찾는 것이 제일 중요한 일이니까."

이렇게 말을 맺은 샷사는 마지막으로 노부코에게 "너도 빨리 자렴." 하고는 졸리듯이 바로 침대로 들어갔다.

3

다음날 아침 노부코는 여느 때처럼 기운을 회복하고 상쾌한 기분으로 눈을 떴다. 침대방의 커튼은 아직 닫혀 있는 상태였다. 커튼의 조그만 틈 사이로 흔들리는 약한 금선과 같은 광선이 희미하게 방에 비쳐 화장대 위의 흰 분통에 작게 빛나는 횃불과 같이 번득였다.

그녀는 평온한 기분으로 일어났다. 노부코는 고개를 들어 아버지의 침실 쪽을 바라보았다. 아버지는 없었고 침대는 비어 있었다. 노부코는 베개 밑의 시계를 보았다. 9시 반이었다. 그녀는 어제 저녁에 한 약속을 생각하고 서둘렀다. 그녀는 실내복을 걸치고 창문을 열었다. 조금 갠 하늘에서는 아침햇살이 따뜻하게 10월 하순의 거리와 건물을 비추고 있었다. 노부코는 천천히 얼굴을 씻고 옷을 갈아입었다.

그녀는 어젯밤처럼 흰 천의 칼라가 달려 있는 산뜻한 감색 옷을 입고 로비로 내려갔다. 아침 공기가 맑고 깨끗해서 대리석의 둥근 기둥과 열대식물의 화분은 먼지하나 없이 보였다. 노부코는 한산한 로비를 둘러보았다. 식당 입구 쪽의 긴 의자에 아버지와 쓰쿠다가 앉아 이야기를 하고 있었다. 그녀는 바로 그쪽으로 갔다.

"일어나셨군요?"

그녀는 아버지에게 아침인사를 했다. 그리고 그녀를 위해 의자를 비워둔 쓰쿠다에게 말했다.

"어제는 실례했습니다."

"저야말로 실례했습니다. 피곤하셨지요?"

삿사와 쓰쿠다는 바로 하던 이야기를 계속했다. 그들은 난바 다케지南波武二를 찾는 광고를 일본계 신문에 내는 일, 쓰쿠다가 시내 숙박소의 명부 등을 조사하는 일을 의논했다.

곁에서 두 사람의 이야기를 듣는 노부코는 쓰쿠다에게서 어제 저녁에 느낀 분위기를 지금도 그의 얼굴과 목소리에서 그대로 느꼈다. 게다가 이렇게 가까이에서 보니, 그에게는 그녀의 넓게 표류하고 있는 정감을 뭉뚱그려 좁게 어딘가로 끌어당기는 듯한 것이 있었다. 끌어당기는 듯한 그 느낌은 무엇일까? 외면적인 것이 아닌 것만은 분명했다.

아침의 또렷한 햇볕 속에서 본 그의 복장은 어제 저녁보다 더 멋지지도 훌륭하지도 않았다. 오히려 더 빈곤해 보였다. 용모만은 멋진 남성이라는 범주에서 벗어나는 것은 아니었지만, 불빛 아래에서 본 것보다 한층 더 어두워보였다. 그럼에도 불구하고 왠지 호기심을 불러일으켰다.

"어떻습니까? 함께 차라도 마시지 않겠습니까? 실은 우리도 지금부터 식사를 할 예정입니다만."

이야기가 일단 끝나자 삿사가 쓰쿠다에게 권유했다.

쓰쿠다는 일단 말로는 사양을 하면서도 테이블에 앉았다. 노부코는 일본에서 온 노동자가 부랑자가 된 경로와 노름 광이 된 남자의 이야기 등을 들었다. 쓰쿠다는 말솜씨가 서툴렀다. 자신이 화제를 전개시키는 성격의 남자는 아니었다. 그는 교실에 나가 봐야 할 시간이라며 얼마 안 있어 돌아갔다.

노부코는 11시에 다운타운으로 가는 아버지와 함께 호텔을 나와 지하철 타는 곳까지 갔다. 거기서 헤어져 혼자 미술관으로 갔다. 토요일과 일요일 외의 관내는 조용했다. 오른쪽 맨 앞에 로댕의 작품만 모아 놓은 곳이 있었다. 램브란트의 '꽃을 가진 여자' 앞에서 이탈리아인처럼 보이는 한 남자가 그것을 그리고 있었다. 그는 미술가 같은 블라우스를 입고 등을 구부린 채 열심히 원화와 자신의 그림을 비교하며 신비스러운 원화의 멋진 색조를 내려고 노력하고 있었지만, 노부코의 눈에 그의 캔버스는 괴상하게만 보였다.

다른 곳에서는 잡지의 표지에라도 응용하려는 것인지 아라비아인이 창을 흔들며 껑충 뛰어 흑마에 올라타고 있는 그림을 석판인쇄와 같이 확실히 묘사하고 있는 중년여자가 있었다.

노부코는 일층 찻집에서 가벼운 식사를 마치고 여기저기 걸어다녔다. 그만 돌아가려다 갑자기 생각을 바꾸어 다시 한쪽 계단 위로 올라갔다. 잠깐 헤맨 후에 안내인에게 물어서 노부코는 인기척이 조금도 없는 진열실로 들어갔다. 거기는 고대 페루시아의 미술품과 사본 등이 진열되어 있었다.

지금까지 좋아하던 대부분 터키 계통의 미술품으로, 정밀한 덩굴무늬 모양의 은세공, 공단, 파랑과 검정 유약의 대조가 비길 데 없이 아름다운 도자기 등이 모두 이란 사람이 만든 것임에 노부코는 놀랐다. 그녀는 특히, 입구에서 막다른 넓은 벽에 걸려 있는 장식 기와에 이상한 그리움과 흥미를 느꼈다. 귀인행락貴人行樂의 그림은 꽃이 피어 만발한 봄에 나무 아래 젊은 귀족 남녀가 이야기하고 있고, 시녀는 그들의 의상을 봄바람에 날리며 술병을 들고 있는 재미있는 구도이지만, 왕녀의 아랫볼이 불룩한 뺨과 완만한 눈썹, 터번을 두른 모습은 소위 태평 시대의 풍속을 그대로 담고 있었다.

뿐만 아니라 한쪽에 만발한 아름다운 꽃과 가로수, 날고 있는 새의 모습, 더구나 그들을 채색한 유약의 노랑·보라·초록·파랑 등 전에 본 적이 있는 배색에 이르기까지 모두 나라 시대 조정의 미술을 회상시키는 것들이었다.

노부코는 몸이 뜨거워지는 것을 느꼈다. 마음속으로 빠르게 페르시아·중국·일본과의 관계를 연상했다. 그러나 바로 세 나라의 연관관계를 정확히 이해하기에는 노부코가 알고 있는 동양미술사는 너무 빈약했다. 그녀는 더욱더 당혹함과 호기심이 어린 눈으로 몇 개의 유리 단 위의 그림을 보았다. 터번을 두른 지나치게 머리가 크고 눈이 큰 왕이 가마를 타고 있는 모습과 사냥하는 그림이 있었다. 여백에는 문자가 기록되어 있었다. 하지만 주홍색과 금색으로 장식된 무늬와 같은 문자는 그림이 없으면 노부코는 어디가 위쪽인지조차 구별할 수 없는 것이었다.

그녀는 뚜벅뚜벅 미술관의 수많은 돌계단을 내려왔다. 저런 문자를 쓰쿠다가 정말로 읽을 수 있을까 믿기지 않을 정도였다.

토요일에 노부코는 아버지와 아침부터 아는 사람을 방문하기 위해 교외로 나갔다. 3시 지나 시내로 돌아왔지만, 삿사는 저녁 시간까지 시가지에서 일이 있어 노부코 혼자 먼저 호텔로 돌아왔다. 승강기 쪽으로 가자 누군가가 그녀의 이름을 불렀다. 뒤돌아보니 벨보이가 달려와서 보고를 했다.

"손님이 오셨습니다. 지금 막 오셔서 저쪽에서 기다리고 계십니다."

노부코는 누구일까 궁금해 하면서 로비로 돌아왔다. 어제 아침과 같이 식당 입구 가까운 구석에 쓰쿠다가 와 있었다. 그의 용건은 바로 알 수 있었다. 자신의 자리라는 듯이 한 곳을 점령하고 있는 그에게서, 노부코는 왠지 모를 착실함을 느꼈다. 노부코는 느긋한 기분으로 인사했다.

"오늘은 아버지가 아직 돌아오시지 않았어요. 제가 대신 들어도 되겠어요?"

노부코는 그와 나란히 앉았다.

"어제 부탁을 받은 신문 광고를 내게 되었어요. 영수증을 드리려고……."

"그래요? 너무 감사해요."

노부코는 받은 종잇조각을 잠시 본 뒤 주머니 안에 넣었다. 쓰쿠다는 그 주변을 응시하면서 말했다.

"그러니까―오늘 아침 미루스 호텔―말씀하신 시영 숙박소에도 가보았지만, 근래 장부에는 그 사람의 이름은 없었습니다. 지난 3개월 치 분을 꺼내어 다 찾아봐도 없었습니다."

"그렇게 한꺼번에 하지 않으셔도 괜찮아요."

노부코는 그가 어떻게 그런 시간을 낼 수 있었는지 놀랐다.

"우리 아버지는 너무 바쁜 분이라 부탁할 때도 서둘러 수선을 떠시는 편이에요. 당신은 시간 나실 때 천천히 해도 괜찮아요."

"아니요, 괜찮습니다. 오늘은 오후 내내 비어 있는 날이니까요. ―그러면 아버님이 돌아오시면 신문에는 아마 모래쯤 광고가 나갈 거라고 전해주세요. ―미루스에도 가보겠습니다. 조금 짚이는 데가 있으니까요."

"잘 부탁드리겠습니다."

하지만 왠지 그대로 일어나서 헤어지기가 아쉬웠다. 쓰쿠다도 바쁘지 않아 보였다. 그는 곁에 있는 작은 테이블 위에 둔 모자와 장갑을 들려고도 하지 않았다. 노부코는 이윽고 입을 열었다.

"당신이 공부하는 페르시아어라는 것은 너무 희한해요. 오늘 메트로폴리탄에 갔는데, 아무리 보아도 나로서는 어디가 머리인지 꼬리인지 알 수가 없었어요."

그렇게 말하며 노부코가 웃자 쓰쿠다도 크게 따라 웃었다. 그의 미소는 조용한 호수에 잔잔한 물결이 퍼져 나가는 것 같았다.

"어떤 것을 보셨습니까? 두루마리 그림, 아니면 석판인쇄?"

그가 물었다.

"유리 안에 들어 있는 두루마리 그림이요. 페르시아 사람은 지금도 그런 문자를 사용하고 있나요?"

"언어는 옛날보다 많이 바뀌었지만 문자는 크게 다르지 않습니다. 하지만 문자도 먼 옛날과 비교해서는 많이 바뀌었지요. 옛날에는 그런 것이 아닌 계형문자를 사용했습니다."

노부코는 흥미롭게 쓰쿠다의 얼굴을 보았다.

"그런 문자로 어떤 것을 썼나요? 기록이나 다른 어떤?"

"아니요!"

쓰쿠다는 강하게 부정했다.

"사시史詩와 모노가타리物語[1] 도 많이 있습니다. 아주 옛날 그 계형문자 시대에는 왕이 다른 민족을 정복한 짧은 기록과 같은 것을 바위 등에 새긴 것뿐입니다."

노부코는 이야기에 끌려서 가식 없이 솔직하게 말을 하게 되었다.

"문자가 점점 복잡해지고 늘어나서 여러 가지 모노가타리를 쓰게 되었다는 것이군요. 쓰여 있는 글에는 어떤 식의 얘기와 기질이 나타나 있나요?"

"음…"

쓰쿠다는 잠자코 생각했다. 그리고 연이어 말을 하지 않고 노부코가 조금 안달이 나서 말했다.

"한마디로 말해서 비관적이지요."

"인간을 비관하고 있어요? 아니면 시대적인 환경을 불평하는 거예요?"

"국민은 예로부터 여러 가지 민족으로 섞여져 있어 정치적으로 많이 고심하여 왔어요."

---

1 모노가타리(物語): 헤이안 시대의 산문형식의 문학 작품. 전설이나 설화.

"……."

노부코는 그가 전공하는 분야의 학술상의 가치와 연구에 매진하고 있는 목적 등을 물었다. 비교언어학은 재미있었다. 민족의 심리나 사회조직, 문명의 성쇠와 끊으려 해야 끊을 수 없는 관계가 있는 활기찬 종합적인 연구의 한 부분으로써 흥미를 끌기 때문이었다. 쓰쿠다는 전혀 귀찮아하지 않고 정중하게 무엇이든 묻는 말에 상세하게 설명을 했다. 그는 작은 수첩을 꺼내 현대 문자의 표본을 써 보이기도 했다. 그들은 2시간 가까이 이야기를 했다. 쓰쿠다는 병문안 할 환자가 있다며 일어섰다.

"일본인?"

"예 그렇습니다. 매우 좋아졌습니다만 매주 한 번씩 가기로 해서요. 그가 기다리고 있어요."

마침 그 무렵 전 세계에 악성 감기가 유행하고 있었다. 뉴욕 시내에서도 매일 엄청난 수의 환자가 뇌와 심장에 병이 들어 사망했다. 독일의 잠수함이 미합중국의 연안으로 와서 병균을 뿌리고 갔다는 등의 소문까지 난 것을 노부코도 신문을 통해 알고 있었다. 그녀는 쓰쿠다에게 웃으면서 말했다.

"문병은 좋지만 옮지 않도록 조심하세요."

그러자 쓰쿠다는 의외로 진지하게 말했다.

"아마 나는 괜찮을 거예요. 3, 4개월 전 여러 종류의 예방주사를 맞았으니까요."

"어떻게?"

"YMCA에서 프랑스에 가기로 되어 있어 티푸스와 성홍열 등의 예방주사를 미리 맞아 두었어요. 그러니깐 옮지 않을 거예요."

그는 힘주어 말하면서 테이블 위에서 나이 든 화가가 쓰는 낡은 중절모를 집어 들었다.

"게다가 그런 병은 본인의 마음가짐에 따라 다릅니다."

어찌하여 전쟁터로 갈 생각을 했는지 묻고 싶어졌다. 노부코에게 아무 설명도 하지 않고 쓰쿠다는 정중하게 인사하며 어색한 발걸음으로 군중 속으로 사라졌다.

노부코는 방 안으로 돌아왔다. 닫혀져 있던 방은 오후의 따가운 햇볕과 함께 숨이 막힐 듯한 열기로 가득 차 있었다. 그녀는 창문을 활짝 열었다. 그리고 모자와 외투를 벗고, 우선 한숨 돌리기 위해 긴 의자 위에 앉았다. 그녀는 팔짱을 끼고 고개를 숙였다. 그 밑에 쿠션을 겹쳐 놓아 폭신해서 좋았다.

팔걸이가 높았기 때문에 그녀의 주위까지 그림자가 생겼다. 실내는 조용했지만 열린 창문을 통해 시가지의 떠들썩한 소리가 흘러들어왔다. 신경을 가다듬고 조용히 잠들려고 했지만 잠이 오지 않았다. 멍하니 눈을 뜨고 번쩍임 없이 넓은 오후의 햇살이 비친 하얀 천장과 잔가지 모양의 차분한 벽지를 바라보았다. 생각했다. 왜 노부코의 마음에서 쓰쿠다의 낡고 검은 중절모가 아직도 사라지지 않는지.

쓰쿠다를 만나서 얘기하는 것은 노부코에게 즐거운 일이었다. 같이 있을 때, 그에 대하여 여러 가지 물어볼 기회가 있었지만 쓰쿠다를 만나면 까맣게 잊어버렸다. 쓰쿠다의 전공 연구에 대한 여러 가지 새로운 이야기를 듣는 것은 재미있지만,—노부코는 생각했다. 그는 왜 특별한 인상을 주는 것일까. 그는 마치 유행에 반항하듯이 유태인 늙은이가 쓰는 듯한 낡은 중절모를 벗지 않는다. 중절모와 같은 특별함, 쓸쓸한 듯한 뭔가가 노부코의 마음을 끄는 것이었다. 그는 벌써 어느 정도 나이가 들었음에도 불구하고 궁핍하며, 그와 같은 연구를 하고 있는 것이 동정을 유발시키는 것일까, 아니면 자신이 생활력이 있다고 여기는 활발한 여자이기 때문에 거꾸로 어두운 그의 존재에 흥미를 느끼는 것일까—노부코는 긴 의자 위에 엎드려 계속 생각했다.

4

이삼 일 후 쓰쿠다는 직업소개소를 조사한 보고서를 가지고 왔다. 난바 다케지의 소식은 아무래도 들을 수 없었다. 삿사는 다시 쓰쿠다의 친구에게 부탁하여 중국의 주요 도시에서 발행되는 일본계 신문에 같은 광고를 낼 것을 부탁했다.

쓰쿠다는 점점 호텔에 자주 출입했다. 노부코가 우연히 이야기한 C대학의 강의 목록을 가지고 와서 도와주기도 했다. 쓰쿠다가 인쇄물을 가지고 방문한 밤에 노부코도 아버지의 손님이 오셔서 로비에 내려와 있었다. 노부코는 아버지의 이야기가 재미없었다. 손님은 노부코가 아직 10세 정도의 아이인 것처럼 때때로 빤히 얼굴을 보면서 입으로는 그녀와 아무 관계가 없는 철광에 대한 이야기를 계속했다. 로비 끝에서 쓰쿠다가 외투를 팔에 걸치고 모자를 손에 든 어두운 표정으로 나타났다. 그녀는 그를 반갑게 맞이했다.

삿사는 쓰쿠다와 같은 고향인 나이 든 손님을 소개했다. 삿사는 상냥하게 열심히 공통된 화제를 제공하려 했다. 쓰쿠다도 정중한 태도와 말씨로 삿사의 이야기와 동향 친구의 잘난 체하는 질문에 대답을 했다. 하지만 노부코는 쓰쿠다가 그 대화를 유쾌해 하지 않는다는 것을 확실히 느낄 수 있었다.

그가 사교상의 의무라는 식으로 대응하고 있는 것이 노부코는 불만스러웠다. 점점 무언의 압력에 참을 수 없게 되었다. 그녀는 쓰쿠다의 태도에 구애받을 필요가 자신에게 있는지 없는지를 생각해 볼 겨를도 없이 자리에서 일어났다. 그리고 아버지와 손님에게 "잠깐 실례하겠습니다."라고 인사를 하고 쓰쿠다에게 옆 테이블로 올 것을 권유했다.

"이쪽으로 오세요. 목록은 가지고 오셨습니까?"

쓰쿠다는 외투의 주머니에서 꽤 두꺼운 C대학 편람을 꺼내고는 노부코의 옆에 있는 의자를 끌어당겼다.

그들의 작은 테이블 뒤쪽에는 높은 연자주색의 갓을 두른 로비용 램프가 따뜻하고 밝은 빛을 비추고 있었다.

그녀는 목록에서 재미있을 것 같은 강의 제목을 보며 그에 대한 평판들을 들었다.

"어머, 여기에 당신 이야기가 있어요. 선생님의 성함이 이상하군요."

"아, 그분은 페르시아인입니다. 시리아인 선생님도 계세요. 요한나이라는 이름도 있지요. 그 주위에."

"학생은 어떤 나라 사람인가요?"

"학생은 지금 두 사람뿐입니다. 나와……."

노부코는 페이지를 넘겼다. 과연 학생은 쓰쿠다와 Mrs.후로라시도 니스, 두 사람뿐이었다.

"그녀는 벌써 오랫동안 공부해 왔습니다. 남편 역시 C대학에 다닌다고 합니다. 논문을 쓰고 싶어 하는데 포세트 박사님은 미약하기 때문에 생각한 대로 진전이 되지 않는다고 자주 화를 냅니다."

"포세트 박사님? 연세가 높으세요?"

"아마 56, 7세이실 거예요. 위스키와 담배를 너무 마셔서 때때로 쓰러지시기도 해요."

그를 세 번째 만났을 때부터 노부코의 마음에 의문이 생겼다. 그녀는 물었다.

"포세트 박사님은 당신에게 잘 대해주시나요?"

생각지도 못한 질문에 쓰쿠다는 조금 어리둥절한 듯했다. 그는 잠깐 주저한 뒤 불명료하게 대답했다.

"특별히 신경 써 주신다거나 하지는 않습니다. 포세트 박사님은 공평한 사람이니까요. 그러나 지망하는 학생도 거의 없고, 아무튼 제가 포기하지 않고 잘 버틴다고 생각하고 있어요."

"당신은 일전에 프랑스로 갈 거라고 말씀하셨지요? 그때 선생님은 뭐라고 말씀하셨어요?"

노부코는 물으면서 바로 쓰쿠다의 얼굴을 보며 말을 덧붙였다.

"그것도 괜찮다며, 바로 가라고 하셨어요?"

하지만 곧 추궁하는 듯한 어조에 순간적으로 싫은 얼굴을 하며 변명했다.

"여러 가지 질문을 해서 미안합니다."

쓰쿠다는 별로 감정이 상하지도 않았다는 듯 오히려 노부코가 어이없게 느낄 정도로 평범하게 대답했다.

"포세트 박사님은 달리 뭐라고 말씀하시지 않았습니다. 박사님은 제가 일단 말을 꺼내면 반대해 봤자 소용없다는 것을 알고 계시니까요."

그리고 그는 그것을 친절이라고 믿고 있다는 식으로 덧붙였다.

"부인이 매우 기뻐하며 일부러 털실로 짠 것을 보내주셨어요."

"……."

노부코에게는 교수 부인의 격려가 흔히 있는 애국주의자 부인의 행동 같아 불쾌하게 느껴졌다. 그의 주변에는 그럴 때 육친처럼 친절하게 조언을 해줄 사람이 한 사람도 없는 것일까?

"친구도 찬성했어요?"

그는 꾸중하듯 노부코의 말을 막았다.

"전 자신의 일을 그다지 이야기하지 않는 편입니다."

"그런 건 그렇겠지만."

노부코는 그와 그의 주변에 대하여 뭔가 심하게 불만스러웠다.

"······."

그녀는 조급하게 하고 싶은 말을 참으며, 화제를 다른 곳으로 돌렸다.

"나는 일전에 당신이 그 말을 했을 때도 뭔가 이상했어요. 특별히 강제적으로 그런 의무가 있었던 것은 아니지요?"

"그렇지는 않습니다. 이럴 때 내가 좋아하는 일만 하는 것은 너무 지나친 처사라고 생각하니까, 고통 받는 사람들에게 조금이라도 보탬이 되고 싶은 마음에 결심한 것입니다."

쓰쿠다는 자신감 넘치는 완고한 표정을 지었다. 노부코는 생각에 잠긴 눈으로 잠시 그의 눈을 돌아보면서 펼쳐놓은 C대학 편람 위에 양팔을 얹고 느긋한 어조로 다시 물었다.

"당신이 전공을 살려 계속 연구하는 것을 지나치다고 할 수 있을까요? 당신이 하시는 일이 정말로 자신이 원하는 일이라면 저는 나쁘다고 생각하지 않아요."

"그러나 세계가 고통 받고 있는 이때."

"저는 사정이 허락하는 한 본직을 그만두지 않아도 좋다고 생각합니다. 게다가 전쟁터를 분주하게 돌아다니는 것만이 인간을 위한 것은 아니겠지요? 전쟁이 길어지고 심각해져도 일시적인 폭풍이니까, 우리들은 좀 더 진취적으로 나아가야 한다고 생각해요."

노부코는 쓰쿠다가 만약 자신의 생각에 확고한 신념을 가지고 있다면 그녀의 이런 의견을 묵살해버릴 것이라고 생각했다. 그녀는 쓰쿠다의 말을 기다렸다.

"흠."

하지만 그는 신음소리만 냈을 뿐 아무 말도 하지 않았다.

"물론 자신의 전공을 포기하는 것이라면 이야기는 달라집니다. 자신이 하고 있는 것이 현재나 미래에 전혀 의미가 없다고 생각한다면……."

노부코는 제2의 탐색으로 이렇게 말했다. 이것이 쓰쿠다의 마음 깊숙이 감추어져 있는 동기를 흔들 수 있을까. 이러한 생각에 그를 향해 곧바로 계속해온 질문을 바꿔 극히 감상적인 어조로 혼자 중얼거리듯이 말했다.

"어차피 저는 선생님이 부르시는 닉네임대로 고행승苦行僧입니다. 평생 대학의 도서관 신세를 지며 살 것입니다."

노부코는 억지로 피하듯이 놀란 듯한 얼굴로 쓰쿠다를 보았다. 평생 도서관 신세를 진다는 것은 그의 마음에서 조금도 광명과 즐거움을 발견할 수 없다는 것이 아닐까? 슬퍼 보이기조차 했다. 피하기 힘든 운명이라고 탄식하는 것처럼 보였다. 그렇다면 쾌활하게 열심히 행복을 추구하는 사람처럼 정직하게 행동하면 좋을 텐데. 그는 스스로를 폐쇄시키고 있었다. 그는 왜 그 커다란 모순 뒤에 자신을 방치하고 있는 것일까. 왜 어느 쪽이든 확실히 자신을 두고 일광을 듬뿍, 공기를 듬뿍, 인간답게 생활하려고 하지 않는 것일까?

노부코의 젊디젊은 정열은 매우 답답함과 안타까움이 섞인 기세로 쓰쿠다에게 맞섰다.

그의 얼굴에 언제나 변함없이 나타나는 하나의 표정 — 뭔가가 부족하다. 마음에 바람이 휘몰아친다. 이렇게 말하는 듯한 표정 — 하지만 그의 모든 생활을 지배하며 이상하게 헝클어져 반사되고 있다는 것을 노부코는 비로소 이해할 수 있었다.

안락의자에 파묻혀 여러 가지 생각을 하면서 쓰쿠다의 고지식한 얼굴을 응시하고 있는 동안 노부코는 이상하게 괴롭고 초조해졌다. 그녀는 쓰쿠다가 이런 식으로 살아가는 것을 편안하게 보고 있을 수 없다는 기분이 들었다.

5

11월이 되자 도시는 완전히 초겨울의 풍경이 되었다. 아침 에 호텔 창문으로 건너편의 지붕을 바라보니 녹은 서리에서 양기가 피어오르는 것이 보였다. 직장인이나 노동자 등은 모두 반짝반짝 해가 비치는 도로 쪽으로 왕래하고 있었다. 오후가 짧아 석양이 잿빛으로 적적해졌다. 으슥한 밤의 연극처럼 뜻밖에 외투 칼라를 세우고 어깨를 움츠려야 할 것 같은 차가운 바람이 심하게 시가지에 불어제쳤다. 여름 이후 1914년부터 유럽전쟁의 종결이 임박했다.

11월 7일 오후 노부코는 모처럼 아침부터 호텔에 틀어박혀 있었다.

그녀는 화창한 한낮의 햇빛을 즐기며 샤워를 했다.

그리고 어머니에게 긴 편지를 자세하게 썼다. 점심식사를 마치고 다시 방으로 돌아와 우표를 붙여야 하는 두꺼운 봉투가 놓여 있는 테이블 주변을 어슬렁어슬렁 돌기 시작했다. 아직 낮 2시 전이었다. 식당에서 오는 길에 우표를 산다는 것을 깜박 잊어버렸다. 어차피 복도까지 갈 것이라면 오늘 아침부터 한 번도 외출하지 않았으니 조금 걸어볼까, 하지만 어디로 갈까? 노부코는 무슨 동기라도 찾고 싶은 듯이 창문을 열고 사람들의 왕래를 내려다보았다. 오후의 햇빛이 창문들이 닫힌 건물의 정면에 비치고, 처마돌림 대에 금박을 올린 간판이 먼지를 뒤집어 쓴 채 빛났다.

도로에는 빨간 바탕에 흰 줄무늬가 새겨진 양산을 들고 화려한 복장을 한 여자가 구두 장식을 반짝이며 걷고 있었다. 약종상의 유리문이 빛을 받아 반사되면서 열렸다. 안에서 두 사람의 남자가 나왔다. 그 중 한 사람이 노부코가 보고 있는 창문 정면에 있는 우편함에 무언가를 넣고 난 뒤 곁에서 기다리고 있던 남자와 함께 모서리를 돌아 골목길로 빠져나가 보이지 않게 되었다. 꼬리를 흔들 듯이 급히 걸어가는 뒷모습을 보며 노부코는 자신도 모르게 웃었다. 공기는 따뜻하고 건조하며 경쾌했다. 휘발유 냄새가 잎이 없는 가로수 가지에 표류했다. 노부코는 도로의 활발한 모습에 마음을 빼앗겼다. 그녀는 창문을 닫고 침대로 갔다. 그리고 모자를 들고 외투를 입고 밖으로 나가려고 편지를 집어 들었을 때였다.

노부코는 이상한 소리를 들었다. 어딘가 먼 곳에서 나는 소리를 급히 예민하게 긴 꼬리를 흔들며 기적을 울린다고 생각하자 순간적으로 이쪽저쪽에서 요란하게 신음하듯 울리는 무수한 기적소리가 들렸다. 소리의 나열이라고 느꼈다. '푸푸'하고 공기가 요동치듯이 흔들렸다. 거기에 섞여 '삐삐' 비명과 같은 다른 기적이 뒤따라 울렸다. 노부코는 엉겁결에 편지를 집어 들고 방 안에서 꼼짝도 못하고 서 있었다.

무슨 일이 일어난 것인가! 그녀는 본능적으로 창문을 닫고 바깥을 보았다. '탕', '탕' 이쪽저쪽에서 창문이 난폭하게 열렸다. 그러나 이상하게도 노부코는 그 순간 내려다본 브로드웨이만큼 평온한 작은 거리를 본 적이 없다고 느꼈다. 태양은 조금 전과 같은 곳에 있었다. 자동차는 달리고 있었다. 그러나 '푸푸', '삐삐' 하는 소리는 다급한 일을 알리고 있는 듯했다.

노부코는 창문에서 벗어나 복도 쪽 문을 열어보았다. 이쪽도 부지런히 여닫히고 있었다. 앞 방 앞에서는 화려한 실내복을 입은 여자가 양손을 꼭 잡고 배회하면서 히스테리를 부리고 있었다. 노부코는 그 여자에게라도 무슨 일이 일어났는지 묻고 싶어졌다. 인적이 있는 곳을 향해 달렸다. 그러자 승강기가 빠른 속도로 올라왔다. 문이 열렸다. 안에서 금 단추가 달린 상의를 입은 보이가 상반신을 복도로 향하고 한손에는 메가폰을 입에 댄 채 굵은 목소리로 화난 듯이 외쳤다.

"독일 항복! 무조건 항복!"

외치고 있는 남자의 머리를 깨뜨릴 듯한 기세로 승강기 문이 다시 닫혔다. 승강기는 위를 향해 올라갔다.

노부코는 자신의 귀를 의심했다.

"무조건 항복……. 독일 항복……."

노부코는 무릎이 흔들리는 듯한 느낌이 들었다. 그녀는 사실을 확인하려는 듯이 창가에서 밖을 내려다보았다. 방금, 일이 분 사이에 이렇게 광경이 변할 수 있을까! 어느새 호텔 정면 입구에 커다란 미국기가 달렸다. 건너편의 약종상을 비롯하여 그 위에 쭉 이어진 창문들에도 일제히 크고 작은 국기가 앞 다투어 달려 펄럭였다. 기적소리는 점점 뒤엉키며 높아졌다. 노부코는 감동을 받아 울 것 같았다. 도로 위에 자동차가 모두 국기를 매달고, 사람을 태우고, 시가지로! 사가지로! 앞 다투어 질주했다. '빵빵빵' 그 사이에 폭죽이 터졌다.

노부코는 긴 의자에 걸터앉았다.

그건 그렇다 치더라도 정말로 참혹한 살인은 이로써 완전히 끝난 것인가?

노부코는 믿어지지 않는 듯이 걱정스러운 애절한 마음이 되었다. 그녀는 부치려고 했던 편지를 탁자 위에 둔 채 흥분하여 방을 나왔다. 오라이, 오라이!

6

승강기의 문이 열리자마자 올라 탄 노부코는 검은 외투를 입은 키가 큰 남자와 마주쳤다. 그 남자도 바쁜 듯이 한쪽 발을 복도에 내디뎠다.

"아니."

하지만 들어온 노부코를 보고는 이렇게 말하며 멈춘 승강기 안으로 뒷걸음질쳤다.

노부코는 깜짝 놀라 멍하니 서서 남자의 얼굴을 바라보았다. ─뜻밖에도 아버지의 친한 친구 중 한 명인 히라노平野였다. 노부코는 히라노의 손을 꼭 잡았다.

"저의 숙소에 어쩐 일로?"

"아버지 안 계시니?"

"예. 저는 잠시 이 근처를 둘러보려고요."

"그래? 그럼 아래층으로 가자."

히라노는 엘리베이터 보이에게 손을 흔들어 신호했다.

"하지만 이럴 때 혼자서 걷는 것은 위험해."

"예, 알아요. 단지 이 근처만."

"이 근처라도. 모두 미치광이가 되어 있으니까."

이상하게 텅 빈 호텔 로비에서는 나오려고 해도 나올 수 없는 벨보이들이 이상한 눈으로 그들을 보았다.

"어떻게 할까? 아버지가 알면 걱정하실 텐데."

"카운터에 부탁해 놓을 생각이었는데."

"그냥 들어가 있으라고 하는 것은 좀 무리인가?"

히라노는 반짝거리는 눈으로 노부코를 보고 잠깐 웃었다.

"그러면 어차피 나도 뭔가 초조하니까 잠시 함께 시가지의 상황을 보고 올까?"

그는 카운터에 노부코의 열쇠를 맡기면서 메모를 해 두었다.

"자, 이젠 됐어! 그럼, 오늘 밤은 그 답례로 아버지에게 아주 맛있는 음식을 대접해야겠군."

그렇지 않아도 만원인 고가전차는 시가지에 가까워지는 각 정류장마다 엄청난 승객을 태웠다.

"이야, 마구 밀어대는군!"

"아악!……"

승객 중에서 누군가가 비명을 질렀다.

"실례합니다, 일본 분이십니까?"

낡아서 떨어질 것 같은 중절모의 차양에 손가락을 갖다 대고 히라노에게 말을 건 사람은 주름투성이의 노인이었다.

"그렇습니다."

"에헴."

노인은 흥분하여 끊임없이 헛기침을 하며, 허약하게 떨리는 가는 소리로 말했다.

"실로 이번 평화 극복은 흠흠, 우리 연합국 국민으로서 경사스러운 일임에 틀림없습니다."

히라노는 미소를 지으며 대답했다.

"정말 최고입니다. 어쨌든 학수고대한 결과이지요."

노인은 그 말을 듣고 아주 만족한 듯이 수긍하며 더욱 헛기침을 계속했다.

축제로 혼잡한 가운데 고가전차는 레크타아 거리까지 갔다. 짓밟히며 바깥으로 나와 발밑도 보이지 않는 정류장의 철 사다리를 내려서 길거리로 나왔다. 노부코는 혼란스러움에 압도되어 히라노의 팔을 꽉 잡았다. 거대한 낡은 사무실 건물이 고된 일로 기세가 꺾인 철 바구니와 같이 좌우에 즐비하게 늘어서 있었다. 수천 개의 창문들이 일시에 열린 심장과 같이 왕래하며 열려 있었다. 그 정도만으로도 이미 보기 드문 광경이었다. 텅 빈 그 창들을 통해 오색 종이테이프가 얽히어 늘어져 있었다. 속기에 사용하는 노란 종이, 찢어진 끈과 같은 시세 통신지, 얼마 전까지 어떤 의미로든지 돈으로 상징되든 종이 쓰레기를 짓밟으며 노래하고 웃으며 깃발을 흔드는 남녀의 무리가 걸어가고 있었다. 사무실 안에 사람의 그림자가 보이는 창문은 없었다.

어느 모퉁이에는 타고 와 버려둔 전차가 차도 한가운데 그대로 있었다. 운전기사의 모습도 보이지 않았다. 묘하게 무력해 보이는 노란 지붕 위에서, 두 명의 부랑아가 휘파람에 맞추어 춤을 추었다. 인파 사이로 사람들을 모으기 위해 급조된 악대가 국가를 연주하면서 왔다.

"자, 축하의 표시로 한 개! 한 개 어떻습니까. 5센트! 5센트! 자 기념으로 한 개!"

양손에 각국의 작은 깃발을 치켜들고 재빠르게 장사를 하고 있는 남자가 있었다.

자신만 한 발 앞서 나가거나, 도로를 가로지르거나 하는 것은 거의 불가능한 일이었다. 한 손에는 작은 국기를 높게 들고 다른 한 손으로는 히라노를 꼭 잡고, 몸집이 작은 노부코는 외투를 입은 앞 사람의 등에 코가 닿을 듯이 밀렸다.

그들은 자연히 밀려서 월·스트리트와 브로드웨이의 사거리로 나왔다. 세 방면으로부터 조수와 같이 밀려온 많은 군중들은 먼지투성이가 된 워싱턴 동상이 서 있는 광장을 중심으로, 어느 쪽으로도 움직이지 못하고 소용돌이쳤다. 그야말로 극열한 상업 전장인 시가지처럼 새까맣게 더러운 칼럼이 붙어 있는 건물 앞에서 남자 한 명이 연설을 하고 있었다.

겹겹의 군중으로 둘러싸인 노부코가 있는 곳까지는 조금도 소리가 들리지 않았다. 단지 열광적인 몸짓으로 움직이는 손과, 벗겨진 대머리만 가까스로 보일 뿐이었다. 그것이 오히려 천지에 넘치는 비정상적인 흥분을 대표하는 것으로, 노부코에게 이상하게 슬픈 인상을 주었다. 한쪽에서는 거지가 오르간에 달라붙어 역겨운 소리의 왈츠를 삐걱거리며 연주하고 있었다. 거기에 맞추어 모자도 쓰지 않은 젊은 남녀가 난폭하게 춤을 췄다.

사람들 모두 보기 흉한 얼굴이었다. 경사스러운 평화를 맞이하는 밝은 모습과 진지하고 아름다운 표정을 하고 있는 사람은 한 명도 눈에 띄지 않았다. 한결같이 동물적이었다. 번쩍이는 눈으로 응시하며, 입가에는 도취된 조소와 한층 더 탐욕스러운 강렬한 자극을 추구하여 그치지 않는 경련을 보이고 있다. 이제 우리들의 흥분의 원인이 휴전의 환희이든 선전포고이든 상관없었다. 바라는 것은 단지 일상생활을 뒤집는 열광이다. 망아에 도취되는 것이다!—

그리고 앞으로! 앞으로! 하고 그들은 열중해서 배로 누르고, 어깨로 찔렀다. 일시 정체한 인파는 다시 느릿느릿 움직이기 시작했다. 문명을 폭발시킨 야만스러운 힘이 노골적으로 사방에서 임박해 오자, 노부코는 무서워졌다.

"저기, 어디로든 빠져나갈 수 없을까요? 저 돌아가고 싶어요."

"기다려. 어디든 이렇게 소란스러우니. 자, 지금. 빨리!"

겨우 건너편의 도로로 빠져나간 순간, 오른쪽 골목길로부터 와 하고 함성이 일었다.

"뭐야? 싸움?"

히라노는 앞 남자의 모자 차양에 얼굴을 부딪치면서 발돋움해서 보았다.

"훌륭한 것을 들고 나왔어. 짚으로 만든 카이저Kaiser 인형을 메고 나왔군."

애를 쓰며, 노부코는 사람들 틈 사이로 들여다보았다. 과연, 높은 장대 끝에 낡은 양복과 골판지로 만들어진 카이저가 낯익은 수염을 한쪽으로 꾄 채 매달려 있었다. 가슴에는 '지옥으로 떨어져라!'라고 쓴 표가 달려 있었다. 인형을 멘 사람은 능수능란하게 장대를 치켜 올리어 누이거나 했다. 그와 동시에, 카이저는 슬프고도 우스꽝스러운 몸짓을 했다. 큰 갈채 속에서 인형은 군중이 모여 있는 사거리의 중앙으로 옮겨졌다.

"태워버려!"

"빨리 파리로 보내버려."

"군국주의를 태워버려라!"

사람들은 몹시 흥분하여, 혀가 얼얼하도록 큰 소리로 절규했다.

"악마! 우리 아이를 돌려줘!"

어디에선가 신경질적인 흐느낌이 들려왔다. 짚으로 만든 카이저 인형은 수천의 얼굴 위에서 드디어 어리석은 몸짓을 했다. 제2의 함성이 광장 내에 울려 퍼졌다. 불이 갑자기 타오르는 것이 보였다. 카이저의 체크무늬의 누더기에 불을 붙였다. 오르간에서 국가가 울려 퍼졌다. 푸르고 얇은 연기가 초겨울 오후의 투명하고 다소 나른한 하늘로 조용하게 올라갔다. 타는 냄새가 어렴풋이 주변에 감돌았다.

7

노부코는 뭔가 허전하고 슬픈 마음으로 3시간 만에 호텔로 돌아왔다. 그녀는 객실로 막 돌아온 아버지와 만났다. 그의 명랑함은 곁에서 고통을 말할 수 없을 만큼 천성적인 것이었다. 그는 샴페인 기운으로 소리를 질렀다.

"어땠어? 나는 덕분에 좋은 구경을 했어. 완전히 천재일우의 호기였지. 이것 보렴, 한 달 후에 왔더라면 이런 멋진 역사적인 광경은 평생 볼 수 없었을 거야. ─좋은 기회야. 히라노 군 덕택이야─."

샷사는 감격해서 빠른 속도로 자신이 속해 있는 실업가 클럽의 오찬 석에서 기적소리를 들었을 때의 일을 이야기했다.

"모두 기립 했어. 어쨌든 연합국의 대표로서 급히 축사를 하거나,—일본을 위해 건배를 해준다는 것은 좋은 일이었어. 자네는 그때 사무실에 있었어?"

"나는 우스꽝스럽게도 버스 지붕에서 꼼짝 못하게 되어 이쪽으로 뛰었어."

히라노와 셋이서 식당으로 갈 때, 오늘밤 특별히 차려입은 군중들 사이 여기저기에서 오늘 휴전 보고는 엉터리라는 소문이 전해지기 시작했다. 워싱턴 당국에서는 그런 공보公報 등은 아직 입수하지 않았다고 석간에서 언명하였다. 하지만 밤이 되어 시중의 혼잡은 이런 공보에 개의치 않고 고조되었다.

아크등 아래에 낮보다 한층 더 색채가 강렬한 인간의 광태가 있었다. 군중 속에서 취한 젊은 여자가 흔들거리며 보폭을 넓혀 짧은 막대기로 앞에 가는 남자의 모자를 불쑥 밀어 올렸다. 남자는 당황했다. 여자들은 어깨를 흔들며 동료들끼리 서로 부딪치며 마구 웃어댔다.

군복을 입은 병사야말로 많이 취해서 역으로 군중들을 좌우로 헤치며 나아갔다. 비틀거리며 주체하지 못하는 머리를 흔들거리며 예의 없이 오가는 여자들의 얼굴을 빤히 쳐다보았다.

갑자기 우당탕 넘어지자, 노부코 바로 앞에 있는 몸집이 큰 여자에게 정면으로 부딪혔다. 여자는 소리치며 병사의 얼굴을 때렸다. 그는 끙끙거리며 중얼거리다가 눈이 휘둥그레져 오히려 여자에게 대들려는 듯 무서운 얼굴을 했다. 사람들로 꽉 찬 도로에서 여자는 좌우로 쉽게 몸을 뺄 수가 없었다. 검은 그림자가 흩어지고 남자가 성난 목소리로 뭔가를 외쳤다. 노부코는 놀라서 아버지의 팔을 끌어당기며 전주 뒤에 숨었다.

"돌아가요. 저는 이런 소동은 싫어요."

"조금만, 백귀야행이야."

밤새 사람들의 통행과 취한 사람들의 큰 소리가 창문 아래에서 들렸다. 다음날 아침 신문에서는 전날 보고가 완전히 잘못된 것이었다고 밝혔다. 정확한 보고는 11일 아침까지 무선전신으로 전지에서 전해질 것이었다. 그러나 일반인들은 7일에 전해진 휴전 보고를 의심하지 않았다. 그들은 야유를 섞어 '정부는 언제나 사실보다 늦게 알린다.'라고 했다.

11일 이른 아침, 아직 잠자리에 있던 노부코를 아버지가 깨워서 공식적인 휴전조약 체결보고 소식을 전해주었다. 흰서리가 긴 차가운 바깥바람에 떨며 자려고 하는 그녀의 귀에 혼잡한 기적 소리가 들렸다. 기적의 울림은 진지하고 침착하게 7일 오후 갑자기 하늘을 향하고 있었다. 실제로 감동의 신선함을 잃은 마음에서 중도까지만 듣고 멈추지 않는 사이에 푹 잠들어버렸다. 13일에는 휴전조약 수정안이 공포되었다. 마침내 대통령 윌슨이 평화회의를 위해 프랑스로 도항할 계획에 관한 성명이 시끄러운 논의의 불씨가 되었다.

노부코는 대부분 관능적으로 호소하는 듯한 인간 정신의 투쟁을 느꼈다. 1918년 겨울은 민중의 마음속에서만은 봄이었다. 인간

사회가 잃어버린 새로운 내용과 신념을 가지려고 했다. 과거를 총결산 한 사회는 깊고 확실하게 건설하여, 적어도 세계를 더욱 살기 좋은 합리적인 곳으로 만들려는 열의가 일찍이 없었던 현실성을 띠고 솟아오른 듯이 보였다. 노부코는 그 자극을 자신의 가슴에 느꼈다. 지평선에 새로운 빛이 비추고 있었다. 빛은 어떤 영향을 자신의 생활에 가져다줄 것인지…….

처음에 쓰쿠다를 삿사 부녀의 생활에 끌어들인 난바 다케지에 대한 건은 그대로 성공하지 못한 채 끝났다. 하지만 쓰쿠다는 어느샌가 그들 사이에 일원이 되어 들어와 있었다. 익숙하지 않은 낯선 나라에서 삿사는 자질구레한 일을 그 후에도 쓰쿠다에게 부탁했다. 그 용무로 쓰쿠다는 거의 하루걸러 호텔을 드나들었다. 삿사가 없을 때도 종종 있었다. 그때는 삿사가 돌아오기를 기다리며 노부코와 이야기했다. 그런 일이 점점 늘어나자 노부코는 쓰쿠다의 신상에 대해 점점 많이 알게 되었다.

쓰쿠다는 태어나자마자 바로 어머니를 잃었다. 그 후 계모의 손에서 자라며 20세가 되었을 때 종교단체의 주선으로 미국으로 건너온 것이었다. 그런 후 어언 15년 동안을 벌어서 공부를 계속하며 생활해 왔다. 그의 생활에 대한 저항력이 강한 점, 원해도 경제적으로도 시간적으로도 얻을 수 없는 사회의 쾌락에 대해 금욕적인 동시에 비뚤어진 모멸감을 안고 있는 점 등에 대한 그의 신상의 이야기를 들으니 심리적인 원인이 이해되었다. 그러나 쓰쿠다의 영혼은 정말로 강한 견인주의에 의해 안심하고 있었던 것일까?

쓰쿠다는 번질나게 부녀를 찾아와 질리지도 않고 서너 시간씩 노부코와 이야기하곤 했다. 그러는 동안, 부녀는 자연스럽게 쓰쿠다가 원하는 것을 알게 되었다. 고독한 쓰쿠다에게 자신이 어느 정도 위안이 되고 있다는 사실은, 젊은 여자인 노부코에게 기분 나쁜 일은 아니었다. 그에게 무엇인가 부탁하는 것, 그에게 있어 부탁받는 것은 단지 사무적인 의논이라기보다 미비하게나마 인정의 끌림이었던 것이다.

삿사가 귀국할 때가 다가오고 있었다. 노부코는 혼자 남겨진다면 남겨지는 대로 앞으로의 거처를 정하지 않으면 안 되었다. 아무런 문제가 없을 것이라고 생각은 하지만 그녀는 쉽게 결정할 수가 없었다. 부녀는 밤늦게까지 서로 이야기를 했다.

"나도 이젠 한 달 정도 있을지 어떨지 모르니까 어딘가 적당한 집이 없을까? 안전한 곳이 아니면 남자아이와 달라서 방치해 둘 수도 없고."

"그렇네요. 내가 남자로 태어났다면 정말 좋았을 텐데."

"하하하. 어머니와 너 두 사람 다 그렇게 말하니 어이가 없어. 첵드우드 씨 댁은 어때? 싫어?"

"글쎄요……."

첵드우드 박사는 대학의 미술부 교수로서 일본 니시키에[2] 등에 정통했다.

---

2 니시키에(錦絵) : 풍속화의 다색도 판화.

박사와는 오랜 지인은 아니었다. 노부코는 흰 레이스 숄을 어깨에 두르고 열띤 정담을 주고받으며 남의 일에 참견하기 좋아하는 노부인의 모습을 떠올렸다.

"저는, 난처할 것 같아요."

"흠."

삿사도 그다지 마음이 내키지 않는 것 같았다. 그리고 이렇게 결정했다.

"영국이라면 아무 문제없을 텐데. Mrs. 레이만이 손녀처럼 보살펴줄 텐데. Mrs. 레이만이라는, 그 재미있는 서체로 자주 편지를 보내는 할머니, 너도 잘 알지? 내가 있을 때 자주 너에게 편지를 보여주곤 했지. 지금도 꼬마 노부는 어떻게 지내는지 묻곤 하지."

노부코가 머물만한 적당한 곳을 선택하기 위해 고민하는 또 다른 이유가 있었다.

그녀가 아버지를 따라 뉴욕에 온 것도 자신이 좋아하는 대로 살아볼 기회를 갖고 싶다는 것이 주된 동기였다. 삿사의 집에서 노부코는 장녀였다. 자부심이 강한 어머니 다케요의 숨은 대망의 우상이 된 중류가정의 딸로서, 노부코 자신이 바라는 삶을 살기에는 많은 제약이 따랐다. 이대로라면 자신이 원하는 대로 반도 살아갈 수 없었다. 자신이 원하는 생활이 아직 시작되지 않았다는 의식이 적어도 과거 3년간 그녀를 괴롭혀왔던 것이다(노부코는 그때 서양식으로 19세 몇 개월이었다). 아버지가 여행을 한다. 너도 함께 가도 좋다. 부모가 어떠한 의논을 하고 어떤 의지로 그렇게 결정했는지 모르지만, 노부코에게 있어서는 부모를 떠나서 생활을 할 수 있다는 것이 획기적인 일이었다.

11월 11일 휴전 포고 후는 좋든 싫든 획기적인 사회의 소동이 호텔의 창유리를 두드리고 노부코의 마음에도 전해져 왔다. 자신도 지금까지의 춥지도 덥지도 않은 온실에 갇힌 식물과 같은 생활은 포기하고 싶었다. 하지만 그러한 바람을 이루기 위해 지금부터 반년이든 1년이든 머물 환경을 선택하는 것은 노부코에게는 어려웠다.

대학 근처 아파트에 방을 빌려 살고 있는 나카니시를 방문해 본 결과, 노부코는 마침내 쳌드우드 박사의 의견대로 C대학 부속의 기숙사에 들어가기로 결심을 했다. 기숙사에는 야스가와도 있었다.

"무엇이든 경험이 되니까 좋아. 잠깐 있다가 싫어지면 그때 다시 생각해도 되니까."

"야스가와 씨의 말로는 저녁 때 행사 같은 것도 꼭 참석하지 않아도 된다니까 괜찮은 것 같아요. 단지 청강생이 아니면 기숙사에 들어갈 수 없다고 하네요."

"그것도 좋겠군. 이삼 일 동안 가 보고 결정하기로 하자. 쓰쿠다에게 오라고 해서. 시간이 있다면 부탁해도 괜찮을 거야."

쓰쿠다와 C대학에 등록하러 간 날은 날씨가 맑고 따뜻한 월요일이었다. 그들은 학생들과 섞여 은행나무가 심어져 있는 패비토를 이쪽저쪽으로 돌아 등록을 마쳤다. 젊은 여학생이 책을 안고 바람에 머리를 날리며 활기차게 걷고 있었다.

"왠지 조금 즐거워졌어요."

나란히 걷고 있는 쓰쿠다에게 말했다.

"역시 학교는 좋은 곳이에요. 재미있지요? 이런 곳에 오면 공부하고 싶은 마음이 생길 것 같아요."

쓰쿠다는 중절모를 쓴 머리를 노부코 쪽으로 기울이고 군대 교련을 받는 사람과 같이 가슴을 펴고 걸으며 정중하게 말했다.

"할 수 있으면 좋겠어요."

노부코는 웃으며 말했다.

"나처럼 지나치게 즐기며 사는 인간은 아무래도 야스가와 씨처럼 공부할 수 없을 거예요.―단지 전 여러 가지에 흥미를 가지고 있을 뿐―당신이야말로 잘 하셨으면 좋겠어요. 지금은 무슨 일을 하세요?"

"경문 번역입니다. 옛날 배화교도가 사용한 주문 같은 것입니다."

"재미있어요?"

"그저……."

"단지 참고용? 처음으로 당신이 번역하는 것이에요?"

"오래전 프랑스인이 번역한 것이 있긴 하지만 너무 엉터리라 이번에 다시 하기로 한 것인데……."

포세트 박사의 연구실이 있는 건물 옆에서는 마른 잔디에서 다람쥐가 풍요롭게 뛰어놀고 있었다. C대학은 시내에 있었지만 구내 곳곳에 넓은 잔디와 가로수길 등이 있었고, 목신[3] 의 주물상이 있는 분수 등도 볼 수 있었다. 그들은 대학 정문에서 브로드웨이로 갔다. 160번가 지하 전차의 정류장이 바로 눈에 들어왔다.

"어떻게 할까요? 호텔로 바로 돌아갈까요?"

"그래요."

초겨울의 따스한 날씨를 바라보며 노부코는 호텔 방이 따분해졌다.

"당신이 바쁘시다면, 저도 바로 돌아가겠지만, 마음대로 하세요……. 고마웠습니다."

"아니 전 어차피 오후 시간은 비어 있어요."

쓰쿠다는 급히 노부코를 뒤쫓으며 말했다.

"혹시 리버사이드 공원에 가 본 적이 있습니까?"

"아니요."

"그럼 저쪽으로 돌아서 호텔까지 모셔다 드리겠습니다."

8

차도를 단숨에 빠져나와 또 다른 하나의 깨끗한 넓은 길 쪽으로 나오자 도로에 작은 나무가 무성했다. 정원의 샛길처럼 꾸며진 길이 그 초목을 둘러싸고 있었다. 그들은 천천히 걸어서 그쪽으로

---

3 목신(牧神): 로마 신화의 목양신.

내려갔다. 잔디로 꾸며진 공원의 산책길을 걸어가니 허드슨 강이 한눈에 보였다. 늦가을 태양에 데워진 따뜻한 허드슨 강이 흐르고 있었다. 무겁고 부드러운 넓은 수면이 진주색으로 빛나고 있었다. 힘차게 바다로 흘러가는 강 하류에는 안개가 끼어 있었다. 멀리 건너편 기슭에 겨울의 마른 나무가 엉성한 숲이 어스레하고 희미하게 보이고, 갈매기와 비슷한 새 한 마리가 친구도 없이 날고 있었다. 그윽한 물 냄새가 노부코에게 그리움과 신선함을 느끼게 했다.

"조용하네요."

"지금이 가장 사람이 많지 않은 시간이니까요."

그들은 계속 오른쪽 강을 보면서 다운타운을 향해 걸었다.

"학교와 호텔에서 가까운데도 저는 전혀 몰랐어요. 이렇게 산책할 수 있는 좋은 곳이 있다니 즐거워요."

가는 길 곳곳 푸른 잔디와 나무가 심어져 있었다.

"이 공원은 자그마하고 아담해서 좋아요."

그러자 쓰쿠다가 신경질적인 어조로 말을 막듯 말했다.

"여기는 혼자서 걷지 않는 편이 좋습니다."

"그래요? 한낮에도요?"

"이상한 녀석들이 있으니까요."

"그건 그렇군요."

노부코는 쓰쿠다가 말하는 의미를 납득하고 솔직하게 대답했다.

"주의는 할게요. 하지만 일본인은 괜찮겠지요?"

"저……."

쓰쿠다는 한층 더 의심스러운 듯 매우 의미심장한 표정으로 대답을 주저했다.

"차차 알게 되겠지요."

충분한 이유는 있지만 예의상 그만둔다는 식의 쓰쿠다의 대답이 노부코에게 호기심을 불러일으켰다. 잠시 말없이 걸은 후 그녀가 물었다.

"당신은 여기 살고 있는 일본인들의 여러 가지 일을 알고 있겠지요?"

"알고 있긴 하지요."

노부코가 계속해서 말하려는 것을 쓰쿠다가 낚아채듯 짧게 단언했다.

"도대체 늑대와 같은 사람들뿐입니다."

노부코는 아무 생각 없이 웃었다.

"늑대?"

그녀는 적당히 산책을 한 후, 가벼운 기분으로 자신의 방으로 돌아왔다. 늘 그런 것처럼 익숙한 손놀림으로 열쇠를 오른쪽으로 돌렸다. '찰칵'하는 이상한 저항이 손끝에 전해지며 문이 열리지 않았다. 노부코는 허리를 구부려서 열쇠 구멍을 보았다. 그리고는 다시 조심스럽게 손잡이를 돌려보았다. 문은 안쪽에서 열렸다. 문이 잠겨 있지 않았던 것이다. 여종업원이 청소하러 온 것일까? 노부코는 이상해서 방으로 걸어가 주위를 둘러보았다. 그러자 전혀 생각지도 못한 아버지의 목소리가 들려왔다.

"노부코?"

놀란 노부코는 지금까지의 상쾌하고 자유로운 기분이 한순간에 사라지는 듯했다.

삿사는 아침 9시에 그녀와 쓰쿠다와 함께 호텔을 나왔다. 저녁까지 돌아올 리가 없는데…… 노부코는 서둘러 그쪽으로 갔다.

"어떻게 된 거예요?"

삿사는 창백한 얼굴로 침대 위에 몸을 반쯤 일으켜 앉아 있었다.

그는 노부코를 보고 여느 때처럼 부드럽고 따뜻한 웃음을 보이려고 했다. 하지만 무척 힘들어 보였고 미소는 갑자기 사라졌다. 아버지의 눈을 본 순간 노부코는 불안하고 걱정스런 기분이 들었다.

그녀는 아버지가 아픈지 몰랐다고는 해도 공원에서 빈둥거리며 여유롭게 시간을 보냈다는 것이 미안해졌다.

"언제 돌아오신 거예요?"

그녀는 침대의 가장자리에 걸터앉아 아버지의 손을 잡았다.

"한 30분쯤 전에 돌아왔어. 갑자기 너무 머리가 아프고 열이 많이 나는 것 같더라고."

"어디 봐요."

노부코는 아버지의 이마를 만져 보았다. 상당히 뜨거웠다.

"한기가 들어요?"

"요코하마 은행에 들렀는데 오싹오싹 한기가 들고 이상해서 서둘러 자동차를 타고 돌아온 거야."

삿사는 말을 멈추고 자신의 병세를 깊이 생각하는 듯한 얼굴을 했다.

그는 바로 농담으로 얼버무리듯이 혼잣말을 중얼거렸다.

"결국 감기에 걸린 것인가?"

노부코는 마음이 착잡해졌다.

아버지의 목소리를 침실에서 듣는 순간 혹시나 하는 마음에 소름이 끼쳤다.

가을부터 유행한 악성 감기는 아직도 기세가 창창했다.

대부분의 유행병들은 끝날 무렵에는 병독이 경미해지는 게 당연한데, 올해 감기는 그 반대였다. 늦게 걸린 환자 중에서도 엄청난 사망자가 생겼다.

노부코는 아주 태연하게 말했다.

"그럴지도 몰라. 하지만 빨리 알게 되어서 다행이에요. 몸조심해야겠어요."

그리곤 갑자기 엄마가 된 듯한 쾌활한 목소리로 말했다.

"난 훌륭한 간호사니깐 맡겨주세요."

노부코는 잽싸게 외출복을 벗었다.

삿사는 노부코가 돌아오기를 기다렸다는 듯이 그녀가 다른 방으로 가서 외투를 벗고 금방 돌아와 손을 씻는 일거수일투족을 주목했다.

"그쪽에 있었어? 나는 트렁크 쪽에 있을 거라고 생각하고 찾았는데…… 못 찾았어."

그는 이렇게 말하며 잠옷을 살짝 풀어 노부코에게 체온계를 겨드랑이에 끼우게 하였다. 38도 9부였다.

"몇 도냐?"

노부코는 체온계를 흔들어 수은을 낮췄다.

"그다지 높지 않아요. 입이 마르면 냉수라도 달라고 할까요?"

노부코는 잠깐 머뭇거리다 다시 말했다.

"사와무라沢村 씨에게 오라고 할까요?"

"그렇게 하지."

삿사는 노부코의 얼굴을 보자 힘이 난 듯했다.

긴장을 풀려면 말을 하는 것도 좋은 방법이었다.

아버지는 두 개가 겹쳐진 새털베개 위에 빨개진 얼굴을 파묻곤 때때로 가쁜 숨을 몰아쉬었다.

의사가 올 때까지 짧은 시간이었지만, 환자와 단둘이 있는 것에 대해 노부코는 말로 표현할 수 없는 고립감을 느꼈다.

대도시의 생활과 우리들의 생존과는 정작 아무런 관계가 없는 일일까?

주위의 냉담함이 노부코의 마음에 사무쳤다.

9

삿사의 병은 노부코도 짐작한대로 유행하는 악성감기 초기라는 진단을 받았다.

사와무라가 가정의다운 익숙한 어조로 말했다.

"그러나 너무 걱정할 건 없습니다. 극히 경미한 증상이라, 이런 병은 걸린 사람의 평소 건강 상태에 달려있으니까요. 환자분의 영양 상태도 양호하고 질병도 없으니까 괜찮아요. 열흘 정도 지나면 쾌유될 겁니다."

삿사는 호텔에선 불편하니까 입원해도 좋다고 했다.

"훌륭한 간호사분이 계시니까 지금은 움직이지 않는 편이 좋을지도 모릅니다. 집으로 왕진 오는 편이 저에게도 돈벌이가 될 것 같군요. 하하하."

사와무라는 침대 옆에 서 있는 노부코를 지그시 보며 웃었다.

약제사의 물건 구입과 당장 사와무라에게 약을 받으러 가거나 할 사람은 쓰쿠다밖에 없었다. 노부코는 그에게 전화를 걸었다.

쓰쿠다는 금방 포장된 약품 꾸러미를 껴안고 나타났다. 그는 노부코를 도와주며 자신의 입장을 이해하고 있는 사람에게 자신감을 가지고 행동했다. 삿사는 밤에 소량의 포도즙을 마셨을 뿐이었다.

쓰쿠다와 노부코는 식당에 갔다. 화려하게 차려입고 이야기를 나누는 사람들과 빛나는 식탁의 광경은 지금 그녀의 마음속에서 솟아오르는 불안을 억누르려는 것 같았다.

"너무 걱정하지 않으셔도 될 것 같습니다."

쓰쿠다가 노부코를 위로해주었다.

"저는 아픈 사람을 자주 보는데 그런 사람들과는 다릅니다. 눈이 충혈된 것만으로도 금방 분간할 수 있지요. 정말로 걱정하지 않으셔도 괜찮습니다."

4일간 샷사의 병세는 차츰 심해졌다.

3일째부터는 보고 있는 노부코조차 숨을 편하게 쉬지 못할 정도로 환자가 힘들어했다. 기침은 거의 나오지 않았고 그저 열이 40도를 오르내리며 심한 두통이 엄습했다. 몸의 관절이란 관절이 모두 아파 혼자서 몸을 뒤척일 수조차 없었다.

그러나 샷사는 딸에게 한마디 고통도 호소하지 않고 참으려고 했다. 딸을 생각해 인내하는 아버지의 모습이 노부코의 마음을 더 아프게 했다.

아버지는 병약한 사람이었다. 어머니라도 계시면 결코 그렇게 참을 리가 없다는 것을 노부코는 너무나 잘 알고 있었다. 게다가 그는 감정이 둔한 사람도 아니었다. 외국호텔에서 마음을 놓을 수 없는 병에 걸렸다. 암울한 생각을 한 번도 하지 않았다고는 말할 수 없었다. 노부코는 점점 불길한 상상으로 괴로워졌다.

그런 까닭에 감정을 억제하려고 애쓰는 아버지였다. 어느새 잠이 든 아버지의 모습을 가만히 들여다보고 있자니 갑자기 마음이 아파왔다.

쓰쿠다는 호텔의 샷사의 방에서 지내는 시간이 다른 곳에서 보내는 시간보다 많아 하루 중 가장 길었다. 그는 아침에 와서 필요한 물건부터 쇼핑을 했다. 파스 교환 등도 했다. 대학에 일이 있는 날에는 일단 가서 서너 시간 있다가 어떤 때는 좀 더 빨리 다시 방문했다. 그리고 대개 밤늦게까지 머물렀다.

환자의 침대 좌우에 묵묵히 오랫동안 걸터앉아 있을 때도 있었다. 환자가 깊이 잠들면 살금살금 걸어 다른 방으로 와서 차를 마시는 일도 있었다. 시트가 부스럭거리는 소리가 나면 노부코는 신경질적으로 움찔하며 소리가 나는 쪽으로 귀를 기울였다. 그러면 쓰쿠다는 그녀의 마음을 읽었다는 듯이 자리에서 일어나 발끝을 세워 커튼 사이로 슬쩍 환자를 엿봤다. 다시 살그머니 커튼을 원래대로 닫으면서 그는 머리를 옆으로 흔들었다.

노부코는 환자가 아무것도 모르고 자고 있다는 것을 확인하고 고개를 끄덕였다. 쓰쿠다가 그렇게 오랜 시간을 그들과 함께 지내는 것이 노부코에게 아무렇지도 않게 생각될 정도로 그는 그들의 생활 속에서 필요한 사람이 되었다.

"너무 폐를 끼치고 있습니다. 오늘은 상태가 좋으니 걱정 마시고……. 노부코 괜찮지?"

쓰쿠다가 너무 시간을 소비하자 걱정이 된 환자가 이렇게 말한 적이 있었다. 하지만 쓰쿠다는 침착하게 대답했다.

"바쁘면 스스로 돌아갈 테니까 신경 쓰지 않으셔도 됩니다. 마음을 편안히 하는 것이 가장 중요하니까요."

6일째쯤부터 상태가 더 이상 나빠지지 않고 아주 조금씩 열이 내리기 시작했다.

"자, 이번에야말로 좋아졌어요."

의사는 가슴을 검진하고 혀를 검사하며 확신했다.

"이젠 고비를 확실히 넘겼으니까 지금부터는 경과를 지켜봅시다."

옷장 앞에 서 있는 쓰쿠다 쪽을 때때로 호기심 어린 눈초리로 보면서 그는 말했다.

"당신의 이런 증세는 가벼운 홍역이었습니다. 그렇다고 방심하면 또 재발하여 오히려 더 나빠질 수가 있습니다. 뉴욕의 바람은 유명하니까 아무튼 지금부터는……."

며칠 만에 삿사는 처음으로 일어나 옆방에 있는 긴 의자까지 갈 수 있었다.

"만세! 만세!"

노부코는 기뻐서 소리치면서 주의를 빙빙 돌았다.

"보세요. 아버지 나는 꽤 훌륭한 간호사였지요?"

"그래, 그래."

삿사는 노부코의 손을 잡고 자신의 곁에 앉혔다.

"자, 이젠 어머니에게 편지를 써도 되겠지요?"

기뻤다, 안심했다, 감격의 눈물이 노부코의 뺨에 흘러내렸다. 그녀는 울고 웃으면서 정신없이 아버지의 가슴에 자신의 머리를 갖다댔다.

삿사는 시간이 지날수록 조금씩 회복되어 갔다. 어떤 날은 2, 3분쯤 평균 체온이 유지 되지 않거나, 때때로 아주 심한 고통이 재발하거나 했다. 삿사는 첫날에는 용기를 내어 옆방까지 나왔지만, 다음날부터는 세면대까지만 다닐 뿐 종일 누워 있었다. 아무튼 두려운 시기는 지나갔다. 많은 사람들이 방문하기 시작했다. 웃는 소리도 들렸다. 찻잔이 배달되었다. 노부코는 강한 공포와 불안으로 필요할 때 자신들로부터 멀리 떨어져 있던 세상이 다시 몰려온 것을 보았다. 일종의 청신함과 아이러니를 일상생활로의 복귀에서 느꼈다.

요즘 아침 추위는 매우 혹독했다. 노부코는 피곤한 탓인지 매일 아침 일어나는 것이 힘들었다. 충분히 잤는데도 불구하고 눈을 뜨면 아직 근육이 뻣뻣한 것을 느꼈다. 등이 침대에 붙은 듯 일어나기가 힘들었다. 점심때쯤까지 그대로 있을 때도 있었다. 그러던 어느 날 아침 노부코는 용기를 내어 7시 조금 지나서 일어났다. 아무래도 9시까지는 B대학에 가지 않으면 안 되었다. 전날 학생지도를 맡고 있는 로렌스 교수로부터 엽서가 왔다. 영문학과 사회학 청강 신청을 한 후 아버지의 병으로 15일이나 가지 못했다. 수강 신청한 과목에 대하여 이야기하고 싶으니까 오라는 통지였다.

노부코는 수면 부족으로 이상하게 축 쳐진 몸을 외투로 감싸고 커피에 계란 노른자를 넣어 먹고 나갔다. 출근 시간의 지하전차 정류장에는 신문과 가방을 맨 남녀가 무리지어 있었다. 노부코는 마침 기다리던 급행을 탔다. 호텔에서 20분 남짓으로 대학까지 갈 예정이었다. 116번가라는 곳에서 내렸다. 플랫폼의 모습이 일전에 쓰쿠다와 같이 내릴 때와는 조금 달랐다. 개찰구를 빠져나와 도로로 나갔다. 시가지를 한 번 힐끗 보고 노부코는 어찌할 바를 몰랐다. 동네는 116번가임에는 틀림없지만 그것이 브로드웨이가 아닌 것 또한 틀림없었다.

역 광장에서 C대학의 건물이 보여야 함에도 불구하고 시가지의 도로 좌우에 늘어서 있는 것은 창고인 듯한 것뿐이었다. 함께 지하에서 나온 사람들은 재빠르고 냉담하게 모퉁이를 돌아서 사라져 버렸다. 낡은 신문지가 흩어져 있는 아침의 지저분한 길을 느릿느릿 걷고 있는 사람은 줄무늬 바지에 검은색 상의에 베레모를 쓴 모습의 남자와 작업복 차림의 노동자였다.

노부코는 마음먹고 오로지 주택가를 향해 걷기 시작했다. 학교는 120번가에 있었다. 이 길을 120번가까지 거슬러 올라가면 오른쪽과 왼쪽에 브로드웨이를 잇는 지름길이 있을 것이다. 그녀는 꽤 걸어서야 겨우 한 명의 교통경찰을 만났다. 그리고 비로소 자신이 전차를 잘못 타고 브로드웨이보다 훨씬 동쪽으로 와버렸다는 것을 알았다.

로렌스 교수는 일본에도 가 본 적이 있다며, 그는 노부코가 미아가 된 이야기를 듣고 매우 동정하며 웃었다. 용건은 영문학 시간 일부를 자유 작문으로 하면 좋을 것이라며 미스 블랫을 소개해 준 것이었다.

10

로렌스 교수는 닛코日光와 가마쿠라鎌倉의 일, 히다리 진고로左甚五郎의 잠든 고양이가 운다고 하는 전설, 로마의 어떤 사원에서는 벽화의 천사가 그 교회의 신도 중에 죽은 사람이 있으면 머리맡에 선다는 전설 등을 얘기했다. 노부코는 이야기 도중에 점점 머리가 아파왔다. 보통의 두통과는 달랐다. 이마에서 뒷머리까지 테라도 끼운 것처럼 단단히 죄여오는 것을 느꼈다. 시간이 지남에 따라 죄임이 강해져 눈동자를 움직이는 것조차 괴로워졌다. 안구가 딱딱해져서 움직이려고 하면 아팠다. 실내 온도가 이상하게 높았기 때문에 평상시 건강했던 노부코는 처음엔 그저 현기증이려니 생각했다. 산책하고 혈액순환을 잘하면 좋아질 거라 생각하고 그녀는 밖으로 나와 햇빛이 비치는 밝은 길을 따라 호텔 쪽으로 걷기 시작했다.

화창한 12월의 한낮인데도 노부코는 오한이 나서 참을 수 없었다. 척추에서 전신에 이르기까지, 여러 가지 자동차의 경적에서부터 신발의 작은 뒤축에 전해져 오는 포장도로의 딱딱함까지, 모두 거침없이 머리로 바로 전해져왔다. 우선 반듯하게 눈을 뜨기 위해 노력했다. 길가다 쓰러지는 것은 아닐까 하는 염려를 하면서, 한시라도 빨리 어디라도 좋으니 어두운 구석에 머리를 대고 자고 싶었다……. 그녀는 의지할 곳이 없어 울고 싶은 기분으로 어느 길모퉁이에서 전차를 탔다. 전차는 노란색 차체를 느릿느릿하게 햇볕에 비추면서, 조금 달렸다 싶으면 '쿵쿵'거리며 성가시게도 1번가마다 멈추면서 전진했다.

등나무를 깐 차갑고 딱딱한 의자 위에 앉아 눈을 감고 노부코는 전차의 흔들림에 따라 넘어오는 구역질을 겨우 참았다. 그녀는 절반 의식을 잃은 채 호텔 방으로 돌아왔다.

침실에서는 삿사가 베개에 기대어 벽 앞에 선 쓰쿠다와 무슨 이야기를 하고 있었다.

"다녀왔습니다."

노부코는 어느 쪽도 보지 않고 말했다.

모자를 벗은 후에 그녀는 그것을 내던지듯 아버지의 침대 구석에 놓고 다시 입을 열었다.

"나 지금 몸이 안 좋아서 견딜 수가 없어요."

아버지의 얼굴을 보니 울고 싶어졌다. 즐거운 듯이 이야기하던 삿사는 노부코의 울음소리에 깜짝 놀랐다.

"무슨 일이니?"

삿사는 노부코의 턱에 손을 데고 그녀의 얼굴을 자신 쪽으로 향하게 했다.

"얼굴색이 왜 이래? 추워? 아님 힘든 일이 있었니? 방에서 푹 자라."

노부코는 그 말에 대답하지 않고 괴로운 얼굴을 하고 무뚝뚝하게, 얼토당토않은 듯한 눈초리로 쓰쿠다의 옷차림을 찬찬히 봤다. 그녀는 차갑게 물었다.

"말 타러 가세요?"

쓰쿠다는 윗옷만 양복을 입고 속에는 카키색의 아라오리[4] 셔츠와 무릎까지 오는 장화를 신었다.

"아아, 이것은 YMCA 정복입니다."

---

4 아라오리(粗織) : 막치 실로 거칠게 짬. 또는 그 천.

쓰쿠다는 노부코의 물음에 오히려 놀란 듯이 짧게 말했다.

"주무시는 편이 좋겠습니다. 피곤하시죠? 많이 걱정했습니다."

그의 도움을 받아 노부코는 외투를 벗었다.

"옆에 와서 자."

아버지는 옆에 한 개 더 있는 침대 쪽으로 몸을 옮겨서 이불을 폈다.

"저기가 좋아요."

노부코는 쓰쿠다의 부축을 받으며 다리를 질질 끌면서 자신의 침실로 가 문을 닫았다.

"저, 부탁인데 문을 잠그지 말라고 말해 주시겠습니까?"

문 너머로 아버지의 말소리가 들렸다.

잠옷의 차가움. 시트의 서늘함. 너무 추워서 노부코는 달달 이빨을 부딪치면서 될 수 있는 한 자신의 몸을 작게 움츠렸다. 머리가 돌덩이처럼 무거웠다. 아아, 머리를 누군가가 어루만져 줬으면, 좀 더 따뜻한 이불이 있었으면 얼마나 기분이 좋아질까.

아무도 있을 리 없고, 이불도 이것 밖에는 없었다. 추워…….젖은 토끼다. 정말 젖은 토끼다. 노부코는 아이처럼 베개에 얼굴을 비볐다.

'어머니. 어머니.'

노부코는 점점 멍해져 갔다. 눈가에 눈물이 흘렀다.

갑자기 노부코는 정신을 차렸다. 주변은 벌써 밤이었다. 전등이 켜져 있고 아빠가 일본 기모노를 입은 채 걱정스럽게 서 있었다. 그녀는 불빛에 눈이 부셔 몸을 뒤척이면서 아버지도 아직 무리를 하시면 안 될 텐데 하고 걱정을 했다. 그 말을 하려고 했는데 목소리가 나오지 않았다. 뒤척이려고 하자 백 척이나 되는 무거운 것이 머리를 짓누르는 것 같았다.

또 정신이 혼미해졌다. 심한 오한이 물러가자 높은 열과 경련이 일어났다. 몸이 묘하게 움직이는 듯하며 불가항력적으로 뒤로 젖혀졌다. 노부코는 그때마다 슬픈 듯이 간간히 소리쳤다. 그녀는 무언가에 매달려 괴롭고 힘든 충동에서 벗어나고 싶었다. 그러나 그 어디에도 반응은 없었다. 머리 안팎이 플래시 라이트에 둘러싸인 듯이 한쪽에 빛이 소용돌이 쳤다. 그 번쩍이는 빛의 바다가 끝임 없이 흔들거리며 분주하게 돌아다녔다. 너무 밝아서 괴로웠다.

"피곤해. 나 자고 싶어."

그녀는 헛소리를 계속하며 경련을 일으켰다. 의식이 있다가 없다가를 반복했다. 오전 두시 쯤 의식을 잃은 노부코는 호텔에서 병원에 실려 갔다. 자동차 안에서 그녀는 한 번 정신 차렸다. 그녀는 자신이 병원에 가는 중이라는 것을 알았다. 누가 자신을 이렇게 껴안고 머리에 쿠션을 베어 주고 있는 것인가. 아픈 눈을 억지로 떠서 어두컴컴한 속에서 상대를 열심히 주시했다. 쓰쿠다였다. 그는 노부코가 눈을 뜨고 싶어 하는 것을 보고 그녀의 몸을 자신의 무릎 위에 눕히면서 말했다.

"괴롭습니까? 조금만 더 참으세요. 곧 편해질 거예요."

노부코는 한밤중에 환자 옷으로 갈아입혀졌다. 야간 간호사와 쓰쿠다가 번갈아 들어왔다. 그는 노부코의 이마를 쓰다듬으면서 말했다.

"이제, 병원에 와 있으니까 이제 안심하고 주무세요."

그리고 다시 덧붙였다.

"안심해요. 제가 여기 있을 테니까."

어떻게 해서라도 잠들어 괴로움으로부터 벗어나고 싶은 노부코는 눈을 감았다. 잠들려고 하면 또 경련이 일어났다. 몸이 꿈틀할 때마다 다시 조금 전처럼 신음했다.

"자, 억지로라도 잠을 청해 봐요."

"아무래도 잠이 안 와요. 노력해 볼게요. 안녕히 주무세요."

노부코는 어느새 잠깐 잠이 들었다. 몸의 마디마디가 녹아내리고 어딘가로 끌려들어가는 것 같았다. 노부코는 덥수룩해진 머리를 베개에 파묻고 순식간에 코를 골았다. 묘한 감각으로 그녀는 반응했다. 무언가가 얼굴에 닿았다. 불시에 부드러운 입술이 그녀의 입술을 눌렀다. 모든 신경이 깨어났다. 쓰쿠다의 존재가 뇌리에 새겨져 되살아났다. 노부코는 온몸에 새로운 전율을 느끼면서 쓰쿠다의 목에 양팔을 둘러 감아 그의 입술에 자신의 입술을 밀어붙였다.

누군가가 노부코의 팔에 닿았다.

"자 이제 아침이에요."

노부코의 팔을 쓰쿠다로부터 떼어 놓았다.

"지금부터는 제가 있을게요. 이분도 좀 쉬어야 하니까요."

팔이 힘없이 베개 위로 떨어졌다. 노부코는 열로 인해 초점이 흐린 눈으로 간호사를 보았다. 실내에 흐르는 차가운 잿빛의 새벽녘의 광선을 느끼며 반사적으로 중얼거렸다.

"벌써 아침이 되었네."

자신이 잠을 잤는지 안 잤는지 분명하지 않았다. 단지 하룻밤 동안 넘실거리는 큰 파도에 휩쓸렸던 것 같이 심신의 피로를 극도로 느꼈다. 졸리다. 몹시 졸리다.

"그래그래, 착한 아가씨군. 자지 않으면 안 돼요."

노부코는 희미하게 일그러진 미소를 띠었다. 쓰쿠다의 목소리가 들렸다.

"그럼 나중에 다시 올 테니까, 필요한 게 있으면 말해요."

왠지 수면 속으로 끌려들어가는 것 같은 느낌에서 벗어나려고 노부코는 애를 썼다.

"그럼, 빗과 여러 가지 자질구레한 것이 든 파란 가죽상자를 부탁할게요. 그리고 아버지께는 염려 마시라고 전해 주세요."

약을 먹었다. 쓰쿠다는 이제 이곳에 없었다. 시간은 정확히 모르겠지만 토하고 싶을 만큼 맛없는 코코아를 두 잔이나 마지못해 마셨다.

노부코는 문득 문밖에서 작은 목소리로 언쟁을 벌이고 있는 소리에 눈을 떴다.

벌써 저녁이 되었는지 근처는 어둑어둑했다. 어스름한 어둠 속에서 거친 말소리가 들렸다.

"부탁입니다. 말은 시키지 말아 주세요."

"그것은 저의 자유입니다. 저는 분명히 저 사람의 부친으로부터 출입 허락을 받았습니다."

"예, 그것은 잘 알고 있어요. 그러니까 방에 들어가는 것은 괜찮지만, 제발 환자에게 말은 시키지 말아 주세요. 절대로 안정이 필요하니까요."

쓰쿠다가 들어왔다. 침대 위의 노부코를 내려다보면서 그는 이윽고 보통 사람에게 말하듯이 말을 걸었다.

"기분은 어때요?"

"오! 제발 말 시키지 말아요."

노부코는 그가 이상하게 버티면서 간호사와 다툰 것이 창피스러워 조금도 기쁘지 않았다.

'간호사가 주의를 주었는데도 어째서 이 사람은 말을 시키는 것일까?'

그녀는 울고 싶은 듯이 중얼거렸다. 침묵하고 있으니 쓰쿠다는 다시 또 밀어 붙이듯이 물었다.

"어떻습니까. 기분은?"

노부코는 그 말에 대답도 하지 않고 슬픈 듯이 비난했다.

"왜 당신은 말을 거는 거예요?"

느닷없이 신경질적으로 말했다. 눈엔 눈물이 가득 고였다. 노부코는 맥이 풀려서 그대로 잠들었다.

2
노부코

1

팔층 꼭대기에는 기숙사 식당이 있었다. 식당은 건물의 날개 부분이 돌출되어 안쪽으로 펼쳐져 있었다. 그곳에서는 지금 만찬이 한창이었다. 흰 천을 씌운 수십 개의 테이블을 둘러싸고 앉아 있는 많은 여성들의 수군거림, 아지랑이 같은 이야기소리, 웃음소리, 식기 부딪치는 소리 등이 공중으로 울렸다. 노부코가 앉은 자리에서는 큰 주방으로 통하는 문 하나가 보였다. 그 문은 끊임없이 여닫혔다. 종업원이 쟁반을 들고 드나들며 구두 발끝으로 문을 찰때 여자 요리사의 모습과 가마솥이 걸린 요리 스토브 등이 언뜻 보였다. 부엌에서 뜨거운 바람도 불어왔다. 노부코의 테이블에는 8명이 앉아 있었다. 하지만 보통은 7명 좌석이었다. 그녀는 오늘밤 특별히 야스가와 사키코安川咲子를 만날 즐거움으로 왔다.

"아, 배고파!"

사키코의 얼굴을 본 노부코는 편하게 말하며 아침부터 우울해 있던 기분을 바꿔보려고 했다. 그렇지만 사키코咲子는 노부코에게 예의를 갖추고 두 팔을 가슴 아래에 갖다 대고 가볍게 고개를 숙여 외국인 친구를 대하는 태도로 의례적인 인사를 했다.

"오늘 밤 어떻습니까?"

노부코는 배가 고픈 터인지라 허겁지겁 저녁식사를 하기 시작했다.

다음날 아침, 노부코는 10시부터 11시까지 19세기의 영문학사 강의를 들었다. 강의가 끝나자, 그녀는 서둘러 아베레 홀에 갔다. 거기는 미술, 건축 등에 관한 도서관 겸 연구실이었다.

기숙사에 들어가 며칠 후, 노부코는 우연히 야스가와를 찾아 여기에 왔다. 야스가와는 일본의 미술 도안으로 예로부터 사용되어 온 전통의 변화를 여기서 조사하고 있었다. 인기가 없어서 작은 건물에 배치되어 있었지만 오히려 노부코는 자그마하고 조용해서 마음에 들었다. 큰 도서관은 장대한 대신 내부가 의사당처럼 넓어 차분해지지 않았다. 노부코는 다음날부터 이곳으로 공부하러 오기로 했다. 쓰쿠다도 여기로 왔다.

노부코는 매일 아침 있는 일이지만 어쩐지 빨라지는 가슴의 고동소리를 느끼면서, 큰 칸막이로 통로와 차단된 책상으로 다가갔다. 쓰쿠다는 벌써 자신의 강의를 들으러 간 후였다. 책상 위에 낯익은 그의 검은 가죽가방이 놓여 있었다. 노부코는 그가 잠시 후에 다시 여기에 올 것이라는 것을 알고 있었다. 노부코는 소설을 읽기 시작했다.

몇 페이지 읽었을 때 칸막이 밖에서 가벼운 여자의 발소리가 멈췄다.

"어머, 여기 있었어?"

노부코는 놀라서 머리를 들었다. 모자와 외투가 모두 검은색이라 피부가 아름다운 얼굴이 더 두드러져 보이는 나카니시 다마코中西珠子가 거기에 서 있었다.

"잘 되어 가니?"

노부코는 나카니시의 양손을 잡고 자신의 옆에 걸터앉혔다.

"언제 돌아갔어?"

"어젯밤, 11시 넘어서."

서로 얼굴을 마주보며 미소 지었다.

"어땠어?"

다마코는 일주일 전부터, 약혼자가 있는 보스턴에 가 있었다.

"잘 다녀왔어. 그곳에 가니까 평온하고, 숙소에서도 기분이 좋았어. 안정된 상태여서……."

"건강은 어때?"

"고마워, 건강해."

다마코는 차가운 바깥에 있었다. 들어온 지 얼마 안 된 활기찬 얼굴에 신선한 기쁨을 감추지 않고, 천성적으로 친밀한 태도로 말했다.

"내가 가길 잘했어. 지금 거기서 그 사람이 훌륭한 연구를 시작했는데 말이야, 잘하면 아주 전망이 있을 거야. 그런데 그 사람은 그저 그렇다고 생각하나봐. 내가 이번에 간 것이 매우 격려가 되었대……."

그녀는 애정 어린 눈빛으로, 정면으로 노부코를 주시하면서 물었다.

"어떻게 됐어? 그 후 너희들은…….."

"…………."

노부코는 쑥스러운 듯이 복잡한 웃음을 짓고 고개를 돌렸다.

"뭐, 그때나 지금이나 비슷해."

"오늘도 오시는 거야?"

"방금 오셨어. 우리 함께 점심식사나 하자. 셋이서—오래간만이니까…… 어때?"

"고마워, 그런데 지금 몇 시야?"

다마코는 잠시 손목시계를 보았다.

"오늘은 그럴 시간이 없어. 지금부터 브렌타노에 가봐야 되니까. 그보다 중요한 소식을 가지고 왔어. 너 이번 토요일, 시간 어때?"

다마코가 최근 친하게 지내고 있는 요코橫尾와 히구치樋口라는 청년들이 그녀와 노부코를 오페라에 초대하고 싶다고 했다. 그들도 쓰쿠다와 같은 클럽에 있어 가끔 노부코와 만난 적이 있었다.

"그래?"

"삼손과 데릴라라고…….."

곡목을 듣자 노부코는 가보고 싶어졌다. 그러나 토요일은 누구라도 특별하고 떠들썩하게 보내고 싶은 밤이었다. 쓰쿠다는 어떻게 할까. 그 사람 혼자 내버려두는 것이 마음에 걸려 대답을 주저하고 있는 사이에 쓰쿠다가 들어왔다. 노부코는 인사가 끝나기가 무섭게 쓰쿠다에게 지금 초대받은 건에 대해 이야기했다.

"당신, 어떻게 하실 거죠? 나는 가고 싶은데……."

선 채로 말하고 있는 다마코와 노부코는 개의치 않고, 쓰쿠다는 의자에 걸터앉았다. 노부코가 말하는 것을 끝까지 듣고 그는 언짢은 듯이 반문했다.

"물론 나는 초대하지 않았겠지요?"

다마코는 놀란 듯이 노부코를 보았다.

"이번에는 나만…… 만약 당신에게 계획이라도 있으면 안 된다고 생각해서, 니카니시 씨에게 기다리라고 했어요."

쓰쿠다는 두 명은 보지도 않고, 중절모를 한쪽으로 치우고 서적과 노트를 책상 위에 놓으면서 말했다.

"당신 좋을 대로 대답하면 되겠네요."

쓰쿠다와 4개월 교제하는 동안 가끔 이런 일이 있었다. 그녀는 지금도 그때와 똑같은 고통을 느꼈다.

"우리 둘 다 좋은 쪽으로 하는 편이 낫지 않아요?"

"자신의 판단 대로 대답하면 되겠지요. 그러나……."

"무슨?"

"당신들은, 요코 군과 히구치 군이라는 사람을 그렇게 잘 알고 계십니까?"

다마코까지 묘한 입장에 끌어들였으므로, 노부코는 너무나 안타깝고 슬퍼졌다. 그녀는 일그러진 표정으로 잠시 입을 다물었다가, 마침내 단념한 듯이 다마코에게 속삭였다.

"—나 그만두겠어, 이번은…… 모처럼…… 나는 못 가도 너는 가야지?"

"나는 괜찮아."

다마코는 이해했다며 부담 없다는 듯 기운을 북돋우듯이 노부코의 어깨에 손을 대며 말했다.

"그래, 그러는 편이 좋을 것 같아. 그곳에는 언제라도 갈 수 있으니까. 아무쪼록 말 잘해 줘."

그녀들은 입구까지 같이 갔다.

"약속이 있는 걸로 해 줘."

"그렇게 할게."

다마코는 걸으면서 갑자기 속삭이듯이 기분 좋은 작은 소리로 말했다.

"…쓰쿠다 씨, 시샘이 많네. 그만큼 그분의 사랑이 강하다는 거겠지. 넌 행복한 거야."

노부코는 믿기지 않는다는 얼굴을 했다. 그러자 그녀는 자못 선배다운 따뜻함을 잃지 않으면서 강한 어조로 말하며 노려보는 시늉을 했다.

"사실이야."

노부코는 책상 앞으로 돌아갔다. 쓰쿠다는 그녀를 보지도 않고 입도 열지 않았다. 노부코는 그러한 부자연스러움을 견디지 못하는 성격이었다.

"저기."

노부코가 불렀다. 쓰쿠다는 얼굴을 들었다.

"뭡니까?"

"지금과 같은 경우에는 정확하게 당신의 마음을 말해 주시는 게 좋아요. 의논이니까."

"당신이 좋을 대로 하라고 하면 안 되는 겁니까?"

"그런 건 아니지만…… 뭐랄까 왠지 마음이 후련하지 않아요. 말로는 마음대로 하라고 하면서, 표정은 마음대로 해서는 안 된다고 하는 것 같아요. —서로 터놓고 이야기할 때는 당신의 심정을 솔직하게 말해 줘요."

쓰쿠다는 입을 다물고 있다가 흰자위가 보이는 시선으로 비스듬하게 노부코를 올려보며 애처롭게 호소하듯이 말했다.

"제게 가지 말라고 말할 권리가 없다는 것을 알고 있겠죠?"

노부코가 눈물을 머금고 침묵하자, 그는 갑자기 초조해하며 낮고 빠른 목소리로 중얼거렸다.

"가도 괜찮아요. 정말 괜찮아요. 나 같은 건 걱정해 주시지 않아도 괜찮습니다."

"가고 싶어서 말하는 것이 아니에요. —앞으로 자주 있을 수 있는 일이니까……."

이야기를 하고 있는데 대여섯 명의 학생이 들어왔다. 텅 비어 있던 앞뒤의 큰 책상은 그들이 각각 자리를 차지했다. 노부코는 하는 수 없이 입을 다물지 않으면 안 되었다.

노부코는 그대로 오후 2시부터 미스 플랫에게 갔다.

미스 플랫은 몸집이 크고, 어딘가 네덜란드풍인 중후함을 가지고 있는 사람이었다.

Yes라고 할 때에도 뉴욕 여자 같은 성급한 콧소리가 아니고, 정중하게 단어와 단어 사이를 띄어 천천히 발음했다. 어머니와 하숙하는 사람들과 함께 생활하는 여교사의 평온한 분위기에서 노부코는 언제나 가정적인 위안을 느꼈다.

지난주 화요일, 기숙사에 대한 얘기가 나왔다. 노부코는 기숙사 생활에서 며칠이 지나도 기질적으로 친숙해질 수 없는 부분이 있었다. 우선 사람이 너무 많았다.

"마치 벌집 같습니다. 게다가 모두가 여왕벌이니까……."

노부코는 반 농담으로 이렇게 말하며 웃었다. 미스 플랫은 밤색의 숱이 많은 머리를 갸웃거리며 생각하다가 말했다.

"목요일 오후에 집으로 오세요. 색다른 기분이 들어 좋을 거예요. 와서 우리 수다라도 떨어요."

이렇듯 약속이 있었으므로 노부코는 쓰쿠다와의 찝찝한 기분 그대로 나간 것이었다.

아파트 문을 두드리자 미스 플랫의 어머니가 마중 나왔다.

"안녕하세요."

"아, 안녕하세요. 어서 오세요."

노부인은 애교 있게 노부코를 홀로 데리고 갔다. 그리고 솔직해 보이는 푸른 눈에 의아한 표정을 지으며 속삭이는 듯한 나지막한 목소리로 물었다.

"지금 공교롭게도 다른 일을 하고 있는 것 같은데요. 무슨 일이십니까?"

오후에는 시간이 있어 초대했을 거라고 생각한 노부코는 다소 의외였다.

"오늘, 목요일이지요?"

"예 분명히……."

"그럼, 죄송합니다만 미스 플랫에게 제가 왔다고 잠시 말씀해 주시겠습니까? 방해가 되지 않는다면 또 나오지 않으셔도 괜찮으니까."

일본의 하오리[5] 를 이상하게 걸친 미스 플랫이 총총걸음으로 나왔다. 그녀는 노부코가 말할 여유도 주지 않고 인사를 하며 자신의 방으로 안내했다.

"이제 30분 정도만 더 하면 되니까 기다려 주시겠지요?"

그녀는 책장을 들여다보았다. 그리고 오스틴의 보급판을 한 권 꺼내어 노부코에게 주었다.

"이것이라도 읽고 계세요. 그럼 잠깐 다녀올게요."

미스 플랫의 방의 두 개의 큰 창문에서는 대학 구내의 빈 공터 일부와 대학 총장 저택의 측면이 보였다. 긴 의자와 침대 위에는 작고 귀여운 사라사와 작은 이불이 있었고, 방은 차분하고 깨끗하게 정리되어 있었다.

노부코는 흔들의자에 앉아 미스 플랫이 주고 간 책을 읽었다.

---

5 하오리(羽織) : 일본 옷 위에 입는 짧은 겉 옷.

이윽고 복도에서 헤어지는 소리가 들리고 이쪽으로 오는 미스 플랫의 옷 스치는 소리가 들렸다. 마침내 두 사람 사이의 이야기에 기분 좋게 탄력이 붙었을 때, 공부하러 또 다른 학생이 왔다. 미스 플랫은 처음부터 그럴 계획이었던 것처럼 노부코에게 두세 마디하고 응접실로 사라져버렸다. 또다시 한 시간 정도 기다리지 않으면 안 되었다. 노부코는 방 안을 어슬렁어슬렁 걸어 다녔다. 앞 공터에 한 그루의 초목이 마른 큰 나무가 있었다. 빗자루를 하늘 높이 거꾸로 세운 듯한 가지에는 어떻게 남았는지 타원형의 메마른 새빨간 잎이 팔랑거리고 있었다. 그것이 2월의 투명한 푸른 하늘에서 싱싱하고 혈기가 넘치는 것처럼 아름답게 보였다.

그것을 바라보는 동안에 노부코는 문득 자신이 이상하게 궁지에 몰린 것을 알게 되었다. 미스 플랫은 마음대로 자신의 일을 하고 있었다. 그런데도 자신은 그녀의 방에서 모자와 외투를 벗어 들고 조용히 기다리고 있으라는 무언의 명령이라도 받은 것처럼 멍하니 기다리고 있었다. 무엇 때문에 자신은 여기에 있는 것일까. 노부코는 자신도 모르게 히죽 웃었다. 하지만 정말 자신은 여기에 무엇을 하러 온 것일까?

제자이긴 하지만, 그녀가 불러놓고 이렇게 혼자 방치해 두는 것은 이상하지 않은가? 노부코를 위해 다른 방을 준비해 둘 정도의 친절한 마음이라면 왜 좀 더 빨리 시간을 낼 수 없다고 말해주지 않은 것일까? 평소의 미스 플랫은 마음이 잘 통하는 사람이었다. 그런 생각을 하자 노부코는 여기에 이렇게 있는 것에 신경질이 났다. 그녀는 팔짱을 끼고 질문을 하듯이 자신이 벗은 외투와 모자를 내려다보다 벌떡 일어섰다. 다시 곰곰이 생각해 보니 짚이는 데가 없는 것도 아니었다.

"요즘 당신은 계속 쓰쿠다 씨와 함께 다닌다던데, 정말입니까?"

열흘 정도 전의 일이었다. 연습 후에 미스 플랫은 누구로부터 들었는지 이렇게 물었다. 노부코는 그렇다고 대답했다.

"쓰쿠다 씨는 예전에 다카사키高崎 씨에게도 매우 친절하게 대해주고 여러 가지를 함께 한 것 같은데."

미스 플랫의 말투에 뭔가 암시하는 것이 있는 것을 느끼고 노부코는 간단하게 대답했다.

"그렇다고, 그로부터 들었습니다."

"원래, 서부 대학에 있을 때에도 어떤 부인과 일로 유쾌하지 않은 사건이 있었다고 들었어요. 소위 말하자면 신사로서의 체면을 잃은 것이지요. 일전에 그런 이야기를 들었습니다."

"아, 그 이야기군요. 밤늦게 어딘가에서 여자와 같이 이야기하고 있는데 경찰이 오해하여 어떻게 했다는…….."

"쓰쿠다 씨가 이야기했어요?"

미스 플랫은 매우 예상 밖이라는 듯이 말했다.

"예, 들었어요. 하지만 왜 당신이 이런 타인의 소문에 관심을 보이는 거죠?"

노부코는 가볍게 불쾌감을 나타냈다.

"저는 소문이 모두 사실은 아니라고 생각해요. 무책임하게 사실을 각색하는 사람도 있으니까요."

"그렇지요. 저도 결코 전부 그대로 믿지 않으니까요."

미스 플랫은 하는 수 없이 화제를 돌렸다. 하지만 그 말을 꺼낸 마음에서 오늘과 같은 기묘한 초대—마치 '방 안에서 조용히 혼자 생각해 보라고 나에게 말하는 것 같은' 초대—를 한 것은 아닐까?

그런 생각이 들자, 노부코는 지기 싫어하는 자신의 어린아이 같은 심리를 꿰뚫어 보고 있는 미스 플랫의 영리한 방법에 불쾌해졌다. 이런 식으로 나오지 않아도 그녀는 쓰쿠다와의 관계를 미스 플랫에게 감추고 싶은 마음은 없었다. 적절한 시기가 오면 경애하고 있는 미스 플랫에게 맨 먼저 모두 터놓고 이야기할 생각이었다. 그러나 이렇게 강요에 의해 만들어진 기회로 말하고 싶지는 않았다. 또 그것은 대등한 입장으로 털어놓는 이야기로 미스 플랫이 못마땅하게 생각하는 듯한 그녀의 의견을 구하려고 하는 성질의 것은 아니었다.

노부코는 결심했다.

'오늘은 무슨 일이 있어도 스스로 쓰쿠다에 대한 이야기는 하지 말자.'

가령 내일 아침 달려와 모든 이야기를 한다고 해도 오늘은 절대! 절대로!

노부코는 어째든 미스 플랫이 돌아올 때까지 기다렸다.

그 후 미스 플랫을 따라 아침 산책을 했다. 미스 플랫은 노부코의 감정을 꿰뚫고 있는 듯이 자신의 마음속에 있을지도 모르는 계획을 말하지 않았다. 한두 번 정말 우연이라고 생각되는 기회에 쓰쿠다의 이름을 내뱉었을 뿐이었다.

<h1 style="text-align:center">2</h1>

오늘은 왠지 마음속에 어두운 그림자가 겹쳐서 드리워진 우울한 날이었다. 그러나 언젠가 반드시 기쁜 날도 오겠지.

몸은 한 사람의 학생으로서 기숙사에 들어왔지만 이미 쓰쿠다와의 인연이 깊어져 마음속에 들어와 있었기 때문에, 노부코의 내부 생활은 여느 여학생들처럼 단순하지 않았다. 학생 중에서도 애인이나 약혼자가 있는 사람은 많았다. 기숙사 건너편에 있는 메인 존 프랑스 타운은 늦잠을 자는 학생들에게 귀중한 보물일 뿐만 아니라 이들에 의해 밤늦도록 떠들썩한 장소였다. 그녀들은 찾아오는 애인들과 함께 유쾌하게 얘기하거나 토요일이면 댄스 등을 즐겼다. 애인끼리 또는 친구와 한 무리가 되어 기분 좋게 무도회 등에 가는 일도 있었다. 언젠가 야쓰가와가 말했다.

"일본인은 실제로 아직 사회적 훈련이 부족해요. 여기 학생들은 자신이 좋아하는 사람이라도 친구의 의견을 듣고 선택하고, 동료들이 바보 취급하는 남자는 친구로 삼는 것을 부끄러워해요."

야쓰가와는 대단한 외국 숭배자였다.

"어디까지나 리퍼블릭(republic-공화제)이군."

그래서 때때로 오히려 기분이 반대로 움직이는 노부코는 이렇

게 말하며 웃었다

"나는 그렇지 않아. 내가 좋아하면 그것으로 괜찮아."

노부코는 쓰쿠다와의 연애가 그녀의 주위에 있는 연애에 비하면 비교할 수 없는 독특한 어둠과 애절함을 가지고 있는 것처럼 생각되었다. 밤에 병원으로 찾아온 쓰쿠다는 반쯤 꿈속에 있던 노부코에게 키스를 했다. 노부코는 그가 가지고 있는 정열의 고백이라고 느끼고 응했다. 하지만 이제 그가 다시 그러한 감정을 되돌리는 것은 불가능하고 노부코도 그럴 수 없었다.

점차 서로 이별을 생각하게 된 것인가. 연애는 항상 이러한 동요와 불안과 슬픔의 감정을 수반하는 것인가? 자신이 사랑하고 사랑받는 자를 얻었다는 확신은 노부코에게 처음으로 넘치는 정신의 안정과 희망을 가져다주었다. 하지만 쓰쿠다 쪽에서는 그렇지 않았다. 그리고 감정의 열정이 높아짐에 따라 거의 어쩔 수 없는 내심의 불안이 싹텄다. 그것은 노부코에게도 옮겨지지 않고 막을 내렸다. 서로 사랑에 의해 한층 생활력을 느끼고 서로 도와가는 평화스러움과 동시에 고귀한 빛남은 좀처럼 없었다. 쓰쿠다는 너무 자신이 없는 애인이었던 것이다. 20일 정도 전 어느 날 밤 노부코는 몇 사람의 친구로부터 만찬에 초대받았다. 그들은 쓰쿠다가 모르는 사회와 공무 관계의 사람들이었다. 노부코 외에 많은 부인들도 참석했다. 다음날 쓰쿠다는 이상하게 신경질을 부렸다.

"당신― 제가 어제 저녁에 간 일로 불쾌해 하고 있지요?"

그러자 쓰쿠다는 눈을 내리뜨고 노부코를 슬쩍 보며 말했다.

"뭔가 그럴만한 이유가 있었어요?"

"어머! 어머! 그것이 버릇이에요?"

노부코는 손가락으로 쓰쿠다를 위협하는 시늉을 했다. 그리고 말했다.

"지금부터도 있을 수 있는 일이니까 잘 알아두세요. 저는 당신을 정말로 사랑하고 있어요. 그래서 오히려 누굴 만나도 상관없다는 신념이 있어요. 제 마음을 알겠어요? 저에게는 이제 지켜주는 신이 있어요. 정말로 소중하게 생각하는 사람이 생겼을 때 인간은 방종하게 되어서는 안 돼요. 게다가 무엇보다 우선적으로 서로 솔직해야지, 이런 사소한 일에서조차 평정을 찾지 못한다면 곤란하겠지요."

쓰쿠다는 노부코의 시선을 피하면서 중얼거렸다.

"결코 당신이 어떻다고 하는 것이 아니에요. 당신이 날 진심으로 대한다는 것은 알아요. 하지만 당신은 사람을 바로 믿지만 인간들은 결코 표면적으로 보이는 것과는 달라요. 어째서 그렇게 안심하고 사람과 만나는지 그것이 불안해요."

"인간을 믿지 않는다면 어떻게 당신을 믿을 수가 있겠어요."

그녀의 마음이 변하지 않을 것을 믿는다면 쓰쿠다는 무엇을 두려워할 것인가. 주자가 말한 것처럼 질투 때문일까. 노부코는 마음 속으로 질투라고 해도 자신의 마음을 안다면 필요 없는 것이라며 괴로워했다. 쓰쿠다가 모르는 사람과 만나서는 안 되고 교제를 해서도 안 된다고 한다면 너무 옹색했다. 노부코는 속 좁은 쓰쿠다에게 화가 나서 한순간 그의 기분을 헤아리지 않고, 자유롭게 생각한 대로 행동해도 좋다고 생각한 적도 있었다. 하지만 그도 매우 괴로워하며 자신의 그러한 마음을 어떻게 처리해야 할지 몰랐다. 그것이 열정적인 결심으로 가까이 다가왔다. 한편 노부코는 마음속으로 그의 머리를 안고 키스를 퍼부었다.

"아, 잘 알고 있어요."

이렇게 말하고 싶은 열정이 불타올랐다. 노부코는 쓰쿠다의 고통이 이해되었다. 그는 35세라는 나이임에도 매우 가난하고 지위도 없었다. 게다가 그다지 좋은 평판도 받지 못한다는 것을 잘 알고 있었다. 그러한 자신의 처지를 비관하며 노부코의 젊디젊은 정열에 끌리고 있는 지금 스스로 자신이 없어 너무 괴로워하고 있음에 틀림없었다. 그런 쓰쿠다에게 노부코는 어떻게든 자신의 마음을 전하고 서로 당당하게 생활하고 싶었다. 그들의 행보가 순조롭지 않을 것을 잘 알고 있었다. ―쓰쿠다가 어떻게 하면 안심하고 여기까지 온 감정을 그녀와 함께 건강하게 키워나갈 것인가를 생각하자 노부코의 눈에 눈물이 고였다. 그도 결혼하지 않으면 알 수 없는 것이겠지.

3

사람들은 모두 결혼한다. 남자와 여자가 결혼한다. 결혼이라는 것은 인간의 눈과 코와 같은 것으로 인생행로의 하나의 당연한 약속과 같다. 노부코는 멍청하다고 할지도 모르겠지만 거기에 대해 의문을 가지고 있었다. 인간이 가정을 이루고 싶은 마음, 또 서로 사랑하는 남녀가 함께 생활하고 싶은 생각, 한 쌍으로 취급받고 싶은 강한 마음 등은 그녀도 알고 있었다. 쓰쿠다에 대해서도 노부코는 중세적 플라토닉한 감정만 있는 것은 아니었다. 언젠가 그와 자신과는 육체적으로도 하나가 될 것이다. 남자와 여자가 동등한 취급을 받으면 편리한 점이 많다는 것은 지금도 충분히 알 수 있었다.

그러나 결혼을 생각하면 막연한 중압감과 답답함, 불안감이 언제나 노부코를 엄습해 왔다. 인간은 결혼하면 왜 인생의 어떤 결승점에 도달하는 것처럼 정착하여 세상과 조화적으로 되어버리는 것인가.

대부분의 남녀가 무언가 자기와 같지 않은 사람에게 끌려 일생을 살아간다. 자신도 결혼하여 그런 식으로 이 세상을 살아갈 것이라는 사실이 노부코는 싫었다. 결혼하여 아이를 갖고 싶다는 생각도 없었고, 남편이 소위 출세를 해서 아무개 부인이라고 불리고 싶은 욕심도 없었다. 쓰쿠다에게 그의 일이 있는 것처럼 자신에게도 자신의 일이 있었다.

그리고 경제적으로도 노부코는 그를 돈벌이하는 사람으로 만들고 싶지 않았다. 그와 서로 도우며 생활하고 싶다는 것은 단지 서로의 사랑을 키워감에 있어서 두 사람이 보다 풍요롭고 넓게, 씩씩하게 뻗어가고 싶다는 것뿐이었다. 서로 사랑하는 남녀에게 있어 결혼이 유일한 길일까.

남녀의 사랑은 본래 그렇게 협소하고 옹색한 것일까? 인생에는 무언가 조금 다른 형태가 있어도 좋을 것이라는 생각이 언제나 노부코의 마음에 강하게 자리 잡고 있었다.

쓰쿠다는 결혼이라는 말조차 자신의 입으로 꺼낸 적은 없었다. 하지만 그는 무엇을 괴로워하는 것인지! 괴로워하는 것을 보면 노부코는 그가 진실로 구하고자 하는 것이 무엇인가를 느낄 수 있었다. 그가 앞서서 말할 권리를 자기 자신에게 허락하지 않기 때문에, 더욱더 그 내부의 갈등이 노부코에게 괴로운 책임감으로 전해지는 것이었다.

사오 일 지나 3월이 되는 어느 날 밤이었다. 노부코는 혼자 방에 있었다. 자습시간은 기숙사 안에서 가장 조용한 시간이었다. 때때로 콘크리트 복도를 걷는 작은 구둣발자국 소리가 날 뿐이었다. 노부코도 책상을 마주하고 앉았다. 녹색 갓의 독서용 전등이 노트의 흰 종이와 책의 가죽 커버를 비치고 있었다. 노부코는 미스 플랫에게 가지고 갈 다케토리 모노가타리竹取物語[6] 의 일부를 읽고 있었다. 모노가타리는 그녀가 좋아하는 것이었다. 스스로 선택한 일이니까 그녀는 흥미를 느끼며 그날이 되면 즐거움에 빠져 문법에 신경 쓰지 않고 모노가타리에 몰두했다. 하지만 오늘밤은 아무래도 손에 잡히지 않았다. 필요한 표현이 그녀의 빈약한 어휘로 나열

---

6 다케토리 모노가타리(竹取物語) : 헤이안 초기의 이야기. 작자 · 성립 년도 미상. 다케토리(竹取, 대나무를 주워 생활하는 사람)할아버지가 대나무 속에서 가구야 공주를 주어 키운다. 다섯 명의 귀공자들의 구혼을 물리치고, 8월 15일에 달나라로 돌아간다.

되지 않았다. 흥미가 용솟음칠 때까지 마음을 집중할 정열이 왠지 가슴 주변에 결핍되어 있었다. 그러한 감정이었다.

노부코는 생각하려고 해도 글을 쓰려고 해도 자신의 존재가 갑자기 희미해진 듯이 반응이 없음을 내면적으로 느꼈다. 쓸쓸해졌다. 쓰쿠다는 뉴욕의 북쪽에 있는 어느 시에 YMCA의 용무로 여행 중이었다. 그 말을 들었을 때 노부코는 오히려 기뻐하며 찬성했다.

"괜찮아요. 다녀오세요. 가끔은 떨어져 있는 것도 좋아요. 기분전환을 위해."

자신의 마음을 다시 정리해보며 흥분된 신경을 쉬게 하는 것도 좋다고 생각했다. 첫날 밤 노부코는 저녁식사 후 계단 아래 광장에서 자신을 방문해 온 사람이 없다는 편안함으로 재빨리 방으로 들어갔다. 기분 내키는 대로 옷 장롱을 정리하거나 독서를 하거나 오래간만에 혼자서 즐기는 것에 매혹되어 있었다. 9시쯤 샤워를 마치고 잠자리에 들 때 노부코는 평소 잊고 있던 달빛이 자신을 느긋하게 비추는 것을 느꼈다.

다음날, 이를테면 오늘 하루는 여유가 있는 날이었다. 그러나 습관적으로 12시가 지나서 아브레 홀로 갔다. 그리고 여느 때처럼 테이블을 향해 앉자 노부코는 뭐라 말할 수 없는 허전함을 마음속으로 느꼈다. 상쾌한 공기 중의 차가움, 사람의 발소리가 들리지 않아 건물 전체가 텅 빈 것 같은 느낌, 공허함 등이 느껴졌다. 노부코는 그 주변에 있는 모든 것이 이상하게 신기했다.

입구의 문이 열리거나 근처에 인기척이 나거나 하면 그녀의 신경은 극도로 긴장되었다. 쓰쿠다는 수백 리 떨어진 곳에서 이틀 동안 돌아오지 않았다. 그 사실을 잘 알고 있음에도 불구하고 어쩌면 하는 마음이 그 순간 그녀의 심장을 울렸다. 오전 중 하루가 너무 길었다. 끝내 노부코는 자신의 마음이 너무 자유를 잃었기 때문에 비참하게 괴로워졌다. 그녀는 도서관을 나왔다. 허드슨 강가의 공원을 산책하거나 브로드웨이에서 쇼핑을 하거나 했다. 드디어 밤이 되었다.

노부코는 자신의 마음과 싸우며 한 시간 분량의 다케토리 모노가타리를 복사하고 서둘러 노트와 사전을 펼쳤다. 좋은 일이라도 기다리고 있는 듯이 책상에서 벌떡 일어났다. 하지만 기숙사의 작은 방 안에는 혼자뿐이었다. 그녀가 마치기를 기다리는 사람도 없었고 '아, 겨우 끝났다.'라고 말할 상대도 없었다. 화장대의 거울은 밝게 실내의 흰 벽을 비추고 있었다. 노부코는 쓸쓸한 새끼 짐승과 같은 얼굴을 했다. 그녀는 주체할 수 없는 듯이 양쪽 팔을 머리위에 꼬아 올리고 창문 앞에 섰다.

완전히 저문 추운 밤, 같은 기숙사의 모퉁이에서 튀어나온 날개가 보였다. 등이 켜진 쪽에 많은 창문이 있고 내부는 등불로 빛나고 있었다. 커튼을 내리지 않은 하나의 창문에서 얼어붙은 듯한 추운 공기 너머로 젊은 여자의 얼굴과 흰 상의의 어깨가 힐끔힐끔 보였다. 어느 창문에서도 평화롭고 따뜻한, 다른 사람이 알지 못하는 행복이 넘치고 있는 것처럼 보였다.

노부코는 갑자기 무슨 악기라도 힘껏 두들기며 자신을 궁지로 몰아넣는 쓸쓸함을 파괴하고 싶은 충동을 느꼈다. 그녀는 침대 끝에 걸터앉아 구두끈으로 박자를 치면서 콧노래를 부르기 시작했다. 어떤 비참하고 약한 진동 소리가 자신의 목소리인지 믿기지 않아 갑자기 노래를 그만두고 이번에는 잡지를 들었다. 노부코는 이윽고 저항력도 잃었다. 그녀는 그 마음을 달래려고 했지만 그럴 수 없었다. 이 세상에 혼자 남겨진 듯한 쓸쓸함. 길을 걸어도 읽고 있어도, 무엇을 하든 모두가 단지 그를 만날 때까지 시간을 줄이는 방편이라는 느낌. 공기까지 묘하게 희박해지는 듯한 숨 막힘. 쓰쿠다가 아니면 누구도 그녀를 적막함에서 구해줄 수 없었다. 자신이이야말로 이처럼 그를 동경하고 애절하게 생각하고 있다는 것을 알게 된 것이었다. 노부코의 눈앞에 쓰쿠다의 얼굴이 떠올랐다. 그것은 점점 커졌다. 쓰쿠다는 눈에 익은 낡은 중절모를 쓰고 노부코를 보며 다가와서 맑은 미소를 띠었다. 노부코는 눈을 감고 정열적으로 몸 전체를 떨면서 환상적으로 쓰쿠다를 안았다. 그의 뺨의 감촉, 그의 입술, 부드러운 머리카락을 쓰다듬을 때 손바닥에 전해지는 촉감, 노부코는 신음하듯이 그의 이름을 불렀다. 벽에 머리를 기대고 멍하니 있던 노부코는 노크 소리에 제정신으로 돌아왔다. 그녀는 서둘러 양손으로 젖은 눈물을 닦았다.

"들어오세요."

그러나 문은 열리지 않고 밖에서 안내하는 소녀가 외쳤다.

"전화입니다. 카운터로 와주세요."

"아 그래요? 고마워요."

누구에게서 걸려온 것일까. 노부코는 기운 없는 모습으로 계단을 내려갔다. 큰 방에서는 유쾌한 듯이 남녀가 이쪽저쪽에서 무리지어 있었다. 야회복을 입은 아가씨 세 명이 꽃다발을 안고 기뻐하며 부끄러운 듯이 인파 속을 빠져나갔다. 검은 옷을 입은 노처녀 감독은 구석의 대리석 기둥 밑에서 활기찬 웅성거림을 바라보며 인위적인 미소를 머금고 앉아 있었다. 노부코는 전화박스에 들어갔다. 그녀는 누군지 어디에서 걸려왔는지 모른 채 수화기를 들었다.

"여보세요. 여보세요."

"샷사 씨입니까? 바로 연결하겠습니다."

'카카카' 하는 접속 소리가 들렸다.

"여보세요. 여보세요."

"여보세요. 누구세요."

매우 불선명하게 중간 중간 끊기는 목소리를 들으며 노부코는 무심코 탁상 전화기가 놓인 은색 탁자를 짚었다.

"쓰쿠다 씨?"

"샷사 씨입니까? 어떻게 지내고 있어요?"

노부코는 치밀어 오르는 기쁨과 그리움으로 말이 나오지 않았다. 이윽고 상대방에게 가까스로 들릴만한 목소리로 속삭였다.

"여보세요. 여보세요."

뜨거운 얼굴을 전화기에 갖다 대었다. 쓰쿠다의 목소리는 부드러웠다.

"뉴욕의 날씨는 어때요. 이쪽은 심한 눈보라가 쳐요. 말소리들려요?"

노부코는 주체할 수 없는 감동으로 숨이 막히는 듯한 작은 목소리를 내었다.

"잘 들립니까? 정말 전화 잘 해 주셨어요."

"혼자입니까?"

"예."

"조금 전까지 회의가 있어 바빴습니다. 매우 심한 날씨인데, 어떻게 지내고 있는지 궁금해서……."

"고마워요."

노부코는 마음속에서 다시 불덩어리와 같은 것이 달아올랐다. 가능하면 달려가서 그의 품에 안기고 싶다는 주체할 수 없는 정열과 같은 것을 강하게 느꼈다. 말로 표현할 수 없는 감정으로 노부코는 수화기에 뺨을 갔다댄 채 잠자코 있었다.

"여보세요."

"뭐하고 있어요?"

"어떻게 지냈어요?"

"……."

상대측에서도 연정이 느껴지는 침묵이 흘렀다. 노부코는 밤의 전선을 타고 역력히 전해져 오는 그의 마음을 느꼈다. 그 느낌이 생생해서 두 사람 사이의 거리가 마치 바로 연결된 듯이 저쪽까지 전해지는 것 같았다. 이윽고 쓰쿠다가 먼저 말을 꺼냈다.

"이제 시간이 다 되었으니까, 끊겠어요."

"그래요."

"안녕히 주무세요. 나는 예정대로 모레 돌아가겠어요."

"몇 시 쯤?"

"아마, 내일 밤에 여기서 출발할 테니까 저녁까지는 도착하겠지요. 밤에 뵙겠습니다."

그녀는 안녕이라고 말했다. 그리고 들뜬 기분으로 승강기를 타고 방으로 돌아왔다.

4

노부코는 그날 밤 완전히 뜬눈으로 지새웠다. 다음날은 음울한 가랑비가 내렸다. 미스 플랫을 만나고 돌아와 현관에서 양산을 접고 있는데 승강기에서 야쓰가와가 외출 준비를 하고 나타났다. 그녀는 노부코를 보자 소리를 질렀다.

"삿사 씨 지금 시간 있어요?"

노부코는 어젯밤부터 어쩔 수 없는 깊은 생각에 잠겨 멍한 표정으로 야쓰가와를 쳐다보았다.

"왜?"

"만약 별 일 없다면 125번가까지 함께 갈까?"

"쇼핑?"

"응, 조금."

노부코는 조금 걸어도 좋다고 생각했다. 모든 것은 이미 어제 저녁에 결정했다.

"조금 기다려줘요. 이 잡동사니들을 맡기고 올게."

노부코는 책이랑 노트를 카운터에 맡겼다. 가까운 곳이지만 125번가 근처는 뒷골목이었다. 먼지와 티끌, 바나나와 사과 껍질, 화물 자동차의 조잡한 휘발유 냄새가 거리에 진동했다. 창문 유리가 깨지고 노란 빛을 띤 반 지하실에 구두 수선, 헌옷 가게, 모조 장식품 가게 등이 생쥐 집과 같이 즐비하게 늘어서 있었다. 보석상점에 진열된 몇 백 불, 몇 천 불이라는 가격이 붙어 있는 다이아몬드가 가짜처럼 생각되는 곳이기도 했다. 야쓰가와는 구두를 한 켤레 샀다. 노부코는 리본 한 묶음과 흰 레이스 테이블보와 귀여운 오리 새끼 완구 두 개를 샀다.

"이상한 사람이네. 어째서 이런 것을 두 개나 사?"

야쓰가와는 노부코가 쇼핑하는 물건을 보고 웃었다.

"귀엽지 않니? 너무 귀여워. 쓰쿠다 씨에게도 줘야지."

노부코는 폭신폭신한 감촉의 종이꾸러미를 소중히 안고 우산을 펴고 흠뻑 젖은 포장도로를 되돌아왔다. 잠을 못 잤음에도 불구하고 노부코의 정신은 또렷했다. 오랫동안 고민하던 문제가 해결된 듯한 침착함이었다. 그것은 결코 편안한 행보를 나타내는 것은 아니었다.

자신에게 여성으로서의 고통이 시작될 것이다. 하지만 쓰쿠다에게 협력할 열성만 있다면 노부코는 그것을 두려워하지 않을 자신이 있었다. 그가 좋다고만 하면 자신은 결심할 수 있었다.

노부코의 가슴에는 희망과 함께 말하기 어려운 한 줄기의 비애, 불운한 예감이 있었다. 그것은 부모의 일이었다. 그녀는 부모님을 사랑하고 있으며, 그들이 노부코의 반려자로 대충 어떤 스타일의 청년을 염두에 두고 있는지 짐작하고 있었다. 정확히 말하면 쓰쿠다는 그들이 생각하는 인물과 인연이 멀었다. 그들이 자신의 결심을 알면 놀라 불쾌함을 느끼고 흥분할지도 모른다. 아니, 분해할 것이다. 그러나 자신은 그에 끌려가지 않을 것이다. 가장 최악의 경우, 그것이 가령 일생 감정상의 불화의 원인이 된다고 해도, 어젯밤도 노부코는 그와 같은 일을 생각하며 흐느껴 울었다. 그리고 제발 부모도 자신의 마음을 이해해 주고, 쓰쿠다도 만일 운명이 그렇게 되면 그들의 좋은 아들이 되어 주기를 간절히 바랐다.

다음날 오후 5시가 지나서 쓰쿠다로부터 전화가 걸려 왔다. 노부코는 자신이 갈 테니까 7시 경 도서관에 와 달라고 부탁했다. 저녁밥을 먹는 둥 마는 둥 방으로 돌아와서 새끼오리의 목에 가느다란 리본의 장미 장식을 하고 얇은 종이로 포장을 했다. 머리에 빗질을 하고 모자를 쓰고 노부코는 여느 때보다 조금 핼쑥해진 얼굴로 외출을 했다. 전날은 비가 그치고 바람도 없는 밤이었다. 눅눅한 검은 하늘에 엄청난 별이 반짝였다. 가로등의 먼빛에서 잎이 없는 수목의 가지와 큰 도서관의 돔이 오묘하게 눈에 띄는 대학 구내를 빠져나와 아브레 홀로 갔다. 쓰쿠다의 모습은 보이지 않았다.

노부코는 큰 도서관으로 가서 삼층 구석의 특별실의 문을 열었다. 구석구석까지 비치는 밝은 빛 아래 서가가 숲과 같이 진열되어 있고 노부코의 발소리는 크게 천장에까지 울렸다. 독서실에서 누군가가 자리에서 일어나는 소리가 들렸다. 노부코는 발걸음을 빨리 옮겼다. 쓰쿠다가 혼자 있었다. 그는 들어오는 노부코를 맞이하듯이 의자의 등에 왼손을 걸치고 입구 쪽을 향해 서 있었다. 어딘지 조금 수척해진 듯한 그의 얼굴을 본 순간 노부코는 지금까지 자신을 지탱해 온 축이 무너지는 것을 느꼈다. 처음으로 감동이 전해지자 노부코는 쓰쿠다와 나란히 섰다. 짧은 대화로 여행에 대해 물었다. 그녀는 엷은 흰 종이 꾸러미를 내밀었다.

"선물, 열어보세요."

쓰쿠다는 신기한 듯이 풀어보고는 안에서 새끼 오리를 보자 일순간 미소를 머금었다.

"귀엽군. 고마워. 어디서 났어?"

"어제 야쓰가와 씨와 함께 가서 사 온 거예요."

쓰쿠다는 편안하게 손가락으로 새끼 오리를 쓰다듬으며 가방 위를 걷게 하거나 죄 없는 새끼 오리를 두들기거나 했다. 노부코는 그 평화로운 얼굴을 괴로운 듯이 바라보았다. 자신들의 운명이 몇 분 뒤에 정해질 것임에도 불구하고, 그는 이 순간에 자신이 무슨 말을 하려고 하는 것인지 몰랐다. 노부코는 중대한 이야기를 시작하기가 힘들었다. 그녀는 쓰쿠다의 손에 자신의 손을 얹었다. 심한 감정의 동요가 일어나고 혀가 무거워졌다. 노부코는 그의 이름을 다시 불렀다.

"쓰쿠다 씨."

놀란 쓰쿠다는 노부코를 보았다. 눈과 눈이 마주치자 노부코는 갑자기 가슴이 아픈 듯 괴로운 얼굴을 했다. 그녀는 손을 놓고 그의 이마를 끌어안았다. 그리고 바로 귀에 입을 갔다대고 속삭이기 시작했다.

"나……."

하지만 갑자기 노부코 자신도 예견하지 못한 눈물이 솟았다. 그녀는 쓰쿠다의 얼굴에 자신의 얼굴을 갔다댄 채 흐느껴 울기 시작했다. 쓰쿠다는 원인도 모른 채 당황하여 자신의 가슴에서 노부코의 얼굴을 떼려고 했다.

"어찌된 겁니까? 어찌된 거예요."

노부코는 한층 더 그의 가슴에 매달리며 주체할 수 없는 눈물을 흘리며 속삭였다.

"나…… 생각해 봤어요. 만약 우리가 결혼하면, 나는…….”

쓰쿠다는 몸을 흠칫하며 양손으로 노부코의 얼굴을 자신 쪽으로 당겼다. 노부코는 눈물로 범벅이 된 얼굴로 감정을 주체하지 못해 떨면서 참회하는 아이처럼 단숨에 잘라 말했다.

"당신과 함께가 아니면 싫어.”

5

리버사이드 거리 끝에 그란도 장군의 분묘가 있었다. 돌계단 위에 있는 광장이 기념탑 같은 건물의 주위를 둘러싸고 있었다. 눈

아래 어두운 허드슨 강과 초목이 마른 공원이 있고 차가운 밤바람 속에 산책하는 사람이 있었다. 노부코와 쓰쿠다는 도서관을 나와 여기로 왔다. 그들은 매우 흥분되어 있었다. 하지만 마음은 진지하고 착잡했다.

"이런 일이 있을 수 있을까! 이런 일이 있을 수 있을까!"

노부코의 고백을 들었을 때 쓰쿠다는 이렇게 중얼거리며 뼈를 바스러뜨릴 듯 노부코를 끌어안았다. 그의 눈에서 눈물이 흘러내렸다. 이 이상의 승낙이 어디에 있겠는가! 노부코는 자신이 행복하다는 것을 의심치 않았다. 그가 마음속 깊이 품고 있던 희망을 알았다. 그녀는 차츰 침착해졌다.

"좀 더 상세하게 여러 가지 물어보고 싶은 것이 있어요. 조금 걸을까요?"

그리고 그들은 이 계절 이 시간에는 사람의 왕래가 거의 없는 리버사이드로 나왔다.

노부코는 이런 식으로 자신의 마음을 털어놓으려고 생각하지 않았다. 정말로 좀 더 냉정히 자신이 이런 결심을 하게 된 과정에서부터 실질적인 여러 가지 상의를 하고나서 마지막에 한마디 하려고 생각하고 있었는데, 앞뒤 순서가 생각나지 않았다. 모두 날아가 버린 것이었다. 지금 역으로, 처음으로 되돌아가서 그에게 말하지 않으면 안 되었다. 쓰쿠다와 손을 잡고 천천히 돌단의 광장을 배회하면서 노부코는 그의 생각을 묻기 시작했다

"지금부터 말하려고 하는 것은 모두, 내 마음대로 결정한 거예

요. 이상하게 앞뒤가 바뀌었지만,—하지만 중요한 일이니까 어쨌든 들어 보세요. 매일의 생활이 늘 그저 즐겁지만은 않을 거예요."

"물론 그럴 겁니다."

쓰쿠다는 적극적으로 말했다.

"무엇이든 말해 보세요. 잘 생각하여 성의껏 솔직하게 말하겠습니다. 사오 년 동안 전 결혼이라는 것은 완전히 단념하고 있었어요.—정말 뜻밖이라 믿기지 않습니다.—지금도."

"저도 마찬가지에요. 생각지도 못했어요. 하지만 제가 당신이 계시지 않는 동안 이런 결정을 한 것도 우리들의 마음속에 자란 사랑을 잘 가꾸어 보고 싶기 때문이에요. 단순히 남편과 아래라는 관계가 되고 싶은 것은 정말 아니에요."

"그건 알고 있어요."

"서로가 편안하게, 조금이라도 깊이와 넓이를 중대시키는 인간이 되고 싶습니다. 만약 서로 방해받지 않고 한 집에 살 수 있다면, 다른 사소한 것들은 아무래도 좋다고 생각합니다. 하지만 당신의 마음이 편안하지 않으면 결국 나도 행복해질 수 없겠죠."

그들은 몇 걸음 침묵 속에 걸었다.

노부코는 물었다.

"—이 일은 내가 마음대로 결정한 것입니다만—당신은 자신의 아내가 가정일은 서툴고 공부만 한다고 해도 괜찮으신지요?—난 정말 당신을 사랑해요. 하지만 일도 당신만큼 사랑하고 있어요. 이것은 말로는 아무것도 아닌 것 같지만, 우리들이 만약 함께 생활하게 된다면 꽤 중요한 문제라고 생각해요. 나는ㅡ."

노부코는 용기를 잃지 않으려고 쓰쿠다의 팔을 힘껏 자신 쪽으로 끌어안으며 말했다.

"아무래도 당신을 만나기 전의 마음으로 되돌릴 수는 없다고 생각해요. 그러므로 마음을 크게 먹고 사랑을 키워 나가 보기로 작정했어요. 그렇다고 해도 일은 포기할 수 없어요. 그것만은 불가능해요. 평생 변변한 일을 할 수 없을지도 모르지만 그만둘 수는 없어요. 만일 일을 그만두어야 한다면⋯⋯. 나⋯⋯. 헤어질 수밖에 없어요."

입술을 깨물며 노부코는 간신히 눈물을 참았다. 쓰쿠다는 온몸으로 의심을 풀어 보이려는 듯이 잘라 말했다.

"그런 걱정은 할 필요 없어요. 당신이 중요하게 생각하고 있는 것을 잘 알고 있어요. 적어도 당신을 사랑하고 있는 사람이 어떻게 일을 포기하라는 말을 하겠어요. 나는 자신을 버려서라도 당신을 완성시키고 싶다고 생각할 정도에요. 결코 난 가정부를 구하는 것이 아니에요⋯⋯. 난 처음부터 뭔가 자신의 일을 가진 여자를 돕고 훌륭하게 만들고 싶다는 생각을 하고 있었지만⋯⋯ 능력이 없는 것이 유감입니다."

노부코는 기뻐서 그만 거기에 우뚝 섰다.

"정말로 그렇게 생각해요?"

"정말입니다. 두고 보세요."

쓰쿠다도 일어서서 자신의 두 손으로 노부코의 양손을 쥐고 얼굴을 그녀 쪽으로 향했다.

"나를 보세요. 거짓말은 안 합니다."

"고마워요! 정말 고마워요!"

노부코는 눈물을 머금고 잡은 양손을 강하게 흔들었다.

"정말로 고마워요! 이렇게 기쁠 수가, 당신이 이해해 주셔서 고마워요. 아, 정말 고마워요."

노부코는 서리가 낀 돌 벤치에 걸터앉았다. 그녀는 차가운 밤의 자연을 향해 꿇어앉아 '이 행복을 나에게 주신 것은 누구입니까? 이렇게 나를 사랑하고 계십니까?'라고 감사하고 싶을 정도였다. 아 어떻게 이런 행운이! 노부코가 눈물을 멈출 수 없었던 것은 그의 이해에 대한 기쁨만이 아니었다. 그가 모처럼 남자다운 권위를 가지고 자신의 마음을 밝힌 것이었다. 아! 그는 비로소 남자답게 말을 해 주었다. 쓰쿠다는 걱정스럽게 때때로 노부코를 쓰다듬었다.

"괜찮습니까? 너무 흥분하면 곤란해요."

"괜찮아요. 병 따윈 없으니까… 하지만 서로의 마음을 알게 되어 너무 기뻐요. 우리는 어쨌든 가난해요. 서로 도와가며 생활해야 해요. 나는 부모로부터 아무것도 받을 생각이 없어요. 물론 주시지도 않겠지만."

노부코는 두 사람의 가난조차 기쁨으로 사랑하는 듯 웃었다. 그들은 도로에서 밑으로 내려와 쌀쌀한 강바람이 부는데도 개의치 않고 강가를 걸었다. 쓰쿠다는 이윽고 정신이 들어 시계를 봤다.

"9시 반이 지나고 있습니다. 괜찮습니까?"

노부코는 기숙사의 출입부에 도서관이라 적고 외출했다. 도서관은 벌써 문을 닫았다. 노부코는 잠깐 생각했다.

"괜찮아요. 만약 안 되면 미스 리에게 사정 이야기를 하면 되니까."

노부코는 이제 무엇이든 그와 함께 라는 마음에서 용기가 났다. 하지만 늦어도 2시간 정도 지나면 쓰쿠다와 헤어지지 않으면 안 된다고 생각하니, 마음에 걸리는 것이 한 가지 있었다. 그것은 중대한 일이었다. 쓰쿠다도 아직 거기에 대해서는 한마디도 없었다. 노부코가 실마리를 푸는데 변수가 생겼다. 노부코는 어색하게 말을 꺼냈다.

"아직 한 가지 중요한 일이 있습니다만."

"무엇입니까?"

"……."

노부코는 말하기를 주저했다.

"말해 보세요."

"아이에 관한 일."

"알고 있습니다."

"어떤 식으로?"

이번엔 쓰쿠다가 주저했다.

"요컨대……."

"나는 기쁜 마음으로 좋은 환경에서 아이를 키울 수 없다면 아이든 부모든 결코 행복하지 않을 것이라 생각해요. 당신도 그렇게 생각하고 있나요?"

"그렇습니다—. 일도 있고……."

"첫째로 우린 겨우 같이 생활을 하기로 정했어요. 만족할만한 교육도 시킬 수 없는 부모가 되긴 싫어요. 게다가…… 나 자신이 왠지 좋은 부모가 될 수 있을 것 같지도 않고—."

노부코는 낮은 목소리로 말했다.

"남자들은 이런 두려움을 알 수 없을 거야……. 두려워서 견딜 수 없을 것 같은 것이 있어요. 본능적으로—."

그러자 쓰쿠다는 무미건조하게 말했다.

"아무것도 아니에요. 그런 일은."

노부코는 그의 정감 없는 말투에 약간 상처받은 느낌이 들었다.

"아무것도 아니라는 것은 생각하지 않는다는 뜻이겠지요. 나는 그런 마음을 가지고 있으면서도 우리 여자들처럼 그런 말을 그렇게 편안하게 순수 과학적으로 취급하지 않는 마음이 강합니다. 스스로 뭔가 그렇게 높고 아름답다고 말하는 것이 어쩐지 쑥스러워서—나에게는 둘 다 진심이니까요."

그들은 기숙사를 돌아 옆길로 나왔다. 쓰쿠다는 노부코에게 짐을 지운 것 같았다.

"안심하세요— 당신을 괴롭히려고 한 말은 결코 아닙니다. 이런 기분도 언젠가 변할지 모르니까요. 왠지 나는—알고 있지요? 그러한 것에 대해서도 조금은 알고 있을 것입니다."

그들은 지금 와서 서로의 마음이 얼음장처럼 식어버린 것에 마음이 쓰였다. 그들은 기숙사 바로 앞에 있는 찻집으로 들어갔다.

쓰쿠다는 벌써 불이 꺼진 기숙사의 현관 입구까지 노부코를 마중했다.

6

겨울과 봄으로 나누어지는 3월이었다. 날씨는 고르지 못했다. 아침에 실눈이 오는가 하면 점심때는 날씨가 화창하고 저녁에는 컴컴한 구름이 시가지를 덮었다. 다음날은 바람이 강하게 불었다. 목이 따가울 정도로 공기가 건조했다. 날씨가 개여도 구름이 많아 겨울이 하루하루 사라지는 것은 어쩔 수 없었다. 가로수 가지에는 어느 샌가 나긋나긋한 새잎이 나기 시작했다. 쇼핑을 하기 위해 도로로 나왔을 때 높고 높은 탑 정상에 펄럭이고 있는 빨강과 초록의 기가 눈에 들어왔다. 별다른 것은 아무것도 없었다. 단지 하늘 높이 하나의 성조기가 걸려 있는 것이 보일 뿐이었다. 그렇지만 사람들은 깃발의 색깔과 하늘에서, 특별히 오늘만은 뭔가 번쩍이는 즐거움이 자신의 마음에 들어와 있는 것을 느꼈다. 의아스러워하면서 눈동자가 누그러졌다. 그것이야말로 봄의 신중한 예고였다.

그날은 전날 내린 눈이 녹아 대학의 잔디 위와 도로의 음지에 축축이 쌓여 있었다. 노부코는 어느 실업가 부인의 아침식사에 초대받았다. 노부코는 아무리 생각해도 잘 이해되지 않는 일은 마음속에 접어둔 채 평범한 사람들 사이에 앉아 있는 즐거움으로 애교 있게 이야기를 나누며 자주 웃었다. 2시부터는 미스 플랫과의 시간이었다. 하지만 전날 밤 늦게까지 쓰쿠다와 있었고 오늘 아침에는 초대를 받아 나가 있었기 때문에 아무것도 준비할 수가 없었다. 5분 정도 빨리 도착했지만 미스 플랫은 언제나 그들이 모이는 방의 긴 의자에서 벌써 노부코를 기다리고 있었다. 노부코는 솔직하게 말했다.

"오늘 저는 너무 게으름을 피워 준비를 하지 못했습니다, 용서해 주세요."

미스 플랫은 고개를 들어 노부코를 보았다.

"천만에요. 여기에 앉으세요."

그녀는 노부코의 등에 팔을 대며 자신의 옆에 앉혔다.

"왜 할 수 없었습니까?"

"사실은 어제 저녁에 하려고 했으나 너무 늦게까지 쓰쿠다와 얘기하느라 못했어요. 오늘 아침은 사카베 부인이 불러서 시간이 없었고요. 오늘은 말로만 할 테니 그것을 고쳐 주시겠습니까?"

"물론 그래도 상관없습니다."

미스 플랫은 노부코의 등 뒤에서 손을 때며, 오히려 정감 있게 자신 쪽으로 밀어붙이듯 말했다.

"당신, 요즘 너무 바쁜 것 아니에요? 여러 가지 일로……."

노부코는 미스 플랫의 목소리에 진실한 우려가 담겨 있는 것을 느꼈다.

"결말은 났습니까?"

"그렇지는 않아요."

노부코는 저번부터 하고 싶었던 말을 자연스럽게 꺼냈다.

"나는 당신이 저번부터 쓰쿠다 씨와의 관계를 걱정하고 계시다는 것을 잘 알고 있어요. 저번에 나를 부른 것도 그 일과 무관하지 않겠지요?"

미스 플랫은 그녀 특유의 엄숙함으로 YES라고 말했다.

"그렇습니다. 당신은 눈치가 빠른 편이군요……."

노부코는 신뢰에 차서 말했다.

"고마워요. 속 시원하게 말을 할 수 있어 기뻐요. 그때는 내 마음도 확실하지 않았고 게다가 그런 상황에서 말을 끄집어내는 것이 싫었어요. 하지만 언젠가 때가 되면, 그리고 필요하다면 당신은 반드시 나와 상의해 줄 것이라고 생각해요. 내가 미흡하나마 당신의 행복을 마음속으로 바라고 있는 것은 알고 계시겠지요?"

노부코는 입을 다물어 버렸다. 그들이 나란히 앉아 있는 앞쪽의 흰 벽 주변은 쌓인 눈이 반사되어 밝게 빛나고 있었다. 눈 녹는 속도가 빨라 점점 위로 오르는 수증기의 흔들림이 희미하게 보였다.

노부코는 곤혹스러워하며 아무 기교도 부리지 않고 말했다.

"나는 쓰쿠다를 사랑하고 있어요."

"그래요?"

"우리들은 약혼을 했어요."

"약혼을?"

온화하던 미스 플랫은 그때 뜻밖에 노부코가 시선을 돌릴 정도로 놀란 표정을 지었다. 노부코는 슬퍼졌다. 자신이 쓰쿠다와 약혼한 것이 그렇게 불쾌한 것일까? 미스 플랫은 정신을 차리고 그녀에게 사과했다.

"용서하세요. 너무 갑자기…… 정말 뜻밖이에요……. 당신이……."

긴 침묵이 흘렀다. 미스 플랫은 감동한 나머지 눈물을 머금고 중얼거렸다.

"당신은 너무 젊고 예뻐요. 나는 평생 행복한 당신의 모습을 보고 싶어요."

그녀는 노부코를 자신의 가슴에 안고 얼굴을 비벼댔다. 노부코는 놀랐다. 이것이 자신이 처음으로 받은 축사라고 생각했다. 이것은 보통의 약혼자가 받는 축복은 아니었다. 아픔! 동정! 탄식하는 울림이 있는 것은 아닐까? 노부코는 어떤 경우에는 냉소와 경멸이 더해질 것을 각오하지 않으면 안 된다는 것을 알고 있었다. 미스 플랫이 물었다.

"당신의 부모님은 쓰쿠다 씨를 알고 계시나요?"

"예, 알고 계세요."

"말씀드렸습니까? 그 일을."

"바로 편지로 적었습니다. 그리고 전부터 쭉 제 마음을 알려왔어요."

미스 플랫은 계속 쓰쿠다가 무슨 속셈이 있기 때문이 아니냐며 위협했다. 노부코는 무엇보다 그것이 괴로웠고 그에게 미안한 생각이 들었다. 그가 만약 부잣집 자식이라면, 그의 이름이 신사록紳士録에 기록되어 있다면 누가 그런 말을 하겠는가. 가령, 그 남자가 실제로 속인 게 아니라 해도 세상은 가만히 있을까. 쓰쿠다는 그 점에서는 변명조차 하기 어려운 입장에 있다. 노부코는 자신이 비겁해진 것 같은 고통을 느꼈다.

그녀는 완고하게 말했다.

"미스 플랫 씨, 그 사람을 사랑하고 있는 것은 나예요. 그 사람을 믿고 있는 것도 나예요. 나는 모두가 아무리 추켜올리는 사람이라도 사랑할 수 없으면 사랑하지 않고, 믿을 수 없으면 믿지 않아요. 그렇지만 쓰쿠다 씨는 내가 사랑하고 믿는 사람이니까, 조금도 그럴 마음이 없어요."

노부코는 해가 질 때까지 미스 플랫과 함께 있었다. 그녀는 마음을 털어놓고 난 뒤의 가벼움과 함께 자신의 결정에 대한 우울한 감상에 젖어 돌아왔다.

7

일요일, 노부코는 미스 플랫과 시내의 번화한 곳에 있는 미세스 처칠 찻집에 초대 받았다.

"재미있어요. 뉴욕에서는 언제나 최신 생활양식과 유행으로 모두가 살아가고 있는 듯 말하지요. 하지만 이런 도시 중앙에 빅토리안 시대의 산물이 미세스 처칠이란 이름으로 계속 살아가고 있어요. 한번 가 봅시다. 당신이 질식하기 전에 데리고 나오겠어요."

미스 플랫이 그렇게 말하고 노부코를 데리고 간 것이었다. 노부코는 흥미는 있었으나 실질적으로는 지루하게 두 시간을 거기서 보냈다. 그녀는 진지한 문장학紋章學 이야기를 가문의 자랑과 함께, 울 양말을 신고 장작을 스토브에 지피고 있는 미세스 처칠로부터 들었다.

5시가 지나서 두 사람은 C대학의 집회소로 돌아왔다. YMCA 집회와 코스모폴리탄 클럽의 만찬회가 있었다. 세계 각국에서 유학하고 있는 학생의 대다수가 회원으로 신세계주의를 이상으로 하는 토론과 연구, 강연 등이 있었다. 그전에 큰 홀에 몇 열로 늘어선 테이블에서 간단한 식사를 했다. 노부코는 규정대로 입구에서 건네받은 종이에 자신의 이름과 국적을 써서 가슴에 달았다. 오늘은 그다지 특별하지도 않은데 성황이었다.

끊임없이 문이 열리고 여러 나라의 남녀가 모였다. 노부코는 미스 플랫과 홀의 난로 곁에 앉았다. 노부코는 출입구를 향해 자리를 잡고 슬며시 사람들의 출입에 신경을 썼다. 그녀는 어제 저녁부터 쓰쿠다와 만나지 못했다. 오늘밤엔 분명 그가 올 것이다. 내키지 않아 하면서도 노부코가 여기에 온 것은 그를 만나고 싶었기 때문이라고 할 수 있었다. 너무 기다려 지쳤을 때 쯤 노부코는 뜻밖에 반대 방향에서 쓰쿠다의 모습을 보았다. 그는 안쪽의 남자 대기실 바로 앞에서 현관 쪽을 향해 마주보고 서서 필리핀 청년과 이야기를 하며 때때로 바깥에 신경을 쓰는 모습이었다. 청년과 헤어져 그는 특색 있는 걸음걸이로 노부코 쪽으로 왔다. 그는 아직 노부코가 이 단체의 일원으로 여기 와 앉아 있다는 것을 알지 못했다. 점점 가까워졌지만 쓰쿠다는 군중 속에 있는 자신을 알아보지 못하고 지나치려고 했다. 그 순간 노부코는 자신도 모르게 왼손으로 미스 플랫의 무릎을 흔들었다.

"미스 플랫."

소리가 입에서 나왔다고 생각하는 순간 노부코는 자신의 실책에 마음이 쓰였다. 어찌된 거야 이 바보! 미스 플랫이 아까부터 쓰쿠다를 보고 있었던 것은 아닐까?

'미스 플랫 씨, 저기 쓰쿠다 씨가 보여요.'

그를 본 순간 왠지 노부코는 확실하게 이렇게 고백하고 싶은 심한 충동을 느꼈다. 결국 생각할 틈도 없이 미스 플랫의 이름을 불렀던 것이다. 그러나 알리고 난 뒤 어찌할 것인가. 오랫동안 지나支那에서 전도伝道하고 있었다는 부인과 이야기하고 있던 미스 플랫은 그 사이 천천히 고개를 돌리면서 대답했다.

"무슨 일입니까? 삿사 씨."

그녀가 묻기까지 조금 여유가 있었기 때문에 노부코는 이윽고 우매한 혼란에서 구제되었다.

"용서하세요. 사람을 잘못 봤어요."

여흥으로 폴란드 청년의 열정적인 폴로네즈 연주가 나오고 대회는 끝났다.

9시가 조금 지났을 뿐이었다. 미스 플랫은 쓰쿠다와 노부코에게 자신의 집으로 가자고 강하게 권유했다. 그녀는 또 다른 한 사람, 불어를 가르치고 있는 벨기에 부인과 함께 있었다.

"괜찮으시다면 같이 갑시다. 오랜만에 차라도 대접하고 싶어요. 어때요?"

노부코는 거절할 수 없었다. 그들 넷은 미스 플랫의 아파트로 갔다. 어머니는 외출 중이었다. 그녀가 혼자서 차를 준비했기 때문에 노부코는 부엌으로 갔다.

"도와드릴게요. 따뜻한 물을 끓일까요?"

노부코는 전열기 스위치를 꽂았다. 밖에서 돌아와 바로 일을 시작했기 때문인지 미스 플랫은 조금 서둘렀다. 그녀는 과자를 대접에 담아 응접실로 나르고 난 뒤 되돌아와 주전자를 만졌다.

"어때요? 이제 끓었지요?"

3분도 지나지 않았다. 미스 플랫은 손바닥으로 반짝이는 알루미늄 주전자의 몸통을 만지며 말했다.

"꽤 뜨거워졌네요."

"바깥쪽만 그래요."

"그렇군요. 정말!"

노부코는 웃었다.

"너무 성급하시군요. 제가 여기서 기다렸다가 끓으면 들고 갈 테니까 저쪽에 가 계세요."

그녀는 언제나 사리 분별이 정확하고 침착한 미스 플랫이 이런 찻물 정도의 일로 성급하게 구는 것이 이상했다. 하지만 미스 플랫은 어이없게도 벌써 물이 끓었다고 주장했다.

"괜찮아요. 확실히 끓었어요. 보세요. 소리가 나고 있잖아요. 따르겠습니다."

그녀의 목소리와 눈에 익은 강경함이 문득 노부코를 경계하게 만들었다. 그것은 빨리 그가 있는 쪽으로 가서 함께 하고 싶다는 아이 같은 부산함 아니면 고집불통처럼 왠지 반항하려는 듯한 아집이었다.

"그럼 끄겠어요."

그녀는 스위치를 빼고 응접실로 옮겼다. 덜 끓은 더운물에 맛이 없는 차가 되어 버렸다. 미스 플랫도 결국 쓴웃음을 지었다.

"삿사 씨에게 졌습니다. 미지근하게 맛없는 차가 되어버렸어……."

노부코는 막연하게나마 주위에 묘한 분위기가 조성되는 것을 느껴 편한 마음으로 가만히 있기 힘들어졌다. 미스 플랫은 끊임없이 화젯거리를 제공했지만 거기에는 부자연스러운 면이 있었다. 그녀는 아랑곳없이 멍하니 이야기를 마치면서 고의로 쓰쿠다를 타깃으로 했다. 일일이 "쓰쿠다 씨는 어떻게 생각하십니까?" 또는 "당신의 의견을 말씀해 주세요."라고 물었다.

쓰쿠다는 불쾌한 듯 시원시원한 대답을 하지 않았다. 그래도 미스 플랫은 되풀이하며 계속했다.

"쓰쿠다 씨, 당신의 전공이 무엇이라고 하셨지요? 언젠가 들었는데 그만 깜박 잊고…….."

이렇게 말했을 때 쓰쿠다는 화난 모습으로 억제하려고도 하지 않고 매정하게 대답했다.

"별로 재미없네요."

노부코가 중간에서 입을 열었다.

"그의 전공은 고대 언어학입니다. 특히 페르시아어…….."

그리고 중재하듯 말했다.

"언젠 한번 괜찮으시다면 미술관에 같이 가면 안 될까요? 쓰쿠다 씨의 설명을 들으면 도움도 되고 재미있을 거예요."

그러자 미스 플랫은 노부코를 자제시키려는 듯 말했다.

"나는 쓰쿠다 씨에게 여러 가지 묻고 싶은 것입니다. 그리고…… 어떤 목적으로 연구하고 계시는 겁니까?"

좌담이 아니라 추궁에 가까웠다. 노부코는 왜 오늘 밤 미스 플랫이 이렇게 이상하게 구는지 알 수가 없었다. 조마조마해 하는 노부코의 눈앞에서 쓰쿠다는 팔짱을 끼고 토라진 듯 대답했다.

"연구를 위한 연구입니다."

"죄송하지만, 나는 그것은 핑계라고 생각해요. 물론 진정한 연구가 공리적인 것이 아니라는 것을 알고 있습니다만, 연구를 위한 연구라면 거기에는 더욱더 자세한 학문상의 목표가 있겠지요! 그것을 묻고 싶은 거예요. 하물며 동물인 개도 땅을 팔 때는 무엇인가 냄새를 맡았다는 증거거든요."

"실례지만 저는 논의할 기분이 아닙니다. 언젠가 다시 시간이 있을 때 하죠."

"어머! 우리 모두 논의 같은 건 조금도 하지 않았어요. 단지 진지하게 아주 평범한 것을 조금 이야기하고 있는 것뿐이에요."

미스 플랫은 노부코를 오싹하게 만드는 미소를 지으며 곁에 있는 두 사람을 뒤돌아보았다. 아무도 거기에 응대하여 미소 지을 수 없었다. 그녀와 쓰쿠다 사이에 싸움이 시작된 것은 분명했다. 노부코는 비로소 미스 플랫이 그 이야기를 하기 위해 쓰쿠다를 포함하여 모두를 자신의 집으로 불렀다는 것을 깨달았다.

"저, 그러면 우리는 불행히도 당신의 전공을 이해할 수 없으므로 이것만은 여쭤보겠어요. 당신은 한 사람의 인간으로서 인생의 목표를 가지고 계십니까?"

그때 아까부터 쭉 세 사람을 바라보면서 당혹해 하며 앉아 있던 벨기에 부인이 입을 열었다.

"미스 플랫, 이젠 그만하시지요. 너무 문제가……."

"괜찮아요. 걱정하지 않으셔도."

미스 플랫은 쓰쿠다를 정면으로 응시하며 의자 위로 상체를 일으킨 채 나무라듯이 말했다.

"나는 자신이 어떤 말을 하고 있는지 잘 알고 있어요. 쓰쿠다 씨, 때에 따라선 침묵이 금이 아닐 때도 있어요."

"……."

"삿사 씨는."

노부코는 미스 플랫이 예상도 못한 자신의 이름을 끌어들이자 놀라서 눈을 크게 떴다.

"앞으로 자신의 일이나 인생에 대해 어떤 목표를 세우고 계십니까? 당신은 아무것도 말한 적이 없습니까?"

노부코는 더 이상 가만히 있을 수 없었다. 그녀는 쓰쿠다의 태도에 대한 조바심을 일부러 이렇게 타인과 자신 앞에서 폭로시키는 미스 플랫의 냉정한 획책에 울컥 화가 났다. 미스 플랫이 이렇게 나오는 것은 노부코를 위해 쓰쿠다를 더욱 적나라하게 밝히려는 것이라는 걸 노부코는 잘 알고 있었다. '사람 앞에서 체면이 깎이는 남자!' 미스 플랫은 그런 생각으로 정나미 떨어지는 쌀쌀한 태도를 취하는 것일까, 꾹 참고 있는 쓰쿠다를 향해 미스 플랫은 손바닥으로 때리듯이 말했다.

"말씀하지 않으시는 것은 당신의 인격이 공허하다는 증거입니다. 이상도 열정도 상상도 없는 것입니다. 당신은 그래서 노부코 씨에게."

"미스 플랫!"

미스 플랫은 창백한 노부코를 보았다. 그녀는 신경질적으로 몸을 약간 움직일 뿐 입을 다물었다.

8

미스 플랫의 호의를 노부코는 점점 무겁게 느꼈다. 미스 플랫의 방법에는 뭔가 노부코에게 솔직하게 말할 수 없는 것이 있었다. 다음 미팅 때, 일요일 밤의 일에 대해서는 아무 말도 하지 않았다. 하지만 미스 플랫은 문득 "일전에 코스모폴리탄 그룹에서 나는 깨달은 것이 있었어요."라고 말을 시작했다.

노부코는 공책 위에 양손을 얹고 연약하게 미스 플랫을 보았다.

"식탁으로 왔을 때 쓰쿠다가 당신과 나에게 의자를 내어 주었지요. 그때 당신과 나에게 보이는 그의 태도가 달랐다는 것을 눈치 못 챘습니까?"

노부코는 고개를 저었다.

"아니요."

"나에게는 정중하게 대했기에 조금도 비난할 수 없는 태도였습니다. 하지만 당신에게는 함부로 한 손으로 했어요."

미스 플랫 집으로 가자 뭔가 지금과 비슷한 이야기를 했다. 지금까지 가장 즐거웠던 시간이 완전히 없어지게 되었다. 미스 플랫이 쓰쿠다에게 좋은 느낌을 가지고 있지 않다는 것 이상으로 자신에 대한 편애가 노부코는 괴로웠다. 여자다운 섬세한 잔혹함으로 쓰쿠다의 작은 실수까지 말하자 노부코는 오히려 반항심이 생겼다.

뉴욕 시에서 프랑스로 출정 가 있던 병사의 개선 당일이었다. 기숙사는 이른 아침부터 거의 비어 있었다. 노부코는 요즘 그러한 것에 그다지 흥미가 없어, 기숙사에서 미증유의 아침의 정숙을 즐기면서 방 안에 남아 있었다. 창문으로 내려다본 시가지도 사람이 없어 일요일의 아침 같은 느낌이었다. 노부코는 앞머리를 손가락으로 쓸어올리며 창가에 우두커니 서서 경축일다운 문밖의 경치를 내려다보았다. 그러자 등 뒤에서 문을 두드리는 소리가 났다. 갑자기 쓰쿠다가 온 것은 아닐까 하며 그녀는 곤란해 했다. 11시쯤 함께 허드슨 강가 쪽을 산책하기로 약속이 되어 있었다. 문 쪽으로 걸으며 노부코는 말했다.

"들어오세요. 누구세요?"

"아! 계셨군요."

문을 열고 나타난 것은 다카사키 나오코高崎直子였다.

다카사키는 정치학이 전공이었고 어떤 미국인 가정에 살고 있는 관계로 평소 친하게 왕래할 시간도 없었다.

"빨리 외출하셨군요."

"예, 저에게 이 정도는 보통이에요. 이쪽으로 오는 길에 잠깐 들렀어요."

그는 노부코가 권하는 대로 외투를 벗어 의자에 걸었다.

"외투는 벗어서 걸어 두는 게 편해요."

"예, 하지만 방해가 되니까……."

몸집은 작았지만 긴 머리와 짙은 눈썹, 의지적인 커다란 입매 등 인상이 강했다. 아름다운 얼굴로 실내를 돌아보고, 노부코의 건강을 칭찬하며 세상이야기를 시작했지만 나오코의 모습은 왠지 즐겁지 않아 보였다. 뭔가 마음속에 할 말이 있는데 정작 그 말을 끄집어내지 못하고 별로 흥미도 없는 이야기나 하고 있는 것처럼 보였다.

"사실은."

서로 불안정한 마음 상태로 몇 분이 지나서야 다카사키는 본론으로 들어갔다.

"오늘 들른 것은 오랜만에 뵙고 싶다는 생각에……."

"그래요? 감사해요. 무슨 일로?"

"대단한 것은 아니고……."

나오코는 그때 감정의 동요를 얼버무리려는 듯 손을 들어 잠깐 모자를 고치며 말했다.

"당신, 쓰쿠다 씨와 매우 친하게 지낸다지요? 요즘."

"그래요."

"거기에 대해 당신도 잘 알고 있겠지만 1여 년 전에 나는 쓰쿠다 씨에게 여러 가지 도움을 받은 일이 있어요. 물론 금전적인 일은 아니지만 학과 일을 도와주거나, 일을 소개해 주거나……."

나오코는 말을 꺼내자 그녀의 강한 기상을 나타내며 막힘없이 이어나갔다.

"정말로 여기에 와서 겨우 친해지게 된 친구인데, 나이가 나이니만큼 나는 아저씨에게 부탁하는 듯한 기분이었어요. 너무 오래 알고 지냈기 때문에 나는 쓰쿠다 씨가 사람들로부터 이런 저런 말을 들어도 결코 비겁한 사람이 아니라는 것을 알고 있어요. 아파트 방에서 밤늦게까지 두 사람만 있어도 믿을 수 있는 확실한 사람이에요. 그것은 누구 앞에서도 공명정대하게 말할 수 있어요."

노부코는 이야기를 들으며 마음속으로 미소 지었다. 바라지 않았는데도 알게 된 쓰쿠다에게 주어진 신용장에 기뻤다. 나오코가 쓰쿠다의 행실을 보증하는 것으로 간접적으로는 자신의 결백을 역설한 것이 노부코를 스스로 미소 짓게 했다. 노부코는 상냥하게 상대의 말을 승인했다.

"그런 일에 대해 나는 생각해 본 적이 없어요."

나오코는 반짝이는 눈으로 노부코를 보았다.

"당신은 그럴 거라고 생각해요. 단지 당시에는 꽤 이상한 소문이 있었지요. 나 자신이 양심의 가책을 받는 것은 하나도 없었지만 쓰쿠다 씨에게도 피해가 되고 자신도 곤란하니까 서로 교제를 끊자고 했어요. ─그 이야기를 하려고 생각한 것은, 쓰쿠다 씨에게는 나는 지금까지도 호의를 가지고 있지만 그 사람은 친구 이상으로 생각하지 않는다고 하는 것이……. 당신─행복하지 않을 거예요."

"어째서죠?"

"그저, 나는 그렇게 생각해요."

"어떤 근거로?"

나오코는 자신 있게 대답했다.

"그만큼 교제해 봤으니까 조금은 알고 있어요. 결코 나쁜 분은 아니에요. 하지만 나는 왠지 그런 생각이 들어요."

노부코는 말했다.

"당신이 그렇게 말하는 것도 나는 이해할 수 있어요. 그 사람의 마음속에 있는 어떤 것이. ㅡ그렇지요? 그것은 잘 알고 있어요. ㅡ난 분간 없이 무작정 빠져 있는 것은 아니에요. ㅡ하지만 당신은 어떻게 생각해요? 나에게는 하나의 신앙이 있어요. ㅡ나는 사랑이 인간을 변화시킨다고 생각해요."

나오코는 멍하게 초점이 없는 눈초리로 노부코를 보았다.

"그러한 일이 있을지는 모르겠지만."

"나는 반드시 있다고 생각해요. 즉, 환경과 뭔가에 의해 숨겨져 있던 장점들이 순조로운 빛에 의해 자라기 시작할 것이라는 희망이죠."

"쓰쿠다 씨는 친절하고, 나 또한 그분의 행복을 바라고 있어요."

노부코는 열심히 말했다.

"게다가 나는 단지 건강하고 쾌활하여 교제에 능숙한 장미 빛의 청년은 좋아하지 않아요. 인간의 괴로움도 겪어본 사람이 아니면 시시해요. 어두운 점, 괴로운 점이 있다는 것도 알고 있지만 훌륭한 밝음, 상쾌함이 있는 것도 알아요. 쓰쿠다 씨는 지금 어두운 면이 주위에 너무 지나치게 많은 상태이지요. 나는 그 사람이 거기서 빠져나와 점점 완전하게 높고 밝아지기를 기대하고 있어요."

"……."

나오코는 쓰쿠다가 그런 곳에 도달할 것이라는 노부코의 말에 공감할 수는 없었지만, 한숨을 쉬며 멍하니 끄덕였다.

'하지만 왜 나에게 이렇게 와서 쓰쿠다 씨의 단점을 말하는 지……. 이 사람도 그런 걸까.'

노부코는 중얼거렸다.

나오코는 이윽고 자신이 말하고 싶은 말은 다했다는 식으로 가방과 장갑을 끌어당겼다.

"어쨌든 언젠가부터 말하려고 마음먹었던 것을 말하고 나니 가지고 있던 것을 내려놓은 후련한 기분이네요."

나오코는 장갑을 다 끼고 노부코의 손을 잡았다.

"실례했어요. 그럼 또 언제 보죠?"

"그래요?"

노부코는 뭔가 이상하게 얼빠진 대답을 했다.

나오코는 빠른 걸음으로 복도로 나갔다.

"안녕히 가세요."

"잘 있어요."

나오코는 자신의 양심적 책임은 다했다는 듯한 신념에 차서 오른손에 가방을 들고, 왼손을 흔들며 멀어졌다. 모퉁이를 돌 때까지 그 뒷모습을 배웅한 뒤, 문을 닫으며 노부코는 무어라고 할 수 없는 힘없이 일그러진 미소를 입가에 머금었다.

이주일이 채 지나지 않아 노부코는 또 생각지도 못한 뜻밖의 사람으로부터의 많은 방문을 받았다.

어느 날 오후 한 장의 명함을 건네받았다. 다나카 도라히코田中寅彦라는 노부코 아버지의 친구 아들이었다. 그녀는 그 청년과는 처음 만났다. 노부코는 로비로 내려갔다. 그는 로비에서 기다리고 있었다. 어색하게 아무렇게나 첫 인사를 마치자 그는 갑자기 화가 난 듯이 물었다.

"어제 우연히 당신이 쓰쿠다와 약혼했다는 소문을 들었습니다. 사실입니까?"

무슨 일인지 궁금한 노부코는 놀라서 청년을 보았다. 피부가 약간 검고 동양적인 눈썹이 치켜 올라간 이 청년이 그 일과 무슨 관계가 있는 것일까. 노부코는 불쾌하여 냉정하게 대답했다.

"그 일과 당신이 무슨 관계가 있습니까?"

"관계는 없지만, 제 아버지와 당신의 부친이 친구 사이이기에 온 것입니다. 알고 있으면서 말씀드리지 않는 것은 나쁘다고 생각해서―쓰쿠다 군은 위선자입니다."

"왜 그렇게 생각하십니까?"

"그렇게 생각하는 것이 아니고 그렇습니다."

이들 방문자 이상으로 노부코의 신경을 괴롭히는 것은 다시 회의적으로 변해 버린 쓰쿠다의 감정이었다.

그랜드 장군의 분묘 주위를 걸으면서 이야기를 나눈 날 밤의 뜨겁고 확신에 찬 그의 모습은 이미 어딘가로 사라져 버렸다. 쓰쿠다는 전보다 더 두렵고 감상적으로 되었다. 노부코는 외부로부터의 불안과 불쾌감을 서로 마주앉아 이야기하며 잊고 용기를 내려고 했다.

"나와 함께 즐거운 생활을 시작해요. 우리들이 흔들리지 않고 나아간다면 무슨 일이 있어도 안심이에요. 네, 서로 도와가며 행복하게 살아요."

쓰쿠다는 노부코를 응시했다. 그리고 매우 침착하게 말했다.

"나도 그렇게 하고 싶어요. 하지만 모르겠어요. 시간이 해결해주겠지요. 그때까지는 Great big 'IF'입니다."

"어째서요? 나와 함께 결심했잖아요? 일단 결심을 했으면 그대로 실천해야지 이제 와서 이러는 것은 비겁해요."

그들은 서로 잠시라도 떨어질 수 없다는 듯이 끊임없이 점점 집착하게 되었다. 그렇게 뒤틀린 열정의 충돌에서 서로 눈물을 흘렸다.

부활절이 지나고 북방의 기운이 멀어진 5월이 되었다. 나무들은 일제히 신록에 싸여 넘치는 햇볕을 받으며 즐거운 비명을 질렀다. 공기 중에도 아침저녁으로 콧방울을 자극하는 새잎의 향기가 넘쳤다. 교외의 숲 속에서는 부식된 작년의 낙엽 밑에서 여러 가지 야생화가 피기 시작했다.

해질녘의 자욱한 안개가 그 위를 채우자 늪지대에서 '쏴악', '쏴악', '쏴악' 말 털의 활로 호궁을 연주하는 듯한 작은 동물들의 합주가 일어났다. '쩍쩍' 개개비가 지저귀었다. 자연 속에서 한밤 내내 부산하게 움직이는 봄의 웅성거림이 들렸다.

노부코는 초여름 파도에 밀리듯이 자신들의 운명에 대해 성급해졌다. 그녀는 자주 밤잠을 설쳤다.

노부코는 긴 여름방학이 시작되자 바로 쓰쿠다와 함께 호반의 피서지로 출발했다. 그녀는 그 계획에 찬성하지 않았던 미스 플랫이나 기숙사 감독들의 비난을 각오하며 일절 의논하지 않았다.

그들은 10월이 될 때까지 호반에 있었다. 돌아와서 자신들의 결혼을 가까운 사람들에게 알렸다. 그녀에게 기억될 그날은 가을의 가랑비가 시가지를 적시고 있었다. 그들은 만찬을 위해 브로드웨이의 어느 음식점으로 갔다. 그들은 말없이 식탁 위에 장식된 것들을 보았다. 그러자 노부코의 바로 등 뒤의 칸막이 건너편 쪽에서 거리낌 없이 일본어로 말하는 남자의 목소리가 크게 들렸다.

"어이, 삿사 노부코가 결혼한다네."

다른 사람이 쉰 목소리로 대답했다.

"에헤……. 도대체 어떤 녀석이야."

"못생긴……쓰쿠다라든가 뭔가라는 미국 깡패!"

노부코는 소리 지르며 술을 마시는 소리를 들었다.

3
노부코

1

비오는 밤, 벽에 각등 모양의 전등이 켜진 현관은 음울했다. 오래된 천장이 낮게 덮여 있으며, 비단 양말 끝의 다다미는 차갑고 단단하게 느껴졌다. 웬일인지 누구 한사람 나타나지 않았다. 병풍 상자가 놓여 있는 좁은 마루방으로 나오다가 불쑥 맨 끝의 젖빛 유리문에서 불쑥 나온 하녀의 놀란 얼굴과 마주쳤다. 아버지를 선두로 네 사람이 온 것을 보자 놀란 것 같았다.

"어머."

인사도 안 하고 갑자기 안으로 뛰어 들어갔다. 사락사락 발끝이 스치는 귀에 익은 어머니의 발소리가 들렸다. 노부코는 어머니가 주무시는 줄로만 알았기 때문에 가볍고 빠른 발자국 소리를 듣자, 자기가 돌아왔다는 소리를 듣고 흥분한 나머지 일어나서 나온 것이 아닐까, 흠칫 놀랐다. 노부코는 서둘러 무거운 문을 열려고 했다. 그쪽에서 먼저 갑자기 손잡이를 철컥하며 문을 열었다. 하녀 바로 뒤에서 다케요多計代가 나타났다.

"어떻게 된 거야? 노부코!"

감회어린 표정이었기에, 노부코도 말문이 막혀 어머니의 손을 잡았다.

"괜찮으세요? 일어나 계시다니."

"응 이제 괜찮아. 오죽이나 추웠겠니. 용케도 무사히 잘 도착했구나……."

"자 방으로 들어가요."

노부코는 외출용 도테라⁷를 입고 있는 어머니의 등을 감싸 안았다.

"이제 천천히 마음껏 얘기 나눌 수 있으니까."

어머니는 노부코가 가볍게 미는 것을 거절하듯이 발에 힘을 주었다.

"걱정 안 해도 정말 괜찮아. 거의 일어나 있었으니까."

"하지만……."

노부코는 의문이 생겨 어머니의 얼굴을 보았다. 어머니는 조금 초췌하게 머리를 뒤로 모아 묶고 있었다. 노부코는 낮은 소리로 물었다.

"아기는요?"

"아니, 그게 말이야."

어머니는 약간 겸연쩍은 듯한 표정으로 나지막하지만 명확하게 말을 꺼냈다.

---

7 도테라(褞袍) : 길고 소매가 넓으며 솜을 두툼하게 둔 일본 옷.

"어쨌든 나중에 다 얘기할게."

어머니는 다시 이렇게 속삭이곤 갑자기 밝은 표정으로 둘째 딸을 큰 소리로 불렀다.

"쓰야코っゃ子, 쓰야코 어디 있니, 기다리던 언니가 돌아왔어."

그리고 앞장서서 아버지와 남동생들이 있는 방문을 열었다.

"이상한 애야, 아침부터 그렇게 난리를 치며 기다리고서는. ─난로 옆에 가면 따뜻해. 공교롭게도 비가 오네, 오늘은."

노부코는 자기가 태어난 집에 1년 만에 돌아온 것이었다. 그녀는 거실과 복도를 걸으면서 왠지 친척집에 온 것 같은 일종의 어색함을 느꼈다. 노부코는 난로 옆에 있던 안락의자에 앉았다. 맞은편 의자에는 아버지와 남동생이 나란히 앉았다. 오래간만에 만나 그리움은 서로의 가슴에 흐르고 있었지만, 서로 무슨 말을 먼저 꺼내야 할지 망설였다.

"왜 그래?"

노부코는 웃으면서 남동생에게 물어봤다.

"흐흐흐."

한동안 안 본 사이에 청년다워진 그는 어색하게 수줍은 미소를 띠었다.

아버지는 옷을 갈아입기 위해 자리에서 일어났다. 어머니는 테이블 옆에 앉아서 식사 준비를 시켰다. 어머니 뒤의 벽에 걸려 있는 은어 머리 그림도 방 한쪽 구석에 쌓여 있는 비스킷 깡통도 작년 9월 상쾌한 아침에 떠날 때 본 그대로였다. 그런데도 역시 말로 형용할 수 없는 흘러간 세월의 무게를 노부코는 사람과 사람 사이에서 느꼈다.

노부코의 귀국은 그녀 자신에게도 갑작스런 일이었다. 그녀는 자신이 올해 안에 돌아올 줄은 꿈에도 몰랐다. 그녀는 바로 10월 말에 쓰쿠다와 결혼한 것이었다. 대학과 가까운 평범한 아파트에서 새로운 생활을 시작한 지 아직 얼마 안 된 시기였다. 결혼에 관해서는 부모와 빈번하게 편지를 교환했다. 그 가운데 잘못 섞여 들어온 듯한 한 통의 편지가 노부코를 놀라게 했다.

어머니가 올 12월 중에 출산 예정인 것, 예전부터 중병인 당뇨병이 있었기 때문에 의사도 경과에 대하여 낙관하고 있지 않다는 것, 이 상황에 노부코가 그들 곁에 없는 것이 유감스럽다는 것 등을 아버지가 알렸던 것이다. 노부코는 당황했다. 그녀는 부모를 사랑하고 있었다. 그들이 자신을 필요로 하는 것을 도저히 냉정하게 거절할 수 없었다. 하지만 동시에 쓰쿠다와의 생활에 많은 미련이 남아 있었다. 지금 쓰쿠다가 C대를 떠나는 것은 불가능한 일이었다. 만약 돌아간다면 노부코는 혼자 갈 수밖에 없었다.

그녀는 많은 고민 끝에 드디어 귀국하기로 했다. 자신과 쓰쿠다는 이별을 끝으로 다시는 만날 수 없게 되는 것이 아니다. 그러나 어머니의 생명은 누가 예언할 수 있을까.

노부코는 무리하게 선실을 얻었다. 12월의 거친 태평양을 횡단하면서 그녀는 자신을 기다리고 있을 어머니와 외국에 남겨둔 쓰쿠다를 계속 생각했다. 외로운 항해였다. 일본이 가까워짐에 따라 불행이 기다리는 것이 아닐까 하는 불안이 더해졌다. 요코하마에 입항하기 이틀 전, 노부코는 입항 시간을 알릴 겸 안부를 묻는 무선전신을 쳤다.

마침 그날 밤, 배에서 무도회가 열렸다. 10시가 지났을 무렵 노부코는 무도회장 난간 아래층에서 춤을 추고 있는 사람들을 내려다보았다. 배는 심하게 흔들렸다. 음악 소리와 함께 간간이 '쫙쫙' 뱃전을 때리는 무거운 파도 소리가 배 전체를 삐걱거리게 하여 우측으로 선회했다. 춤을 추던 사람들은 가냘픈 구두 뒤축으로 인해 위에서 미끄러졌다. 미끄러지면서 여자들은 무의식적으로 상대 남자를 잡았다. 남자들은 양다리를 벌린 채 힘을 주어 버티면서 상대를 떠받치며, 춤을 멈추고 술렁거렸다. 갑작스럽게 미끄러질 때마다 무너질 듯한 웃음소리와 여자들이 밝게 외치는 소리, 한바탕의 박수 소리가 사람들 사이에서 터져 나왔다. 선내 홀은 따뜻하고, 화려하며 흥분되어 있다. 들떠 있는 환락과 밖의 어두운 겨울 바다의 포효咆哮의 대비를 노부코는 예민하게 느꼈다.

보이가 방 입구에 나타났다. 손에 종이를 들고 있었다. 저녁부터 답전을 기다리고 기다리던 노부코는 그쪽으로 관심이 갔다. 보이는 잠시 춤추는 사람들 틈을 누비다가 손에 종이를 쥔 채, 이윽고 왔던 대로 밖으로 나갔다. 노부코는 난간에 붙어 있는 낮은 의자에서 일어서서 큰 계단 앞으로 나가 보았다. 발걸음에 맞추어 느긋하게 양쪽 팔을 흔들며 계단을 올라온 보이는 그곳에 서성거리고 있는 노부코를 보자, 직업적으로 자세를 바로 하였다.

"삿사 씨입니까?"

"네, 전보?"

"방금 수신했다고 합니다."

"대단히 감사합니다."

노부코는 그것을 받자마자 선 채로 읽었다. "어머니 순산 안심해라."—어머니 순산 안심해라.—노부코는 자신의 귀에 갑자기 강하게, 그리고 공허하게 무도곡이 들려오는 것을 느꼈다. 2주일 전에 이것을 받았더라면! 그러나 노부코는 자신의 감정을 극복했다.

어머니의 얼굴을 보기 전까지 노부코는 전보가 발신된 그날에 남동생 아니면 여동생이 태어났을 것이라 믿었다.

어머니는 수척해 보이긴 했지만 엊그제 아이를 출산한 사람의 상태는 아니었다. 그리고 또 왜, 어머니는 노부코가 바로 그 일 때문에 급하게 돌아왔는데, 무슨 까닭에 그렇게 가볍게 아무 일이 아닌 듯 어물어물—넘기는 것일까. 노부코는 온 집안의 분위기에서 갑작스럽게 돌아온 자를 정리가 안 된 채 맞이하는 어수선함을 느꼈다. 어머니는 노부코가 왜 지금 돌아왔는지 알고 계시는 것일까.

노부코는 무릎 위에 안고 있던 여동생을 내려놓았다. 그녀는 입 밖에 낼 수 없는 불만스러운 한숨을 안으로 삼키며 말했다.

"자, 슬슬 옷을 갈아입을까……."

그녀는 일어서서 외투를 입은 채로 있던 자신을 둘러보았다.

"이대로 있으면 편안하지 않고 왠지 불편하니까. —내 옷은 어디 있지?"

2

"어쨌든 내가 누워 있었으니까 정리가 잘 안 돼 있는 것은 어쩔 수 없어."

다케요는 테이블을 손으로 짚으며 일어섰다.

"아까 데워 놓으라고 말했는데, 어떻게 되었을까."

노부코가 출발했을 무렵에는 공사 중이었던 방들이 이제는 다 정리되어 있었다. 어머니의 방은 다다미 4조 반 넓이의 깔끔한 방이었다. 낮은 다실용 후스마[8] 문이 두 사람 뒤에서 닫히자 노부코가 말을 꺼냈다.

"네, 무슨 일 있었어요? 도대체."

"뭔가 서로 착오가 생긴 것 같아."

난로의 불을 조절하기 위해 고개를 숙인 채 다케요는 대답했다.

"아아, 사실은 네가 이렇게 빨리 돌아올 줄 몰랐어."

"왜요?"

노부코는 의외의 말을 하신다고 생각했다.

"편지를 받자마자 바로 전보를 쳤는데, 못 받으셨어요?"

"나는 아버님이 그런 말을 하셨다는 것을 조금 전까지 전혀 모르고 있었단다. 하지만 이번에야말로 각오했어. 예정보다 갑자기 빨라졌기 때문에 그때는 산파조차 와 있지 않았던 상황이었어."

---

8 후스마 : 나무로 살을 짜고 양쪽을 모두 종이나 천으로 발라 방의 칸막이로 쓰는 미닫이 문짝.

"언제였어요?"

"11월 28일, 한 달 빨랐던 거지."

"……."

노부코는 아무것도 모른 채 그날 샌프란시스코에 도착했다.

다케요는 입을 꼭 다물고 있는 노부코를 물끄러미 쳐다보며 말했다.

"그런데 노부도 용케 회복했구나. 거기에서 아프다고 들었을 때 마음이 편치 않았어. 그때엔 우리 가족이 모두가 함께 모여 자고 있던 상황이었단다."

다케요의 말이 잠깐 끊겼다.

"게다가 너……. 차차 얘기 나누자. 네 생각도 들어야겠지. 걱정 많이 했어."

노부코는 얼굴이 빨개졌다.

"멀리 있어 여러 가지가 분명하지 않았기에."

"그것도 그렇지만, 먼저 쓰쿠다 씨라는 사람에 대해서는 아버님한테 들어서 조금 아는 정도뿐이었어. 그것도 그런 착한 분이 말씀하시는 것이니 기대할 수 없고, 이상한 이야기도 들리고, 어쨌든 돌아오면 알 수 있을 것 같아서 정말로 나는 애타게 기다렸어."

어머니의 어조는 자애로웠고, 원망하면서도 용서해 주는 따뜻함이 담겨 있었다. 노부코는 비로소 자신이 상상했던 것과 다른 의미로 자신을 기다리고 계셨다는 것을 알았다. 집안의 분위기가 자신의 심정과 뭔가 잘 안 맞았던 이유를 알게 되었다. 그와 동시에 지금까지 약간의 신경적인 예민함으로 긴장돼 있던 노부코는 부모의 온정이 마치 따뜻한 물과 같이 자신을 감싸주는 것을 느꼈다. 다케요는 딸에게라기보다는 나이 어린 젊은 여자를 호의적으로 놀리는 듯 웃으면서 말했다.

"그래도 잘도 혼자 돌아올 생각을 했구나."

"아주 위험한 상황이라고 생각했으니까……."

노부코는 어머니 앞에서 쓰쿠다의 이름을 꺼내는 것이 이상하게 어색한 것 같아 생략해서 말했다.

"지금은 어차피 대학에 나가야만 하니까."

"혼자 돌아오길 잘했어. 여러 가지 의논해야 하니까, 중대한 집안 문제이고. 아버님은 원채 성품이 그러신 분이라 너에게 아무 말 하지 않으실 터이지만 고생이 많았구나. 내가 아는 안팎으로."

다케요는 노부코가 벗은 얇은 블라우스나 예쁜 레이스가 달린 아기자기한 물건들을 하나하나 손으로 집어서 바라보았다.

"여자의 물건은 어디 가나 예쁘구나. 이건 뭐하는 것이니?"

그녀는 출발할 때 자신이 함께 여행용 가방에 채워 넣은 옷을 노부코가 입었던 것을 생각하며 그리워하듯이 말했다.

"어머, 아직 그걸 갖고 있었니?"

"여전히……. 옷 같은 건 전혀 따로 마련하지 않았어요."

"내가 준 단자쿠[9] 는 어떻게 했니?"

---

9 단자쿠(短冊) : 글씨를 쓰거나 표시로 물건에 붙이거나 하는 조붓한 종이.

"있어요."

다케요는 노부코가 떠나는 날 아침에 '슬프네, 자식이여 잘 지내거라. 멀리 바다 건너 헤어지더라도 이 어미 지켜보고 있을 테니.'란 단가를 써서 작별 선물로 주었다.

"사모님."

그때 방 밖에서 하녀가 어머니를 불렀다.

"식사 준비가 됐습니다."

"가자."

"네, 하지만 아기를 먼저 보고 싶어요."

"자고 있겠지."

어머니는 먼저 일어서서 복도를 돌아 객실의 화려한 무늬가 있는 두꺼운 종이가 발린 거실 문을 열었다. 전등을 한쪽 구석으로 돌려 어둑한 덮개 아래서 간호사가 빨래를 개고 있었다. 머릿병풍에 둘러싸인 바늘겨레처럼 볼록한 이불이 보였다. 노부코는 살금살금 다가가 무릎을 꿇고 새근새근 잠자고 있는 아기 얼굴을 보았다. 작아서 어머니를 닮았는지 아버지를 닮았는지조차 분간할 수 없었고 동생이란 느낌이 확 와 닿지도 않았다. 그녀는 등 뒤에서 엉거주춤한 채로 들여다보는 어머니에게 얼굴을 돌려 속삭였다.

"이름은 뭐예요?"

"유키코ゆき子라고 해."

"젖 냄새가 나네요."

모두 모여 있는 곳으로 나가니 아버지가 기분 좋게 농담을 했다.

"드디어 등장했구먼. 비밀 이야기가 꽤 많았던 모양이로군."

노부코는 조금씩 편안함과 즐거움이 몸과 마음에 스며드는 것을 느꼈다.

3

금속의 뭔가를 작은 망치로 두드리는 것 같은 '꽝꽝' 하는 맑고 연속적인 소리에 노부코는 눈을 떴다. 사람의 손끝이 섬세하게 움직여 내는 소리에는 자상함이 있었다. 소리 때문에 오히려 아침의 정적이 강조되는 것 같았다. 노부코는 그러한 현상으로 미루어 바깥이 개어 있음을 알았다.

지금쯤 쓰쿠다는 뭘 하고 있을까. 하룻밤이 지난 오늘 아침에는 자신이 돌아왔다는 것이 확실히 느껴져서 쓸쓸해졌다.

어머니는 부엌에서 편지를 쓰고 있었다.

"잘 주무셨어요?"

"그래. 너는 잘 잤니?"

다케요는 붓을 내려놓고 벼루를 한쪽으로 치우면서 말했다.

"오랜만이구나, 이렇게 같이 식사하는 것도. 낮에는 쓸쓸해. 다 나가버리니까. 뭘 먹을래?"

"어머니는 뭘 드실 거예요?"

"나는 빵을 먹어, 요즘."

"그럼 저도 그럴게요."

노부코는 어젯밤 어머니와 같이 잤다. 모녀는 어둠 속에서 많은 이야기를 나누었다. 오늘 아침에도 어머니의 이야기는 끝이 없는 것 같았다. 노부코도 하고 싶은 말이 가슴에 가득 차 있었다. 그러나 그것들은 모두 어머니가 경험한 것들이 아니었다. 하물며 '네, 어머니 그분 지금 어떻게 지내고 계실까요?'라고 말할 수 있을까. 가장 하고 싶은 말을 자제하고 있기 때문에 노부코는 답답해졌다. 다케요는 오래간만에 말벗을 되찾은 기쁨으로 노부코의 그러한 감정은 개의치 않는 모양으로 자못 유쾌하게 말했다.

"웃기지 않니? 아버님은 오늘 아침 자꾸 노부코와 어젯밤 무슨 얘기를 했는지 물으시는 거야."

"그래요. 아버님을 따돌려서 그럴 거예요, 아마. —그래서 뭐라고 하셨어요?"

"뭐라고 하긴, 나눈 얘기를 다 말씀 드렸지."

"만족해 하셨어요?"

"특별히 나랑 자고 싶다고 네가 그랬잖아. 그래서 뭔가—네가 임신을 한 줄 알고 계시는 거야."

다케요는 그렇게 말하면서 어쩌면 그러한 엉뚱한 우스개 소리를 할 수 있냐는 식으로 웃었다.

노부코는 불쾌함을 약간 느꼈다. 만약 자신이 실제로 그러한 몸이라면, 그럴 수 없다고 믿고 계시는 어머니는 어떤 표정을 지을 것일까. 그녀는 어머니의 미묘한 말의 억양에서 분명히 자신의 결혼이 어떻게 인식되고 있는지 알 수 있었다. 어제 배로 마중 나오신 아버지가 안절부절못하고 남의 눈을 피하는 것 같았던 것과 맞물려 생각해 보니, 노부코는 불쾌해졌다.

"정말로 세상이라는 게 질력이나. 너의 일이 알려지자 쓰무라津村 부인 같은 경우엔 평소 들르지도 않더니, 바로 와서 그럴 줄 알았다고 말하지 뭐야. 안 만나면 안 만난대로 더욱더 안 좋게 생각할 테니까 큰맘 먹고 힘든 것을 꾹 참으며 억지로 한 사람 한 사람 만날 수밖에 없었어."

"우리 딸은 아집이 세기 때문이라고, 태연하게 계세요."

다케요는 노부코가 그런 식으로 말하며 어머니가 받은 고통에 대하여 감사하지 않는 것이 불만스러운 듯했다. 그녀는 화가 난 것 같은 어조로 말했다.

"그건, 너는 멀리 있고 제멋대로 행동하며 우쭐해 있으니 태연하게 무엇이든 할 수 있겠지만 우리는 그렇게 간단하지가 않아. 그렇게 하기에는, 조금은 체면이라는 것도 있으니까."

노부코는 부모의 배려를 소홀히 생각한 것이 아니었으나 그런 식으로 말하는 것이 의외로 여겨졌다.

"여러 가지 근심을 끼쳐 드린 것은 정말 죄송합니다. 하지만 저는 어머니를 소홀히 여기고 그랬던 것이 아니에요. 어쩔 수가 없었어요."

"그런 게 아니야. 좋아하는 사람이라는데 할 수 없지만, 좀 더 우리의 체면을 세워 줄 수 있는 어떤 방법도 있었겠지. 우선 나는 한 번도 만나본 적 없는 사람이고, 그리고……."

다케요는 많은 의문을 가지고 말했다.

"쓰쿠다란 남자가 어떤 사람인지 궁금해. 나뿐만이 아니야, 다 궁금해 하고 있어."

노부코는 어느 새 쓰쿠다는 '씨'조차 붙일 가치가 없는 사람으로 결정을 내린 듯 쓰쿠다라고, 경칭을 붙이지 않고 부르는 어머니의 어조가 이상하게 의심스러웠다.

"왜요? 자세히 말씀 드렸잖아요?"

어머니는 날카롭게 노부코를 보았다.

"그래. 너는 솔직하게 말했지. 하지만 그건 네가 본―봤다고 생각한 쓰쿠다 씨지? 쓰쿠다 씨가 너에게 얘기해 주고 들려 준 것이지? 그게 틀림없는 그 사람의 전부야?"

노부코는 격심한 어머니의 말에 받아치듯이 대답했다.

"그 사람은 저한테 거짓말 안 해요."

"제발 그렇게 되길 빌어. 평생이 걸린 일이니까. ―될 수만 있다면 나도 네가 사랑하는 사람을 그대로 사랑하고 싶고, 네가 사랑하는 것처럼 사랑하고 싶어. 하지만 의심이 가는 한 나는 그 의심이 완전히 풀릴 때까지 믿을 수가 없어. ―내 성격이니까. ―지금까지도 항상 나만 미움을 사면서 여러 가지 위험한 일을 헤쳐 왔단다."

노부코는 어머니의 강한 어조에 일종의 압박감을 느꼈다. 어머니가 자신의 의지로 이번 일까지 깨뜨리려면 깨뜨릴 수 있을 거라고 믿는 모양이 노부코를 불안하게 만들었다. 노부코는 반문했다.

"어머니는 무엇이 가장 의심스러우세요?—만약 설명할 수 있는 것이라면 말씀하시는 편이 좋을 것 같아요. 왜냐면……."

노부코는 드디어 예상했던 것에 부딪쳤음을 느꼈다.

"이번 일은 나, 가볍게 생각한 것 아니에요. 만일 어머니와 나의 의견이 달라도 내 결심은 변하지 않을 거예요. 그러니까 되도록 서로 이해해요."

다케요는 홍차를 따라서 한 모금 마셨다.

"언젠가 얘기해야 할 테니까 그것도 좋겠지.—모두 네가 속고 있다고 수군거리고 있어."

"그 사람은 자신이 아무것도 없다는 것을 처음부터 숨기지 않았어요."

"숨기지 않는다는 것으로 어린 너의 관심을 사고 있는 거야."

"설마!"

"그럼 왜, 정말 신사답게, 네가 뭐라고 해도 먼저 집에 와서 우리한테 승낙을 얻은 뒤에 하지 않았니.—든든한 부모가 있으니까, 결과가 어떻게 나오든 손해 볼 일은 없겠다고 생각하니까 너를 붙잡은 거겠지."

노부코는 어머니의 손을 잡았다.

"그건 착각이에요. 절대로. 게다가 이런 일은 한쪽만의 문제가 아니에요. 절반은 제 책임이에요. 먼저 어머니처럼 생각하면 어쩔 수 없어요. 그러나 속이려고 생각할 만한 것이 아무것도 없지 않아요?"

"……. 사물이라는 것은 정도가 있고, 0에 비해 1이라도 있다는 쪽이야."

다케요는 손이 잡힌 채 마음을 놓지 않고 노부코의 얼굴을 빤히 쳐다보다가 곧 다시 말을 꺼냈다.

"하지만 대학에 있다는 것은, 설마 거짓은 아니겠지?"

"네?"

"아니, 쓰쿠다라는 세탁소를 하는 사람이 있다기에."

"잘 모르겠어요."

노부코는 깊은 분노를 느끼면서 이에 대해서 진지하게 응수할 수 없어서 이렇게 대답했다.

"어쩌면 온 친척의 빨래를 몽땅 사 모으려는 책략일지도 모르지."

4

노부코는 자신이 변한 것을 느꼈다. 노부코의 마음과 생활 속에 쓰쿠다란 존재가 추가되었다.

부모 쪽에서도 뭔가 석연치 않아 예전에 노부코를 대하던 마음가짐이 될 수 없었다. 시간이 지남에 따라 그러한 나날이 계속 이어졌다.

노부코도 쓰쿠다에 대한 다케요의 감정이 진정되지 않고 혼잡한 것도 전후 사정에 비추어 보면 무리가 아니라고 생각하게 되었다. 노부코가 편지로 보내온 내용과 샷사가 얘기한 것들은 신문이나 그 외의 소식통을 통해서 그녀의 귀에 들어온 소문과 전혀 달랐다. 자신이 직접 쓰쿠다를 본 적이 없는 다케요는 그 어느 쪽으로 그를 판단해야 할지 몰라, 그녀가 아는 남편의 착한 성격이나 노부코의 세상모르는 철부지 같은 곧은 기질만으로 미루어보면 조금은 어떠할 것이라고 쉽게 상상할 수 있는 쓰쿠다를 그만 불신과 악의를 가지고 생각하는 쪽으로 기울어진 것도 일단 어쩔 수 없는 상황이었다.

그러나 노부코 쪽에서 보면, 어머니가 딸의 주변에 나타난 남자는 꼭 악당인 것처럼 비상식적인 경계심을 품는 것이 두려웠다. 쓰쿠다가 가난하고 사회적 배경도 없기 때문에 다케요의 의혹이 한층 더 깊어지는 것이라고 생각할 때 노부코는 분노를 느꼈다.

노부코가 다시 집으로 돌아온 것은 다케요에게도 물론 기쁜 일이었다. 마주앉자 노부코가 없던 동안의 섭섭함이나 고생을 털어놓지 않고는 견딜 수 없을 것 같았다. 하지만 이러한 얘기를 하려면 쓰쿠다에 대한 이야기가 나올 수밖에 없었다. 쓰쿠다의 이름이 나올 때마다 다케요는 평정을 잃었다.

아버지가 회사에 출근한 뒤 긴 낮 시간이 노부코에게는 상당히 부담이 되었다.

"노부코."

다케요가 거실에서 노부코를 불렀다. 노부코는 거의 자신의 방에 있었다. 어머니가 거리낌 없이 외치는 소리가 그녀에게 조금 불쾌감을 주었다. 그러나 노부코는 곧 일어서서 어머니의 방문을 열었다.

"왜요, 무슨 일이세요?"

다케요는 무릎 위에 염색물 견본을 펴고 있었다. 그녀는 밝은 후스마 쪽으로 책을 가까이 대고 계속 색깔을 견주면서 말했다.

"염색집에서 오셨는데."

"뭘 염색하실 거예요?"

"야마마유[10] 실로 짠 비단이 한 필 있으니까 기모노 위에 입는 조끼라도 만들까 해서……. 왠지 요새는 풀이 안 좋은지 예전과 달리 맘에 드는 색깔이 별로 없네.……."

다케요는 이윽고 생각 난 것처럼 노부코에게 물었다.

"그리고 보니 네가 갖고 간 보라색의 유우젠[11] 기모노는 어떻게 했니?"

"있어요."

"이제 그것도 입을 수 없겠다. 모양은 좋지만……."

계속 견본을 보면서 말했다.

"어떻게 할 거야? 기모노도 몇 벌은 있어야지."

"됐어요. 필요 없어요."

"필요 없다니, 그럴 수는 없지. 그럼 일단 이걸로 할까."

다케요는 하녀에게 흰색 옷감과 견본을 주고, 옷장 문을 닫으

---

10 야마마유(山繭) : 참나무산누에나방의 유충. 이 고치로 만든 실은 견사 중에서 가장 품질이 좋음.

11 유우젠(友禪) : 견직물 등에 화조(花鳥)·풍월(風月) 등의 무늬를 화려하고 선명하게 물들인 옷감.

면서 조금은 관심 있는 어조로 말했다.

"쓰쿠다 씨 고향은 어떤 곳이니?"

"글쎄요… 왜요? 아직 가보지 않았으니까 저도 잘 모르겠어요."

"이상한 풍습이구나. 아무튼 이렇게 네가 돌아왔으니까, 일단 인사는 드려야 되는 거 아닌가 해. —아니면 뭐야, 쓰쿠다 씨는 부모한테 말씀드리지 않은 건가?"

"그런 거 아니에요."

다케요는 자존심이 상하여 빈정거리듯이 말하였다.

"며느리가 집안에서 인사를 드릴 때까지 가만히 계시겠다는 건가."

"뭐라고 해야 할지 모르니까 가만히 계시는 거겠죠. 본인이 돌아오면 반드시 확실하게 처리하겠어요."

노부코는 할 수 없이 건성으로 말했다. 그녀의 태도에 다케요는 불쾌해했다.

"너희들끼린 그래도 괜찮지. 어차피 모든 것이 특별하니까."

다케요는 꽝 하는 손잡이 소리를 내면서 옷장 문을 닫았다.

"하지만 나는 요전부터 생각해 봤는데, 도리에서 벗어난 것만이 반드시 옳은 것은 아니니까. 진기함만을 자랑하는 것은 주변 사람에게 폐를 끼치는 거야."

"진기함 같은 것 자랑하지 않아요. 다만 어머님과 나는 성격과 생각이 다른 것뿐이에요."

"그럼 너는 자기가 하는 일이 처음부터 끝까지 다 옳다고 믿는 거니?"

예상치도 못한 데서 이러한 감정적인 대립이 생길 때가 많았다. 노부코는 처음에는 늘 절도를 지키려고 노력했다. 하지만 가끔은 다케요의 치열하고, 상대를 용서하지 않는 성격이 마지막에는 노부코가 참지 못하고 화를 낼 수밖에 없도록 만들었다. 화를 내면 노부코도 어머니처럼 굴복하지 않는 격심한 본성을 드러냈다.

1월 하순의 어느 날의 일이었다.

또 사소한 일로부터 대화가 격해졌다. 노부코는 상당히 곤혹스럽게 말했다.

"내가 돌아와서부터 계속 같은 말만 되풀이하고 있는 것 같아요. 이제 그만하죠, 네? 나는 어머니의 뜻은 잘 알고 있어요. 하지만 그런 식으로 얘기하는 것은 그만두세요."

그러자 다케요는 상기된 얼굴로 트집을 잡듯이 말했다.

"너도 달라졌구나. 예전에는 결코 이러지 않았어. 서로 어디까지나, 의견을 나눌 만큼의 진심과 순진함을 지니고 있었지. 그게 너였어. 누구 영향인지 모르겠어. 태도가 변했어……."

노부코는 가슴 어딘가를 찔린 것처럼 감정이 불타오르는 것을 느꼈다. 다케요는 여자만이, 혹은 딸에 대해 어머니만이 터득한 본능으로 늘 이렇게 교묘하게 노부코의 급소에 독침을 찔렀다. 그리고 상대를 사납게 만들었다. 그러나 그날은 노부코도 간신히 스스로 자제하며 대답했다.

"나는 교활해서 피하는 게 아니에요. 그냥 논쟁을 위한 논쟁 같은 건 하지 않으려고 하는 거죠."

"그게 이기적이라는 거야. 너는 실컷 제멋대로 하며 부모의 얼굴에 똥칠을 해놓고 그런 말을 할 자격이 있니? 도대체 이렇게 괴로워하며 왜 외국으로 보냈는지, 조금이라도 내 입장이 되어서 생각해 보렴."

억울해 하며 흐르는 눈물을 닦는 다케요의 늙은 손가락을 보니 이런 일로 다투는 모녀의 비참함이 노부코의 가슴에 사무쳤다. 그녀는 마주앉아 있다가 일어서서 어머니의 무릎 아래 융단 위에 앉았다. 그리고 어머니를 달래며 자신의 입장을 이해시키려는 듯이 말했다.

"네 어머니, 그럼 한 번 쓰쿠다란 사람을 시간을 두고 봐 주세요. 어디 어머니가 알고 계시는 분 중에서 제가 사랑해도 좋다고 생각되는 사람이 있나요? 지금까지 제 주변에 나타난 사람과 한 명이라도 자유롭게 교제해도 된다고 생각하신 적이 있으셨어요? 없죠. 어떤 사람이든 그 사람이 저와 깊은 교제를 하면 어머니의 눈에는 가치 없는 자가 되어버리니까요."

"무서운 마귀할멈이라 미안하다."

"그런 의미가 아니라, 자!"

노부코는 불쑥 옆으로 몸을 돌려버리려는 어머니의 손을 잡았다.

"어머니는 정확하게 말하면 일종의 지나친 몽상가인거예요.

저에 대해서라면. 네? 저의 일이나 성공에 자신이 얼마나 많은 희망을 걸고 계시는지, 그것은 생각해 보시면 아시겠지요. 어머니는 어떤 점에서는 자신의 생활에서 못 하셨던 것을 제게 시키고자 하시는 거죠. 네? 그러시죠?"

"그건, 그런 점도 있겠지."

다케요는 이에 대해서는 화를 낼 수도 없다는 식으로 말했다.

"많이 있어요. 어머니는 제가 연애를 초월하여 혼자 고상하고 깨끗하게 사는 것을 낙으로 삼고 계신 것 같아요."

"특별히 혼자 있으라고 말하지는 않았어. 좋은 사람만 있다면, 너를 계발시켜줄 만한 사람이 있다면 언제든지 나는 기꺼이 맞아들일 거야."

"결혼에 대한 생각이 어머니와는 많이 다른 거예요."

"그건 듣지 않아도 알아."

신랄한 어조를 되찾으면서 다케요는 말했다.

"너의 사고방식은 볼셰비키야."

"—보통 여자는 시집가서 정착하여 남편에게 동화되어, 좀 더 현대 사회에서 안정된 생활을 얻으려고 하는 것이 목적이겠지요? 그러니까 같은 계급, 같은 전통을 가진 가문, 또는 많든 적든 운명이 허락하는 한 출세하는 것을 조건으로 한다. —다르다는 것은 이 점이에요……. 나는, 어머니가 자란 식으로 자라고, 어머니가 주는 것만 봐 왔어요. 어머니와 똑같은 부모가 있는 남자에게는 전혀 흥미가 없고, 오히려 불안해요. 그러니까 내 마음이 끌릴 때에는 반드시 그 점에서만이라도 뭔가 다른 것이 있다는 거예요. —아시겠어요? 그러니까 쓰쿠다가 좋고 싫은 것은 둘째 치고 이 점에서 어차피 어머니는 만족할 수 없을 거라고 생각해요. 나는 야만인이기 때문에 생활이든 뭐든 내가 갖고 싶은 것을 내 손으로 잡아보지 않으면 인정하지 않는 성질인 거예요."

노부코는 입을 다물었다. 다케요도 가만히 있었다. 두 사람은 오랫동안 그렇게 난로의 낮은 불이 가끔 활활 타오르며 사방을 훤하게 비추는 땅거미 속에 앉아 있었다.

5

하늘이 활짝 개고, 바람이 동백의 윤기 나는 잎을 뒤흔들었다. 황매화나무가 우거져 가지가 부러지고, 낙엽 등과 어수선하게 서로 겹쳐져 있는, 손질한 흔적이 없는 마당 구석에 연자화가 나란히 떼를 지어 싹이 나 있었다. 푸르디푸른 싹이 튼 부분만은 특별히 햇빛을 받은 것처럼 밝고 아름답게 보였다. 따뜻하다. 눈을 가늘게 뜨고 짙은 녹색 속에 있는 밝음과 어둠을 바라보니 묘하게 격렬한 감각이 노부코의 온몸에 퍼졌다. 노부코는 목에 걸린 듯한 설렘을 느끼면서 힘껏 기지개를 켰다. 그녀는 주먹을 쥔 채로 팔을 빙빙 돌렸다. 팔이 하얗게 빛나며 흔들렸다.

바람이 또 불었다. 대나무 숲이 바스락 스치는 소리를 내었다. 별채 툇마루에서 다모쓰保가 열심히 뭔가를 하고 있었다. 노부코는 다가가서 말을 걸었다.

"뭐 하니?"

"왔어?"

천진스런 솜털 가마가 있는 얼굴의 옆모습을 보이며, 다모쓰는 들여다보고 있는 상자에서 눈을 떼지 않는다.

"뭐야?"

노부코는 남동생의 어깨너머로 얼굴을 내밀었다. 그것은 2척, 3척 정도의 모종 상자였다. 매우 작은 알갱이의 흑토를 체로 치고 보기 좋게 고른 곳에서 중간쯤 자란 새싹이 연약하고 가늘게 나란히 서 있었다.

"무슨 새싹이야? 좀 빈약한 것 같은데. 괜찮아? 그걸로."

"상태가 좋지 않아."

다모쓰는 당혹스런 표정으로 노부코를 바라보았다.

"시클라멘 실생實生 같은 것은 전문가에게도 그리 쉽진 않은 거야. 때문에 내가 하기엔 서투른 게 당연하긴 하지만…… 슬프네."

노부코는 웃었다.

"하지만 훌륭하게도 싹이 나왔잖아. 점점 자라겠지."

"모르겠어, 이건 쉽게 썩어버리니까. 싹이 트기 좋게 보온을 하면 바로 곰팡이가 쓸어버리고. 봐, 이렇게 되어 버렸어. 이상하게 힘이 없어."

다모쓰는 상자 구석의 새싹 하나를 가리켰다.

"왜 이렇게 되는지 원인을 모르겠어. 흙이든 뭐든 책에 나온 대로 다 했는데."

다모쓰는 열네 살이었다. 그는 겨울 내내 이 상자를 뒷마루로 가져와 상자 화로를 태우거나 유리 덮개를 덮어서 발아를 기다리고 있었다.

뜻밖에 말벗이 생겼기 때문에 다모쓰는 열심히 시클라멘 배양의 어려움을 설명하기 시작했다. 이 정도면 싹이 나와도 꽃이 맺힐 때까지 수년 걸린다는 것, 온도와 습도 조절이 난초 재배 못지않게 어렵다는 것, 그는 틈만 있으면 갖고 다니는 원예 책에서 배운 지식을 어린이처럼 혼란스럽게 이야기했다.

"응, 그러니까 온실 없이 못하는 건 당연해. 지난번엔 내가 모르는 사이에 개가 들어와 뿌리째 뽑아버리기도 했어."

노부코는 애정 담긴 말로 짧게 대답했다. 그러나 솔직히 말하면 노부코는 다모쓰가 하는 말을 반도 이해하지 못했다. 그녀의 마음은 아침부터 균형을 잃었다. 주위가 산만해져 괴로워서 방을 나온 것이었지만, 3월 하순의 마당의 생동하는 분위기 속에서 오히려 그녀 안에 도사리고 있던 무겁고 격렬하며 동시에 꽤 나른한 마음이 더해진 것 같았다.

노부코는 별채를 돌아 목욕탕 뒤쪽으로 갔다. 석탄 찌꺼기가 서벅서벅 소리를 냈다.

"누구야?"

"나."

"언니야."

드르륵 창문이 열렸다. 슬쩍 얼굴을 내비친 쓰야코의 곁에 다케요의 줄무늬 겉옷이 보였다.

"다모쓰는?"

"툇마루에서 계속 투덜대고 있어. 시클라멘이 썩었다고."

쓰야코의 말이 들렸다.

"네, 어머니, 괜찮지요? 나僕 이제 다 나았어요, 어머니!"

쓰야코는 오빠들 속에서 자랐으므로 자신을 '와타시(私:나)'라고 하지 않고 '보쿠(僕:나)'라고 하며 남자 같은 말투를 썼다.

"안 돼요. 또 호소야細谷 씨를 부르게 될 거예요."

"─왜 떼를 쓰는 거예요?"

"밖에 나가고 싶다는 거지. 나은 지 아직 이틀 밖에 안 되니까, 바깥에 나가면 다시 콜록콜록 기침하기 시작할 텐데. 아집 센 천식환자야."

노부코는 어슬렁어슬렁 거기서 하녀 방 옆으로 나갔다. 문이 활짝 열려 있고, 하녀들은 창가에 마주 앉아 바느질을 했다. 둘 다 고개를 숙여 짙은 밤색 바탕에 검고 가는 무늬가 있는 남자용 기모노와 하오리를 만들고 있었다. 옷을 보니 노부코는 억제하고 있던 감정이 용솟음치는 듯한 동요를 느꼈다. 쓰쿠다의 기모노였다. 그가 돌아올 때에 맞추어 그렇게 서둘러 만들고 있었다. ─노부코는 여자들이 눈치 채지 못하도록 응접실의 정원으로 나왔다.

작년 12월에 돌아온 이후 3월까지 때때로 노부코는 쓰쿠다가 보고 싶어서 눈물이 날 때가 있었다. 그러나 아무리 소동을 일으켜도 그는 일이 마무리되지 않으면 돌아올 수 없다는 각오로 버티고 있었다. 그러나 쓰쿠다가 드디어 4월에 귀국하기로 결정했다. 특히 3월 19일 그를 태운 배가 시애틀을 출발한 후부터는 노부코는 보고 싶은 마음에 기다림이 너무 지루해 쓰러질 것 같았다. 그가 요코하마에 도착할 때까지 매일 큰 무량함과 지나친 기대로 정신적 불안감 속에서 보냈다. 만약 용돈이 충분하고, 그를 즐거이 맞이할 준비라도 돼 있다면 노부코는 상당히 마음이 편했을 것이다. 하지만 그녀에게는 돈 같은 것이 전혀 없었다. 쓰쿠다의 여비로 노부코가 번 돈 이외에도 상당한 금액을 부모가 부담하고 있었다.

'저 사고 싶은 게 있어요. 돈 좀 주세요.'라고 말할 수 있는 분위기가 아니었던 것이다. 게다가 삿사 집안에서는 쓰쿠다가 며칠 안에 돌아오는 것을 즐거워하는 사람이 한 명도 없었다. 밤에 부모는 뭔가를 속삭이다가도 노부코가 아무 생각 없이 들어가면 갑자기 침묵하며 "무슨 일이니?" 하고 물었다. 그럴 때 부모는 노부코에게는 부모라기보다는 부부란 존재로만 강하게 느껴져 슬프고 소외된 감정에 휩싸였다. 자연스럽게 감정을 드러내지 못하는 상황에서 기대감만으로 혼자 쓰쿠다를 생각하니 병적인 열정이 마음을 괴롭히는 것이었다.

드디어 2일이 되었다. 그날은 일요일이었다.

눈을 뜬 노부코는 아아, 이제 오늘이다! 라고 생각했다. 오늘 하루…… 오늘 하루…… 하루 하루가 얼마나 자신을 괴롭히는

지……. 노부코는 다른 사람에게 얼굴을 보이거나 말을 나누는 것이 싫었다. 이대로 누워 있는 곳으로 쓰쿠다가 갑자기 들어오면 얼마나 기쁠까.

우울한 기분으로 노부코는 식당으로 나갔다. 테이블 위에는 한 사람의 식기가 놓여 있었다. 곁에서 다케요가 카스테라를 자르고 있었다.

"손님이 오셨어요?"

"잇따라 오시네. 쉬는 날인데도 이러니까, 집에 있으면 아무 일도 할 수 없어. 아, 참."

다케요는 갑자기 자기 앞에 있는 과자 상자와 포장지, 리본 등을 헤집고 찾았다.

"전보가 왔어."

"전보?"

"배에서 보냈어. 방금까지 여기 있었는데……."

노부코는 심장이 갑자기 두근거리는 것을 느끼며, 어머니와 함께 주변을 뒤지며 전보를 찾았다. 이제 와서 변화가 있다면 견딜 수 없다.

"이름이 있었을 텐데."

"글쎄……."

그 침착한 태도가 노부코에게는 부자연스럽게 생각되어 불쾌함을 느꼈다. 전보는 시사만화 밑에 있었다. 발신인 쓰쿠다란 글자를 보자 노부코는 약간 안심했다. '2일 오후 입항'이라 적혀 있었다.

"2일 이라면……. 2일이라면 오늘이네."

"그래."

"이상하네, 2일 오후 입항이라 돼 있는데……."

시계를 본 노부코는 곧바로 조급하고 곤혹스러워졌다. 오후라
는 것만으로는 오후 한 시인지 여섯 시인지 분명하지 않았다.

"저, 물어 보고 올래요."

노부코는 전화를 거는 동안에도 걱정스레 우선郵船 회사에 물어
보았다.

"오늘 입항합니다."

젊은 사무원이 아무렇게나 대답했다.

"몇 시쯤? 저녁이에요?"

"아니요, 이른 시간이에요. 지금 항구 부근에 있을 거예요. 마
중 나가실 거면 빨리 가셔야 할 거예요."

노부코는 묘한 표정으로 전화를 끊었다.

"역시 오늘이래요……."

"뭐야, 그 표정은."

다케요는 정신없이 서 있는 노부코를 올려다보며 쓴웃음을 지
었다.

"멍하게 서 있지 말고, 갈 거면 아버님한테 말씀드려야지."

방에서 옷을 갈아입으면서 노부코는 기습당한 것 같은 느낌이
들었다. 기습이라고 하더라도 기다렸던 그가 일 분이라도 빨리 도
착한다면 날아갈 정도로 기쁠 텐데… 막상 오게 되니 노부코가 상

상했던 것과 같은 환희를 느끼지 못하는 것이 의외라는 생각이 들었다. 그가 드디어 돌아온다. —그러나 직접 보지 않는 한, 마음속에만 있는 그 사람, 그가 돌아온다는 것조차 이상하게도 믿기지 않는다.

노부코는 15년 전 여름의 새벽 광경이 떠올랐다. 5년 만에 아버지가 영국에서 귀국하신다고 했을 때 여덟 살이던 노부코는 그날 밤 잠을 못 잤다. 그날 아침에 램프 밑의 경대를 꺼내어 머리를 묶고 있는 어머니 뒤에서 부채로 모기를 쫓으면서 전혀 말을 안 하는 어머니가 평소와 달리 무서웠던 기억이 났다. 노부코는 지금에야 그날 아침의 복잡한 아내로서의 어머니의 감정이 이해되었다.

사쿠라기초桜木町 행 전차는 비어 있었다. 그들과 마주 앉은 외국 회사에 근무하는 것 같은 중년의 난봉꾼처럼 보이는 남자와 서른두세 살로 보이는 부인, 그 외에는 몇 명의 남자가 타고 있을 뿐이었다. 전차는 '달각달각' 흔들리며 따뜻한 햇볕을 받아 빛나고 있었다. 도쿄, 요코하마 구간을 잇는 잡연한 풍경 사이를 질주했다.

샷사는 옷 주머니에서 작은 노트를 꺼내어 보고 있었다.

잠시 후 노부코가 물었다.

"몇 시?"

"글쎄, 아직 두 시 정도겠지."

그는 시계를 꺼냈다.

"어, 십 분 지났어. 의외로 시간이 꽤 걸렸네."

삿사는 집게손가락을 페이지 사이에 끼워, 들고 있던 노트로 가볍게 외투로 덮여 있는 무릎을 두드리면서 창밖을 바라보다가, 갑자기 노부코 쪽으로 몸을 돌려 애정 담긴 낮은 소리로 속삭였다.

"너무 흥분하면 안 돼. 사람들이 보고 있으니까…."

그는 다시 앉음새를 바로하며 약간 높은 소리로 덧붙였다.

"진정해야지, 넌 흥분하면 맥을 못 추니까."

"미워요… 아버지."

그들은 사쿠라기초에서 인력거를 탔다. 거친 항구의 인력거꾼은 몸을 앞으로 기우뚱하며 중국의 쿨리[12] 처럼 소리를 내면서 뛰기 시작했다.

코리아호는 마침 암벽 옆으로 대고 있었다.

승강용 다리를 설치하기 위해 코리아호에서 상반신을 내민 선원이 큰 소리로 신호를 보냈다. 거기에 답하면서 몇 명의 남자가 포석 위에서 바퀴가 달린 계단을 밀고 있었다. 그것을 기다리지 못한 사람들은 방약무인한 태도로 성급하게 사람을 찾아 나서 매우 혼잡했다. 노부코는 아버지의 팔을 잡고 인파를 헤치면서 앞으로, 앞으로 나아갔다. 눈으로는 계속 갑판의 난간을 따라 빽빽이 줄을 선 얼굴들 중에 쓰쿠다를 찾아내려고 하면서.

사람이 너무 많았다. 얼굴이 겹쳐지고 모자나 외투 색깔에 섞여, 그녀는 도저히 하나하나 분간할 수가 없었다. 그러는 사이에

---

12 쿨리 : 중국이나 인도의 하층 노동자.

맞이하러 온 쪽과 도착한 쪽이 서로 만날 상대를 찾은 것인지 즐겁게 '어이', '어이' 하고 외치며 모자를 흔드는 남자와 이쪽에서 정장을 차려입고 인사하는 부인이 보였다. 선객의 얼굴은 작게 갇혀 있는 것처럼 보였다. 노부코는 슬퍼졌다.

"보이세요? 보이세요?"

자꾸 아버지한테 물었다.

"이런 혼잡 속에 있으면 저쪽에서도 잘 안 보일 테니 좀 사람이 없는 쪽으로 가자."

그들은 앞으로 앞으로 밀어붙이는 인파를 피해 세관 창고 부근에 멈추어 섰다. 가만히 보니 상갑판에서 낮은 계단을 내려와 선수의 중간갑판 쪽으로 나오는 한 명의 남자가 있었다. 검은 외투, 중절모. 노부코는 무의식중에 얼른 손을 힘껏 들어 머리 위에서 열심히 흔들면서 아버지에게 말했다.

"알아보시겠어요? 아버지! 저기 저 까만 옷."

그도 모자를 벗어 그들을 향하여 느긋하게 크게 흔들었다. 노부코는 더욱 정성을 기울여 손을 세게 흔들면서 너무 감동하여 눈물을 글썽였다.

6

자동차가 돌담을 따라 비탈길 모퉁이를 돌았다. 아버지와 쓰쿠다 사이에 앉아 흔들리면서 노부코는 집이 가까워짐에 따라 크게 걱정이 되었다.

처음으로 만나는 쓰쿠다와 어머니는 서로 어떠한 인상을 주고 받을 것일까. 노부코는 사소한 일이지만 쓰쿠다의 안색이 안 좋은 것도 약간 마음에 걸렸다. 그가 말주변이 없어 스스로 맹랑하게 화제를 제공하는 성격이 아닌 것도 걱정이 되었다.

어머니의 지시로 서생과 하녀가 현관에서 정중하게 그들을 맞이하였다. 삿사는 모자를 하녀에게 건네면서 어색한 분위기를 바꾸려는 듯이 가볍게 말했다.

"신발을 벗는 것이 몇 년 만이야. 자네는 이제 발부터 감기가 들 거야. 일본에서는 아직까지 이러한 번거로움으로부터 벗어나지 못했어."

쓰쿠다는 긴장하여 미소도 띠지 못하고 대답했다.

"아뇨, 괜찮습니다."

먼저 시키다이[13]에 오른 노부코는 그의 마음속에서 지시의 스위치라도 찾아 눌러 힘껏 '편하게, 자연스럽게!' 하기를 원했다. 옷을 차려입은 다케요가 그들을 맞이하기 위해 객실 입구의 가까운 의자 앞에 서 있었다.

"왔습니다."

노부코는 맨 먼저 인사부터 했다. 그리고 쓰쿠다를 어머니에게 소개했다. 삿사가 옆에서 그것을 도와주었다.

---

13 시키다이(式台) : 일본식 주택 현관 입구의 한단 낮은 마루. 주인이 손님을 맞고 보내는 곳.

"제 아내입니다, 쓰쿠다 군. 쓰쿠다 군에게는 아까도 말한 것처럼 여러 가지 신세를 많이 졌습니다."

"얘기 많이 들었습니다."

다케요는 큰 몸집에 진중하게 위엄을 가진 모습으로 대응했다.

"이번에 정말로 뜻밖의 인연으로 뵙게 됐습니다."

쓰쿠다는 그러한 다케요의 격식 차린 대응을 적당하게 받을 수가 없어 뒤죽박죽으로 궁색하게 대답했다.

"아버님께 신세를 많이 졌습니다. 잘 부탁드립니다."

"자, 앉으십시오. 피곤하시죠?"

삿사가 아내에게 말을 걸었다.

"쓰쿠다 군은 뱃멀미가 너무 심해 반 이상 누워 계셨다고 해요."

"어머, 고생 많이 하셨겠네요."

본인한테서 뭔가 대답을 기대하는 듯 다케요는 쓰쿠다를 보았다. 쓰쿠다는 의자 양 쪽에 팔꿈치를 대고 손을 가슴 앞에서 깍지 끼고 다케요를 보고 고개를 끄덕이듯이 하며 말했다.

"이제 괜찮습니다."

노부코는 아버지의 의자 등받이에 기대어 서서 이 심리적 대면 상황을 바라보았다. 어머니가 쓰쿠다를 어떻게 대해야 할지 고민하고 있는 것을 들어왔을 때 그녀가 서 있던 모습으로 알 수 있었다. 쓰쿠다를 존경하여 어느 정도 간격을 두고 말해야 할지, 아니면 노부코의 배우자로 스스럼없이 편하게 대해도 되는지. 그녀는 그것을 두 번에 걸친 짧은 응대로 시도한 것 같았다. 그녀는 이미 맛으로 하면 쓴맛과 같은 뭔가 어울리지 않는 것을 쓰쿠다한테서 느낀 것이 아닐까.—그렇지 않다면 왜 그렇게 가끔씩 예쁜 흰 버선의 발끝을 초조한 듯 움직이는 것일까. 노부코는 자신에게 불안을 주는 새하얀 생물의 귀와 같은 그쪽을 외면하며 아버지에게 말했다.

"아버지, 옷을 갈아입으시는 게 어떨까요? 정말 고맙습니다……. 오늘은."

노부코는 가라앉은 분위기를 바꾸려는 듯 쓰쿠다에게 설명했다.

"제가 늦잠을 잤는데 전보가 왔어요. 그래서 얼마나 당황했는지. 아버지도 갑자기 소식을 들었고요."

"그래, 하지만 일요일이라 다행이었소. 다른 요일이었으면 아주 바빴을 테니까. 자네도 당분간 아주 조심하지 않으면 신경쇠약에 걸릴 거요. 외국은 일반적으로 규칙적이나, 이쪽은 생활 시스템도 원칙도 정해져 있지 않아 함부로 하니까 어수선합니다. 고향으로 돌아온 셈치고 당분간 천천히 지내시지요."

"감사합니다. 여러 가지 신세 지겠습니다……."

노부코가 쓰쿠다를 목욕탕으로 안내하고 돌아오니, 다케요는 객실 입구에 서서 흥분한 얼굴로 남편과 낮은 소리로 뭔가 얘기를 나누고 있었다.

노부코는 서재에 삿사가 나가고 난 뒤 들어갔다. 다케요는 노부코를 붙잡고 경고하듯이 말했다.

"쓰쿠다 씨란 사람은 항상 안색이 저래? 보통 안색이 아냐, 그게."

노부코는 자신의 예상이 딱 맞아 느닷없이 웃어버렸다.

"멀미 때문이에요. 불쌍해―물론 늘 '사과 같은 뺨'은 아니지만."

"오래 외국에 있던 사람은 다 저러니…? 뭔가 이상하네… 인사도 제대로 할 줄 모르는 것 같고."

"어머니가 너무 당당하게 인사하니까 당황하신 거예요."

쓰쿠다가 손과 얼굴을 씻고 들어오고, 과일과 홍차가 테이블에 나왔을 때 노부코가 동생들을 불렀다.

"모두 오세요. 차가 준비됐어요."

셋이 한꺼번에 왔다.

"가즈이치로和一郎, 다모쓰保, 쓰야코つや子."

노부코는 순서대로 쓰쿠다에게 소개하였다.

쓰쿠다는 수줍어하는 단발머리의 쓰야코에게 다정한 미소를 띠우며 손을 내밀었다.

"어서 와요."

"자, 가서 안겨."

모두가 웃으면서 보았기 때문에 쓰야코는 더욱 쑥스러워 쓰쿠다 쪽으로는 가려고 하지 않고, "언니"하고 노부코에게 달라붙었다.

어린 쓰야코가 쓰쿠다의 무릎으로 갈까 말까, 농담처럼 하면서도 진지하게 주의를 기울이며 모두 보고 있는 것을 느끼고, 그녀는 쓰야코가 쓰쿠다를 따라주기를 바랐다.

"어떻게 된 거야? 쓰야쨩, 안겨봐. ―어머. 언니 정말 움직이기 시작했어……."

노부코는 아기 원숭이처럼 안긴 쓰야코를 무릎 위에 앉힌 채로 쓰쿠다 쪽으로 이동해 갔다. 쓰야코는 갑자기 양손으로 노부코의 목에 꽉 매달렸다. 그리고 숨도 안 쉬고 온몸에 힘을 주어 발로 다다미를 밟고 힘껏 버티며 저항했다. 얼굴이 어깨에 가려서 잘 안 보이지는 않았지만 곧 빨개져 땀을 흘리면서 '으앙' 하고 울기 직전임에 틀림없었다. 노부코는 움직이는 것을 멈췄다.

"자, 그만! 오늘은 여기까지."

"이 아이는 이상해. 작년까지만 해도 두부를 싫어하고, 풀솜真綿[14]을 싫어하고, 아버지인 나까지 싫어해서 난처했습니다."

그러자 쓰야코가 모두에게 등을 보이며 노부코에게 안긴 채, 무슨 사정이 있는 듯한 얼굴로 작은 소리로 덧붙였다.

"간무시."

노부코는 비로소 마음속으로 크게 웃었다. 간무시는 '신주神主'로, 쓰야코가 만든 조어였다.

10시 쯤 하녀가 왔다.

---

14 풀솜(真綿) : 허드레 고치를 삶아 늘여 만든 솜.

"잠자리는 어떻게 하시겠습니까."

"글쎄……."

다케요는 노부코를 보았다.

"네 방을 쓰면 되겠지."

"좋아요."

"그럼 늘 하던 대로……."

"이불은 어떤 것으로 드리면 됩니까?"

다케요는 그 자리에서 움직이지 않고, 당연히 그것은 노부코의 일인 것처럼 대답했다.

"글쎄, 어떤 게 좋을까……. 노부야, 네가 가서 보고 결정해야겠지."

노부코는 말없이 하녀를 데리고 헛방에 가 장롱을 열게 했다.

"그것……. 줄무늬로 된 것과 격자무늬의 평직 비단으로 된 것."

하녀에게 이불과 요를 나르게 하고, 노부코는 세면실로 들어갔다. 전등을 켜고, 거울에 비친 자신의 얼굴을 지켜보면서 손바닥으로 머리를 쓸어 올렸다. 그녀는 허전하고 맥이 풀린 듯한 느낌이 들었다. 이것이 그렇게 기다리던 그를 맞이하는 심정일까. 주위에 너무나 사람이 많아 정신적 피로를 느껴, 노부코는 넘치는 기쁘기보다는 오히려 우울했다. 그녀는 전등을 껐다. 그리고 세면실을 나왔다. 그때 방문이 열리는 소리가 크게 들렸다. 몸을 반 정도 복도로 내밀고 머리를 숙여 슬리퍼를 신으려고 하는 쓰쿠다의 모습이 노부코가 서 있는 곳에서 보였다.

"가즈이치로, 모셔다 드려."

"아뇨, 혼자서도 괜찮습니다. 아까도 갔으니까, 괜찮습니다……."

쓰쿠다는 마치 노부코가 거기에 서 있다는 것과 그녀의 마음에 있는 욕망을 투시하듯이 어두운 복도 쪽으로 똑바로 걸어왔다. 노부코는 순식간에 조금 전에 풀이 죽어 있던 자신을 버렸다. 그녀는 기뻐서 어쩔 줄 모르는 장난꾸러기처럼 웃음을 참고 주변의 어둠까지 함께 맥박이 뛰는 것처럼 느낄 정도로 가슴이 두근거려 구석의 책장 곁에 살짝 숨었다.

7

일주일 정도 지난 뒤, 노부코는 쓰쿠다와 함께 그의 고향인 시골로 내려가 열흘 정도 체재하였다. 노부코에게는 즐거움과 걱정이 뒤섞인 여행이었다. 쓰쿠다의 연세 드신 아버지나 형 부부, 동생 등은 혈육이긴 하지만 오래 헤어져 있었기에, 전혀 다른 생활을 해온 쓰쿠다와 노부코를 위해 배려하는 것이 느껴졌다. 유채꽃이 피는 시기였다. 황금색 꽃이 높디 높게 이어져 피어 멀리 하쿠산白山 산맥에 아름답게 빛났다. 오래된 촌락에는 좁은 도로를 사이에 끼고 검은 판자 울타리의 집들이 나란히 서 있었다. 정토진종淨土眞宗이 상당히 번성하여 마을의 절은 클럽이나 집회소 같았다. 집

집마다 훌륭한 불단을 꾸려놓고 있었다. 불단의 크기가 집안의 격을 좌우한다는 것이었다.

"이 근처에서는 이런 것을 모두 소중히 여기고 있다네."

노부코는 신기하게 여기며, 금을 바른 관음 여닫이문과 내부의 난간에 신란親鸞[15] 큰스님의 일대기가 빨간색이나 파랑색으로 채색되어 또렷이 새겨져 있는 것을 바라보았다. 난로 불을 지키는 노인은 자기 전에 꼭 불단에 갔다. 등명燈明을 밝히고 가타기누肩衣[16]를 입고 단니쇼歎異鈔[17] 비슷한 것을 읊었다. 그리고 입 속으로 약하게 중얼거리며 돌아왔다.

"나무, 나무, 나무."

모닥불에 그을린 천장의 들보에는 볏섬이 매달려 있었다. 묵묵히 불길을 뿜는 모닥불을 바라보는 이들의 크게 겹쳐진 그림자가 마루를 기어 판자문 위에 흔들리면서 늘어지기도 하고 줄어들기도 했다. 생활 전체가, 그 불단과 같이 고풍스런 전통으로 가득 차 있었다.

그들이 돌아왔을 때 도쿄에는 벌써 벚꽃도 목련도 지고, 단풍나무가 새싹을 피우기 시작했다.

어느 날, 노부코는 한 손으로 옷깃을 잡고 물뿌리개로 방 앞에

---

15 신란(親鸞) : 카마쿠라 기의 승려. 정토진종의 창시자.
16 가타기누(肩衣) : 서민이 입었던 상의.
17 단니쇼(歎異鈔) : 신란의 어록 1권.

물을 뿌리고 있었다.

매일 날씨가 좋은데다 그녀의 방 주변은 증축할 때 지면이 황폐해졌기 때문에 너무나 건조했다. 비가 닿지 않는 차양 밑 같은 곳의 흙은 콩가루처럼 퍼석퍼석했다. 그런 흙은 많은 물을 흡수했다. 재빨리 물뿌리개를 움직이면 물방울이 퍼져서 흙에 떨어질 때 부드럽고 맑은 입자가 모이는 소리가 났다. 상쾌한 흙냄새가 났다. 노부코는 점점 뒷걸음질치며 열심히 뿌렸다.

문을 열고 쓰쿠다가 얼굴을 내밀었다. 그는 노부코가 하는 일을 잠시 가만히 보고 있다가 말했다.

"그거 곧 끝나요?"

"네. 하지만 지금 바로 그만둬도 되는 거예요."

"차 마시고 싶은데."

"그럼 조금만 기다려요. 곧 갈 테니까."

"여기서 마시고 싶은데."

노부코는 물뿌리개의 물기를 빼고, 문턱에 서 있는 쓰쿠다를 바라보았다.

"저쪽으로 가요, 네?"

"……."

쓰쿠다는 침묵으로 불만을 나타냈다.

"점심 때 이후 안 갔으니 잠깐 가서 얘기하고 와요. 그쪽에서도 아마 차를 마시고 싶은 시간이 되었을 거예요."

"가도 되지만……. 길어지니까."

"정말 싫어요! 이러니저러니, 항상 떼를 써서."

노부코는 농담과 진담을 섞어서 꾸짖었다.

"할일도 없으니 바쁘다는 핑계는 통하지 않을 거예요."

쓰쿠다는 아직 직장이 없었다. 여행에서 돌아온 후, 노부코는
후스마 문으로 두 개로 나눠진 다다미 6조 방에 책상 두 개를 놓았
다. 쓰쿠다는 부자유스럽게 무릎을 꿇고 앉아서 이력서를 쓰거나
가져온 노트를 막연하게 정리하거나 했다. 원래 노부코만의 공부
방으로 만들어진 방은 툇마루로 연결되어 있어 별채와 같은 모습
이었다. 창고 앞의 넓은 툇마루와 이층으로 올라가는 뒤쪽 사다리
로, 다른 방들과는 차단되어 있었다. 단 하나의 출입구를 닫아버
리면 막다른 골목처럼 앞마당만 보일 뿐, 하루 종일 사람을 만나지
않고 보낼 수 있었다. 노부코가 쓰쿠다랑 비밀 이야기를 하기에 좋
은 구조였다. 그러나 실제로 거기서 그와 살게 되자, 하루 종일 쓰
쿠다는 집안에만 틀어박혀 있었기 때문에 노부코는 그러한 특전
이 오히려 곤란하게 여겨졌다. 노부코가 그를 위하여 이것저것 시
중을 들면 쓰쿠다는 어쩔 수 없을 때 이외에는 방에서 나오지 않았
다.―예를 들어 세 끼의 식사라든지, 화장실에 갈 때라든지, 전화
라든지, 혹은 아버지가 돌아오실 때라든지―

시골에 가기 전에 이러한 일이 있었다. 역시 그가 방에서 차를
마시고 싶다고 했을 때였다.

"그럼 가져다 줄 게요."

노부코는 무심코 식당으로 갔다. 식당에서는 어머니가 하녀와

저녁 준비를 상의하고 있었다. 노부코를 본 어머니가 물었다.

"무슨 일이니?"

"차요."

"뜨거운 물이 있을지……."

다케요는 손을 내밀어 쇠 주전자에 손을 댔다.

"딱 적당해."

노부코가 찻잔을 준비하는 동안 어머니는 차 주전자 준비를 했다.

"맛있는 양갱이 있으니, 그거라도 챙겨 줄까?"

느긋하게 차를 따르는 어머니의 모습에서 노부코와 함께 차를 즐기려는 태도를 충분히 엿볼 수 있었다. 노부코는 세 개의 찻잔을 나란히 한 채, 쓰쿠다를 부르러 방으로 갔다.

"어서 와요. 어머니가 같이 차를 마시고 싶어 하시니 좀 곤란해요."

계속 권했으나 쓰쿠다는 전혀 나오려고 하지 않았다. 노부코는 어쩔 수 없이 어머니한테 가서 다시 거짓말을 했다.

"지금 하는 일을 멈출 수가 없대요. 이것만 가지고 갈게요. 저는 금방 올 테니까 기다려 주세요."

어머니는 악의 없이 비꼬아 말했다.

"그래, 그래. 여인숙살이 같아 불편하신가 보네."

어머니에게서 등을 돌려 작은 쟁반에 찻잔을 올리고 있던 노부코는 자신들 두 사람이 면목 없이 커다란 집의 한쪽 구석에서 주눅

들어 웅크리고 있는 것 같은 혐오감을 느꼈다. 방까지 몇 칸의 복도에서 노부코의 감정은 복잡하게 움직였다.

—그러한 경험도 있어, 그녀는 물뿌리개를 제자리에 갖다놓고, 양동이를 들며 쓰쿠다에게 말했다.

"전 발이 더러워 목욕탕에 들렀다 갈 테니까. 먼저 가 있어요."

노부코는 뒷문으로 목욕탕에 들어갔다. 그녀는 바닥에서 발을 씻으면서 가끔 귀를 기울여, 자신들 방의 후스마 문이 열리는지 어떤지 신경을 썼다. 아무 기척도 없었다. 노부코는 발을 닦고 나서 창고 앞으로 와 말을 걸었다.

"무얼 하세요?"

"그냥 있어요."

노부코는 후스마 문을 열었다.

"자, 이제 됐어요."

쓰쿠다는 아직 마당을 향하여 문턱에 멈추어 선 채, 얼굴만 노부코 쪽으로 돌렸다. 그의 이마에 음울한 주름이 나타났다. '귀찮아, 이해해 줄 수 있지 않니' 하며 호소하는 것을 읽을 수 있었다. 노부코는 그 앞에 다가가 낮은 소리로 진지하게 말했다.

"한집에 있으면서 식사 때만 얼굴을 비치는 것은 좋지 않아요. 같이 사는 이상, 허물없이 지내요. 네? 그러니까 와 주세요. ○○마을 집에서도 이런 일은 없었죠?"

그는 노부코에 대한 의무라는 듯이 대답했다.

"그럼, 갈게요."

8

지극히 미묘하고 정신적인 부조화가 점점 온 집안을 지배하기 시작했다. 노부코도 그것을 피부로 느꼈다.

저녁 시간에 그녀는 평소처럼 음식 준비를 도왔다. 그동안 쓰쿠다는 방에 있었다. 테이블에 음식 준비가 다되면 노부코는 모두를 불렀다.

"모두 오세요!"

그녀의 활기찬 목소리는 멀리까지 울렸다.

"밥, 밥!"

뒷마당에 있던 다모쓰와 가즈이치로는 물론 쓰야코도 밥을 외치며 우당탕 뛰어 들어왔다. 노부코도 손을 씻고 식탁에 앉았다. 아버지와 어머니도 젓가락을 들기만 하면 되는데, 쓰쿠다 딱 한 사람이 안 나타났다.

"어머니, 이제 먹어도 돼?"

쓰야코가 물었다. 노부코는 애가 탔다. 그때 바로 마주보는 쪽의 문을 열고 쓰쿠다가 모두에게 살짝 고개를 숙이면서 들어왔다. ─시간으로 말하면 불과 1, 2분 기다린 것이었다. 그러나 가장 남의 시선을 끌고 싶은 귀부인은 다 모인 후 마지막에 무도장으로 나타난다는 말 그대로, 그 자리의 분위기에 뭔가 두드러진 것이 있었다. 쓰쿠다만이 이상하게 예외이다. ─손님으로 눈길을 끄는 것 같은 그 순간, 아아 그가 있다는 것에 막연하게나마 모두가 느낌을 새로이 하는 것을 노부코는 느꼈다. 노부코가 말했다.

"왜 늦으셨어요?"

그가 '오래 기다리셨습니다.'라고 말하게 하고 싶었다.

"다들 기다리고 있었어요."

쓰쿠다는 양쪽 무릎을 모으고 방석 위에 앉아, 테이블 위를 살짝 보고 불분명하게 말했다.

"네, 좀……."

그리고 부모 쪽만을 보고 인사했다.

"죄송합니다."

"아니, 어떻게 됐어요? 야마자키山崎 씨의 형편 여쭤 보셨나요? 오늘 클럽에서 우연히 만나 다시 말씀드렸는데."

식사는 점차 떠들썩해졌다. 식사가 끝날 때쯤에는 노부코를 제외한 모든 사람이 처음에 조금 맘에 걸렸던 것을 다 잊어버렸다. 그러나 이와 같은 일은 한 번으로 끝나지 않았다. 다음날, 하루걸러 그 다음날, 그 다음날, 웬일인지 같은 일이 자꾸 반복되었다. 바로 사라져 버리는 가벼운 느낌이 겹쳐짐에 따라 명료해지며, 노부코에게 일종의 고민스런 예감과 같이 되었다. 식사 시간만 되면 다케요는 초조함을 감추면서 말했다.

"쓰쿠다 씨에게 일찌감치 말해 둬. 언제까지나 손님처럼 사람을 기다리게 하지 말라고."

"그럴게요."

"―대체로 외국의 대학 같은 곳은 아주 소탈하고 청년다운 기

풍이 있다고 하잖아. 그 사람도 여기 와서 너를 도와줘도 될 것 같
은데—둘이 있을 때도 그러니?"

노부코는 앞치마의 끈을 풀면서 씁쓸한 웃음으로 입가를 일그
러뜨렸다.

"그렇지 않아요."

"그럼, 괜찮겠지만……."

다케요는 더 이상 말하지 않고 테이블 위의 꽃을 다시 꽂았다.
시들기 시작한 수레국화의 잎을 따며 상체를 약간 젖히듯이 하여
가지 모양을 보았다. 손으로는 꽃을 만지고 있지만 어머니의 가슴
속에는 하고 싶은 말들이 가득 차 있다는 것을 노부코는 직감했다.
다케요는 더 이상 아무 말도 하지 않았다.

며칠만 지나면 4월이 끝나는 어느 날, 노부코는 사촌동생들과
어느 친구 집에 초대 받았다. 흐린 날씨였으나 윤기가 있는 회색
하늘에 짙은 지상의 녹색이 아름다운 날이었다. 4시 쯤 노부코가
준비를 하러 세면대로 가자, 쓰쿠다도 함께 방에서 나와 넓은 툇마
루 구석에 만든 책장을 정리하기 시작했다. 책장은 가족들이 공동
으로 사용하는 것으로 책이라 해도 변변한 것은 한 권도 없었다.
오래된 잡지를 정리하는 것이었다. 몇 년 동안의 여성잡지가 무질
서하게 꽂혀 있었기 때문에 그것이 무너져 한쪽 유리문이 안 열리
게 된 것을 무슨 얘기 끝에 무심코 말했다. 노부코는 지금 그가 그
일을 하려고 하는 것을 보고 놀랐다.

"결코 당신에게 시키려고 한 말이 아니었어요."

그리고 그를 말렸다.

"놔두면 돼요, 이런 것은. 정말 필요한 것이면 누구에게든 시키면 되는 거니까."

"해놓으면 좋잖아요? 조금이라도 모두에게 도움이 될 테니까."

"기분전환으로 하시는 거라면 괜찮지만……."

노부코는 빗고 있던 머리를 한손에 잡았다. 그 뒤에서 쓰쿠다를 보았다. 그는 책상에 바싹 붙어 마루에 책상다리를 하고 앉아서 이제 문을 열어 먼지투성이가 된 헌 잡지를 꺼내어 분류하기 시작했다. 그의 뒷모습에서 그의 마음을 짐작하는 것에 익숙한 노부코의 눈에서 떠나지 않는 것이 있었다.

'기분이 나빠요?'

이렇게 묻고 싶었지만 그만두었다.

만약 그가 기분이 나쁘다면 자신은 도모쓰카友塚로 가는 것을 중지할 것인가? 아니다. 거울 앞으로 돌아가면서 노부코는 어느 샌가 이런 식으로 되어버린 자신의 감정을 반성하면서 비웃었다. ─거울 앞에 다가앉아 화장하고 있는 노부코의 머릿속에서 생각이 소리 없이 무겁게 진행되었다. 그리고 노부코는 이렇게 한눈에 봐도 인색하고 간단하게 보이는 마음의 고통에서 자신만이 아니라 결혼한 많은 여자의 마음이 무거워서, 활발하지 않게 되는 것을 느꼈다.

준비가 다되자, 노부코는 스스로 자신의 기분을 북돋우며 그에게 가볍게 인사했다.

"다녀오겠습니다."

그녀는 오비와 기모노를 스치는 소리를 내면서 책상다리로 앉아 있는 쓰쿠다 쪽으로 몸을 구부려 뺨을 갖다 대었다.

"오늘 밤엔 아버님도 안 계실 테니까 천천히 어머님이랑 얘기라도 하고 계세요."

밤이 되어 가랑비가 내리기 시작했다. 9시 쯤 되자 집안일이 걱정이 되어 침착하게 있지 못하게 된 노부코는 인력거를 불렀다. 늦봄의 부슬부슬 내리는 비로 인력거 안이 습해, 뜨뜻미지근한 훈김과 인력거를 씌운 포장에서 냄새가 났다. 게다가 오르막길이 많아서 시간이 꽤 걸렸다. 돌아와 보니 아직 현관에는 신발이 안 보였다.

"아버님은요?"

"아직 돌아오시지 않으셨습니다."

안으로 들어오면서 노부코는 제발 어머니와 쓰쿠다가 정답게 얘기를 나누고 있는 광경이었으면 좋겠다고 생각했다. 문을 여는 순간에 즐거워 보이는 두 사람의 얼굴이 자신을 돌아보며, '어머, 왔어. 지금 너의 욕을 하고 있던 참이었어.'라고 하면 얼마나 좋을까!

정말 얼마나 즐거울까! 어두운 복도에서 노부코는 혼자 미소 지었다. 그러나 그런 행복한 상상은 금방 사라져 버렸다. ─인간은 스스로가 생활하는 집의 분위기에 있어 짐승이 우리의 안전, 혹은 다가오는 위험을 본능적으로 식별하는 것과 같은 직감을 지니고 있다. 노부코는 방들의 착잡한 분위기와 어디선가 흘러나와 복도에서조차 느껴지는 냉기에 조심스러워졌다.

노부코는 조용히 문을 열었다.

"다녀왔습니다."

쓰쿠다는 거기에 없었다. 동생들도 없었다. 밤기운 속에 어머니만 계셨다. 노부코는 자기도 모르게 수색하듯이 실내를 훑어보았다.

"비가 와서 고생했지?"

다케요는 잡지를 덮고, 시계를 보았다.

"아뇨, 인력거를 불렀으니까. 아버님은 아직 안 오셨다면서요."

"오늘은 아마 늦으실 것 같아. 항상 만나는 도자기류 모임이라니까."

그녀는 침착하게 살피는 듯한 시선으로 코트의 끈을 푼 채로 앉아 있는 노부코를 보았다.

"옷 갈아입고 와."

노부코는 온순하게 일어났다. 그녀는 빠른 걸음으로 자신의 방으로 가 문을 열었다. 쓰쿠다는 책상 앞에 있었다.

"다녀왔습니다."

"어서 와요."

그는 들어온 노부코에게 등을 향해 앉은 채로 고개조차 돌리지 않고 대답했다. ─그것도 자연스럽지 않다. 무슨 일이 있었던 것일까. ─노부코는 어머니와 쓰쿠다 사이에 불쾌함이 흐르고 있는 것을 짐작했다. 노부코는 튼튼하고, 무뚝뚝하고, 스스로의 힘으로 어찌할 줄 모르는 절벽의 양쪽에서 협공을 당한 것과 같은 곤혹스러움을 느꼈다.

노부코는 옷을 갈아입고 다시 어머니한테 가 봤다. 다케요는 그녀가 오기를 기다렸다는 듯이 갑자기 자제하지 못하고 솔직하게 말했다.

"쓰쿠다 씨란 사람은 참 이상하네."

이제까지 어머니의 마음에 쌓였던 것이 이제 터져 나오기 시작했다.

"그래요? 무슨 일이 있었어요?"

다케요는 노부코를 유심히 보았다.

"그쪽에서 들었겠지?"

"아뇨."

"이런 식이야…."

말을 꺼내면서도 다케요는 자못 불쾌한 표정을 지었다.

"이런 말을 여러 번 하는 것도 어른스럽지 못한 것 같아서 참 불쾌하지만……. 뭐 처음부터 얘기하지 않으면 모르는 일이니까. 네가 나가서 그 사람도 혼자 있으면 지루할 거라고 생각해서 차 마시러 오라고 불렀지. 마침 다모쓰나 쓰야코도 없고 좋은 기회인 것 같아서. 나는 둘이서 여러 가지 얘기를 할 생각이었어. 너도 알고 있듯이 나는 아직 그 사람에 대해 잘 모르고 있고, 지금까지 천천히 얘기를 나눌 기회도 없었어. ―내 생각으로는 뭐, 편하게 너에 대한 의견도 나누고 싶었지. 말만 어머님, 어머님이라 불릴 뿐이고 이상하게 타인 같은 느낌을 서로가 가지고 있는 건 견디기가 힘드니까."

"그렇죠."

"나는 지나치게 솔직하니까 아마 쓰쿠다 씨도 그렇게 생각하고 솔직한 마음으로 대해 줄 거라 기대했는데, 그게 잘못이야?"

다케요는 새삼 다시 화가 치밀어 귓불까지 불그레하게 붉혔다.

"안 된다! 그 사람은."

"왜요?"

"왜냐고 그랬니? 너……. 그 사람은 정말 냉정해……. 전혀 감격이라는 게 없는 사람이야. 아무리 무식한 사람이라도 이쪽에서 진심으로 대하면 반응이 오는데, 그 사람은 뭐랄까 뒷걸음질 칠뿐이야. '다만 자신은 너를 위해 얼마든지 힘을 다할 생각이다, 자신은 희생할 각오를 하고 있다'는 말만으로 일관할 뿐이야. 나는 느닷없이 그 사람에게 어떤 희생을 강요하고 싶은 게 아냐. 미치광이도 아닐 테고. 너의 체면이 서도록, 또한 그 사람도 잘 보살펴주고 싶어. 그러기 위해서 이야기를 나누고자 한 것인데 문제될 게 없지 않니?"

어머니의 기질과 쓰쿠다의 성격을, 둘 다 아는 노부코는 이들의 불만이 잘 이해되었다. 어머니가 자신은 이렇게 충심으로 얘기하고 있는데 말이야! 하고 열 받아 어찌할 줄 모르고 답답해하는 마음은 동정할 수 있었다. 그래도 노부코에게는 결코 쓰쿠다가 나쁘다고 여겨지지 않았다.

"그 사람 말주변이 없으니까."

그녀는 중립을 지키며 말했다.

"게다가 나에게 말한다고 하는 것이—누구라도 좀 곤란하겠지. 뭣을 어떻게 하겠다는 구체적인 문제가 지금 있는 것도 아니고……."

용서할 줄 모르는 어머니의 열변에 내몰리어 종잡을 수 없는 추상적인 추구에 대하여 쓰쿠다는 특유의 격앙된 말투로 자꾸 희생이라든가 노력이라든가를 언급했을 거라고 생각할 때 노부코는 뭔가 한심한 느낌이 들었다.

"그건, 뭐, 그런 것 같은데… 그게 저녁 무렵이었지, 그 사람한테 전화가 왔단다. 꽤 오래 얘기했으니 나도 말하지 않았다면 좋았을 텐데, 아무 생각 없이 어디서 왔냐고 물어 보았어. '아사쿠사浅草의 친척입니다.'라고 해서 그런 친척에 대해 전혀 들은 적도 없었고 상당히 서민층 동네라 생각해서, '어머 묘한 곳에 사시는군요.'라고 말해버렸단다. 그러자 그 사람 상당히 회가 난 모양으로 안색까지 변하여, '어머님은 내가 뭔가 이상한 짓이라도 하고 있다고 생각하십니까?'라고 하지 뭐야! 나는 전혀 그 이유를 모르겠어. 그래도 어쨌든 보통 일이 아닌 듯한 표정이었으니까. 곰곰이 생각해 보니 너, —뭔가 많이 의심스러워……."

노부코는 눈썹 주변을 쥐어짜는 듯한 느낌이 들어, 들으면서 옆을 향해 턱을 괴었다.

"그런 생각을 하는 것은 당신의 치욕이라고 말했지만……."

다시 노부코가 방으로 돌아갔을 때 그는 아직 책상의 오른쪽과 왼쪽에 모두 책을 펴놓고 그 가운데에 앉아 있었다.

고집이 세 보이는 그의 이마의 팬 부분은 그녀를 향하여 '나는 당신이 무슨 이야기를 들었는지 알고 있습니다. 나를 이해해 주겠지요? 하지만 생각하고 싶은 대로 생각하십시오. 나는 변하지 않겠습니다.'라고 말하는 것 같았다.

어머니한테서 들은 얘기를 다시 입 밖으로 내지도 못하고 방에 그 심정 그대로 있는 것도 괴로워, 그녀는 창고 앞의 복도에 나와 팔짱을 끼고 몸을 좌우로 흔들거리면서 그 자리를 왔다 갔다 했다. 높은 천장에서 십촉+燭 전등이 아래 바닥을 비추었다. 정면에는 두꺼운 흙벽 광의 망 창문이 보였다. 잘 닦인 복도는 버선 뒷면에서 매끄럽고 단단하게 느껴졌다. 밤의 마루방이 반들거리는 것에 놀랐다. 노부코는 허전해서 더욱 몸을 흔들거리면서 걸었다.

9

목욕탕에는 김이 자욱이 서려 있었다. 노부코는 옷자락을 걷어 붙이고 큰 대야에서 쓰야코의 몸을 씻기고 있었다. 녹은 비누 냄새나 수증기의 뜨거운 습기가 옷을 통해서 불쾌한 느낌을 주었다. 쓰야코는 큰 스펀지에 뜨거운 물을 흡수시켜 자신의 배 위에 양손으로 짜서 물을 끼얹으면서 떠들며 웃었다.

"언니, 봐, 봐요. 배꼽에 물이 스며든다. 이것 봐."

다케요는 욕조 안에 있었다.

"그렇게 떠들면 안 돼."

다케요는 지나치게 떠드는 쓰야코에게 가끔 이렇게 말하면서 노부코에게 투덜대었다. 쓰쿠다에 대한 불평이었다. 어젯밤 노부코가 없는 동안에 불쾌한 일이 있었기에 그녀는 그에 대한 배려와 마지막의 경의를 잃어버린 것처럼 보였다. 그녀는 쓰쿠다를 향하여, 또는 그에 대하여 얘기할 때에 꼭 경멸이나 은혜가 섞인 특별한 어조로 말했다. 그녀는 지금도 젖은 귀밑머리를 빗으로 걷어 올리면서 말했다.

"뭐, 아무튼 인간이란 게 완전한 사람은 없으니까, 서로 용서한다고 해도… 그 사람을 보고 나는 더욱더 의문을 갖게 됐단다. 서른…… 몇 살이니? 다섯, 여섯이지? 어째든 그 나이까지 순결하다고 하니 왠지……."

"저쪽 봐, 저쪽."

노부코는 쓰야코에게 등을 돌리게 했다. 그리고 몹시 불쾌하게 말했다.

"그런 얘기… 지금 하지 말아요."

다케요는 욕조에서 물을 퍼내어 세수를 하면서, 수건 사이로 큰 목소리로 말했다.

"생각해 보니 너도 정말 여자답다. 좋아지면 분별력이 없어져. 둘이 있는 걸 봐도 불쌍할 정도로 네가 더 사랑하는 것을 알 수 있단다. 그렇게 좋다면 뭐, 어쩔 수 없지…….”

잠시 후 그녀는 다시 혼잣말처럼 웅얼거렸다.

“언제까지나 내가 곁에 있을 수 있는 것도 아니고……. 만약 함께 있으면서 서로 나빠진다면 네가 그 정도의 인간이었다고 포기할 수밖에 없겠지.”

대체로 삿사의 가정생활과 쓰쿠다의 성격이 서로 맞지 않는 부분이 많았다. 삿사 집안은 노부코 아버지의 대로 내려오면서 외면적으로든 내면적으로든 물질적인 번영을 초래하였다. 발흥시대라고도 할 수 있는 가정 분위기는 정력적이고 배타적이며 강압적으로, 그다지 지적이지 않은 원시적인 욕구가 충만해 있었다. 모두가 말을 잘하고, 잘 먹고, 잘 잤다. 쓰쿠다 혼자만 가끔 위장에 장애가 생겨 다른 가족들처럼 강한 식욕을 가지고 있지 않았다. 그러한 일조차 그가 이 가정에서 이분자란 사실을 돋보이게 하는 것이었다.

가정의 분위기상 대표 격인 다케요에게 쓰쿠다는 무서워할 적이 아니었다. 그럼에도 불구하고 동화되지도 않고 어디까지나 이방인으로 남아 있는 것이 신경에 거슬리는 것 같았다. 그녀는 점점 초조해져, 노부코에게 노골적으로 심술궂은 말을 해댔다. 해질녘, 노부코가 방에 혼자 있게 되자 다케요의 목소리가 들렸다.

“이렇게 바쁜데 뭐하고 있는 거지? 언니 좀 불러 와, 쓰야코야.”

“언니, 엄마가 부르셔…….”

“응, 응.”

"무슨 일이 있는지 모르지만, 이쪽도 좀 도와 줘야지."

나오는 노부코를 서서 기다리던 다케요가 말했다.

"사람이 한 사람 늘어나면 부엌도 그만큼 바빠지는 법이니, 손님처럼 있으면 곤란해."

독신 때처럼 단순하게, '심술궂은 어머니, 싫어. 조금도 바쁘지 않으면서.'라고 말할 수 없었다. 어머니는 노부코를 빼앗은 쓰쿠다에게 짜증이 나서, 그에게만 관심이 있는 노부코에 대한 쓸쓸함을 토해내고 싶은 것이었다.

"도대체 뭐 하고 있는 거야, 쓰쿠다 씨는?"

노부코가 테이블 위를 정돈하는 것을 바라보면서 다케요가 궁금한 듯이 물었다.

"정말로 대학에 나갈 수 있게 되는 거야?"

"다음 주부터래요……."

"그럼, 좋겠지만… 남이 물어도 아무데도 나가고 있지 않습니다, 라고 말하는 것은 좀 곤란하니까. 그 나이에… 네가 아버지가 신경을 많이 쓰셨다고 잘 전해. 며칠 전, 아버지는 그렇게 바쁘신데도 일부러 쓰무라 씨한테 가셨단다, 그 일로……."

쓰쿠다는 쓰무라 박사의 연구실에 객원으로 나가게 되었다. 이윽고 그의 전공을 살려 강사가 되겠지만, 그걸로 생계를 유지할 수는 없었다. 그는 미국에서 알게 된 사람들에게 취업 자리를 의뢰했다. 그러기 위한 방문으로, 그는 노부코와 편하게 방에 있을 여유도 없이 매일 낮에는 외출했다. 그리고 저녁 무렵 샷사와 거의 비숫한 시간에 귀가하였다. 쓰쿠다는 격무에 쫓겨 하루를 보낸 고령의 삿사보다도 더 피곤하다고 호소했다. 노부코는 그것을 쓸쓸하게 느꼈다.

저녁 식사 후 그는 잠깐 가족과 함께 지낸다. 그러나 잠시 후, 언제나 먼저 양해를 구하면서 혼자 창고 앞의 방으로 들어갔다.

"저는 실례하겠습니다. 조금 해야 할 일이 있어서요……."

삿사의 가정 내에서 규칙적인 공부를 하는 것은 물론 쉬운 일이 아니었다. 주인이 독서가가 아니었기 때문에 저녁 식사 후 잘 때까지의 시간은 가족끼리 서로 잡담을 하고 있을 뿐이었다. 쓰쿠다가 다른 가족들과 섞여 놀지 못하는 심정을 노부코는 이해했다. 하지만 그는 저녁마다 아무 말 없이 일어나면 될 것을, 왠지 꼭 멋쩍고 딱딱한 말투로 말했다.

"저 먼저 일어나겠습니다."

그것은 마치 자신만은 이래 뵈도 중대한 일을 계획하고 있다고 선언하는 것 같았다. 그가 혼자 다른 가족들로부터 등을 돌리고 문을 열고 나가면, 느긋하게 이야기를 하던 가족들은 문이 닫힐 때까지 뭔가 비난을 받은 것과 같은 답답함을 느껴 잠시 조용해졌다.─그 미묘한 몇 초 동안의 짧은 시간이 노부코를 괴롭혔다.

"저기요."

그래서 그녀는 맨 먼저 어색한 침묵을 스스로 깨뜨렸다.

"여러분 좀 들어 보세요, 이 얘기 알아요? 어떠한 순경이 도둑을 한 사람 잡았어요. 파출소로 데리고 와 심하게 때리고 나서 물었지요."

"너 잘도 이런 파렴치한 짓을 했구나. 바보 같은 놈. 양심에 부끄럽지도 않냐?"

"그게 무슨 소리십니까?"

"양심良心은 어떻게 했냐고. 인간은 누구나 양심을 갖고 있기에 나쁜 짓을 못 한다는 것을 몰라? 바보!"

"허… 어… 뭐, 저희 양친兩親은 10년 전 지진으로 돌아가셨어요."

"뭐야! 하하하."

하하하. 같이 웃으면서 참 시시한 익살이라고 생각했다. 아니 정말로 시시한 건 자신이었다. 노부코는 좀스럽게 애를 쓰는 자기에게 화가 났다. 쓰쿠다는 그저 그렇게 마음 놓고 모두와 얘기를 나눌 수 없는 성격의 소유자일 뿐으로, 방 책상 위에 놓여 있는 것은 결코 대단한 일이 아니었다. 이란어로 쓰인 시의 케케묵은 번역을 다시 하거나, 초안을 잡고 먹물 통에 붓을 적셔 이력서를 더 쓰고 있을 거라는 것을 노부코는 알고 있었다.

10

그들을 둘러싼 감정의 소용돌이가 강하고 복잡해서 노부코는 시간이 흐름에 따라 더 괴로워졌다. 그녀는 단순하고 열정적이기 때문에 어머니한테서 받는 자극과 쓰쿠다한테서 받는 자극, 각각에 온 마음으로 반응했다. 이쪽저쪽에서 잇따라 파급되는 자극…
노부코는 침착하게 일이라도 하고 싶어졌다. 쓰쿠다가 귀환한 후
전혀 정리되지 않는 감동이나 경험이 마음속에서 어수선하게 들
끓었다. 그러던 어느 날, 그녀는 그에게 말했다.

"차분한 마음으로 공부하고 싶어요."

"좋죠, 해요."

"옮기지 않으면 안 돼요. …하지만……."

"……."

쓰쿠다는 의심스럽고 불안한 표정으로 노부코를 바라보았다.

"아아, 아니에요. 책상만 옮기는 거예요. 여기는 서로 출입이
불편하니까, 원래 쓰던 방으로 옮기고 싶어요."

쓰쿠다는 잠시 가만히 있다가 노부코의 손을 잡고 반문했다.

"정말 공부를 위한 건가요?"

"그럼요."

그러나 노부코는 그 순간 마음 바닥의 어딘가에 장구벌레와 같
은 아주 조그만 의문이 반짝 스쳐지나가는 것을 느꼈다. 정말로 그
것뿐일까? 노부코는 한층 더 쾌활하게 단언했다.

"물론이죠. 그러니까 도와주시겠어요?"

"아아, 도와드리고말고."

벌써 두 사람 모두 세루[18] 를 입고 있었다. 노부코가 할아버지

18 세루 : 양복감의 한 가지. 초여름에 착용.

한테서 이어받은 떡갈나무 책상의 양쪽을 들고, 마당을 따라 객실 옆으로 날랐다.

"너무 어둡지 않아요?"

"그래도 괜찮아요? 여기……."

객실과 현관만이 옛날, 다인茶人이 세웠을 때 그대로의 모습으로 남아 있었다. 그 일부분인 고풍스런 작은 정원을 접하고 있는 방은 오랜 세월의 무게로, 기둥에조차 금이 가 있었다. 깨끗이 청소해 놓은 오래된 다다미 바닥에 놓인 책상을 마주하고, 쓰쿠다는 마루 끝에 걸터앉았다.

"소나무 밑으로 머위의 꽃대가 나와요, 봄에."

"아니……."

"왜요?"

"도마뱀."

초여름의 해가 마당의 이끼 위에 지며 줄무늬의 하얀 판자벽을 비추는 것을 바라보면서 그들은 얘기를 나누었다.

이 방에 앉아 있으니, 노부코의 마음에 어렸을 적의 추억이 연이어 떠올랐다.

여름에 혼자 놀고 있을 때 징검돌로 놓여 있던 기와처럼 생긴 네모난 것을 무심코 떼었다. 밑에 빽빽하게 퍼석퍼석한 마른 흙이 수북이 있었고, 놀랍게도 거기에는 밥알처럼 생긴 것이 많이 있었다. 개미가 허둥거리면서 기어 다녔는데, 밥알을 물고 사각사각 소리가 들릴 정도로 다리를 움직이며 도망갔다.

생각지도 못한 광경에 노부코는 놀랐다. 그러나 보고 있으니 재미가 나 그녀는 대나무 몽둥이로 다른 기와를 뜯어보았다. 거기는 비어 있었다. 또 다른 것. 있다! 있다! 밥알과 같은 것을 보는 순간의 관능적인 센세이션을 즐기면서 더위에도 계속 기와를 뜯고 다녔다.

노부코는 개미 알이 그리워졌다. 설레던 소녀의 마음을 다시 경험할 수 없는 투명한 통증처럼 생각되었다.

종이를 펼치고 있어도, 노부코는 그러한 정신 속으로 들어간 현재의 감정을 어떻게 정리할 방법을 찾지 못했다. 현재는 실생활에서 힘에 벅참과 동시에 노부코의 역량 이상의 소재였다.

무슨 일이 있을 때마다 언쟁으로 치솟는 험한 소용돌이를 피해, 쓰쿠다는 흙벽 광 쪽의 방, 노부코는 책상을 놓은 작은 방, 다케요는 가운데 식당 방, 세 방향으로 분산되어 며칠을 보냈다.

"있니?"

어느 날 오후, 다케요가 낮은 후스마 문으로 묶은 머리를 구부리고 노부코의 방으로 들어왔다.

"의외로 시원한 바람이 잘 들어오네, 여기는……."

"낮은 창문 때문이겠지요."

다케요는 남의 집에 온 것처럼 주변을 둘러보았다.

"쓰쿠다, 저녁에 돌아오니?"

"그렇겠죠. 특별히 뭐라고 말을 안 했으니까……."

"그래, 급한 일은 아니지만……."

곧 어조를 바꾸어 그녀가 다시 말했다.

"나도 쭉 여러 가지 생각해 봤는데."

"무엇을요?"

노부코는 이렇게 말할 수밖에 없었다.

"아니, 폐가 된다면 말 안 해도 되겠지만."

"아유, 뭐예요?"

"너희들 말이야. 언젠가, 그 사람 장남이 아니라고 했지?"

노부코는 의아스러워 하며 어머니의 얼굴을 보았다.

"네, 왜요?"

"그럼 다른 집으로 호적을 옮길 수 있겠구나."

"글쎄……."

"그렇지 않니? 후계자가 있으면 둘째 아들부터는 자유롭겠지.
사실은 아버지하고도 여러 가지 상담을 했는데, 어차피 네가 헤어
지지 않을 거라면 차라리 쓰쿠다를 양자로 받아들이면 어떨까 해
서."

"…왜요…?"

노부코는 눈이 휘둥그레져서 물었다.

"……이상하잖아요. 우리 집엔 이미 가즈이치로도 다모쓰도
있는데."

"그건 그거고. 집안 때문이 아냐. 뭐, 이러는 건 당연히 너희들
위해 생각한 거지."

노부코는 어머니가 이렇게 말하는 의미를 확실히 이해할 수 없

었다. 이해는 못했지만 그녀는 본능적으로 강한 경계를 느끼며 말했다.

"우리를 위해서라니……. 우린 우리대로 살 수 있어요."

"그러니까 널 철부지라고 하는 거야."

다케요는 안타까워하듯이 몹시 꾸짖었다.

"먼저 생각해 봐. 학교 일만 해도 아버님의 소개가 있었으니까 그렇게 쓰무라 씨도 금방 받아들인 거였잖아. 그렇지 않으면 누가 신원도 모르고 배경도 없는 쓰쿠다에게 그렇게 호의를 보이겠어?"

노부코는 열이면 큰 소리로 이것은 열이다, 열이니 그렇게 알고 받으라, 그렇게 여러 번 반복하지 않으면 열 개의 친절을 베풀 수 없는 어머니의 성격을 한심하게 느꼈다. 그 목소리가 너무 크기 때문에 바로 '에, 뭐야!'라고 생각해 버린다. 지금도 몹시 불쾌한 마음으로 노부코는 어머니의 말에 침묵으로 대답했다.

"세상에서 삿사 성을 쓰면 어디의 누구인지도 모르는 쓰쿠다로 사는 것보다 무게가 더해질 거다. 그렇게 되면 그 사람의 가치도 높아지겠지."

"그런 가치 같은 거 없어도 괜찮아요."

노부코는 불끈 화가 나서 거칠게 말했다.

"쓰쿠다는 쓰쿠다로 괜찮아요. 인간의 가치라는 건 그런 걸로 흔들리지 않는 거예요."

"너는 지금 눈이 멀었으니까 아주 훌륭한 쓰쿠다로 보이겠지만."

다케요는 쏘아붙이면서 천천히 말했다.

"그렇게라도 하지 않으면 좀 내세우기가 부끄러워."

"내세우기 부끄러운 사람이라도 상관없어요. 그런… 양자로 삼다니…."

쓰쿠다와 자신에게 주어진 굴욕을 느껴, 노부코는 얼굴이 빨갛게 달아오르는 것 같았다. 그녀는 어느 정도 마음을 진정시키고 어머니에게 설명하듯이 말했다.

"어머니는 제 마음을 전혀 모르시는 거예요. 말씀 드렸잖아요. 근본적으로 부모님과 다른 생활을 하겠다고……. 그리고 삿사가라는 집안도 넓게 보면 어디의 누군지, 역시 잘 알려져 있지 않아요. 어머니가 삿사가가 통용되는 세상에서만 사셔서 그렇지……."

"어차피 나야 좁은 생활밖에 몰라. 하지만 이번 경우만 해도 알 수 있지 않니?"

"그렇다면 저는 더욱 싫어요."

"그 사람한테 잘 말해 봐."

다케요는 비웃었다.

"너는 싫어도 쓰쿠다는 좋다고 얘기하겠지."

그에 대해 노부코는 쓰쿠다에게 한마디도 하지 않았다.

며칠이 지난 어느 날 밤, 쓰쿠다도 함께 있던 툇마루에서 갑자기 다케요가 그 문제를 다시 꺼냈다.

"어때? 지난번에 한 얘기, 물론 쓰쿠다 씨에게도 말했겠지?"

"안 했어요."

노부코는 불쾌하게 대답했다.

"……."

쓰쿠다가 옆에서 물었다.

"뭡니까?"

"……."

그러자 다케요가 말했다.

"여러 가지 장래에 대한 이야기네. 아버님과 상의한 것이 있는데. 우리가 언제까지나 곁에 있을 수도 없으니까… 어쩔 수 없지 않니, 노부코야."

그토록 기질이 센 어머니도 갑자기 말을 꺼내지 못하는 데에 노부코는 호의를 느꼈다.

"그러니까 됐어요."

노부코가 말했다.

"됐다고 끝날 일이야?"

달이 마당을 비추었다. 팔손이나무와 오동나무의 넓은 잎 표면이 젖은 듯이 반짝거렸다. 반대편 나무 그늘과 가지 안쪽은 이상하게 어두워, 마당이 평소와 달리 박력 있어 보였다. 노부코는 무릎을 꿇고 앉아 그 광경을 보면서 어머니와 쓰쿠다의 대화를 열심히 들었다. 쓰쿠다는 당연히 거절할 것이다.

"그게 우리 생각입니다만…."

곧 다케요가 일단락 짓듯이 쓰쿠다의 답변을 구했다.

"당신도 아시다시피 노부코는 그런 성격이라, 너무 치욕스럽게 느끼고 화를 내고 있지만."

노부코는 귀를 쫑긋 세우고 쓰쿠다의 말을 기대하였다.

"……"

"어때요? 우리는 당신을 위해서도 결코 나쁘다고 생각하지 않습니다."

"잘 생각해 보고, 나중에 대답을 드리겠습니다."

"그런 거 생각하지 않아도 벌써 답이 나와 있잖아요!"

노부코는 휙 돌아서 외치듯이 말했다.

"당신 그럴 생각이 있는 건 아니겠지요?"

가만히 있는 쓰쿠다를 보면서 다케요가 말했다.

"너는 가만히 있어……. 쓰쿠다 씨도 나름대로의 생각이 있겠지."

노부코는 비꼬는 듯한 침착한 어머니의 말투에 절망적인 불안을 느꼈다. 다케요는 자신도 모르는 사이에 여기저기 들볶이고 있는 쓰쿠다를, 이번에는 노부코까지 아울러서 자신의 손아귀에 꽉 매어두려고 하는 것이다. 노부코는 만일 그렇게 되면 끝장이라고 생각했다. 어떻게 해서라도 자신을 내려놓지 않으려는 어머니의 사랑보다는 생존을 위협당하는 듯한 공포를 느꼈다. 노부코의 상상대로 쓰쿠다가 바로 그 한마디의 문제를 웃어넘기지 않았던 것이 그녀에게 깊은 불안을 품게 하였다.

쓰쿠다가 일어서서 나갔다. 노부코는 가까이 다가갔다.

"당신. 이게 정말 생각할 여지가 있는 문제예요?"

노부코는 선 채로 키가 큰 그의 얼굴을 바라보았다.

"저… 싫어요."

"……."

"우리 생활이 완전히 없어질 거예요. 만약에 그런 식으로 하면."

"그러니까, 생각해 보겠다고 말씀 드렸잖아요."

"예의상의 인사였어요? 그럼….."

"……."

"네, 제발… 저에게 만이라도 빨리 말해 줘요. 어느 쪽? 당연히 싫죠?"

"글쎄……. 하지만 만약 그렇게 해서 당신이 행복해진다면, 나는… 어차피 당신에게 바친 몸이야."

11

진심이 분명하지 않으면서도 기묘하게 상대의 감사를 강요하는 것처럼 느껴지는 쓰쿠다의 답변은 노부코의 마음을 암울하게 만들었다.

그의 애매한 답변은 쓰쿠다에 대한 어머니의 신랄한 비평을 저절로 상기시키며 노부코를 불안하게 괴롭혔다. '어차피 바친 몸이다.'라는 쓰쿠다의 말에 내포되어 있는 불쾌함을 느끼지 못하고 그대로 받아들일 정도로 그녀는 유치하지 않았다. 동시에 두려워서 그것을 그의 위선적인 말투라고 생각할 수도 없었다. 게다가 그녀의 이성은 그 답변이 상당히 복잡한 성질의 것이고, 뜻밖에 그는 양자가 된다는 것에 대해 그다지 피해라고도 생각하지 않는다. 오히려 그래도 되는 데 다만 노부코의 반대에 부딪혀서 라는 막연한 말로 들렸다.

노부코는 우선, 어머니가 기대했던 대답을 쓰쿠다가 한 것이 유감스러웠다. 어머니는 속으로 거 보라고 생각했을 것이다. 그렇게 생각하는 것은 즉, 쓰쿠다가 그녀의 예언대로 처세술에 약삭빠른 남자로 노부코를 이용하기 위하여 결혼까지 했다는 소문을 인정하게 된다. 노부코는 두 사람의 사랑을 위해서도 이런 추측은 참기 어려웠다.

쓰쿠다의 명예를 위해, 자신의 명예를 위해, 어머니를 위해, 인간의 마음에 숨어 있는 참된 사랑의 순결을 위해, 노부코는 어떻게 해서든 이 문제를 반대하겠다고 결심했다.

그렇지 않아도 사람을 못 믿고, 가끔 스스로 의혹을 품고 있는 것이 사실인 것을 보며 일종의 긍지조차 느끼고 있는 다케요는 그 나름의 인생관을 더욱 확실하게 할 것이다. 쓰쿠다가 만의 하나라도(실제로 아주 사소한 일이라도 혼신의 힘을 기울여서 노부코는 생각하는 것이었다.) 자신과의 결혼에 불순한 계산이 들어가 있다면, 이 세상에서 그것은 그렇게 쉽게 용납될 수 없다는 것을 알아야 한다. 노부코가 이렇게 부모와 부딪치며 주위 사람에게 반항하면서까지 이루려고 노력하는 사랑이, 단순히 쓰쿠다가 자신의 어리석음을 이용하며 사랑하고자 노력하여 만들어진 결과라고 어떻게 상상할 수 있을까!

그날 밤 노부코는 매우 마음이 아파, 쓰쿠다만 당당한 태도를 취했더라면 하며 울었다. 생활에 있어서 스스로가 고독하다는 심정이 그녀를 울게 만들었다.

"어떻게 됐어?"

그 후 가끔 다케요가 물었다.

"안 돼요⋯⋯. 없던 걸로 해 줘요."

그리고 노부코는 쓰쿠다에게 재촉했다.

"얼른 명확하게 대답해 버리는 게 좋겠어요. 정말 거절하는 게 옳은 거예요. 알고 있잖아요."

노부코가 없을 때나 있을 때나 다케요는 기회가 있을 때마다 쓰쿠다를 다그쳐 답변을 구했다.

"당신, 그토록 노부코를 위해서라면 뭐든지 하겠다고 말하니까⋯⋯. 설마 앞서 한 말을 번복하지는 않겠죠? 외국에서 보내온 편지도 분명히 있으니까⋯⋯."

"제 진심은 잘 알고 있겠지요."

쓰쿠다는 소름 끼친다는 표정으로 떠는 듯 말했다.

"나는 얼마든지 참을 수 있어요."

그러나 삿사의 양자가 되겠다, 안 되겠다를 부정도 긍정도 명확히 하지 않았다. 쓰쿠다는 왠지 그 점에 대해서는 상당히 조심스럽고 완고하게 스스로의 의지를 밝히지 않았다. 점점 애가 탄 다케요는 노부코의 얼굴만 보면 그것에 대해 물었다.

"뭐라고 하서도 안 돼요."

그러던 어느 날, 노부코는 괴로움을 견디지 못해 드디어 이렇게 선언해 버렸다.

"만약 쓰쿠다가 따르겠다고 해도 저는 싫어요. 쓰쿠다가 어떤 동기로 승낙하든 나중에는 결코 그것을 유쾌하게 생각하시지 않을 거예요. 저는 그렇게 모든 생활의 순수함을 더럽히는 것은 절대로 싫어요."

실제로 일이 그렇게 전개되면 노부코의 말대로 그녀의 감정이 움직일 줄 알았는데, 오히려 다케요는 얻어맞은 것처럼 격해져서 눈물을 흘리며 말했다.

"정말… 정말 부모의 깊은 마음을 자식은 헤아리지 못하는구나! 그렇게 부모를 괴롭히고 싶니? 시집가면 이제 남의 집 사람이고 내가 죽으면 그것으로 끝이야. 길에서 쓰러져 죽든, 더 이상 부모를 창피하게 하지 마!"

노부코도 울면서 말했다.

"네, 어머니. 삼나무의 모종일지라도 성장하면 따로 떨어져서 자라지요? 인간의 생활도 마찬가지예요. 네, 몇 년 후에는 반드시 어머니도 제가 이렇게 강하게 주장한 뜻을 알게 될 거예요. 저도 아무 이유 없이 고집을 부리는 것이 아니에요."

곁에 있던 남동생과 여동생은 한 사람씩 일어나 방에서 나가버렸다.

어머니는 그동안에도 법적으로 쓰쿠다를 입적시킬 준비를 계속하고 있었다. 노부코는 전혀 몰랐으나, 책상 앞에 있는데 하녀가 왔다.

"부르세요."

"뭐예요?"

다케요는 화가 나서 아무것도 손에 잡히지 않는다는 듯이 앉아 있다가 말했다.

"쓰쿠다란 사람 무서운 남자로군."

"왜요?"

"왜라니, 너, 그 사람은 자신이 양자가 될 수 없다는 것을 분명히 알고 있었던 거잖아."

노부코는 무슨 뜻인지 몰라서 말을 잇지 못했다.

"지난번에 아버지가 모임에서 이다井田 씨를 만났대. 그래서 쓰쿠다를 입적시키는 것에 대해 여러 가지 상담했더니, 법적으로 호주는 양자결연을 못하는 것으로 되어 있다고, 어제 답장이 온 거야."

쓰쿠다는 오카모토岡本의 둘째아들이었으나, 먼 친척의 쓰쿠다의 성씨를 이은 것이었다.

"정말 깜박 잊고 있었어요."

"그래, 너희는 그걸로 안심이 되겠지만, 우리야말로 꼴이 우습게 됐어. 쓰쿠다 씨는 마음속으로 얼마나 재미있어 했을까."

"설마, 그 사람도 그것을 깜박했을 거예요."

"그럴까… 의심스럽네. 하지만 뭐 역시 미국에서 15년이나 떠돌다 온 사람이니까, 교활하게도, 한마디로 싫다고 해버리면 앞으로 이 집의 아들인양 거리낌 없이 행동할 수 없게 된다는 것을 너무 잘 알고 있었겠지."

"아아……."

노부코는 일부러 큰 소리로 탄식했다.

"불쌍해! 그 사람은 욕을 먹기 위해 태어난 것 같아."

그녀는 간신히 웃고 있었다.

"인간이라면 노부코의 남편이 되지 말아야 해."

호적 일로 다케요의 감정은 완전히 변해버렸다. 그녀는 쓰쿠다에게 양심의 가책을 느끼지 않는다면, 그 증거로 하루라도 빨리 삿사 집에서 나가라고 말했다.

"너도 싫겠지만, 오늘까지 나도 상당히 참고 있었단다. 바로 내일부터라도 따로 나가 살도록 해."

다케요는 이제 딸을 빼앗겼다는 절망감을 눈물과 심한 욕설로 표현하는 것 외에 달리 방법을 찾지 못하는 것 같았다. 그녀의 자존심 센 기질은 스스로의 슬픔이 연약하게 보여 동정 받는 것이 참을 수 없었다. 그녀는 사납게 열정적으로 스스로를 연소시키려는 듯이 떠들어댔다.

"뭐, 너에게는 있어 봤자 거추장스런 어미겠지만, 아직 쓰야코가 어리니까 좀 더 살게 해 줘. 이렇게 내 수명이 줄어드는 걸 보고 있는 게, 아마 재미있을 거야."

아아. 노부코는 어떤 말로 자신이 어머니를 사랑하는 마음을 표현할 수 있을지 몰라서 울었다. 그녀는 소녀시절부터 어머니랑 보통 모녀와 다른 사랑으로 맺어졌다. 서로 강한 사랑과 미움을 품어 왔다. 어머니는 여성으로서 노부코에게 있어 어떨 때는 완벽한 어머니였고, 어떨 때는 친구였고, 혹은 어떨 때는 경쟁자였다. 어쨌든 어머니는 노부코를 향하여 존재의 모든 각도를 강렬히 고정시켜 살아왔던 것이다. 노부코에게 있어서도 어머니는 전력을 필요로 하는 생존의 대상이었다. 자신과 어머니와의 성격 차이를 자각하고 생활 태도를 비판하며, 한마디로 말하면 어머니의 모형이 아닌 한 여성으로서의 자신을 만들어가기 위해 노부코는 상당히 힘을 기울인 것이었다. 보통 딸이 어머니에게 품는 그리움, 평안과 상반된 생활을 연소시키는 섬광이 둘 사이에서 번쩍였다. 지금 문을 나서 다음의 생활지로 이동하려고 할 때, 노부코의 혼을 가득 메운 이 괴롭고 부끄러운 지난날의 추억들을 어머니에게 어떻게 고백해야 할까. 그리고 또 노부코는 눈물을 머금고 생각했다. 얼마나 우리 모녀의 사랑은 유별난 것일까. 헤어지려고 하면 이렇게 서로 깊게 상처를 주고, 때리고, 결국 그 여세로 헤어지지 않으면 헤어질 수도 없을 정도로 서로 깊이 사랑하고 있는 모양은―

보다 정열적이지 못한, 평화주의적인 삿사는 아내와 딸 사이에 벌어진 이러한 심적인 격투에 개입하지 않았다. 그는 한편으로는 아내를 진정시켜 위로하며, 다른 한편으로는 진심으로 탄식하며 노부코에게 호소했다.

"늘 네가 가정문제를 일으키는구나. 좀 더 착한 마음으로 있을 수는 없겠니? 사랑을 받아들여라. 평온하게 살자……. 응? 자신도 남도 괴롭히는 주의主義 따위는 버려라."

"주의 따위가 아니에요, 아버지."

노부코는 참기 힘든 슬픔으로 간신히 대답했을 뿐이었다. 삿사도 역시 심통을 부리며 단순한 사무원다운 태도로 화를 내다가 드디어 외쳤다.

"어서 나가라! 네가 부모를 버린다면 나도 자식을 하나 버리마. 자, 영원히 떠나버려!"

4
노부코

1

그들은 이사를 했다. 집은 기치죠지吉祥寺[19] 앞 의사 집의 벽돌 담과 차를 파는 가게의 판자벽 사이의 좁은 골목길 끝에 있었다. 기치죠지를 벗어나면 부모의 집까지 15분 정도면 갈 수 있었다.

그들은 8월의 한참 더울 때 이사를 했다. 노부코는 집을 구하기 위해 매일 너무 많이 걸어 다녀서 열이 나 자리에 누웠다. 이사 가는 날에도 그녀는 침상에서 마당을 통해 인력거꾼이 책상을 나르는 것을 바라볼 뿐이었다.

그것이 가고 나서 노부코는 자리에서 일어나 약간 휘청거리면서 옷매무새를 가다듬었다. 어머니는 혼자 2층 툇마루의 긴 소파에 앉아 있었다. 부채를 가슴에 대고 가만히, 처마 끝에 우거진 오동나무의 푸른 잎의 빛 아래 침울한 듯이 누워 있었다. 노부코는 뒤쪽 계단을 올라가서 말없이 곁에 멈춰 섰다. 어머니도 말없이 잠자코 있었다. 시간이 꽤 지나고 나서야 다케요는 딸을 쳐다보지 않

---

19 기치죠지(吉祥寺) : 도쿄도 분쿄구에 있는 조동종(曹洞宗)의 절. 근세, 단학중심의 도장.

은 채 물었다.

"이제 좋아?"

"그런대로 괜찮아요."

두 사람의 대화는 여기서 끊어졌다. 이렇게 있으면 끝이 없다고 생각한 노부코가 말했다.

"그럼……."

다케요의 얼굴이 고통스럽게 일그러졌다. 그 얼굴을 본 노부코도 가슴이 찢어질 듯한 고통을 느꼈다.

"……가 보겠습니다."

다른 인사말은 도저히 입에서 나오지 않았다. 분명 지금 눈물을 참고 있을 어머니를 노부코는 한순간도 보고 있을 수 없었다. 그녀의 헛기침과 동시에 뭔가 말하려고 하는 조짐이 보이는 오열을 뒤로 하고 성큼성큼 계단을 내려갔다. 발에 힘을 주어 한 걸음, 한 걸음 내려갈 때 자신의 눈에서도 눈물이 흘러내렸다. 아래층에 다 왔을 때 그녀는 참기 어려운 심정으로 잠시 동안 난간의 기둥에 머리를 갖다 대고 울었다. 따로 사는 것은 당연한 것이고, 게다가 모두가 희망한 것이었는데 이상했다. 자신이 자란 집을 이제 떠난다는 것은 슬프고 괴로운 이별이란 것이 마음으로 절실히 와 닿았다. 낡은 집 기둥의 등이 갑자기 떠올랐다. 나가려고 하는 자신을 경악스럽게 지켜보고 있는 것 같았다. 노부코는 지금 이 시점을 계기로 자신이 여기서 보낸 어린 시절의 모든 추억이 집과 함께 여기에 남겨지는 것을 느꼈다. 자신은 혼자 간다. 그러나 추억은 언제까지나 당시의 신선함이 다양함으로 이 집에 계속 남아 있게 될 것이다. 안녕! 신기하고, 밝고, 어두운 어린 시절의 생활, 모든 추억이여 안녕.

그 집은 서향으로 벼랑 끝에 세워져 있었다. 오후가 되면 석양이 작은 상자의 입처럼 단 한 방향으로만 열린 툇마루로 비쳐 들어왔다. 석양은 방의 벽까지 강하게 내리쬐었지만, 그만큼 바람도 잘 들어와서 노부코는 그리 덥다는 느낌은 안 들었다. 이렇게 작은 집, 이런 석양, 노부코는 신기한 마음으로 덥지 않은 반짝거리는 여름의 햇빛을 받으며 앉아 있었다. 대체로 그 해는 집을 빌리기가 매우 어려웠다. 그들은 형편에 맞추어 최대한 노력해서 겨우 그 허술한 집을 구했다.

이사와 관련된 혼잡함도 안정을 찾아, 쓰쿠다는 아침마다 다니던 대학이나, 아니면 그 무렵 새로 취업한 사립대학으로 나갔다. 아침 8시 경부터 저녁 4시 반이나 5시까지 노부코는 혼자 시간을 보냈다. 길고 밝은 여름 해가 얼마나 느릿느릿하게 지나가는지.

어느 날 오후, 노부코는 다다미 8조 넓이의 방과 6조 넓이의 방을 나누는 열린 후스마 문에 기대어 우쿨렐레[20] 를 치고 있었다.

여느 때와 마찬가지로 석양이 벌써 다다미 3분의 1 정도까지 눈부시게 비치고 있었다. 변변치 않은 악보집을 무릎 앞에 펼쳐놓

---

20 우쿨렐레 : 기타와 비슷한 넉줄의 현악기 — 본래는 하와이 원주민이 사용했음 — Ukulele.

고 책상다리를 하고 앉아 노부코는 악보를 보며 내림표가 많이 표시돼 있는 오래된 민요를 연습했다.

Hao, Hae, haae……. 하오, 하에, 하아에…… 봉봉봉 하고 삼화음의 후렴을 덧붙여야 하지만 노부코의 손가락은 악보집 삽화에 그려져 있는 목에 큰 화환을 걸고 우쿨렐레를 치고 있는 하와이 청년의 손가락처럼 움직이지 않았다. 한 곳 정도는 꼭 잘못 짚거나, 누를 때 힘이 잘 안 들어가 중요한 소리가 나지 않았다. 노부코는 머리로 박자를 새면서 하나 둘 셋, 하나 둘 셋, 여러 번 쳤다. 매일 말할 상대도 없이 지내다보니 노부코는 하다못해 악기에 맞춰서라도 그렇게 자신의 목소리를 내고 싶었다.

하오, 하에, 하아에…….

얼마나 서투른 연주인가. 샤미센[21]을 잘 치는 사람이라면 금방 숙달되었을 것이다. 열중하면서 노부코는 이렇게 생각했다. 그뿐 아니라 그녀는 어느 새 이웃집의 소리를 다 듣고 있었다. 연립주택과 같은 구조로 노부코의 집과 이웃집은 널빤지 한 장을 사이에 두고 살았다. 아직 얼굴을 마주친 적은 없었으나 그 집에는 중국인과 일본인 가족이 살았다. 중국인이 남자 아이를 목욕시키는 것 같았다. '쫙쫙' 물소리가 들렸다.

"아가! 자 착하지……."

가사를 담당하는 일본인 여자의 목소리가 겉으로는 우아하지

---

21 샤미센 : 일본 고유의 현악기로 삼현으로 되어 있음.

만, 마음속으로는 짜증나는 무정함이 있는 것처럼 들렸다. 웬지 조심스러운 중국어로 어머니가 아들에게 타이르는 소리도 들렸다. 노부코는 자신이 켜는 악기 소리의 단조로움을 의식했다. 그들의 중국어도 이상하리만큼 조용했다. 더욱 빛을 발하는 석양과 함께 노부코는 아무 생각 없이 알 수 없는 우수에 사로잡혔다. ―사로잡혔다고 하는 것은 적당하지 않다. 석양이 너무나 강해서 노부코의 마음속 우수가 사라질 듯했다.

따로 집도 가졌고 쓰쿠다도 직장을 얻어, 이제 자신들의 생활이 예정대로 시작된 셈이지만. ―그러나 노부코는 그 생활에 적응하지 못했다. 예를 들어, 어떤 만찬회가 여기에 있다고 하자. 음식은 물론이고, 금 프레임이 박힌 메뉴에 따라 연미복을 입은 종업원들이 날라 온다. 초대할 손님이 없는 것도 아니고 주빈이 빠진 것도 아니다. 건배로 시작하여 탁상연설까지 다 빠짐없이 예정표대로 진행되고 있다. 그런데 시작부터 끝까지 그 자리에 연석하여 프로그램의 예정대로 진행의 증인이 되는 동안 모임 속에 자신이 아무 취미와 의미를 느끼지 못하고, 갑자기 기묘한 불안에 싸여 주변을 다시 바라보는 경우가 있다. 주변 어느 누구도 자신이 느끼는 것과 같이 신경을 쓰지 않는다는 것을 발견하면, 그는 스스로를 위로할 수 있을까. 거꾸로 자신이 점점 자리에 어울리지 않는다는 느낌이 강해질 것이다.

노부코도 마찬가지였다. 아내란 자리가 그녀에게 딱 맞지 않았다. 원인을 한마디로 설명하는 것은 어렵고 불가능했다. 그것은 깊은 곳에 있는 것으로, 섬세한 기분의 뉘앙스니까. 다만 한 가지 노부코가 자각하는 것은 생활의 폭이 좁고 무거우며, 그리고 생동감 있는 유연성 등이 결여되어 있었다. 이제부터야말로 자신들의 생활이 시작된다. 자, 나의 사랑하는 사람이여. 큰 희망을 가지고 생활에 나서면 어느 샌가 생활방식이 목장의 우리와 같이 자신들을 둘러싸듯이, 노부코는 그 속에 남편이라는 왠지 부피가 커져서 움직이지 않는 자와 맞서게 된 것처럼 느껴졌다.

쓰쿠다는 전혀 그런 느낌이 없어 보였다. 밤마다 침대 위에서 구부리고 '군은 궤주潰走했다. 우리는 승리하여, 적장 5명을 포로로 잡았다……'라고 미리 읽어 준비해 놓은 초등 라틴어 독본을 가지고 출근하고 다시 돌아왔다. 변함없이 내일 아침에도 출근할 것이다. 노부코는 그에게 자신의 감정을 호소할 기회를 가지지 못했다. 그리고 그녀는 자신들이 겪어온 감정생활을 가끔씩 돌이켜 보았다. 서로 알게 된 이후 오늘까지 그들에게는 파란이 너무 많았다. 주위와 싸우면서 서로의 사랑을 잃지 않으려고 애썼으며, 그를 지키며 자신을 지키는 노력, 늘 그것들을 위해 노부코의 마음은 긴장하여 자극을 받고 있었다. 이제 그것들이 사라졌기 때문에 자신은 힘이 빠진 것일까? 나는 평화롭게 해결하는 방법을 잊어버린 여걸 아마존이 된 것일까. 노부코는 그렇게 생각할 때도 있었다. 그러나 그런 생각은 눈앞에 있는 생활과 어울리지 않는 느낌을 제거하는 데 도움이 안 되었다.

노부코는 우쿨렐레를 케이스에 넣고 일어섰다.

2

노부코는 부엌문을 잠그고 밖으로 나왔다. 큰 거리에서는 전철이 시끄럽게 삐걱거리는 소리를 내며 먼지 속을 달리고 있었다. 기치죠지 정문 앞의 포석에서는 3명의 소녀가 노래에 맞추어 공을 다리 밑으로 빠져 나가게 하고 있었다. 노부코는 종루[22] 의 뒷골목으로 빠져나왔다. 비스듬하게 다시 한 골목을 벗어나 혼잡한 큰길을 횡단하여, 조용한 고급 주택가로 나왔다. 그녀는 산책길에서 어머니와 쓰야코를 만날 생각이었다.

대문을 수선하기 위해 미장이가 와 있었다. 나이 어린 직공이 재미없어 보이는 표정으로 큰 나무 용기에 들어 있는 회반죽을 뒤섞고 있었다. 쓰야코는 서생書生의 손을 잡은 채, 그것을 열심히 보고 있었다. 노부코는 조금 떨어진 곳에서 그 모습을 보고 무심코 웃었다. 서생이 그것을 알아차리고 쓰야코에게 뭔가 말했다. 쓰야코는 얼굴을 불쑥 내밀었다.

"아, 언니야."

천천히 걸어오는 노부코를 본 쓰야코가 달려와 매달렸다.

"어머니는?"

"계셔. 언니, 왜 좀 더 빨리 안 왔어? 지난번에 바로 온다고, 해놓고."

---

22 종루(鐘漏) : 때를 알리는 종과 누루, 또는 그 설비가 있는 궁궐 안.

"응……."

노부코는 쓰야코를 도와 줄과 흩어진 판자를 건너서 걸었다. 쓰야코는 노부코의 소맷자락 끝을 잡고 거닐면서 유심히 언니의 손을 보고 웃었다.

"허… 찾았어. 눈치 빠르군."

"응…. 나 다 알고 있었어. 왜냐면 지난번에 얘기했거든."

"…하지만 이건 아니야."

노부코는 시치미를 뚝 떼고 말했다.

"그냥 오래된 신문이야."

"거짓말! 알고 있어. 보여, 「어린이 나라」야."

현관에 여자 게다가 가지런히 놓여 있었기 때문에 노부코는 조그만 출입문 마당으로 돌아 들어갔다. 양옥 창문에 놓인 아스파라거스 화분 뒤로 손님의 아담스레 뒤로 묶은 머리가 보였다. 7월에 쓰쿠다를 삿사가로 입적시킨다, 안 시킨다는 문제로 부모와 부딪혔을 때 노부코는 창가에 서서 땀과 눈물을 흘렸다. 노부코는 그때 했던 자신의 격심한 말이 분명하게 떠올랐다. 벌써 그것은 지나간 일로, 지금 생활은 다른 모습을 하고 있었다. 노부코에겐 그런 느낌이 강했다.

쓰야코와 보물찾기를 하고 있던 차에 손님을 보낸 어머니가 창문으로 얼굴을 내밀어 노부코를 불렀다.

"2층으로 올라와."

올라가니, 방의 후스마 문이 열려 있고 넓은 방에 진홍색 양탄자가 깔려 있었다. 커다란 쟁반 위에 그림붓, 붓을 씻는 그릇, 그림 물감을 푸는 접시 등이 놓여 있었다. 다케요는 양탄자 위에서 당지[23] 를 자르고 있었다.

"어머."

노부코는 그 광경을 보며 말했다.

"그림 연습? 드디어 이즈미泉 씨가 와 주시기로 했어요?"

"어. 여러 가지 사정으로 좀처럼 진척되지 않다가, 겨우 오늘 이 두 번째야. 이 나이에 시작한 거라 어차피 전문가가 되기엔 틀렸지만, 하다못해 시키시[24] 를 만들 정도만이라도 되었으면 참 좋겠다 싶어서."

그림이라도 배우려는 어머니의 심정을 노부코는 사랑스럽게 느꼈다.

"그거 잘됐군요! 열심히 연습할 게 생긴 것만으로도 만세예요. 어느 것이 지난 번 것… 맨 처음 것은 어느 것이에요."

"어쨌든 몇 년이나 그림 따위 그리지 않았으니 전혀 못 하겠네. 노구치 쇼오힌[25] 이 활약했던 시대부터 시작했더라면 아마 지금쯤 그 이름을 이어받아 '쇼' 뭐라는 사람이 됐을 거야."

다케요는 호기를 부리듯이 크게 활짝 웃었다. 그의 웃음에서는

---

23 당지(唐紙) : 대나무를 원료로 한 서화용의 중국제 종이.
24 시키시(色紙) : 와카, 하이쿠등을 적는 네모진 두꺼운 종이(오색의 무늬가 있음).
25 노구치 쇼오힌(野口小蘋) : 명치시대의 여성화가(1847~1917).

아무런 근심 걱정도 찾을 수 없었다. 그림 연습이 이렇게 마음에 영향을 주는 것인지, 노부코는 약간의 자극을 받았다. 노부코는 예전부터 어머니가 와카和歌라도 본격적으로 했으면 해서 권유한 적이 있었다. 하지만 그쪽에는 인연이 닿지 않아 그림을 선택하게 된 것이었다. 다케요는 학생 시절 젊었을 때, 노구치 쇼오힌으로부터 호의적인 지도를 받았다. 그것이 인연이 된 것이었다. 다케요는 큰 당지唐紙에 대나무를 그린 것을 보여줬다.

"어떠니?"

그리고 자신도 옆에서 들여다보았다.

"이렇게 머릿속으로 이해하고 있어도 막상 그릴 때엔 붓이 내 마음대로 움직이지 않아서."

"하하하. 마치 10년이나 20년 하신 것처럼, 하하하, 붓이 내 마음대로 안 된다고 하시면 곤란하지요."

"또 놀리는 거야? 그래 넌 훌륭해. ……농담이야."

다케요는 이즈미 씨의 그림을 보여주며, 그것에 대해 약간의 비평을 가했다.

"어떻게 생각하니? 힘이 너무 없지? 난 지나치게 전문가 같은 경직된 듯한 것은 싫단다."

노부코는 장식 선반 밑에 낯선 작은 중국제 나전 장롱이 있는 것을 보았다. 대담한 석류 열매 디자인으로, 박아 넣은 조개 색깔이 선명하고 두꺼운 게 매우 훌륭하게 보였다.

"좋네. 언제 샀어요?"

다케요는 대나무 그림을 정서하려는 것인지, 한 손을 양탄자에
대고 먹물에 붓을 담그면서 "응."이라고 건성으로 대답을 했다.

"어떤 거? 아아, 그것 예쁘지? 여느 때와 마찬가지로 아버님 취
미야. 도구 넣는 것으로 쓰라고 주신거야."

노부코는 밤에 일부러 모르는 척하며 보따리를 방으로 밀어 넣
는 아버지의 모습이 떠올랐다.

"여전히 상냥한 남편이시네……. 친절하게 대해 주시지 않으
면 벌 받을 거예요."

"……나도 요즘 그렇게 생각해."

다케요는 고개를 숙여 자신이 그린 조릿대 가지를 바라보면서
천천히 말했다.

"요즘 너무 좋은 아버님이야. 나도 안쓰럽게 여기게 되었
어……. 여전히 짜증은 심하지만……."

"원래 좋은 남편이잖아요."

"젊었을 때는 얼마나 성미가 까다로웠는지! 노부는 모를 거
야… 하지만 아버님도 그나마 순한 사람이니까 너희들을 데리고
온 거야. 그렇지 않았더라면, 너…. 이제 와서 여러 남자를 보며,
정말 그렇게 생각해……. 쓰쿠다 따위와는 비교할 수 없을 정도로
순수함을 지니고 계셔. 확실해."

점점 제 모습이 갖추어지는 그림을 바라보면서 듣고 있던 노부
코는 보통 여자들처럼 자신의 남편을 자랑하는 어머니의 어조가
명랑한 것에 유쾌함을 느꼈다. 그러나 아주 조금은 쓸쓸했다. 노

부코는 자신이 언니가 되어, 동생의 순진한 남편 자랑을 듣고 있는
것과 같은 위로의 마음을 갖게 되었다.

"…뭐, 아버님이 그렇게 사랑하고 계시는 게 확실하니까 어머
님도 늘 꿋꿋하게 계실 수 있는 거죠. 기초가 든든하니까 마음 편
하게 그 위에서 뛸 수 있는 거 아니에요?"

"글세… 그렇겠지."

둘은 아래층에서 차를 마셨다. 구우야[26] 스님에 대한 이야기를
나누다가 갑자기 차가 목에 걸려 노부코는 얼굴을 찡그리며 헛기
침을 했다. 그러자 찻잔을 입에 대려던 다케요가 손을 멈춰 노부코
를 흘끗 보았다.

"어머, 꼭 닮았네!"

노부코는 천진난만한 마음으로 다시 물어 보았다.

"뭐가요?"

"네 헛기침 말이야. 쓰쿠다도 그런 이상하게 잘난 척하는 헛기
침을 하지."

노부코는 언짢은 표정으로, 그러나 간신히 입에 엷은 미소를
띠우며 말했다.

"…아니, 우연이겠죠."

"아니, 안 그래. 똑같아. 왜냐면…….'"

노부코는 귀찮아하면서도 차분하게 말했다.

---

26 구우야(空也) : 헤이안 중기의 스님(903~972)

"그렇게 하나하나 신경질적으로 검사하지 말아줘요. 저는 아무 생각 없이 하는 거니까."

노부코는 가즈이치로가 요새 열중하고 있는 정물 사진을 한 장 받아 집으로 왔다.

저녁 때 노부코는 쓰쿠다에게 오늘 있었던 일을 얘기했다.

"오늘은요, 낮에 도자카動坂에 갔었어요. 그리고 하나 새로운 걸 발견했어요."

"헤에."

쓰쿠다는 흥미도 없다는 듯이 말했다.

"뭔데?"

"어머니에 대해서 좀 다른 생각을 갖게 됐어요. 어렸을 때부터 그랬듯이 최근까지 어머니의 말이나 행동을 너무나 딱딱하게 받아들였던 것 같아요."

오늘 느낀 어머니 마음의 단순함과 정직함을 노부코는 설명했다.

"그러니까 여러 가지—다정함도 심술궂음도 그때의 상황과 상관없이 솔직하게 아무 기교 없이 나오는 거예요, 틀림없이, 이렇게 하겠다든지 저렇게 하겠다든지 하는 그런 계획적인 것이 아니에요. 그런 거 같지 않아요?"

노부코는 도자카에서 오는 동안 그러한 것들을 생각하며, 평화로 이르는 길을 찾아낸 듯하였다. 어머니와의 교섭은 그녀에게 끊임없는 부담이었으나, 지금 그것을 단순히 이해하는 하나의 경지가 생긴 것 같아서 노부코는 평안함마저 느꼈다. 쓰쿠다도 그것을 알게 되면 마음가짐이 달라질 거라는 큰 기대를 가지고 말을 꺼낸 것이었다. 그러나 그는 무감동한 상태에서 벗어나지 않았다. 그는 이쑤시개로 이빨을 쑤시면서 이마에 주름살을 지으며, 비스듬히 노부코를 올려다보며 말했다.

"나는 비판하지 않겠어요."

"비판이 아니라 견해에요. 어차피 우리는 일평생 가족 관계를 유지하며 살 수밖에 없으니까. 되도록 서로 잘 이해하는 게 좋다고 봐요. 서로를 위해서……. 호의적인, 하지만 경직된 마음을 가지고서는……."

"─뭐, 때가 되면 이해할 수 있겠죠."

그러면서 그는 얼굴에 일종의 특이한─그다지 고귀하지 않은 특별한 표정을 지으며 손가락 마디를 굽혀서 하나씩 똑똑 소리를 내었다. 노부코는 시선을 돌려서 안타까운 표정을 지었다. 쓰쿠다가 일반적으로 인간적 흥미가 있는 생생한 화제를 선호하지 않는 것이 노부코는 불만스러웠다. 게다가 그가 흥미가 없고, 좀 귀찮을 때 손가락 끝을 펴서 무례하게 손가락 마디를 굽히며 '똑똑' 소리를 내는 것을 노부코는 싫어했다. 요즘 들어 그에게서 그런 행동이 나타나기 시작했다. 그 '똑똑' 소리를 들을 때마다 노부코는 우울해졌다.

두렵다. 그도 손가락을 똑똑 굽힌다. 카레닌[27] 도 차가운 표정으로 책상 앞에서 손가락을 굽혔다. 그는 카레닌 형 인간일까? 그럼?

노부코는 지금도 충동적으로 '그만' 하며 손을 내밀려고 했다. 그러나 이유도 모르고 제지되어 참았다. 그는 다시 그럴까? 노부코는 자신에게 서먹서먹하고 어두운 고통이 기다리는 것같이 그의 손을 지켜보았다. 그러나 그는 그것을 알아차리지 못하고 일어났다. 그리고 책상 앞에서 근무처에서 가져온 보자기에 싼 물건을 풀었다.

노부코는 어머니한테 갔을 때 본 중국제 작은 장롱이 생각나서 말했다.

"진주조개 색깔도 참 아름다워. 그림물감을 넣는 상자로 사용하는 것인데, 마치 큰 오팔이 박힌 것 같은 걸 봤어요—오늘."

"그래요? 매우 비싸겠네요."

"예. …푸른색이나 옅은 분홍색 같은 것은 많이 있는데, 그런 것과는 아주 다르게 여러 가지 빛이 나는 게… 마치 화염 같았어요."

그러나 쓰쿠다는 화제와 상관없이 책상 위의 연필이나 펜을 정돈하다 갑자기 말했다.

"그거 봤어요?"

---

27 카레닌: 톨스토이의 장편 소설 『Anna Karenina』의 남주인공.

"네."

"어땠어요?"

"좋았어요."

노부코가 말했다.

"가지고 와 볼게요, 어쨌든."

쓰쿠다는 그의 전공에 관한 조그만 저서의 사전 준비를 하고 있었다. 통속적인 페르시아 문학개론이었다. 노부코는 마침 그 목적에 맞는 아마추어 독자 대표로 뽑혔다. 노부코는 6센티 정도 되는 두꺼운 원고를 자신의 책상 서랍에서 가져 왔다. 쓰쿠다는 자신의 일에 대한 친근함이 드러난 손놀림으로 원고를 훌훌 넘겼다.

"무슨 불만이 있어요?"

노부코는 그의 기분을 꺾으려고 한 것은 아니었다. 쓰쿠다가 무거운 마음을 분기시키고 그만큼 일을 한 것을 그녀도 기쁨으로 느꼈다.

"불만이라고까지는 할 수 없지만, 조금은 고쳐야 할 것 같아요."

"어디?"

"종이가 끼어 있죠? 곳곳에 설명이 부족한 부분이 있어요. 전혀 예비지식이 없는 사람이 읽으니까 뭔가 잘 모르겠어요. 그리고 뭐랄까, 이해되지 않는 곳이 있는 것 같아요."

쓰쿠다는 변명하듯이 말했다.

"그건 소설 같은 것과 달라요. 재미있는 것은 분명히 아니고.

아무튼 부업으로 하는 일이라……. 자료를 정리하는 것만 해도 쉽지 않아."

"그래요. 그렇다면 더욱더 잘 만들어야죠."

노부코는 위로하면서 갑자기 생각난 것이 있어 말했다.

"직업으로 말하자면 학교 선생님보다 이쪽이 당신의 본직이니까 무리 없이 잘 끝낼 수 있도록 해야 해요."

그들은 원고에 대하여 잠시 의견을 나누었다. 어제 오후와 오늘 아침, 그것을 여러 번 읽으면서 느낀 것은 그것을 쓴 사람이 남편이라 해도 노부코는 전혀 너그러운 비평가가 될 수 없다는 것이었다. 오히려 욕심이 생기는지 민감해지고 까다로워졌다. 평범한 많은 책에서 흔히 볼 수 있듯이 상투적인 말을 아무렇지도 않게 많이 사용하거나, 명쾌한 사상도 감정도 없는 번거로운 글을 보며 노부코는 슬픔과 불쾌함을 동시에 느꼈다.

"안 돼, 안 돼, 이게 뭐예요?"

예의고 뭐고 다 무시하고 짜증을 내는 일이 없도록, 노부코는 그것이 초고란 것과 남편의 최초의 시도란 것을 늘 염두에 둘 필요가 있었다. 동시에 그녀는 자신에게 의심을 갖게 되었다. 마음이 착한 사람은 이런 일에 대해서 이런 마음을 갖지 않는 것일까. 내가 겉치레를 좋아하는 성격이고 편협하기 때문에 이와 같은 소위 특수한 문학적 감각의 결핍을 심하게 고민하는 것일까.

쓰쿠다에게도 여러 가지 생각이 있어 그들은 여러 번 답답한 침묵에 빠졌다. 일단락되었을 때 노부코는 한숨 돌린 듯이 말했다.

"아아, 드디어 끝났다. 미숙한 인간들끼리의 모임이라 힘들어."

그녀는 손을 내밀어 빨간 잉크의 뚜껑을 덮었다.

"잠깐 기분전환으로 수다 좀 떨어요."

"수다도 좋지만……. 도자카에서 충분히 즐거웠겠지요."

"즐겁다거나 그런 일은 없었어요. 당신과 다른 사람들이니까요. ─뭔가 신기한 일이 없었어요?"

"글쎄… 그럼 이렇게 하죠."

쓰쿠다는 좋은 생각이 났다는 듯이 말했다.

"어차피 수다를 떨 양이면 얘기하면서 이거라도 써 봐요. 네… 머리를 쓰는 게 아니니까 괜찮겠죠?"

그는 책상 위에 놓여 있던 밤색 표지로 된 작은 노트를 빼냈다.

노부코는 그것을 보자 장난치듯이 "하…." 하며 난처해했다.

"염마장[28] 이에요?"

노부코는 농담 속에 본심을 드러내며 말했다.

"보고 싶어. 아아 그만. 용돈 노트… 웃기지도 않는 소리를 하시네요."

쓰쿠다는 침착하게 노트에 날짜를 쓰면서 떼를 쓰고 있는 노부코에게 마치 교훈을 주듯이 말했다.

"몇 년 지나서 보면 그 당시의 생활을 알 수 있어서 재미있어

---

28 염마장(閻魔帳) : 염라대왕이 죽은 이의 생전의 행적을 적어둔다는 장부.

요. 오늘은… 빵 15전, 다가多賀 군의 송별회비 3엔. 당신은?"

노부코는 흥이 깨져 대답했다.

"쓰야코에게 「어린이 나라」를 사준 것 뿐."

노부코의 방은 북향의 다다미 3조 크기로, 어두운 유리의 장지가 두 장 들어가 있었다. 윗부분은 투명 유리로, 찻집의 흙벽 광과 지저분한 함석담의 꼭대기, 자기 집의 오래된 차양 등이 늘 같은 광선속에 보였다. 거기서는 하늘을 볼 수 없었다. 젖빛 유리에는 이전에 살던 아이가 남긴 끝으로 갈수록 커지는 난폭하고 굵은 연필 낙서가 있었다. $5 \times 82 \div 1.1 + 000$.

3

그들의 집에 찾아오는 방문객은 없었다.

고등교육을 일본에서 안 받았기 때문일 수도 있었다. 쓰쿠다에게 친구라 부르는 사람은 거의 없었다.

쓰쿠다는 밤에 근처로 자주 산책을 나갔다. 노부코도 따라 나갔다. 그들은 젖꼭지나무나 노송나무 종류를 조금씩 샀다. 나무들을 석양이 비치는 절벽이나 노출돼 있는 격자문의 양쪽에 심어놓았다. 주변은 멀리 고이시가와小石川 구릉의 나무 끝이 보일 뿐, 빽빽이 들어선 집들로 나무가 자랄 여유도 없었다. 젖꼭지나무는 골목에서 푸르디푸르게 아이들의 눈을 끌었다. 초등학교가 끝날 오후 무렵만 되면 어느덧 남자아이들이 1미터 20센티 정도 되는 두 개의 젖꼭지나무 주변에 모였다.

"야, 뭐야, 이 나무."

"소나무지."

"아니야. 소나무가 아냐. 소나무 잎은 만지면 콕콕 찔러."

조용해졌다가 갑자기 한 명이 외쳤다.

"어, 어, 나빠."

그러자 다른 한 명이 겁먹은 듯 속삭이며 말했다.

"야단맞을 거야."

쓰쿠다가 집에 있으면 노부코는 괴로웠다. 그는 그런 소리를 들을 때면 어른을 상대하듯이 엄한 표정이 되었다. 살짝 게다를 들고 정원으로 돌아, 합판 벽으로 되어있는 문 쪽으로 몰래 다가섰다. 그는 소리 없이 빗장을 열고 갑자기 모습을 드러내며 아무 말 없이 아이들에게 다가갔다. 소곤소곤 이야기하고 있던 한패들은 쏜살같이 도망쳤다. 좁은 골목에 울려 퍼지는 도망가는 발소리는 아이들이 참으로 두려워하고 있음을 잘 말해 주었다. 이런 일이 겹치면서 노부코는 익살스러움을 느끼기보다 묘하게 쓸쓸하고 한심스런 느낌이 들었다.

"어쩔 수 없네요. 신기하니까. 마당으로 옮기는 게 좋겠어요."

쓰쿠다는 흥분하면서 신경질적인 초조함을 보이며 말했다.

"모처럼 내가 심어놓은 걸 잡아 뽑으려 하다니 고약하군. 나는 안으로 결코 옮기지 않을 거요."

노부코는 그의 완고한 소유욕을 느꼈다. 산책하러 가서 노부코가 사고 싶어 하는 것은 정원수보다 책이었다. 그녀는 헌책방에 자주 들렀다.

"이것."

뭔가 눈에 띄면 그녀는 그것을 빼내어 남편에게 제시하였다. 쓰쿠다는 책을 손에 들고 여기저기 자세히 보면서 물어봤다.

"꼭 필요한 거야?"

그 어조가 노부코를 실망시켰다. 그녀는 단념하고 있던 자리에 책을 다시 꽂았다.

"…그럼 다음에 살게요."

노부코는 그것을 사도 사지 않은 것처럼 마음이 편하지 않았다. 그녀는 부부로 살다보니 쓰쿠다가 원래 녹록하지 않은 생활을 겪어오면서 익숙해져, 대담하고 쾌활하게 그것을 지배한다는 사실을 몰랐다는 걸 의외로 느꼈다.

노부코는 대체로 집에 있었다. 책을 읽거나, 절벽 아래 있는 우물가에서 연립주택의 여자들이 수다 떠는 것을 듣거나 했다. 하루가 길게 느껴졌다. 그녀는 쓰쿠다가 돌아오는 것을 계속 기다렸다. 그녀는 둑이 무너지듯이 이야기하고 싶어 하며 그에게도 얘기해줄 것을 요구했다. 그러나 쓰쿠다는 노부코가 재미있어 하는 것을 그다지 재미있어 하지 않는 것 같았다. 그다지 열심히 듣지 않았다. 그가 흥겹게 하는 이야기는 거의 근무처에서 생긴 일이나 동료의 소문이었다. 쓰쿠다는 이것은 당신에게만 하는 얘기라는 듯이 낮은 소리로 말했다.

"오늘 간사幹事한테 볼일이 있어 두세 번 갔더니, 쓰쓰미堤 군이 나에게 작은 소리로 간사에게 무슨 용무가 있으세요? 라고 물었어요."

"음, 그래서요?"

"나는 상담할 게 좀 있다고 한 것뿐인데, ─모두 안쓰럽게 신경질적이다. ─나는 간사든 누구든 아무렇지 않게 가서 얘기하니까 아마 다들 의외로 생각하는 거겠죠."

쓰쿠다는 그것을 좋아하는 것 같았다.

"고골이[29] 와 닮았네요."

그러면서 웃었지만, 마음속으로 노부코는 남편도 그 속에서 확실히 평범한 직장인으로서 역할을 다하고 있는 것 같아, 그가 그것을 불편해 하지 않는 것에 오히려 애수를 느꼈다.

가을이 깊어졌다. 달이 마당을 비추었다. 달빛은 절벽 밑의 즐비한 집들의 지붕을 비추었고, 밤이 깊도록 마루 밑에서 벌레가 울었다. 서리가 내리고 아직 날이 밝지 않은 오전 6시쯤, 차갑게 얼어붙은 길 위에서 출근하는 사람들의 게다 굽 소리가 노부코가 자고 있는 머리맡에 들렸다.

노부코는 점차 자신의 마음에 애달픈 침전물이 고이는 것을 느꼈다. 그녀는 날마다 끝임 없이 시들어 가고 있었다. 그것들은 자랑할 만큼의 수준 높은 것은 아니었지만 내적으로 성장하는 시기

---

29 고골이(Nikolaiv Gogol) : 러시아 소설가·극작가.

에 있는 노부코에겐 음식과 마찬가지로 필요한 예술적인 분위기
로, 결핍의 허덕임이 그녀를 매우 괴롭혔다. 쓰쿠다는 오랫동안 미
국 여성의 생활을 보고 왔으니 자고 싶은 만큼 노부코를 자게 해
줬다. 일상적으로 장보기도 마다하지 않고 나갔다. 부엌에서도 노
부코 혼자 있지 않아도 될 정도였다. 그러나 오랜 시간 잠든 스펀
지와 같은 두뇌로 게걸스럽게 읽고, 느끼고 생각했다고 해도 그것
을 누구와 함께 얘기를 나눌 것인가. 쓰쿠다는 최근 규칙적인 생
활로 인해 지금까지의 자질구레한 정신적인 짐은 어딘가 날려 보
낸 듯했다. 그의 문학은 몇 년 전부터 입력되어 있던 셰익스피어,
베이컨 문제에서 진행되지 않았고 잡지조차도 거의 1년 전부터 보
지 않았다. 그는 그래도 본능적으로 교사다운 측면이 있었고 노부
코의 돌격을 잘 피해 나가는 기술이 있었다. ─이것은 왠지 이상한
고독일 것이다. 노부코는 두려운 절망적 적막함에 휩싸여 심하게
운 적도 있었다.

"아아, 왜 이렇게 쓸쓸하지? 쓸쓸해. …조금 어떻게든 해 봐야
겠어요."

쓰쿠다는 당혹하여 눈살을 찌푸리며 노부코를 끌어안고 등을
쓰다듬으면서 진정시키려는 듯이 얼굴을 가까이 대고 반복해서
계속 속삭였다.

"그렇게 울면 안 돼. 응, 점차 나아질 거야. 이제 익숙해질 테니
까."

익숙해진다는 것이야말로, 무엇보다 노부코가 두려워하는 것

이었다. 인간이 길들여진 짐승처럼 어떠한 경우에도 익숙해진다는 사실은 슬프고 두렵다. 자신도 역시 이 생활에 익숙해지는 것인지? 그리고 몇 년이 지나간 후에는 취미도 정열도 잃어 처음 목표로 했던 인간과 전혀 다른 인간이 되어, 그렇게 되어버린 것조차 모르고 삶을 마감하는 것은 아닌지? 노부코는 모르는 사이에 지나가는 생활이 아쉬워 불안해졌다.

3월의 어느 날, 도자카로 갔다. 친척 아이들이 와 집안이 떠들썩했다. 모두 모아서 가즈이치로가 사진을 찍었다. 그것이 끝나자 가즈이치로는 노부코만을 다시 따로 만나러 왔다.

"오늘은 햇빛이 좋으니까 누나만 한 장 더 찍지 않을래?"

"그래."

노부코는 원래 차려입고 전문가한테 찍히는 것을 싫어했다. 그녀는 남동생의 권유를 받자 요즘 자신이 어떻게 보이는지 호기심이 생겼다.

"그럼 찍어 줄래?…하지만 뽀얀 유령 같은 건 싫어."

"괜찮아! 이런 날씨엔 결코 실패하지 않을 거야."

노부코는 남동생과 함께 객실의 마당으로 갔다. 그리고 물푸레나무 앞에 섰다.

며칠 후에 갔더니 그것이 현상되어 있었다.

"마침 말리고 있는 참이었어. 다 됐을 거야."

노부코는 함께 가즈이치로의 작업 방으로 들어가 보았다. 세탁실의 안쪽 끝에 약품이 많이 나열되어 있는 작은 창가에 인화지를 말리고 있었다.

"어머 여러 장 있네. 다 그때 찍은 거야?"

"아니. 다음날 쓰야코와 대학 건물에 놀러갔을 때 찍은 것도 있어. 지난 번 찍고 필름이 남아 찍었어."

"어디 좀 보자."

"이게 대학에서 찍은 거야?"

쓰야코가 오빠와 장난치고 웃으면서 이쪽으로 향해 오는 모습을 급히 찍은 것으로, 손과 다리의 움직임이 율동적으로 아름답게 보였다.

"이게 지난번 거. 몸을 조금 움직여 뽀얗게 나왔어. 누나 혼자 찍은 게 잘 나왔어."

"그래?"

노부코는 인화된 흑백 사진 한 장을 받았다. 사진은 예쁘게 나왔다. 그러나 한눈에 그 사진이 자신임에 틀림없음을 알면서도 왠지 그걸 받아들이지 못하는 이상한 인상을 받았다. 자신이라고 생각했던 것과는 어딘가 다르게, 똑바로 정면을 보며 양손을 모은 얼굴은 자신에 차 있었다. 이렇게 굵은, 세로로 된 음영이 두 줄이나 원래부터 내 눈썹 위에 있었을까. 늙고 복잡하게 험한 표정이었다. 그런데도 입가에만 차분하게 있자, 차분하게 라고 하듯이 애써 미소를 띠는 표정이었다.

'내 얼굴이 정말 이렇게 생겼어?' 하고 물어보고 싶을 정도였다.

노부코는 유심히 자신의 얼굴을 바라보았다.

가즈이치로는 노부코가 계속 가만히 있는 것을 사진에 불만이 있기 때문이라고 생각한 모양이었다. 그는 변명하듯 말했다.

"전체적으로 좀 더 진해도 좋았을 걸. 다음에 다시 인화해 줄게."

"이걸로 충분해. 고마워."

노부코는 사진을 다시 보면서 말했다.

"뚜렷하게 잘 나왔어."

4

언덕에 짙은 푸른 잎과 잎들을 비추는 햇빛이 아름다운 계절이 왔다. 절벽 밑에 있는 그들의 집에서 보내는 생활은 여전히 단조로웠다. 생활 반경은 좁고 무의미하게 돌아가고 있었다. 노부코는 어쩔 수 없이 그러한 생활을 시작했으면서도 언제까지나 본의 아니게 저항을 잃지 않았다. 노부코의 마음이 평화로울 때는 둘 사이에 특별히 이야기도 웃음도 이어지지 않고 다만 멍하게 툇마루에 앉아서 나무를 바라보고 있을 때였다. 강아지 두 마리가 양지에서 앞다리 위에 턱을 대고 꾸벅꾸벅 조는 것과 닮았다. 그러나 그와 같은 평온함은 늘 오래 가지 않았다. 노부코가 먼저 자신들의 상태를 어떻게 표현해야 할지 몰라 부족함을 느끼기 시작하는 것이 보통이었다. 이것이 2년 전 열정적으로 함께 살기 시작한 남녀의 모습일까?

당시의 행복한 결혼생활이란 명칭이 물론 완전히 없어진 것은 아니었다. 노부코가 자신의 불안한 마음을 그에게 얘기하면 그는 바로 행복했을 때의 이야기를 다시 꺼내 그녀를 안심시키려고 했다. 그러나 요즘은 그것조차 의심스러워졌다. 노부코는 남편이 "사랑한다, 사랑한다"고 말하기만 하면 만사가 해결된다고 생각하는 것이 시시하게 느껴졌다. 사랑이 있더라도 음식이 필요한 것처럼, 사랑이 있더라도 노부코에게는 활발한 삶이 필요했다. 쓰쿠다는 사소한 일상에서는 서로의 감정에 전혀 관심을 기울이지도 않다가 노부코가 참지 못하고 눈물을 흘리면서 갑자기 열렬하게 이렇게 사랑하는 마음이 왜 통하지 않느냐고 쓰쿠다는 호소했다. 노부코는 어찌할 바를 모르고 이렇게 말할 수밖에 없었다.

"네, 날마다 이런 일은 말로 표현할 수 없는 느낌에서 비롯되는 거예요…. 당신은 일단 사랑한다고 굳게 믿으면 완고하게 믿는 정도를 강한 사랑이라고 착각하는 것 같네요."

"아아, 그렇게 비꼰단 말이지! 그럼 그렇게 생각해요."

그러나 개처럼 그냥 나란히 있는 것이 쓸쓸해져서 노부코는 말을 다시 걸곤 했다.

"저기요."

하지만 말을 걸고도 그녀는 말을 거의 잇지 않았다. 쓰쿠다는 그것을 이상하게 생각하지도 않았다. 이것이 평화로운 가정생활이라는 것일까.

노부코는 늪에 잠겨 있는 듯한 삶을 견딜 수 없게 되었다.

밖의 세상은 5월이다. 밝고 활기찬 5월이다. 나의 마음도 예전에는 그렇지 않았을까?

초여름의 공기가 가득해지니 여행을 떠나고 싶은 갈망이 더해졌다. 간다고 해도 노부코는 생각나는 곳이 한 군데밖에 없었다. 그곳은 할머니가 혼자 살고 계시는 동북지방의 시골이었다. 거기라면 쓰쿠다도 틀림없이 허락해 줄 것 같았다. 그녀는 일을 하고 싶다는 이유를 들어서 쓰쿠다의 허락을 받았다.

농번기라서 동북 본선의 급행열차는 비어 있었다.

노부코는 햇빛이 들어오지 않는 쪽에 편한 자리를 잡을 수 있었다. 기차에 탔을 때의 복잡한 마음은 비좁고 너저분한 대도시의 외곽을 빠져나오자 사라져 갔다. 점차 시골이 차창 밖으로 펼쳐져 노부코는 표현할 수 없을 정도로 넓고 넓은 상쾌함과 침착함이 마음에 스며드는 것을 느꼈다. 논밭 위로 전봇대와 사람, 숲이 쓱쓱 다가왔다가 사라져 버렸다. 노부코는 그런 것에도 어린애같이 유쾌했다. 적당한 흔들림이나 규칙적인 바퀴의 반향이 그녀의 신경을 진정시켜 마음에는 뭔가 그 이상의 기쁨이 느껴졌다. 기쁨, 즐거움. 단지 색다른 풍경을 바라보면서 여행하는 즐거움뿐만이 아니라 자신의 몸을 얽어매고 있던 것이 겨우 풀리는 것 같았다. 아아! 감탄하며 비로소 자유롭게 주위를 둘러보며 잠시 상쾌함을 느꼈다. 어떻게 하면 이렇게 구애 없이 살 수 있는 것일까! 어쩌면 이렇게 자유로울 수 있을까? 이와 같은 힘이 넘치는 득의양양한 마음….

노부코는 주변의 풍경을 어릴 때부터 잘 알고 있었다. 열차는 나수노가하라那須野ヶ原에 접어들었다. 주변 일대에 새잎이 피기 시작한 키 작은 나무 숲 사이를 달렸다. 그들은 녹색의 물결과 같이 열차 양쪽에서 거품을 일으키며 살랑거렸다. 공기가 맑은 지평선 저쪽에서 닛코日光 산들은 정상에 쌓인 눈을 반짝거리면서 우뚝 솟아 있었다. 노부코는 만약 주변에 사람이 없었으면 힘껏 두 팔을 벌려 산들을 향해 뻗고 싶을 정도로 감동했다. 그녀는 다시 자신을 되찾을 수 있을 듯한 생활이 올 것을 느꼈다. 용맹스럽게 뛰어다니는 말 위에서 기승을 부리듯이 창문을 향해 양다리를 벌리고 서서 멀리 산정을 바라보고 있자니 열차의 흔들림과 자연과의 교감이 음파와 같이 교차하며 노부코의 온몸에 음악적 리듬을 솟아오르게 했다.

슛, 슛, 카, 카,

〈그러나 그 산들은,ー〉, 갑자기 후렴이 기억의 밑바닥에서부터 떠올라 리듬을 붙였다.

슛, 슛, 카, 카, ─그러나 그 산들은─

슛, 슛, 카, 카, ─그러나 그 산들은─

─그 산들은─

노부코는 흥분하는 자신에게 놀랐다. 나는 초원이나 산들에 대한 향수가 강한 것이었을까? 그리고 또 어쩌면 이렇게 탐욕스럽게 자신의 자유를 향락할 수 있는 것일까? 노부코에게 이러한 즐거움이나 선명한 자연의 인상을 남편과 함께 나누고 싶다는 욕망은 생기지 않았다. 그녀의 마음은 그와 반대였다. 그녀는 산에 서 있는 나지막한 나무들을 혼자서 바라볼 수 있어 즐거웠다. 옆의 누구에게도 방해 받지 않고 온 마음으로 바라보고 맛보고 느끼는 상쾌함이야말로 참으로 그녀가 오랫동안 잃어버렸던 자유를 되찾은 느낌이었다.

5

집에 거울은 단 하나뿐이었다. 수은에 금이 간 오래된 거울이 세면대 옆 기둥에 걸려 있었다. 시골에 온 노부코는 아침마다 세수할 때 조심스럽게 거울을 보았다. 그날에 따라 혹은 햇빛에 따라 일어난 직후의 얼굴이 깔끔하게 맑아 보이면, 노부코는 그날 하루 종일 바른 마음으로 보낼 수 있을 것 같아서 기뻤다. 반대로 어찌된 일인지 그늘이 짙게 나타나 있으면 조금은 음울한 기분이 됐다. 그녀는 얼굴을 여러 번 비비며 앞으로 일평생 주름이 없어지지 않는 것일까 걱정했다.

할머니는 하녀와, 원래 타인이었으나 지금은 먼 친족과 같은 관계가 된 도요ぉとよさん라는 여자와 셋이서 살고 있었다. 노부코는 매일 밖에 나가 할머니와 둘이서 정원수를 다듬고 손질했다. 호랑가시나무나 생 울타리로 심어놓은 노송나무 싹이 힘차게 트기 시작했다. 월동해서 흐트러진 야생마의 털을 깎듯이 그것들에 손

을 댔다. 전지용 가위로 깎으면서 노부코는 할머니와 많은 얘기를 나누었다.

"이제 여러 가지로 바빠지겠어. 차를 따야 되고… 왠지 차를 만드는 남자가 해마다 줄어들어서 돈을 준다고 해도 일하러 오는 사람이 없으니 내년부터 차는 안 만들지도 몰라."

"즐겁지 않으면 하시지 않는 게 좋겠어요. 어차피 고생만 하고 그리 이익이 남는 것도 아니잖아요?"

툇마루에 느긋하게 앉아 있던 도요가 말참견을 했다.

"할머니가 애태우시는 걸 옆에서 보니까 딱해서요."

"편안하게 사시죠? 이제 할머니가 좋아하는 일만 하셔도 되는 연세잖아요."

할머니는 약간 굵은 가지를 가위에 끼우고 연약한 팔에 힘을 주어 겨우 자르며 대답했다.

"빈집처럼 놔둘 수는 없지."

"도쿄로 나오시면 좋겠어요. 아무 걱정 마시고… 좋은 거처가 될 거예요. 오붓하게… 이번에 저랑 같이 가요."

"…음."

할머니는 생각하면서 도요에게 경목으로 만든 차양이 넓은 모자를 가져오도록 시켰다.

"머리 숱이 줄어 햇볕이 뜨거우니 따갑구나. ─너희들 둘이서 살면 되지."

노부코는 약간 떨어져 자신이 깎은 단풍나무 가지를 바라보았다.

"어디에서요? 숨어 사시려고요?"

"그래, 그럼 집세도 구태여 구하지 않아도 되고. 집을 사는 것보다 그게 더 낫겠다."

"그건 안 돼요. 할머니를 위해 지은 거니까…."

"내가 널 여기서 살게 해 달라고 그러면 되지?"

노부코는 밝게 웃으면서 말했다.

"고맙지만 사양할래요. 야단맞을까 두려워요."

"나 같은 시골 할머니가 올라가면 남들 웃음거리만 될 거야. 난 너무 시골 사람이라 돈벌이만 배우고 글씨도 못 쓰니 이제 와서 참 억울하네."

할머니는 사람을 만나러 거실로 들어갔다. 도요는 툇마루에 앉아 있는 노부코에게 말했다.

"할머니도 거기에 가서서 같이 사시면 참 좋을 텐데요…. 전혀 그런 마음이 없으시니. 당신이 잘 설득해보세요. 당신이 하는 말은 신기하게도 잘 들으시니까요."

"이번에도 부탁 받고 온 거예요. 모시고 오라고…."

"꼭 그러세요."

도요가 말했다.

"그거야 제가 이렇게 신세 지고 있는 동안은 미흡하나마 어떤 일이든 도와 드리겠지만… 저도…."

바구니 안을 내려다보던 그녀의 표정이 달라졌다.

"언제까지 이렇게 살 수 있을지 모르겠어요."

그녀는 중년의 나이까지 초등학교 교사를 했다. 그리고 결혼하여 남편을 2년 전에 먼저 보냈다.

"뭔가 계획이 있으세요?"

"네… 좀… 저도 앞일을 여러 가지 생각하고 있어서….''

잠시 후 도요는 다시 노부코에게 물었다.

"앞으로 며칠 정도 같이 계실 거예요?"

"글쎄."

노부코는 다리를 흔들면서 힘없이 웃었다.

"아무 예정 없어요. 돌아가고 싶어질 때까지 있을 거예요."

도요는 여자가 흔히 그러 듯이 노부코를 흘끗 보았다.

"쓰쿠다 씨가 뭐든지 잘 이해해 주시니까 노부코 씨는 행복하겠어요."

"……."

"혼자 잘 계시네요. 남자 분이신 데도 편지는 자주 오나요?"

한 5일 전 노부코가 만족할 만큼 있어도 된다는 것, 그의 사랑을 노부코가 이해해 줄 때까지 언제까지나 기대하고 기다리겠다는 내용의 편지가 왔다. 편지를 받았을 때 노부코는 기쁘기보다는 화가 나고 섭섭했다. 그는 물론, 노부코가 일이 손에 잡히지 않을 정도로 먼데서 그에게 마음을 쓰고 있다는 것을 알면서도 그것에 대해서 언급하지 않고 자신의 굳은 인내심으로 체면을 차리면서 잘 참고 있었다. 노부코는 편지를 받은 후 자세한 답장도 쓰지 않은 채로 있었다.

3일 정도 지난 어느 날 밤의 일이었다.

"노부코 씨, 노부코 씨."

낮은 생울타리 밖에서 누군가가 큰 목소리로 노부코를 불렀다.

"거기 계시는 분 노부코 씨 아니세요?"

노부코는 그때 도쿄에서 온 신문을 사람들에게 읽어 주고 있었다. 밖은 어둡고 머리 위에 전등불이 있었기 때문에 노부코에게는 밖에 있는 사람이 누군지 보이지 않았다.

"누구세요?"

"누구지? 이 시간에."

할머니가 밖을 내다보면서 중얼거렸다.

"저, 히다飛田입니다. 들어가도 괜찮겠습니까?"

"들어오세요."

히다는 미호三保라는 이름으로 도쿄 주재 회사원이랑 결혼한 마을 사람이었다. 노부코와는 친한 사이가 아닌지라 마음에 안 들었다. 언제 이곳에 왔는지, 왜 찾아왔는지. 혼자서 온 줄 알았던 미호가 현관에서 게다를 벗으면서 누구에겐가 하는 말이 들렸다.

"자, 당신도 들어와요. 왜? 괜찮아요."

노부코는 그 모습을 서서 지켜보았다. 현관 입구의 마루에 올라가려던 미호 뒤로 옷차림이 수수한 여자 두 명이 어둠 속에 서 있었다. 그리고 정중히 사양하며 밤이 깊었으니 그냥 가겠다고 말했다. 그러나 일단 셋 모두 방으로 들어오기로 했다. 여자 두 명은 미호의 동생과 친구로 나이가 서른 살에 가까운 사람들이었다. 고급 옷감으로 만든 기모노를 입은 미호는 시끄럽게 인사했다.

"저는요, 어젯밤 늦게 이곳에 왔어요. 오늘은 이 사람들이랑 하루 종일 수다를 떨다 아까 신궁으로 산책하러 나갔더니, 다마_玉가 얼빠진 표정으로 노부코 씨가 와 계신다지 뭐예요. 너무하네요. 그걸 빨리 말해 주었다면 어디보다 먼저 들렀을 텐데. 지금 꼭 뵈러 온 거예요. 시골 사람이라 그런지 참 눈치가 없네요. 근데 당신은 언제 오셨어요?"

"글쎄, 온 지 한 열흘 정도 됐어요."

노부코는 미호의 말에 뒷걸음질치는 듯이 답했다.

"어쨌든 뭔가 쓰고 계시는 거죠?"

"아뇨, 전혀요. 할일 없이 날만 보내고 있어요."

"저도 평소엔 바빠서요. 고맙게도 아버님이 제가 하고 싶은 건 마음대로 하라고 말씀해 주셔서 요샌 서예랑 꽃꽂이도 배우고 집 안일도 하며 지내고 있어요. 그동안에 아기까지 낳아야 하니까…. 하하하, 참 바빠요. 하하하…."

"어머."

머리를 올려 후두부에 평평한 타원형으로 묶고 얌전하게 가만히 있던 미호의 동생이 쓴웃음을 지으며 말했다.

"그렇지 않아요? 네, 히다가 전혀 놔두지 않는 거예요."

미호의 히스테릭한 성질이 다른 사람의 눈에도 띄었다. 그녀는 뭔가에 홀린 듯이 분을 짙게 바른 얼굴에 눈을 번뜩이며 혼자서 말했다. 같이 온 두 사람이 올라오지 않으려고 한 이유와, 달갑지 않

게 가끔 노부코를 훔쳐보거나 미호를 보던 이유를 알았다. 살짝 정
신이 이상한 게 아닐까 노부코는 약간의 불안했다.

"요즘은 계속 괜찮으세요?"

"아뇨, 저, 혼줄 났었어요."

미호는 부인과 병으로 수술을 받아 퇴원하자마자 바로 일 때문
에 온 거라고 말했다.

"아버님이랑 있으면, 네… 저, 아무래도…."

노부코는 미호의 마음이 무엇이든 성적인 것으로 이끌어 나가
기 때문에 말을 삼켰다.

"슬슬 가봐야죠."

두 명의 동반자도 그것이 마음에 걸리는 듯 자꾸 돌아가길 권
했다.

"다음에는 낮에 들러서 천천히 얘기 나누기로 하죠. 할머님도
주무실 시간이 다 되셨죠?"

"그래요…. 노부코 씨 언제까지 여기 계실 거예요?"

노부코는 도요한테 대답한 것과 같은 말을 했다.

"음… 그런 말씀을!"

미호가 소리를 쳤다.

"남편을 버려두고 그런 말씀을 하시는 사모님이 어디 있어
요…. 혼자 놔두는 게 제일 위험하잖아요. 잘 참으시네요. 우리 남
편은…."

"자, 가시죠, 언니."

대문으로 나가도 미호의 지껄이는 목소리가 계속 들렸다. 잠시 후 할머니가 약간 짜증이 난다는 듯이 말했다.

"뭐니, 그 여자!"

노부코는 그 어조가 익살스러워서 무의식중에 웃었다. …그러나 보통 부부란 것은 정말 미호가 말하는 것과 같은 것인가? 그러한 의문이 노부코의 마음에 생겼다. 그녀는 자신들 부부가 따로따로 여행하는 것에 대하여 미호의 말처럼 위험은 전혀 느끼지 못했다.

노부코는 자면서 그것을 생각하며, 그녀에게 불안이나 질투를 일으키지 않는 쓰쿠다의 성격이 오히려 싱겁게 느껴졌다. 쓰쿠다의 품행이 단정한 것은 인간으로서의 재미나 사랑스러움에 매혹되는 일이 적기 때문인 것 같았다.

6

도요는 약 4킬로미터 떨어진 읍내로 장을 보러 자주 나갔다. 그녀는 그때마다 노부코에게 부탁할 게 없는지 물었다. 노부코는 남자용 홑옷을 부탁했다. 그것을 맞춰서 쓰쿠다에게 보냈다. 할머니는 도요가 나가자 말벗으로 같이 바느질을 하던 근처에 사는 할머니에게 소곤소곤 얘기했다.

"…장만 보는 게 아니겠지. 또 신마치新町에 들르겠지?"

"응, 그럴 거야. 하지만 도요 씨는 참 젊어 보이네. 서른이 좀 넘었다고 해도 통할 걸. 금방 좋은 신랑을 만날 수 있겠어."

할머니는 나이 때문에 떨리는 손가락에 바늘을 들고 실을 꿰는 구멍을 확인하면서 늙은 여자 특유의 심술궂음으로 말했다.

"내가 도요라면 마흔 넘어서 시집가는 건 싫을 거야. 지금 그런 세대들은 나이 들어도 혼자 있지 못하니까…."

"진짜… 호호호."

노부코는 도요가 장래에 불안을 느껴 요양 보험에라도 드는 듯이 결혼을 서두르는 것이 안타깝기도 하고 불쌍하기도 했다. 그것을 말없이 눈짓하는 무지한 늙은 여자들에 둘러싸여 있는 그녀의 처지에 동정이 갔다. 그녀는 할머니에게 말했다.

"할머니는 아무래도 그 사람을 평생 행복하게 살 수 있게 못할 것 같으니, 귀찮게 이러쿵저러쿵 말하지 않으시는 게 좋을 것 같아요. 누구든 행복을 원하는 거니까요."

그러자 할머니는 갑자기 찡그리시며 이야기하기 시작했다.

"…나 같은 사람을 참 불행한 인생이라고 하겠지. 젊었을 때는 네 할아버지가 사업에만 매달려서 힘든 생활을 보냈고, 나이 들면서 이번엔 아들이 미워하기까지 하니… 나의 즐거움은 너를 만나는 것뿐이란다."

그녀는 눈물을 흘렸다.

도요는 노부코와 서투른 오목을 두면서 심신이 불안한 것을 호소했다. 그녀는 신마치나, 읍내로 장보러 가는 일이 없어졌다. 나중에 그녀는 혼담이 있던 치과 의사한테 가서 스스로 거절하였다.

노부코는 여자가 생활하는 데 있어 부딪히는 여러 가지, 게다가 똑같은 생각을 하지 않는 표본을 바라보고 있는 것 같았다. 할머니든 도요든 다들 원하는 대로 살지 못하고 있었다. 그래도 계속 살고 있었다. 음울하게 굼실거리면서 살아가고 있었다. 노부코는 자신이 생활에 대한 불만에 굴복하지 않는 것이 믿음직스럽게 여겨졌다. 그녀들을 보고 있으니 노부코는 정말로 이런 생활을 하고 싶지 않고 장애물을 넘어 끈기 있게 인생에 부딪혀 자기 나름대로의 생활을 개척하고자 하는 열의가 끓어올라 오는 것을 느꼈다. 몇 대에 이르는 가족 중에 하다못해 한 명 정도는 삶을 유쾌하게 회상할 수 있는 여자가 있어도 좋지 않을까?

6월 중순에 가즈이치로가 징병 검사를 받으러 왔다. 그들처럼 친하게 지내는 남매는 드물었다. 노부코는 오랜만에 며칠 동안 그와 시골에서 보낼 수 있다는 사실이 기뻤다. 가즈이치로는 늑막염을 앓고 나은 지 얼마 되지 않아 조건부 합격 혹은 불합격이 될 가능성이 있었다. 그러므로 이 체류가 더욱 마음이 가벼웠다. 할머니의 장롱 안에는 풍월이 그려진 오래된 과자 상자가 있었다. 노부코의 백일잔치 때 찍은 사진과 조금 큰 가즈이치로가 유모의 품에 안겨 비로드 수병 모자를 쓰고 있고 옆에 노부코가 누나답게 얌전함을 빼며 서 있는 사진. 할머니는 기쁨을 감추지 못하며 이제 성장한 그들에게 사진들을 보여주었다.

"어머, 이런 것이 있었구나…. 그 무렵이었을 것 같아. 뭐, 유괴범이 온다고 매우 무서워했던. 요시ㅁㅅん 씨를 배웅하고 돌아오는

길에 고갯길 모퉁이에서 너를 업고 집까지 정신없이 뛰어온 적이
있었잖니."

"진짜 재밌네요. 하지만 그땐 정말 무서웠어요. 누나가 정말
열심히 뛰었는데."

"이번엔 가즈이치로가 누나를 업어야겠어."

"이렇게 큰 사람을요? 전 죽어도 못해요."

"하하하….."

할머니가 안 계실 때, 그들은 좀 더 많은 이야기를 서로 털어놓
았다. 가즈이치로는 연애 탐색 시대를 보내고 있었다. 동경, 불안,
열정 따위가 가끔 그의 정신을 심하게 흔드는 것 같았다. 그는 자
신의 세세한 심리상태나 학원의 동료 사이에서 일어나는 특별한
일들과, 자신의 취미와 전혀 안 맞는 병적인 연애 분위기에 대해
신뢰에 찬 온화하고 젊디젊은 솔직함으로 얘기했다. 이런 화제는
자신과 다른 세상의 이야기들이라 노부코는 깊은 흥미를 느꼈다.
그러나 그보다 그녀의 마음을 감동시킨 것은 가즈이치로가 아직
도 어린 시절부터 친숙하던 마음을 잃지 않고 노부코에게만은 주
저 없이 그런 일조차 이야기하는 것이었다. 서로 상당히 의지할 수
있는 사이로 느끼게 해 주는 그의 마음이었다. 노부코는 동생의 신
용이 오히려 분에 넘치게 여겨졌다.

가즈이치로는 벚찌 씨를 입에서 뱉어, 바다에 돌멩이를 던지듯
이 마당으로 멀리 던지면서 말했다.

"누나는 나와 같지 않겠지, 아마도."

"그런 일에 대해서 잘 알고 있으면서도 침착하게 있다는 말이니?"

"응."

"결혼해서 그래?"

"꼭 그렇지도 않아."

"만약 결혼해서 그렇다고 생각한다면 틀렸어. 결혼은 결론이 아니거든…. 출제된 시험문제, 그것도 만만치 않은 걸…."

노부코는 자신도 모르게 암시적인 미소를 띠웠다. 가즈이치로는 눈이 부신 듯 복잡한 표정을 지었다.

"…정말 모르겠네…. 나, 반 친구들의 마음 정도는 한마디만 들어도 대충 알 수 있는데, 여자들에게는 완전히 항복했어. 이상하게도 와 닿는 느낌이 없고, 맘이 붕 떠 있고 금방 눈에서 눈물이 나오고…."

노부코는 가즈이치로의 표현에 애정을 느꼈다.

"울긋불긋한 화려한 공기 같이?"

"뭐, 그렇지…. 그리고 친구들끼리 얘기를 나누는 걸 옆에서 듣고 있자면 곤란해져. 아무 생각이 없어서… 걱정이 돼."

노부코는 간격을 두고 물어봤다.

"그 아가씨 말이지, 자주 사진 찍어 줬던, 그 사람 어떻게 지내? 자주 만나니?"

"아, 그 사람은 별로야."

가즈이치로는 담백하고 명확하게 말했다.

"지난 번 그네 타러 왔지? 난 왠지 성격이 좋아 보이지 않아서… 누나는 어떻게 생각해? 눈을 치뜨고 사람을 보는 게 어두워 보여서 싫더라고."

센티멘탈한 성격이었던 그가 어느 새 생존 적응자처럼 자신의 입장을 확실히 밝히기 시작한 것을 노부코는 확인했다.

"…참 어른스럽네. 나보다 똑똑하구나."

"안 그래."

"진짜! 내 천성이라서 어찌할 수 없지만 나처럼 바로 공상한다는 것도 장단점이 있어."

노부코는 드문드문 혼잣말처럼 덧붙였다.

"내게도 보이긴 하는데, 무슨 일인지 한 번 좋아하게 되면 '그건 그렇겠다.'고 생각하는 거야. 싫은 점은 없어지겠지 하고 믿어버리는 거지…. 하지만 없어지지 않아. 사실은 그런 점에 실망하는 것보다는 너처럼 처음부터 신기루 같은 것을 보지 않는 성격의 사람들이 오히려 좋을지도 몰라."

잠자리에 들었을 때에도 가즈이치로는 노부코도 알고 있는 어떤 아가씨에 대하여 그녀의 의견을 물었다. 노부코는 그의 관심이 지금은 그 소녀에게 있다는 것을 대충 알 수 있었다. 노부코는 약간 대답하기가 어려웠다. 그녀에게 그 아가씨에 대한 인상은 이와 같았다. 아가씨는 아까 가즈이치로가 말한 화려한 색채의 공기와 같은 소녀가 아닐 뿐 아니라 동시에 선명하게 사랑스런 점도 없는 다시 말해 너무나 평범한 성격의 소유자로 보였다.

옆에 켜져 있는 희미한 전능 불빛이 방으로 들어와 천장을 비추고 있었다.

"어쩌냐고… 극히 당연하잖아. 하지만 나는 내가 그걸로 꽤 불쾌한 일이 생기면 이러쿵저러쿵하는 게 싫어."

그래도 노부코는 생각했다. 자신과 쓰쿠다 사이에 벌어진 일 이후 쓰쿠다에 대한 좋지 않은 말들을 얼마나 많이 들었는지. 그렇게 말하는 사람들의 목적은 자신에게 쓰쿠다를 단념시키고 싶어서였을 테지만 실제로 그렇게 되지 않았다. 거꾸로 작용했다. 그녀는 만일 가즈이치로에게 연애 문제가 생기면 하다못해 자기만은 정말로 뭔가 그가 말할 때까지 조용히 침묵을 지키고 싶었다. 동생은 어떠한 연애를 하고 어떠한 결혼을 할 것인가? 성년이 된 그는 누나의 연애나 결혼생활을 어떻게 보고 느끼고 있을까? 노부코는 문득 호기심으로 웃음을 띠며 물어보았다.

"만약 네가 결혼한다면 어떤 사람이 좋아?"

"글쎄… 모르겠네. 우리들은 아직 그런 문제까지 안 갔어."

"뭐 서두를 필요 없지."

"음….."

가즈이치로는 솔직하게 대답했다.

"나도 그렇게 생각해."

곧 그는 조금 불편한 듯하면서도 흥미 있는 말투였다.

"쓰쿠다 씨는 어떤 마음으로 결혼했을까?"

"진짜."

왠지 감정이 섬세해져서 노부코는 더 이상 말하지 않았으나 그 거야말로 그녀의 마음에 있는 의문의 한 부분이었다. 쓰쿠다는 어떠한 마음으로 결혼하여 결혼생활을 영위해 갈 생각일까? 노부코에게는 그것이 쉽게 상상이 가질 않았다. 예를 들어 그녀를 이렇게 시골에 보내주는 그의 심정은 노부코가 무엇을 해도 용서할 수 있을 만큼 그녀를 매우 사랑하니까 하고 싶은 대로 하게 해주는 것일까? 아니면 하고 싶은 대로 해준다면 금방 질려서 돌아오겠지 라는 여유가 있어서 그러는 것일까? 완전히 뒤범벅이 된 심정이지만 그렇게 그녀를 대하는 그는 도대체 어떠한 삶을 함께 보내려고 하는 것인지 노부코는 궁금했다. 추궁한다기보다도 노부코는 늘 이해하질 못했다. 말로 명확히 표현할 수 없으나 그녀는 자신이 도달하고자 하는 삶의 핵심이 되는 것을 생각했다. 그가 그렇게 생각한다면 감정보다 빠른 것이 없을 것이다. 그런 감정으로부터 금방이라도 노부코의 마음으로 와 그녀의 실망을 구제하지 못할 리는 없겠지.

그 증거로 (노부코는 생각하고, 또 생각한다), 그가 노부코에게 사랑한다고 단 한마디도 하지 않았음에도 그가 나를 사랑한다는 것을 느낀 것이 아니었을까….

자신들을 비웃듯이 노부코는 다시 이렇게 생각하기도 했다. ─이런 일들은 단지 내가 제멋대로 생각하고 고민하는 것이다. 그에게는 복잡한 것은 전혀 없는 것이다. 전혀─그가 스스로 말하는 것처럼 그에게는 아무 문제가 없는 것이다.

환멸의 통증을 더욱더 깨닫기 위해 더 많이 자신과 그에게 모멸적인 일을 생각했다. 그러나 그녀는 잘 알고 있었다. 자신의 마음은 그것을 믿고 있지 않는다는 것, 그리고 만일 다른 사람이 반 정도의 얘기라도 그에 대해 자신의 귓가에서 속삭이면 그와의 관계를 끊을 거라는 것을. 때리거나 치거나 하여도 벌써 그는 그녀의 일부가 되어 있었다. 자신에게 통증과 괴로움을 느끼지 못해 노부코는 그를 쿡 찌르기조차 못했던 것이었다.

한참 지나서 노부코는 문득 가즈이치로의 목소리를 들은 것 같았다. 가즈이치로는 이미 자고 있을 줄 알았다. 노부코는 살짝 말을 걸어 보았다.

"깨어 있었어?"

가즈이치로는 대답하지 않고 뜻 모를 말을 중얼거리며 잠꼬대를 하였다. 노부코는 어둠 속에서 자연스레 웃었다. 그는 잠들면 혀로 젖을 빠는 듯한 소리를 내는 버릇이 있었다.

"아—."

느슨해진 마음으로 귀를 기울이고 있자니 가즈이치로는 분명히 길게 말하며 한숨을 쉬었다. 노부코는 반사적으로 한쪽 팔꿈치를 짚고 일어나서 그의 얼굴을 가까이에서 들여다보았다. 꿈을 꾸는 듯한 한숨은 지나치게 실감이 났다. 그러나 자긴 자고 있었다. 그는 다시 한 번 아아 하고 짧은 한숨을 쉬고는 이번엔 낮고 절박한 어조로 말했다.

"아아, 괴로워… 괴로워."

그는 가슴 위에 올려놓은 양쪽 손가락을 가볍게 부채질하듯이 움직였다. 공교롭게도 그의 젊은 삶의 틈새를 본 것 같아 노부코는 사랑과 아픔을 느꼈다. 그가 눈을 뜨지 않도록 노부코는 살짝 손을 한쪽씩 가슴에서 내려 주었다. 그의 손은 크고 따뜻하고 무거웠다. 그는 아무것도 모르는 채 계속 잠자고 있었다.

가즈이치로가 돌아가자 조용한 생활이 다시 시작됐다. 노부코는 고향 생각이 났다. 저녁만 되면 마을에 타는 냄새가 나고 안개가 낮게 자욱이 깔렸다. 넓은 경작지 저쪽 산기슭의 동네 전등이 띄엄띄엄 반짝이기 시작하는 것을 툇마루에 서서 바라보았다. 도쿄 시가지들을 둘러싸고 있는 복잡함, 밀고 밀리기, 교통수단이 요란하게 우왕좌왕하는 광경을 상상하니 그곳에 인간의 따뜻한 숨결과 삶의 북적거림이 존재하는 것을 느껴 노부코는 금방이라도 인력거를 부르고 싶어졌다. 그녀는 문이 닫혀 밤이 깊어질 때까지 침착함을 잃어버려 몹시 괴로웠다. 전등 불빛이 검게 윤기 나는 거실의 판자문을 훤하게 비추면 잠을 재촉하는 시골의 긴 밤이 노부코를 진정시켰다. 할머니, 도요, 하녀, 서로의 그림자를 돌아보지도 않고 조용히 실을 감거나 바늘의 녹을 제거하고 있었다. 그들 위에서는 시계가 똑딱똑딱, 똑딱똑딱….

적막하고도 충실한 삶의 흐름이 자꾸 노부코를 움직였다. 남편은 이런 밤에 책상에서 혼자 무엇을 하고 있을까? 그에게도 이러한 정적이 있을 것 같았다.

노부코는 크던 작던 많은 반동을 겪은 뒤 점점 쓰쿠다는 그로서 살아갈 장소가 있는 것이라고 생각하게 됐다. 세상에는 아무것도 아닌 남자가 수없이 존재한다. 그가 그러한 종류의 남자였다고 해도 뭐 그리 나쁜 일이었을까? 내가 기대했던 것을 그한테서 얻지 못한다고 해도 그것은 내 책임이 아니다. 노부코는 작은 등불 아래에서 생각했다. 그 자신이 현재의 삶에 만족하고 있다면 그것을 방해할 권리가 나에게 있을까? 자신의 독창성이 결핍된 것을 괴로워하지도 않고, 일본에서 페르시아 연구를 위한 책을 수집하는 중개인으로서 존재한다는 것은 의미가 없는 일이 아닐 지도 모른다. 노부코가 그를 자극하지 않으면 그는 입신에 대한 희망으로 일상적인 습관처럼 꾹 참고 견디는 것을 미덕으로 여기며 행복해 할 것이다.

도자카 집에서의 다케요의 변덕쟁이 성격과, 노부코가 애정을 핑계 삼아 쓰쿠다를 핍박한 일을 생각하니 그녀는 이상한 느낌이 들었다. 갑자기 생활방식이 다른 사람이 들어와서 앞뒤에서 짖어댔기 때문에 마음이 약해진 개처럼, 그는 정말 곤란했을 것이다.

그러나 앞으로 노부코는 어떤 결정을 내리고 살아가야 할 것인가? 그의 행복이란 노부코를 필요로 하는 것이 아니었다. 남편이 만족하여 행복을 맛보는 것을 옆에서 바라보고 자신은 맛보지 않아도 미소를 짓고 있어야 되는 것일까? 노부코는 맛보고 싶었다. 먹지 않을 수 없는 인간이었다. 심하게 배고픔을 느끼는 인간이었다. 먹어야만 하는 인간이었다. 노부코는 스스로 나름대로 그 옆에서 먹고 싶은 것을 찾아내거나 만들거나 해야 하는 입장에 있는 여자라는 것을 깨달았다. 부탁하면 남편은 자기 몫을 나눠줄 것이었다. 그러나 노부코는 그것을 먹을 수 없었다. 그녀는 좀 더 신선한 것을 원했다.

노부코는 지금까지 마음속에 있던 많은 오해, 유치한 몽상, 그것이 고작 2년 전에 일어난 일이라고 생각할 수도 없을 정도로 젊고 어린 자신이 열심히 신뢰하던 것을 상기하며 울었다. 그러나 울면서 결국은 인생에는 거짓이 존재하지 않는다는 것을 막연하게 느끼며 노부코는 새로운 용기를 얻었다. 정리될 것은 잇따라 정리되리라. 남게 될 것은 자연히 남게 된다. No sentimentalism—. 그러나 지금까지 내가 억지로 그리려고 했던 남편이란 존재와는 이제 이별이다.

그녀는 이제 남편을 손님으로 여겨도 답답하지 않을 정도로 넓고 부담 없는 시원한 마음의 궁궐을 세우고 싶다, 그렇게 생각하게 되었다. 나에게 정말로 살아가는 힘이 있다면 어찌 그것을 세우지 못한다고 단언할 수 있을까! 그리고 스스로의 모순을 비웃으면서도 노부코가 그렇게 생각하는 동안은 쓰쿠다 역시 나무가 아니라 언젠가는 조금씩 변해가는 인간이 아니겠냐고 생각하며 다시 희망을 품는 것이었다. 자신이 강해지고자 하는 결심, 그것이 쓸데없는 것이 아니라는 신념도 결국 마지막에 다가오는 아주 조그마한 소망으로 살릴 수 있다는 것을 노부코는 부정할 수 없었다.

노부코는 쓰쿠다에게 편지를 보냈다. 그녀는 돌아가고 싶어진 것, 그가 외출해 있어도 집에 들어갈 수 있게 해달라는 것을 알렸

다. 그러자 노부코가 돌아가려고 하는 날에는 밤에 외출할 예정이
니 다다음날에 집에 오라는 쓰쿠다의 편지가 왔다. 부엌 입구에서
받자마자 바로 글을 읽은 노부코는 몸 내부에서 끓어오르는 분노
로 그의 엽서를 찢었다. 그녀는 돌아가기로 일단 정한 날짜를 다다
음날까지 연장하는 것이 싫었다.

7

그해 여름, 노부코는 오랜만에 짧은 소설을 한 편 썼다. 봄부터
계획했던 긴 작품은 내용이 부족해서 결국 마치지 못한 채로 있었
다. 결혼 후 그녀는 일을 하지 않았기 때문에 계속 마음이 무거웠
다. 그런데 시골에 있는 동안에 생각이 약간 달라지고 정신이 집중
되어 4~50매 가량의 작품을 쓸 수 있었다. 내용보다는 쓸 수 있었
다는 자체가 노부코에게는 한 가지 길조였다. 일을 할 수 있다는
것은 자신이나 자신의 주위 생활에 대해 그런대로 하나의 정신적
발판을 가질 수 있다는 증거가 아닐까? 그 발판을 가질 수만 있다
면 시골에서 한탄과 용기가 얽힌 감격으로 내가 결정한 앞으로의
삶의 방식―마음가짐으로는 남편에게 의지하지 않고 자신의 힘으
로 살고자 하는 것도 전혀 전망이 없는 것 같지는 않았다.―노부
코는 자신의 심정이 거기에 도달할 때까지의 혼돈과 동요된 마음
을 쓴 것이었다. 작품은 문학적으로는 그다지 역점을 두지 않는 어
떤 정치 잡지의 부록에 실렸다.

게재된 책이 도착한 날이었다. 노부코는 활자가 된 자신의 글을 다시 읽으면서 책상 앞에서 이런 저런 생각에 잠겨 있었다. 그때 현관의 격자문이 열렸다. 노부코는 대낮에 혼자 있는데 드르륵 문소리가 나자 주변의 공기에 강한 자극을 받는 듯 불안을 느꼈다. 그렇게 들어오는 사람은 거지와 같은 목소리를 내는 강매꾼 따위밖에 없었다. 장지문을 조금 열어 봉당에 서 있는 사람을 보았다.

　"어머!"

　노부코는 목소리까지 바꾸며 반갑게 일어섰다.

　"누군지 궁금했잖아."

　가즈이치로였다.

　"안녕하세요. 진짜 손님인 척해 본 거였어."

　"들어와."

　"…고마워."

　주저하는 듯한 그의 모습에 노부코는 의아했다.

　"왜? 서둘러 가야 돼? 아니면 오토바이가 걱정돼서?"

　"그건 괜찮은데, 오늘은 마중하러 왔어."

　가즈이치로는 들어왔으나 안절부절 못하는 듯하였다. 그는 말했다.

　"바빠? 못 와?"

　"못 가는 건 아니지만… 무슨 일이야?"

　그녀는 누가 불러주는 것을 좋아하지 않았다. 만약 그날 나갈 예정이었더라도 느닷없이 누가 와서 바로 오라고 하면 마음이 내키지 않았다.

"어머니가 하실 말씀이 있으시대."

할 얘기가 있다는 것은 다케요의 상투적인 수단이었기 때문에 말하는 가즈이치로도 그것을 듣는 노부코도 무의식중에 일종의 우스꽝스러움을 느꼈다.

"물론 얘기가 있다는 것은 당연하겠지만."

"오늘은 좀 기분이 언짢으셔."

"왜?"

가즈이치로는 말 꺼내기가 어려운 듯 어설프게 말했다.

"누나가 이번에 쓴 글을 읽고 하실 말씀이 있으시대."

"흠."

노부코는 마음속에서 작으나마 그것이 아닌가 짐작 가는 부분이 떠올랐다. 그것은 여주인공의 남편에 대해 주인공의 어머니가 어떠한 반감 혹은 적의와 같은 것을 가지고 있다는 아주 짧은 부분이었다. 만약 어머니가 뭐라고 하신다면 아마도 그 이외에는 없을 것이었다.

"그럼, 가자."

노부코는 준비를 했다. 그녀는 서로 뒤틀리기 전에 빨리 기분을 푸는 것이 중요하다고 생각했다. 심적으로 피해를 받을 아버지나 가즈이치로도 불쌍하게 느껴졌다. 노부코는 조그만 쪽지와 열쇠를 옆집에 부탁하고 나갔다.

다케요는 평소와 다름없이 홀가분한 노부코를 보자 무거운 어조로 마중했다.

"어서 와라."

"안녕하세요."

어머니는 하녀를 시켜서 차를 내왔다.

"거기 어딘가 나가사키 카스텔라가 있던 것 같은데… 원하면 먹거라."

생각해 본 바, 어머니가 불쾌한 것이 아니라 감정적으로 짜증이 나 스스로 풀지 못해 애써 신중한 태도를 보이는 것이라고 노부코는 느꼈다.

"뭐 할 얘기가 있으시다면서요?"

"…벌써 알고 있지?"

"…가즈이치로가 조금 얘기하긴 했지만 자세히는 몰라요…. 아직 아무 말 안 하셨으니까."

"…네가 쓴 글이니 너도 충분히 알고 있겠지. 이번 건 도대체 무슨 목적으로 쓴 거니?"

노부코는 거북함을 참고 모티브를 자세히 설명했다. 그러나 다케요는 그것을 전부 다 가만히 듣지 않고 잘라 말했다.

"그건, 네 이론으로는 어떻게든 맞겠지만."

"…이론이 아니라 제 솔직한 심정이에요."

"사실은 어젯밤, 사와타니沢谷 씨가 저녁에 오셔서 네가 이번에 쓴 글을 읽었냐고 그래서서 전혀 모른다고 그랬더니 사모님에 대해 쓰여 있다고 하시잖아. 어차피 시시한 일인 줄 알면서도 바로 사서 읽어보았더니⋯ 네가 특별히 글로 표현할 만큼 수치를 느끼게 한 일을 했던 기억이 난 없는데."

노부코는 불쾌해져 동정적인 기분을 잃었다. 그녀는 자신의 심정을 제삼자의 입장에서 볼 줄 모르는 어머니가, 단지 두 글자의 형용사에 지나지 않지만, 스스로 그다지 좋지 않은 정신 상태로 쓰였다고 생각한다면, 한층 더 불쾌하게 느끼는 것은 당연하다는 생각조차 들었다. 그러므로 그건 그렇다 치더라도 노부코가 그 작품을 쓴 심적 이유를 안다면 어쩌면 양해를 해줄 수 있을 거라는 생각은 들었다. 그러나 어머니의 말로 노부코는 적막한 기분이 되었다. 지식 계급의 청년답지 않는 사와타니의 태도 역시 마음에 안 들었다. 노부코는 침묵하며 식어버린 차를 마셨다.

"⋯물론 나는 네 에미니까 너에게 도움이 되어 네 상황이 좋아진다면 얼마든지 참을 수 있어. 구둣발에 짓밟힌다 해도 기쁘겠지. 하지만 아마도 그런 일은 없겠지. 그렇지 않아도 궁금해 하는 세상 사람들로부터 주목을 받고 있는데 일부러 '거 봐'라는 말을 들을 일을 스스로 쓰지는 않아도 되잖니?"

그녀는 여자 특유의 독살스러움을 보이며 덧붙였다.

"아니면 뭐야, 네게 이익이 되는 거라도 있니?"

"그만하세요!"

노부코는 상대가 어머니가 아니었다면 뭐라 그랬을지 모른다는 기세로 그녀의 말을 가로막았다.

"그런 식으로 말씀하기 시작하시면 끝이 없잖아요."

다케요는 노부코의 얼굴을 보고 약간 부드럽게 주장했다.

"…안 그래?"

어머니는 흥분된 긴장감으로 이야기를 계속 끌어가면서 노부코가 쓰쿠다와의 관계로 인해 어머니에게 끼친 고통을 깨달아야된다는 것과 노부코의 예술이 눈에 띄게 타락하기 시작했다는 것을 말했다. 노부코는 따지는 듯한 말들을 듣고 반감을 느끼며 조금은 불쾌한 마음으로 돌아왔다.

6일 후 도자카에서 또 다시 서신이 왔다. 토요일이었다. 꼭 쓰쿠다와 함께 오라는 내용이었다. 어제 노부코가 불려갔을 때 다케요는 곧 쓰쿠다를 불러서 얘기해야 하는데, 라고 말했다. 용건은 그것이었다. 노부코는 자신이 쓴 글로 인하여 일으키게 된 분쟁에 쓰쿠다를 휩쓸리게 하는 것이 참으로 싫었다. 불쌍하기도 했고 이 자리만은 자신의 세계라고 생각하는 마음속에 많은 사람이 우당탕 몰려들어오는 것이 괴로웠다. 쓰쿠다는 물론 틀림없이 읽었겠지만 그것에 대해서 한마디도 언급하지 않았다.

도자카에 가자 두 사람은 곧장 2층으로 안내받았다. 그림 연습용 빨간 양탄자는 치워져, 나전 세공이 들어간 장롱만이 구석에서 멀리 등불에 비춰 반짝이고 있었다. 어머니가 올라 와서 객실에서 거리를 두고 하나만 놓여 있는 방석에 앉았다. 노부코는 주변에서 위압을 가하는 것 같은 취급에 반발을 느끼지 않을 수 없었다.

"일부러 자네까지 부른 것은 다름이 아니라."

잡담을 잠깐 한 다음 다케요가 말을 꺼냈다.

"지난번엔 불편한 심정을 토로하고 노부코를 보냈지만, 나는 그동안 계속 그 생각에 잠도 제대로 못 잤네. 어쨌든 노부코에게 들었겠지만 자네의 의견을 묻고 싶네."

"남편이 마중 나와서 같이 왔지만 이건 어머니와 나만 얘기하면 되는 거잖아요. 쓰쿠다와는 상관없어요."

"그렇지도 않는 것 같은데… 자네, 자네도 읽었겠지? 어떻게 생각하나?"

대답하려는 남편의 표정을 노부코는 보지 못하고 어두운 복도의 장지문 쪽을 바라보았다.

"…저는 아시는 바와 같이 이 사람이 쓰는 것에 대해서는 절대적인 자유를 인정하고 있습니다…."

노부코는 자신에게 유리한 변명임에도 불구하고 왠지 이 관대한 대답에서 진실을 찾지 못하고, 오히려 남편이 교활해 보였다. 잘 이해를 하는지 못하는지 미적지근한 이 대답은 경우에 따라 둘러대는 듯한 느낌이 들어 노부코는 자신이 앉아 있는 자리가 가라앉아버리는 것 같았다. 무엇을 쓰든 그녀의 자유이다. ─그 자유를 나는 인정하고 있다. 그러므로 쓴 것은 어디까지나 쓴 것. 거기에 어떤 괴로움이나 눈물이 존재한다고 해도 그것은 자신이나 서로의 생활과 전혀 상관없는 그녀가 쓴 것─어쩌면 이렇게 가슴에 스며드는 차가운 관용! 노부코가 이런저런 생각을 하는 동안에 다케요는 이야기를 계속했다.

"…그건 그렇겠지만… 내가 그동안 생각해 보니 노부코가 그걸 쓴 것은 아마도 이유가 있을 것이고 뭐 그것까지는 아니더라도 뭔가 감화가 있는 것이라 생각해… 안 그래요? 솔직하게 말해서."

쓰쿠다가 의아해하면서 다시 물었다.

"무슨 뜻으로 말하시는 겁니까?"

다케요는 쓰쿠다에게 말하지 않고 노부코에게 말을 꺼냈다.

"안 그러니? 노부코. 가슴에 손을 얹고 반성해 보렴. 너도 적어도 글을 쓰는 사람이라면 그 정도는 알 수 있겠지."

이미 노부코는 이 같은 승강이에 견딜 수 없는 혐오감을 느꼈다. 불쾌하고 마음에 와 닿지도 않는 불필요한 말들을 계속 반복하면서 결국은 어떻게 하고자 하는 것인가?

"결국 무슨 말을 하시고 싶은 거예요?"

다케요는 무서운 눈빛으로 노부코를 쳐다보았다.

"말하라면 해도 되지만… 네 남편은 듣기 싫어할지도 몰라."

"뭐라고요?"

"…한마디로 그게 전부가 아니다 하더라도 나에 대해서는 아마도 네가 남편에게 은근히 교사를 받아서 썼다고 생각할 수밖에 없는 게다."

"……."

"어떠니?"

"……."

다케요는 자세를 바로 하고 앉았다.

"하긴 이게 나만의 의견이 아니라 다들 그렇게 말하는데…."

"……."

넓은 다다미 위에 밤의 조명과 함께 입을 다물고 말을 하지 않는 조용함이 교교하게 넘쳤다. 노부코의 마음 역시 마찬가지였다. 그녀는 슬프지도 괘씸하지도 않았다. 결국 한계를 넘어서 골수 속까지 상처를 받은 것과 같은 감정으로 예민해졌다.

"가만히 있으면 모르지."

다케요가 말했다. 경직돼버렸는지 노부코는 말을 못했다.

"…나의 착각이었더라면 사과하겠지만."

잠시 후 노부코는 쉰 것 같은 목소리로 헛기침을 하며 남편에게 말했다.

"…당신 저쪽에 가 계세요."

어머니가 쓰쿠다에게 사과할 리가 없다. 쓰쿠다가 내 남편이 됐다는 이유만으로 이러한 굴욕을 견딜 수밖에 없구나 하고 노부코는 생각했다.

"어서 가요."

"음…."

쓰쿠다는 팔짱을 낀 채로 마지못해 대답을 했다. 그가 결단을 내리고 있는 사이 다케요가 말했다.

"얘기도 안 끝났는데, 네 마음대로 그럴 수는 없어."

"…하지만 어머니는 물러나지 않으실 거잖아요?"

"물러날 이유가 없으니 물러나지 않는 거야. 너처럼 자신이 나쁘다고 생각하지 않는 사람은 없어!"

고집이 완고한 다케요는 노부코한테 사과하라고 강요했다. 앞으로 절대로 집안일과 관련이 있는 일들은 쓰지 않겠다고 맹세하라고 재촉했다. 그것은 노부코에게 불가능한 일이었다. 지금 만약에 어머니를 안심시키기 위해서 사과나 맹세를 해도 그것은 언젠가 꼭 깨질 것이었다. 또한 어머니의 강압에 노부코 자신이 잘못했다고 할 수는 없었다. 안타까운 일과 나쁜 일은 별개의 일로 여겨졌다. 게다가 다케요에게서 들은 수많은 엉터리 같은 소리에 대해 어머니가 하시는 말씀이니까 양보할 수 있는 도량을 노부코는 갖고 있지 않았다.

"그럼 자신의 주장을 절대로 바꾸지 않겠다는 거니?"

"…무성의하다고 생각하셔도 소용없어요…."

"그럼 어쩔 수 없다. 너랑 나는 근본적으로 서로를 받아들이지 않는 거다. 그렇다면."

다케요는 결정적인 선고를 했다.

"앞으로 출입하지 말도록 해라. 그게 서로를 위해서 쓰쿠다에게도 좋을 테니…."

그녀는 간신히 말을 맺고 턱과 입술을 떨며 얼굴을 돌렸다. 노부코는 쇠약해진 어머니의 옆모습을 보니 불쌍하게 여겨졌다. 그녀에게는 어머니가 그런 말씀까지 하게 된 것이 결코 영속적인 생각에서 비롯된 것이 아니라, 본인이야 물론 깊이 생각한 결과라고 여길 테지만, 사실은 강렬한 감정을 좋아하고 쉽게 격해지는 성격에서 비롯된 것으로 여겨질 수밖에 없었다. 미루고 미뤄서 자연스럽게 이야기하지 못해 그렇게 단정적으로 이야기한 것이 아니었을까? 어머니는 정말로 자신이 말하는 의미를 아시는 것일까? 노부코는 말하자면 자신이 의절당하는 것보다(이것은 왠지 전혀 실감이 안 났다) 어머니가 스스로의 분노를 제어하지 못하는 모습을 보는 것이 더 괴로웠다. 그녀가 불쌍하게 여겨지기도 했다. 노부코는 부드럽게 말했다.

"뭐, 그렇게 비약해서 생각하지 않으셔도 돼요."

다케요는 그 말을 굴욕적으로 느낀 것인지 눈물을 뚝뚝 떨어뜨렸다.

"내가 절대 그런 일을 할 수는 없을 거라고 대수롭지 않게 생각하고 있지? 내게도 각오란 것은 있다. 그렇게 깔보지 마라. 한 번 한 말이니… 보고 싶어 죽을 것 같아도 먼저 오라고 하지 않겠다."

공허한 정적에 휩싸였다. 그러자 갑자기 쓰쿠다가 예의를 갖추고 다다미에 손을 대며 어머니에게 인사를 했다.

"…그럼 어찌할 수 없군요…. 아무쪼록 몸 건강하십시오…."

노부코에게는 모든 것이 믿겨지지 않았다. 부자연스럽고 이상하게 여겨졌다. 아무렇지도 않은 일을 내친걸음이라 호들갑스럽고 비장하게 행동하는 진정되지 못한 모습. 동시에 뭐라고 말할 수도 없는 공허한 불이 꺼진 듯한 심정. 노부코는 앉은 채 묘한 심정에 가라앉아 있었다. 어머니는 어머니대로 양쪽 팔로 자신의 가슴을 꼭 끌어안듯이 앞을 가만히 응시한 채로 움직이지 않았다.

쓰쿠다가 일어서며 노부코를 재촉했다.

"그럼… 그만 일어날까요. …밤도 벌써 깊었으니….""

노부코는 쓰쿠다가 일부러 낮춘 목소리나 정말로 자기 것을 보는 듯한 눈 표정이 왠지 비위에 거슬렸다. 겉으로는 버림을 받으면서 오히려 어머니의 심정과 상통하는 듯한 감정이 생겼다.

2층에서 내려와 노부코는 계단 입구에서 비틀거렸다. 아플 정도로 쓰쿠다는 그녀의 팔을 붙잡아 부축했다.

8

눈을 떴을 때 이미 쓰쿠다는 일어나서 툇마루에 있었다. 가을다운 아침이었다. 마른 오동나무 잎이 하늘 높은 데서 소리를 냈다. 노부코는 온몸이 상당히 나른했다. 자리에서 몸을 들어올릴 만한 힘마저 빠져 있었다. 그녀는 누운 채로 언덕 쪽 가을 하늘을 바라보았다. 정말로 맑았다. 지금까지 이런 하늘을 본 적이 있었나? 누워 있는 방으로 푸른 하늘에서 상쾌하고 힘 있는 9월의 바람이 불어 들어왔다. 무애함이 한층 더 혼에 스며드는 예감으로 노부코는 자기도 모르게 눈을 감았다.

어젯밤 1시쯤에 돌아와서 아침까지 노부코는 거의 말을 안 했다. 자기 직전에 쓰쿠다가 옷을 갈아입으면서 말했다.

"아아, 뭐 어쩔 수 없잖아. 인간은 두 개의 신을 섬길 수 없는 법이니까."

"…당신도 나의 신이잖아."

잠자리에 들어도 잠을 못 이룬 채 이상하게 섭섭했다. 노부코가 남편인 쓰쿠다와의 생활에 품고 있는 심정을 만약 어머니가 이해하고 있었더라면 그런 식으로 말하지 못했을 것이다. 노부코는 스스로 밝히지 않았으나 어머니를 질투하고 화를 낼 이유는 단 하나도 없었다. 그런 일을 생각하면서 어느덧 잠든 새벽의 쓸쓸한 심정은 눈을 떴을 때도 지워지지 않았다. 눈꺼풀에 햇빛이 들어오자 쓸쓸함이 한층 더 마음속에 스며드는 것 같았다.

"…깼어?"

쓰쿠다가 와서 누워 있는 노부코의 이마를 만졌다.

"아파?"

"괜찮아요."

"의사를 부를까?"

"됐어요. 정말로… 좀 지친 것 뿐이에요."

노부코는 하루 종일 누워 있었다.

이삼 일 지나자 노부코는 회복됐다. 마음이 하나의 새로운 계기가 생겨 회복됐다. 그것은 지금까지 느끼지 못했던 산뜻한 마음, 가벼운 마음에 쓸쓸함이 계속 더해진 것으로, 그것들이 시골에서 돌아온 이후 계속 그녀 속에 있던 자립하고자 하는 욕망과 진지하게 결합되었다. 노부코는 다음으로 작은 일에 착수했다. 자신의 정신을 긴장시키기에는 겉으로는 불쌍한 것도 감사할 만한 일이라는 생각이 들었다. 이것이 노부코에게는 작은 힘이 되었다. 그들은 그날 밤 이후 도자카의 '도' 자도 입에 올리지 않았다.

달을 넘겨 든 지 얼마 안 된 어느 날이었다. 노부코는 뜻밖에 현관에서 가즈이치로의 목소리를 들었다.

"야!"

노부코는 기운 찬 그의 얼굴을 보자 기쁜 마음에 자신도 모르게 소리를 냈다.

"잘 지내지?"

"누나도 잘 지내지?"

"그대로야."

"그럼, 괜찮겠네."

가즈이치로는 노부코의 얼굴과 공부를 위해 어지러진 주위를 둘러보며 처음으로 웃었다. 두 사람은 한 3시간 정도 별 의미 없이 유쾌하게 수다를 떨었다. 가즈이치로는 드디어 내년 봄 어느 전문학교에 들어가려 한다고 말했다.

"누구든 중학을 나오자마자 바로 기꺼이 상급학교 시험 따위를 보면 안 된다고 생각해. 대체 자신이 선호하는 일이 뭔지 대부분 모르잖아. 그런 마음가짐은 적절하지 않은 걸….."

가즈이치로는 갈 때 반대쪽을 향해 구두를 신으면서 아무 일도 아닌 듯이 말했다.

"어젯밤, 어머니께서 요새 전혀 누나네 집에 안 가는 모양이네라고 말씀하셨어."

중순에 뜻밖에 도요가 노부코를 찾아왔다. 드디어 할머니가 은거하려는 곳에 왔으니 안내 겸 올라왔다는 것이었다.

"할머니도 꼭 오고 싶다고 하셨지만 오늘은 피곤하셔서요….."

도요는 노부코를 유심히 보다가 갑자기 말했다.

"저, 할머니가 그렇게 활발하게 계시는 걸 보니까 오히려 불쌍하셔서….."

잔주름이 많고 착한 얼굴을 확 붉히며 소맷자락으로 얼굴을 가려서 울기 시작했다.

"모든 걸 잘 아시는 분들이신데, 정말 왜 그러시는지요. …말씀을 듣고 마음이 복잡했습니다."

노부코는 한탄하는 도요의 모습에 미안하고 또 쑥스러웠다. 그녀는 도요를 위로하듯이 미소를 지으며 말했다.

"괜찮아요. 당신이 그렇게 눈물을 흘리시면 저 곤란해요. 앞으로 잘될 테니까 안심하세요."

"꼭 잘되길 바랍니다. 당신들은 진짜 모녀인데 어떻게 그럴 수 있나요?"

도요는 진심으로 말했다.

"물론 사모님이 보시면 쓰쿠다 씨에게도 여러 가지 부족함이 있을 테지만, 그 때문에 당신까지… 완고한 예전 분이신지라 무리할 필요가 없는 일일 수도 있는데….."

어머니는 도요에게 말다툼한 이유를 실제와는 다르게 설명한 것 같았다.

"쓰쿠다와는 상관없는데 말려들었을 뿐이에요."

노부코가 설명했다.

"내가 쓴 것이 비위에 거슬리신 거예요."

하루 사이를 두고 쓰야코가 서생과 함께 놀러왔다. 다모쓰가 화단에서 딴 꽃을 들고 왔다. 동생들이 그때까지보다 더 빈번하게 찾아오게 됐다. 노부코는 그 뒤에 놓인 어머니의 심정을 느꼈다. 그들이 돌아오면 그녀는 꼭 이와 같이 물어볼 것이다.

"어때? 누나는 잘 지내니? 재미있었니?"

다모쓰는 그답게 쓰야코는 그녀대로 여자답게 대답할 것이다. 그러면 어머니는 또 거듭 물어볼 것임에 틀림없다.

"누나 뭐하고 있었어?"

마지막으로 우연인 채하며 특별히 관심이 없는 듯이 물을 것이다.

"쓰쿠다 씨는 있었니?"

혹은,

"어떻게 지내고 있었니?"

등등 물어보는 것이 아닐까. 상대가 무심하고 그녀도 상세하게는 알지 못해 아무리 물어봐도 모자라게 여겨지는 것이 아닐까. 동생들이 돌아간 후 노부코는 자꾸 그런 광경을 상상했다.

쓰쿠다에게는 쓰야코나 다모쓰가 찾아오는 것이 귀찮았다.

"네, 같이 놀아요. 언니랑 둘이서면 심심하니까, 네."

쓰야코가 그의 목을 끌어안고 응석을 부리면 그는 몸이 굳은 채 거절했다.

"나는 지금 바쁘니까 안 돼."

근무처에서 돌아오니 그들이 있었다. 그는 사람에게 질릴 만큼 질린 후 돌아온 거라서 어쩔 수 없다고 하더라고 남편으로부터 두려운 표정으로 떨어지는 아이의 모습은 차마 볼 수 없어 노부코는 남편에게 말했다.

"당신 여러 가지로 비위가 거슬리는 것도 당연하겠지요. 아이들은 잘 모르니까, 당신을 여전히 똑같다고 생각해요…. 그때 당당하게 말하시는 것이 나았을 텐데요. 어린애들에게 화풀이하는 것보다."

그러자 쓰쿠다는 자신에게 씌워진 무고한 죄에 놀라듯이 반문했다.

"언제 그런 일이 있었어?"

"네, 저는 당신이 도자카의 사람들을 집안으로 들어오게 하지 말라고 하셔도 어쩔 수 없다고 생각해요. 출입시키는 이상…."

쓰쿠다는 자신의 감정조차 정당하게 주장하지 않았다. 예를 들자면 당신 화났죠? 그러면 아니라고 하는 것이었다. 그때 노부코는 그를 위해 맘을 가라앉히고 남편이 자신의 심정을 똑바로 인정할 수 있도록 했다. 쓰쿠다는 동의도 부정도 하지 않고 끝까지 노부코에게 말하게 만들었다. 그는 원망하듯이 바로 입을 열었다.

"그건 그저 당신이 그렇다고 생각하는 거예요. 내 맘과 다르니 그 점만 말해둘 게요."

"그럼 당신 심정은 어떤데요? 예? 어떻게 다르나요?"

"……제가 말을 잘 못하는 거 알지요? 언젠가 이해해 줄 거라고 생각해요. 정말로 나를 사랑해주는 사람은 알아야 할 거야."

노부코는 이럴 때면 자신도 모르게 자신의 이마를 힘껏 세게 비볐다. ―자, 불쌍한 놈! 또 주름을 늘리지 마!―그녀는 그럴 때면 휘파람을 부르고 싶어졌다. 그러나 소리가 나지 않았다.

9

11월이 되자 여러 이유로 인하여 노부코는 가끔씩 평상심을 잃게 되었다.

도자카의 일 이후로는 가끔 동생들이나 할머니가 찾아올 뿐 전혀 변화가 없었다. 9월부터 딱 두 달이 지났을 뿐이었기 때문에 그것은 오히려 당연한 일이었으나, 12월에 접어들자 노부코는 고통이 느껴졌다. 일본의 관습에는 어느 가정이나 그렇듯 섣달 그믐날은 노부코의 친정집에서도 1년 중에서 가장 북적이는 날이었다. 언제부터 그랬는지 모르지만 명절에는 노부코가 여주인 역할을 해왔다. 다들 바쁘게 일하는 동안에 노부코는 꽃이나 촛불이나 선물 등으로 테이블을 장식했다.

"자! 들어오세요."

닫혀 있던 방 출입문을 열 때의 기쁨! 어린아이다운 신선함이 늘 그녀에게 최고의 기쁨을 주었다. 하지만 올해는 온 가족이 단순하게 즐기지 못할 것이다. 섣달 그믐날은 음울한 날이 될 것이다. 차라리 부모나 동생들이 도쿄에 없었으면 좋겠다. 아니면 내가 도쿄에 있고 싶지 않다. 노부코는 그렇게 생각했다.

그러던 어느 날, 노부코는 마당 구석에서 한 송이의 국화를 손질하고 있었다. 노점에서 파는 싸구려 국화였으나 새하얀 꽃은 11월의 향기를 풍겼다. 시든 꽃을 가위로 손질하고 있는데 골목에서 인력거의 벨소리가 들렸다. 노부코는 판자문을 열어 보았다. 할머니가 인력거에서 내렸다.

"할머님, 여기, 여기요."

노부코는 손짓하며 불렀다. 그리고 인력거꾼에게 말했다.

"갈 때는 이쪽에서 바래드릴 테니 가도 돼요."

"허허, 이런 곳에 판자문이 있구나."

할머니는 신기하게 주위를 둘러보면서 짚신을 밟으며 마당으로 들어왔다.

"오늘은 장 좀 보러 갈까 해서 나왔는데, 하하하, 나는 잘 모르니 가다 말고 차 마시러 왔어."

노부코는 웃었다. 할머니는 인력거를 부르실 때 아마도 노부코한테 가고 싶다는 말을 안 하고 혼고 대로의 옷가게에 옷을 보러 간다고 말씀하셨을 것이었다. 하지 않아도 되는 핑계를 그녀는 노부코한테 와서도 하는 것이었다.

"차 정도는 얼마든지 드리겠어요. …오늘은 국화를 구경해 볼까요?"

노부코는 툇마루에 방석과 차를 준비시켰다.

그리고 할머니를 앉으시게 하고 자신도 옆에 앉아 마치 굉장한 화단이라도 바라보듯이 말했다.

"…자, 전망이 참 좋네. 보이는 것은 온통 흰 국화뿐이야."

할머니는 맛있게 담배를 깊이 들이마시고 담배꽁초를 털면서 껄껄 웃으시며 놀리셨다.

"……내 눈이 이상해졌나, 국화는 한 송이 밖에 안 보이는데…."

"안 돼요. 할머니, 좀 더 있다고 하세요! 좀 더 있는 거예요!"

옆에서 기요가 하얀 의치를 덜거덕거리면서 비위를 맞추듯이 웃음을 지었다.

"사모님 재미있는 얘기를 하시네요, 호호호…."

말을 꺼냈다 하면 사모님, 사모님이라 부르니, 그때마다 노부코는 몸 어딘가를 손끝으로 조심스럽게 꼬집히는 듯이 불편했다. 할머니는 기분이 매우 좋으셔서 국기관国技館[30] 의 국화인형[31] 전시회 얘기를 했다. 그녀는 발끝이 시리다며 집으로 돌아왔다.

"나도 젊었을 적에는 어떤 여자에게도 지지 않았는데 이제는 질 수밖에 없구나. 바늘에 실을 꿰는데 바느질 할 정도로 시간이 걸린단 말이야."

다들 팔순 잔치를 내년 정월의 이른 시기에 하자고 말하는데 쓸데없는 낭비라고 말했다.

---

30 국기관(国技館) : 일본스모협회의 상설경기장. 도쿄 스미다구.
31 국화인형 : 국화 꽃과 잎으로 의상부분을 꾸민 인형.

"그 정도는 받으셔도 되죠. 모두 다 기뻐할 거예요. 꼭 하세요. 저도 축하해 드릴게요."

"고맙긴 하지만…."

할머니는 저쪽 방으로 간 기요한테 들리지 않도록 신경을 쓰며 허둥지둥 소리를 낮추었다.

"……애들아, 지금처럼 아무 도움도 안 되면 그런 거 올려줘도 시시하잖아. 노부코는 못 오겠지."

노부코는 곤란했다. 그녀는 애매하게 중얼거렸다.

"음…."

"무슨 일이지 모르겠지만 시시하네."

기요는 평소 말벗이 없었기 때문에 할머니가 오시면 자신에게는 아들이 없고 딸만 있다는 둥 말이 많아졌다.

"있어도 아무 도움이 안 되네요. 어디라도 보내고 싶어요."

그래서 할머니는 그 말에 이렇게 대답하며 자신에게는 아들이 셋이 있었는데 결국 노부코의 아버지 단 하나 남았다고, 따로 딸에게는 손자가 몇 명 있다는 얘기를 했다.

"손자는 많은데 이 아이가 어릴 때부터 정이 들어서 그런지 가장 예뻐."

그녀는 이렇게 말하며 노부코를 보았다.

"이제 죽는다, 죽는다고 하면서도 곧 증손까지 볼지도 모르겠네."

할머니는 마른 과자를 기분 좋게 먹으면서 뭔가를 생각했다.

그리고 진지한 표정을 지으며 중얼거렸다.

"너는 보기엔 괜찮지만, 건강하지 않은 거 아니니?"

"왜요? 건강해요."

"왜 아이가 안 생겨?"

정말 옛사람다운 솔직함으로 할머니는 계속 말했다.

"지금 젊은이들은 시집가면 바로 아이를 낳잖아."

"아유, 그런 일은 아무래도 좋아요."

"애가 약한 건 아닌가 해서… 그러고 보니 쓰쿠다는 항상 안색이 안 좋던데. 쓰쿠다에게 문제가 있는 건 아니니?"

노부코는 진짜로 화를 내면서 말을 막았다.

"그런 얘기 그만하세요."

그녀는 싫어서 눈물이 날 것 같았다. 아이 얘기는 언제 누가 해도 짜증이 났다. 더구나 할머니에게 애 낳는 동물처럼 거론되면 참을 수 없었다. 서둘러 화제를 바꾸려고 했더니 옆에서 기요가 미소를 지으면서 계속 할머니 쪽으로 얼굴을 내밀며 귀가 먼 사람한테 말하듯이 큰 소리로 말했다.

"할머님, 걱정 마세요. 경사가 가까워지고 있습니다…. 네."

그리고 잘 알고 있다는 식으로 미소를 지으며 노부코에게 곁눈질을 했다. 정말 싫은 할망구! 싫어하는 것을 알고 있으면서. 기요가 예언처럼 속삭인 의미를 노부코는 잘 알고 있었다. 그녀는 여자 특유의 육감으로 노부코의 생리가 반달이나 늦어지고 있는 것을 알고 있다고…… 시사했다.

"그럴까."

할머니는 그냥 무관심하게 말했다.

노부코는 할머니가 쓰개를 쓰고 인력거를 타고 집으로 가셨어도 불쾌한 기분에서 벗어날 수가 없었다. 기요가 말한 것처럼 노부코는 이제 충분히 자신의 몸에 작은 변화가 생긴 것에 예민해지고 있었다. 며칠 동안 그녀는 가끔 동물들이 느낄 것 같은 불안에 휩싸였다. 노부코는 어머니가 된다는 것에 두려웠고, 또한 생활에 대해 의문투성이인 이 시기에 그러한 삶에 자신을 얽매이게 만드는 권리를 지니고 있을지도 모르는 아이를 가지게 되면 어찌 될까 불안했다.

점차 어두워지는 기둥에 기대어 노부코는 여러 가지를 생각하며 마음을 가라앉혔다. 자신의 마음 깊숙한 곳을 더듬어 보니, 결혼할 때 쓰쿠다에게 다짐한 한 가지 약속―나는 결코 어머니가 되고 싶지 않다―도 미묘한 여자의 성적 직감의 작용이었던 것처럼 여겨졌다. 노부코가 이성적으로 불안해하는 이유는 자신의 일 때문이었다. 그러나 지금 자신의 마음을 흔드는 혐오와 불안은 그런 주지적인 것이 아니었다. 강한 본능이었다. 본능이 뭔가 불안함을 절규하고 있었다. 만약 남편으로서 쓰쿠다를 경애하고 있었다면 이런 암담한 공포를 느꼈을까? 쓰쿠다를 남편으로 삼을 때 자신 안의 여성적인 부분이 그를 아버지로서 인정할 수 없는 자라고 꿰뚫어보고 거절한 것일지도 몰랐다. 그리고 그런 경계를 그은 것이 아닐까. 그 사람의 아이를 갖는 것이 싫었다. 하지만 남편으로는 삼을 수 있다. …….

복잡한 감정으로 노부코는 그날 밤, 단 둘이 있을 때 남편에게 살짝 물어보았다.

"저기, 당신 아이 갖고 싶지 않으세요?"

쓰쿠다는 손가락으로 머리를 긁고서는 빠진 머리카락을 보면서 큰 소리로 대답했다.

"아이 같은 거 시끄럽잖아."

그리고 양손으로 머리를 긁어 비듬을 책상다리의 한쪽으로 떨어뜨렸다.

"많이 떨어지네."

5
노부코

1

우에노에서 박람회가 개최되어 영국의 왕족이 일본에 방문한다는 기사가 많은 3월 중순이었다.

몸과 마음을 에워싸는 듯한 화창한 햇살이 툇마루 가득히 방 안으로까지 들이비치고 있었다.

"같은 일본이라도 다르네⋯. 내가 떠난 날 밤에는 눈보라가 쳤는데⋯ 도쿄는 벌써 봄이 다 됐네."

곧 일흔이 되는 쓰쿠다의 나이 드신 아버지는 눈부신 햇살을 바라보면서 말했다.

"오늘은 특히 이러네요⋯."

노부코는 똑바로 햇빛을 받는 얼굴을 숙이면서 옆의 노인을 바라보았다.

"⋯어머, 수염이 반짝거리네요."

노인은 가슴을 내려다보며 손가락을 벌려서 안쪽에서 흰 수염을 훑었다. 희고 긴 수염은 봄 햇살 속에서 당면처럼 맑게 반짝였다.

"무엇으로 씻으세요?"

"계란 흰자로 씻으면 좋다고 해서 처음 기를 때엔 신기해서 끈기 있게 씻어 봤다. 하지만 나 같이 산행을 좋아하는 사람은 안 되는구나. 수염도 타니 금방 색이 바래는구나."

…한가로웠다. 노부코는 자기 할아버지와 햇볕 쬐기라도 하는 것처럼 기분이 좋았다.

후스마 문을 열면서 쓰쿠다가 들어왔다.

"잠깐 전화하고 올게요."

"허…."

"다른 일이라도 있으세요?

"글쎄… 이런 신세라도 나중에 어디 나가야 할 것 같긴 한데…."

노부코는 쓰쿠다가 두껍게 받쳐 입은 검은색 망토와 털목도리를 보고 웃었다.

"그 옷차림으로 나가면 더워요."

"괜찮아요. 그럼, 잠깐 나갔다 올게요."

햇빛이 잘 들어오는 방에서 나와 잠시 잘 안 보이는 어두운 다다미 4장 반 넓이의 방에서 노부코가 빨래를 정리하는 사이에 쓰쿠다가 돌아왔다. 노인은 혼자 큰방에서 신문을 읽고 있었다.

"다녀왔소."

그는 방 쪽으로는 안 가고 인사를 하면서 노부코 뒤에 섰다.

"시간이 꽤 걸렸네요. 우체국?"

"…늘 하던 일인데, 젊은 직원이 계산을 꾸물꾸물 하니까."

"전화만이 아니었어요…?"

노부코는 남편을 돌아보았다. 그의 얼굴이 막연하게 뭔가 감정을 드러내는 것 같았다.

"왜 그러세요? 인사하고 오세요."

쓰쿠다는 목을 휙 돌리면서 목도리를 벗고 말했다.

"…집에 전화를 했어요."

노부코네 집이란 뜻이었다.

"무슨 일 있었어요?"

"…금요일 저녁에 아버지와 함께 가겠습니다만, 사정이 어떠신지 여쭤보았어요."

노부코는 기습을 당한 것과 같은 이상한 표정을 지었다.

"그래서요?"

"아마 괜찮겠지만, 내일 확실한 대답을 할 테니 다시 전화해달라고 하셨어요."

"……."

아버지의 성격으로 그런 식으로 대답할 수밖에 없었던 것을 노부코는 알았다.

그래도 전화하기 전에 왜 한마디도 상의해주지 않았는지. 내집이 생긴 후 처음으로 찾아오신 나이 든 아버지에게 작년 가을 이래 계속된 처갓집과의 불쾌한 사이를 알려주고 싶지 않은 쓰쿠다의 심정을 노부코는 잘 이해할 수 있었다. 항상 아내의 부모님과도 만나 뵙게 하고 싶다는 것은 자연스런 일이었다. 하지만 쓰쿠다는 작년 이래 처갓집과의 왕래를 단절시킨 채로 오늘날까지 아무 소식도 없이 지냈다. 할머니의 이유 없는 열렬한 배려에 흔들려서 봄 이후 노부코 혼자 가끔씩 드나들고 있을 뿐이었다. 왜곡된 관계였다. 화해하지 못 한 사이에 갑작스런 한 통의 전화, 그것도 강요하는 듯한 예고뿐으로, 노인을 모시고 가려는 쓰쿠다의 태도에는 결여된 것이 있었다. 모퉁이가 된 툇마루 저쪽에서는 노인이 등에 햇빛을 받으면서 두 사람의 목소리를 열심히 듣고 있었다. 노부코는 하고 싶은 말의 절반도 못했다.

"저한테 말씀해주신 후에 연락하셨으면 좋았을 걸… 그냥 놔 두지 않을 거예요."

그는 계속 말없이 노부코와 시선을 맞추고 있다가 곧 단념하듯이 말했다.

"됐어요. 내일 다시 전화해 보면 알겠죠."

그리고 거실로 들어갔다. 아버지와 아들이 나누는 얘기가 들렸다.

"오늘은 우에노에 좀 가볼까요?"

"사람이 많을 것 같은데. 하긴 한가할 때도 없을 테지만…."

노인은 마른기침을 했다.

"…노부코는 벌써 가봤니?"

"아직이요…. 별로 좋아하지 않아서."

"가면 되지. 마침 날씨도 좋고…."

노부코는 함께 박람회를 구경하러 나갔다. 아오야마 궁궐 제방에는 민들레가 피어 있고 수로가의 벚꽃은 거의 다 펴 꽃구경하기 알맞은 시기였다. 같은 모양의 꽃 비녀와 수건을 쓴 시골의 관광객들과 함께 타게 됐다.

행사장에서 노인은 각 지방에서 내놓은 재목이나 농산물에 깊은 흥미를 느끼는 것 같았다.

"같은 농업이라 해도 요즘엔 내가 젊었을 때와 전혀 달라졌어. 지금은 벼 종류도 이렇게 많아졌어. 목적은 제쳐두고 가능한 빨리, 그리고 많이 수확하려고 모두 생각하지. 하지만 빨리 많이 수확되는 것일수록 맛이 없어."

고풍스런 털모자를 쓰고 일본식 코트를 입은 흰 수염의 노인과 천천히 재목이나 빨간 리본이 달린 병에 담은 보리의 견본 등을 구경하면서 걷는 것은 노부코에게 신기하기도 했고, 또 즐거웠다. 하지만 쓰쿠다는 연세 드신 아버지와 노부코보다 혼자 뒤쳐졌다. 놓치지 않으려고 그들도 저절로 서두르게 됐다.

"여기도 볼까요? 저쪽과 비슷한데."

"그만 보기로 하자, 더 보아도 뭐, 모두 마찬가지겠지만."

쓰쿠다가 이렇게 말하며 멈추자 아버지는 사양하듯이 말하며 자신도 그냥 스쳐 지나갔다.

"되도록이면, 제2회장도 오늘 다 보고 싶네."

노부코는 노인이 힘을 내어 걸음을 재촉하시는 걸 보니, 보고 싶으실 지도 모르는데 억지로 재미없다고 하시며 그대로 지나가는 것을 보니 너무나 안타까웠다. 여행담이라도 되도록 천천히 만족스럽게 구경시키고 싶었다. 지팡이 대신에 쓰던 양산을 다시 잡고 쓰쿠다 뒤를 따라 인파를 헤치고 나가려던 노인에게 말했다.

"우리는 천천히 가요. 헤매도 괜찮아요…. 서두르면 피곤하실 테니까요."

그들은 연못가로 해서 '만국 거리'로 들어갔다. 무대에는 야자가 심어져 있는 바다를 배경으로 그 앞으로 나체 허리에 도롱이만 두른 여자가 두 명 있었다. 날래고 사나운 검은 곱슬머리에 화환을 쓰고 가슴에도 비슷한 화환을 달고 있었다. 곁에 앉아 있는 흑인 남자 음악가가 흰 반바지를 입은 한쪽 다리로 바닥을 짓밟으면서 밴조와 우쿨렐레로 낭만적이고 관능적인 음악을 연주했다. 그것에 맞추어 여자들은 나란히 서서 손뼉을 치거나 제자리걸음을 하거나 팔을 움직이거나 하면서 부들부들 흔들흔들 온몸의 근육을 떨었다. 서른이 넘어 보이는 살찐 여자의 몸은 인간이 아닌 듯 너무 잘 움직였다. 허리의 도롱이 위로 튀어나온 뒤룩뒤룩한 배가 멀리서 보아도 위로 아래로, 오른쪽으로 왼쪽으로, 음악을 따라 움직이는 것이 보였다. 무대 끝에 「이집트 근육 댄스」라고 써진 팻말이 붙어 있었다.

"이상한 춤이네…."

노부코는 웃었다. 야한 옷차림으로 신이 나서 배 등을 묘하게 움직여 보여주는 것이 유치해서 노부코는 웃었다.

쓰쿠다는 가만히 보고 있다가 곧 불쾌하게 내뱉었다.

"…저질이군."

무대 위의 나체 여자들은 수백 명의 관객 앞에서도 고향 바닷가에나 있는 것처럼 느긋하고 야성적이었다. 노래를 두세 마디 부르면서 동료끼리 장난을 치다가 갑자기 자신의 본업이 생각난 듯이 부지런히 배와 허리를 구부렸다.

그들은 7시쯤 지쳐서 집에 돌아왔다.

2

윗도리만 갈아입고 노부코는 식사 준비를 서둘렀다.

식기를 씻고 있는데 누군가 문을 열고 부엌 창문 밑으로 다가오는 기색을 느꼈다.

"안녕하세요."

노부코는 젖빛 유리로 된 장지문을 열어 밖을 바라보았다. 희미한 빛 속에 여자의 옆얼굴이 보였다.

"안녕하세요."

"저, 맞은편 집에 사는 야마시타인데요, 조금 전에 삿사 씨한테서 전화가 왔습니다. 안 계신다고 말씀드렸더니 돌아오시는 대로 바로 전화를 달라고 하셨습니다."

소녀는 야먀시타 댁의 하녀였다.

"어머, 그래요. 정말 고맙습니다. 바쁘신데… 수고하세요."

이 소식은 노부코에게 갑작스런 것 같기도 했지만 그렇지도 않았다. 아침에 쓰쿠다가 전화를 한 것을 고백했을 때부터 오늘이 아

니면 내일은 꼭 전화가 올 것이라고 예감하고 있었다. 답답한 감정
으로 박람회 행사장을 거닐면서도 반드시 도자카에서 무슨 연락
이 틀림없이 올 것이라고, 생각했다.

"도자카에서 전화가 왔었는데요."

노부코는 큰방으로 가보았다. 늙은 아버지와 남편과의 사이에
도쿄 지도가 펴져 있었다. 머리를 가까이 대고 어딘가 교외 부분을
설명하고 있던 쓰쿠다는 한 군데를 손가락으로 가리키면서 얼굴
을 들었다.

"······."

"…아까. 오는 대로 바로 전화해 달라고 했대요…."

그는 새치름한 태도로 아무렇지도 않게 대답했다.

"…그럼 전화하면 돼지."

노부코는 그의 목소리를 듣자 이상하게 불쾌해졌다.

늙은 아버지가 안경을 벗으면서 두 사람을 번갈아 보았다.

"이 시간에 무슨 일이지?"

"글쎄요…."

노부코는 게다를 신으면서 쓰쿠다가 귀찮은 듯 뭐라고 한마디
설명하고 곧바로 다시 지도를 보는 것을 확인하였다.

다케요가 전화를 받았다. 노부코가 생각한 그대로였다.

"아버지가 돌아오셔서 이제야 말씀 하는데 꼭 할 이야기가 있
으니까 바로 와라."

노부코는 수화기를 들고 당혹스러워 했다.

"이미 늦었고, 게다가 오늘은 박람회에 모셔서 피곤하시니까, 내일 가면 안 될까요?"

그쪽에서는 전화 옆에 아버지도 계시는 모양으로 노부코의 말을 되풀이하는 어머니의 목소리가 들렸다.

"그래도 되는데, 내일은 내가 문상 가야 해서 시간이 안 되고, 금요일이라면… 그렇지… 이제 남은 시간이 없으니까 그전에 할 얘기는 다 해야지, 너도 귀찮을 테니."

"…그럼 갈게요…. 좀 늦겠지만…."

노부코는 쓸쓸하고 어두운 골목을 지나 집으로 바삐 돌아왔다. 장지문을 …열자 노인이 진지하고 불안하게 물었다.

"무슨 일이니? 병이라도 나셨니?"

노부코는 순간적으로 생각이 떠오르지 않았다.

"아뇨, 그런 건 아닙니다만 ……다녀왔어요."

그녀는 노인 앞에 손을 모으고 고개를 숙였다. 그리고 어느 쪽이라고도 할 것 없이 말했다.

"저… 지금 도자카에 다녀와야겠어요….."

"그래요."

쓰쿠다는 모든 사정을 알고 있는 사람답게 부자연스런 냉담한 태도로 말했다

"그럼 따뜻하게 입고 가."

"…수고가 많네… 이 시간에….."

노부코는 노인이 속으로는 무슨 일인가 하고 깊이 의아해 하는

것을 느꼈다. 그는 노부코가 곤란해 할까봐 그것을 말로 표현하지 않을 뿐이었다. 그것을 모르는 척하는 것이 노부코에게는 괴로웠다.

"…아마 늦게 돌아올 것 같으니까 먼저 주무세요."

노부코는 자신의 방으로 와서 옷걸이에 걸어 놓았던 외출복을 다시 입었다. 옷장에서 모직 코트를 꺼냈다. 장갑을 낄 때까지 노부코는 일부러 시간을 늦추면서 남편의 반응을 기다렸다. 노인을 속이고 나가는 것도 괴로운데, 게다가 혼자 다시 전철을 타고 가야 한다는 것도, 그리고 그곳에 있을 용건도 그녀를 기운 빠지게 했다. 노부코는 나가기 전에 쓰쿠다가 꼭 이쪽 방으로 와서 말 한마디 혹은 눈이라도 격려해 줄 거라고 기대했다. 마지막에 목도리를 하면서 노부코는 방 한가운데 서서 망설였다. 늙은 아버지가 비밀 얘기를 알아차리는 것을 불안해하며 얼마동안 기다려도 쓰쿠다가 방으로 들어올 기색은 없었다.

"저기요."

노부코는 밝은 소리로 남편을 불렀다.

"…전철 표는 어디 있어요?"

남편은 그녀가 자기 쪽으로 오기를 바라는 걸 모르는지 그냥 큰방에서 대답했다.

"외투 주머니에 들어 있어요."

외투는 현관의 못에 걸려 있었다. 노부코는 하는 수 없이 현관으로 나갔다.

"…그럼, 다녀올게요."

"몇 시쯤 돌아와요?"

"이 시간에 가는 거니까… 하지만 아무리 늦어도 돌아올 거예요."

3

노부코가 도자카를 나간 것은 12시였다. 부모님이 인력거를 불러줬다. 가게들이 문을 닫아 길 양쪽 집들이 갑자기 낮아진 것 같은 밤늦은 전차길 위를 천천히 뛰어가면서 그녀는 인력거꾼과 가끔씩 얘기를 나누었다.

도자카에서 아카사카까지 인력거로 가기에는 먼 길이었다. 흔들리는 동안 낮부터의 피로에 휩싸여 그녀는 눈을 감고 싶어졌다. 다음에 눈을 떴을 때 인력거는 우시고메 미쓰케牛込見付에 접어들었는지, 계속 눈에 들어온 것은 굵은 소나무 둥치뿐이었다. 초롱등불이 반짝거렸다. 고무바퀴가 살짝 후드득후드득 작은 돌을 날렸다…….

심하게 흔들리는 가운데 노부코는 부모님의 말씀과 함께 여러 가지 생각을 다시 하였다.

삿사의 부모님의 주장은 당연한 것이었다. 쓰쿠다가 여생이 얼마 남지 않은 아버지를 낙담시키지 않고자 하는 것은 무리가 아니지만, 지금까지의 일은 어찌 할 것인가. 한번 걸음을 옮긴 이상 뭔가 단락을 지어야 하는 것이 아닌가. 자신의 형편에 따라 전화 한 통으로 해결할 수 있다고 생각한 것은 잘못이라고 말하는 것이었다. 그 점은 노부코도 동감했다.

쓰쿠다가 몰래 전화만 안 했으면 그녀도 어떻게든 그에게 위엄을 덜 훼손시키는 행동을 취하게 할 수 있었을 것이다. 남편이 왜 자신에게 숨기고 그런 일을 했는지, 지금도 노부코는 그 심정을 이해하지 못해 마음이 편치 않았다.

"이번 일뿐만 아니라 쓰쿠다가 하는 일은 항상 정정당당하지 않았어. 오래된 이야기를 하는 것 같지만 이사 갈 때도 왜 너를 앞세웠는지… 그때도 우리는 상당히 불쾌했다. 쓰쿠다는 자신은 출입하지 않고 필요할 때마다 너를 앞세워서 우리를 이용하잖니. 오늘도 마찬가지야. 우리는 쓰쿠다가 네가 사람이 어수룩한 것을 이용해서 멀리 보내온 걸 보고 싶다는 말을 못하잖아."

이사철이라는 것은 이런 이유가 있었다. 석양이 방 안 가득 들어오는 가타마치片町에 있던 집에서 그들은 2월까지 살았다. 어느날 모든 소식통을 동원해서 아카사카赤坂란 편한 위치에 싸고 적당한 임대 가옥이 있는 것을 알았다. 쓰쿠다의 직장도 가까운 거리에 있었기 때문에 그들은 바로 보러 갔다. 정류장에서 가깝지만 조용한 골목길에 위치하고 있고 울타리에는 담쟁이덩굴이 얽힌 오래된 집이었다. 상당히 낡은 집이었다. 그러나 좁은 마당에는 단풍나무나 장미가 피어 있고 어딘가 차분한 분위기였기 때문에 들어가기로 했다. 이사를 도와주는 사람이나 목수 등이 갑자기 필요하게 됐다.

"어떻게 할까요?"

그날 밤 노부코가 남편에게 상담했다.

"트럭이 필요하겠죠?"

"글쎄… 잘 모르는 데에 가면 비싸게 부를 테니까… 도자카에 단골로 드나드는 업자가 있죠?"

"당연히 있겠죠."

"먼저 그쪽에 물어보는 게 어떨까요, 전화로."

"오늘?"

"빠를수록 좋죠."

쓰쿠다는 근처에 있던 공중전화로 노부코를 데리고 갔다. 쓰쿠다는 전화박스 밖에서 기다렸다.

"아아, 어머니? 오늘 갑자기 좋은 집을 찾았어요."

노부코가 그런 식으로 운반업자 등 나머지 일을 부탁했다. 아무튼 도자카는 노부코의 부탁을 들어줬다. 그녀가 전화를 끊고 나오자 쓰쿠다가 다가왔다.

"어때요?"

"괜찮대요."

쓰쿠다는 만족스럽게 말했다.

"…당신이 거는 게 나아, 그러니까…."

그 일을 말하는 거였다. 그러나 그때 자신이 "괜찮대요."라고 대답하면서 느꼈던 만족감을 뚜렷하게 기억하고 있기 때문에 노부코는 쓰쿠다만이 잘못했다고 할 수 없을 것 같았다. 노부코가 꼿꼿하게 나오며 도자카 부모님께는 부탁하지 말자, 그렇게 말할 수도 있었을 것이었다. 그랬으면 쓰쿠다에 대한 신용은 잃지 않았을 텐데, 노부코도 역시 게으르고 기분이 좋았기 때문에 약간 형편이 좋지 않으면 부탁을 해버리는 것이었다. 어머니가 그때 얘기를 꺼냈을 때 노부코는 창피했다.

"제 잘못도 있어요, 그건…."

노부코는 또한 스스로 화가 나서 말했다.

"제가 안 된다고 해야 했는데."

"당연하지. 하지만 너랑 쓰쿠다는 열다섯살이나 나이 차이가 나고 어른스러운 남자니까. 그 사람이 밖에서 하는 일 하나하나를 네가 책임질 수 없으니까 말하는 거야."

인력거는 그때 노부코의 무겁고 느슨한 자기반성과 비슷하게 천천히 궁궐 옆의 어두운 고갯길을 올라가고 있었다. 마음가짐에 차분함이 모자라는 것, 머릿속으로는 씩씩한 생활 태도를 그리면서도 실제로 일에 부딪히면 몹시 흔들리는 자기 자신을 분명히 본 것 같아서 노부코는 우울했다. 쓰쿠다도 게으름뱅이. 나도 게으름뱅이. 비슷하게 생긴 부부. 노부코는 자신에게 화가 치밀어 올라 그런 일들을 생각했다.

덜커덕. 갑자기 인력거의 채가 내려지며 노부코는 정신을 차렸다. 인력거꾼에게 요금을 내고 대문 열쇠를 열었다. 문에 걸린 등과 격자 밖의 등불이 켜져 있을 뿐, 집안 전체와 근처 집들이 모두 잠들어 조용해진 기색이 한밤중의 어둠 속에 차 있었다. 노부코는 소리가 나지 않도록 현관에 올라가 밖에서 들어오는 희미한 빛 속에서 코트를 벗었다. 한 줄기 빛이 휙 우측 장지문 틈에서 들어왔다. 쓰쿠다가 눈을 뜬 모양이었다. 노부코는 살짝 얼른 손으로 후스마 문을 닫고 이불을 들춰 남편의 베게 곁에 앉아 속삭이듯이 말했다.

"다녀왔어요."

한잠 푹 잔 듯한 쓰쿠다의 베게에 놓인 뺨 빛이 따뜻하게 보였다.

"왔어요? …어땠어요?"

"…당신 내일 바쁘세요?"

"왜요?"

"도자카의 부모님의 의견은 내가 생각했던 대로였어요. 그 전화만으로는 강압하는 것 같아서 싫다는 거예요. 모처럼 아버님을 모신다면 그전에 한 번 당신을 만나서 결말을 지어야 한다고 하는 거예요…. 내일 당신 나랑 같이 좀 가시죠."

"나에게 사과하라는 건가요?"

쓰쿠다는 상처를 입은 듯이 낮게 말하며 눈꺼풀을 치켜 올리고 노부코를 올려다보았다. 노인이 깨지 않도록 고개를 숙일 수 있는 만큼 숙여 속삭이던 노부코는 힘껏 머리를 흔들며 눈살을 찌푸렸다.

"아니요, 사과하라는 것이 아니에요. 그냥 만나서 서로 얘기를 나누고… 뭐 그냥 훌훌 털어버리자는 거예요. 정말 그게 더 자연스러워요. 반년 이상 화해하지 않은 채로 헤어져 있었으니 갑자기 만나면 당신도 자연스럽게 말하지 못할 거예요."

노부코는 남편의 귀에 입술을 대며 속삭였다.

"당신의 심정은 부모님께서도 알고 계세요."

쓰쿠다는 하얀 베개를 베고 누워 가만히 천장을 보고 있었다. 다시 곧 위를 향한 채로 입술도 움직이지 않고 말했다.

"그래서 당신이 행복해진다면 갈게. 나는 뭐든지 할 수 있어."

노부코는 목에 뭔가 걸린 듯한 표정으로 남편의 얼굴을 내려다보았다. 그녀는 괴로운 마음에 휩싸였다. 쓰쿠다는 왜 이상한 버릇, 아니 생각을 하는 것일까? 재작년 여름 도자카에 있었을 때, 그를 양자로 입적시키는 것에 대해서 몹시 옥신각신한 적이 있었다. 그때도 쓰쿠다는 노부코나 노부코의 부모에게, "저는 뭐든지 합니다. 노부코가 행복해지는 일이라면 뭐든지 합니다."라는 말만으로 일관했다. 노부코는 그런 말이 상당히 괴로웠다.

"네, 당신의 그런 태도로는 모든 것을 해결할 수 없어요. 내 행복은 당신이 용감하게 거절해주시는 거예요."

"아, 너무 울지 마, 나는 당신을 사랑하고 있어, 노부코! 노부코!"

그는 그것에 대해 하룻밤 사랑을 맹세하며 노부코를 어루만졌다. 그러나 다음날 아침이 되자 그는 노부코 부모에게 결코 답장을 하려고 하지 않았다. 노부코는 히스테리를 일으킬 정도로 괴로웠다. 양자 문제는 흐지부지하게 소멸됐다. 당시의 혼란했던 심정이 지금 다시 되살아나 같은 일이 되풀이될 것 같아 노부코는 두려웠다.

"나의 행복이란… 묘하네, 왠지."

그녀는 애절하게 말하며 비꼬듯이 한숨을 쉬었다.

"그런 게 아니더라도 당연하잖아요. 다시 말하자면 당신이 순서를 제대로 밟지 않았으니까 제대로 다시 밟자는 거잖아요."

"……."

쓰쿠다는 재미없다는 듯이 계속 위를 보고 있었다.

"싫으시면 안 오셔도 물론 저는 괜찮아요."

노부코는 열심히 속삭였다.

"당신이 사과할 필요는 전혀 없어요. 처음에 도자카가 당치않은 말을 한 거니까. …아버님한테 다 말씀드리고 가지 말아요, 그럼. 네? 오히려 훌륭한 태도일지도 몰라요…."

쓰쿠다는 여전히 가만히 천장을 보고 있었다.

"네, 위만 보고 있지 말고… 왜 아무 말도 안 하세요?"

"그러니까, 당신이 원하면 간다라고 말했잖아."

"그런 게 싫어요."

"왜?"

"왜냐하면…… 당신 그런 식으로 전화하기만 하면 일이 잘될 줄 아셨어요? 그러면 '네'라고 받아줄 줄 알았어요? 솔직히 말해서."

"……"

오는 길에 인력거 안에서 계속 생각해 왔던 자신에 대한 꾸짖음과, 쓰쿠다가 늘 노부코를 괴롭히는 묘한 마음, 그것들을 아울러서 비분하는 심정으로 노부코는 말했다.

"진실을 말하자면 안 그렇죠? 그러면 언젠가 해야 할 일 아닌가요? 내 행복을 위해 하는 것이 아니고, 실제로 내친걸음이라 필요해서 하는 거예요. 그걸로 되는 거예요…. 서로 폐 끼치는 일은 하지 말자고요."

"…당신이 가라고 하니까, 나는 그 말에 따라 가는 것뿐이야."

"전 가달라는 말은 안 했어요. 당신이 양보하시는 게 화가 난다면 도자카로 가지 말라고 하는 거예요. 반대로 아버지를 안심시키려면 어쩔 수 없이 가든지요. 둘 중 하나잖아요. 당신은 정말 어느 쪽이 좋은 건가요?"

"……"

"…당신 정말 이상하네요."

노부코는 쓴 즙과도 같은 눈물을 흘렸다.

"조금 더 솔직해도 좋잖아요. 실수하는 것보다 훨씬 싫어요."

"가요, 그러니까."

"가건 안 가건 상관없어요. 전 그게 화가 나는 거예요. 당신처럼 뭐든지 누구를 위해 하지 않으면 만족하지 않는 듯한 사람, 신기해요."

다음날 아침 노인에게 인사를 드릴 때 노부코는 애써 참으며 아무렇지도 않은 척했다. 지혜로운 노인답게 나이 드신 아버지는 평소대로 온화하게 계셨다. 그러나 눈치 빠른 노인이 무슨 소리에 깨어서 헛방 하나를 사이에 둔 저쪽 방에서 노부코가 여러 가지 말을 하거나 울거나 한 것을 안 들었을 리 없었다.

그날 도자카에 간다, 안 간다는 말에 노부코는 이제 아무 말도 안 했다. 1시가 지나자 쓰쿠다가 말을 꺼냈다.

"…오늘 도자카에 잠깐 갈 일이 생겼으니까, 혼자서 메이지 신궁이라도 다녀오시겠어요?"

"어허… 역시 누가 아픈 거냐?"

"어머니가 좀… 심각한 일은 아니에요."

"그래 알겠다. 벤케이弁慶 다리는 가깝지… 그 근처라면 젊었을 때 자주 어슬렁거렸으니 잘 알고 있다. 거길 좀 구경하고 올 테니 걱정 말고 천천히 다녀와라."

"그럼."

쓰쿠다는 노부코를 재촉했다.

"머리는 그대로 괜찮아."

그들은 도자카에 저녁까지 머물렀다. 삿사도 돌아와 자리를 함께 했다. 노부코는 다행히 부모와 마주 앉지 않았다. 원탁을 중심으로 큰 안락의자에 삿사, 맞은편에는 어머니, 쓰쿠다는 그 가운데에 앉아서 드문드문 얘기를 나눴다. 옆에서 듣고 있던 노부코에게는 세 명의 마음이 융합되지 못한 것만이 느껴졌다. 삿사는 원래 귀찮은 논의나 충돌을 싫어했다. 어차피 인연인 이상 문제를 원만하게 수습하고 싶은 의향이었다. 그러므로 온당하고 상식적인 말 밖에 입에 올리지 않았다. ―다케요는 물론 마지막에는 타협해야 한다는 것을 알고 있으나, 남편―삿사의 미온적인 태도도 답답하고, 쓰쿠다의 확실하지 않은 마음도 불쾌했다. 자신도 진지하지 못한 초조함으로 응어리져 있어서 걸핏하면 쓰쿠다와의 사이에서 작은 충돌이 다시 일어날 뻔했다.

"다케요도 이를 계기로 해서 앞으로 원만해지면 좋겠다고 생각하네. 나도 그렇고."

"어머님이 다시 그렇게 생각해 주신다면 다행입니다."

"나는 내가 잘못했다는 마음에 다시 생각한 게 아니에요."

다케요는 화를 내면서 말했다.

"당신이 아버님을 모시고 찾아오고 싶다고 해서, 그렇다면 당연히 뭔가 상의를 할 수 있을 것 같아서 오라고 한 거예요."

삿사가 양쪽을 중재하듯이 말참견했다.

"뭐 서로 가족이 된 이상은 되도록 오해가 없도록 평온하게 살아야 하는 거니까… 논쟁을 시작하면 끝이 없다고."

초점이 안 맞는 렌즈로 방영하는 활동사진을 보는 듯한 애절함을 느꼈다. 세 사람의 마음은 가까워지면서 겨우 하나의 영상이 되기 직전에 윤곽이 부들부들 흔들리기 시작하더니 결국 희미하게 흩어져 삼중으로 흐려졌다.

대담은 서로 시원하게 양보하는 데서 중단된 것이 아니라 계속 같은 말이 이어지는 것으로 인한 권태로움에서 중단된 상태였다.

쓰쿠다의 나이 드신 아버지는 예정대로 금요일의 만찬에 초대
되었다.

노부코는 갈 때도 기분이 좋지 않았지만 올 때는 한층 더 마음
이 무거워졌다. 모든 일이 다 산뜻해지지 않았다는 느낌이 노부코
의 마음을 깊이 압박했다. 쓰쿠다, 나, 부모. 부딪혀 화해해도 결국
은 상황이 개선되지 않아 보이는 것은 무슨 까닭일까? 마음의 응어
리가 풀려 개운해진 부분이 전혀 없었다. 선도 악도 늘지 않고 노
부코는 자신도 잘 모르는 애매한 기분에 둘러싸여 있었다. 노인은
아직 돌아와 있지 않았다. 쓰쿠다는 평소 입던 옷으로 갈아입고 자
못 태평스러운 듯이 자신의 책상 앞의 의자에 주저앉았다. 온몸으
로 크게 기지개를 켜면서 그는 뒤에 있던 노부코에게 말했다.

"아이구, 겨우 끝났다. …내가 돌아가신 어머니 이야기를 꺼냈
더니 아버님은 우셨어. 어머님은 안 우셨지만… 아버님은 정말로
눈물을 흘리셨지."

그는 천천히 생각하면서 스스로 뒷맛을 즐기듯이 말했다. 그
특별한 어조가 처음에는 노부코의 주의를 끌었으나 이어서 두려
움을 불러일으켰다.

"……."

노부코는 뭔가 말하려고 입을 열었다가 그만 말없이 숨만 내
쉬었다. 그럼 그는 속으로는 그렇게 냉정하게 효과를 지켜보는 여
유를 가지고 그 얘기를 꺼낸 것이었을까. ─쓰쿠다는 자신이 다섯
살 때 친어머니가 돌아가신 사실을, 끝없는 외로움을 노부코의 부

모를 사랑하며 또 그들한테서도 사랑을 받음으로써 충족시키려고 했다. 하지만 원만하지 못해서 매우 유감스럽다. 스스로 목메어 울며 그렇게 얘기했는데…. ─ 그랬군. 노부코는 크게 소리 내어 비웃고 싶었다. 동시에 쓰쿠다를 때려눕히고 싶었다. 그녀는 될 대로 되라는 기분에 강하게 휩싸였다. 삿사도 노부코도 그 애처로운 회상에 잘도 끌어들였다. 다케요조차 그 후 약간 태도가 부드러워져서 결과적으로는 '그럼'이라는 것으로 낙착된 것이었다.

4

노부코는 아버님과 남편과 더불어 거의 날마다 어디론가 구경을 나갔다. 센가쿠사泉岳寺에도 가보았다. 박물관 비슷하게 유리로 만들어진 큰 진열장 안에는 오래된 의사義士의 의류나 필적 등이 전시되어 있었다.

오이시 구라노스케大石内蔵之助[32] 가 쓴 부채 등을 구경하는 동안 노부코는 자신에게 '이래도 되는 것인가' 하는 날카로운 의문을 느껴, 정신이 아찔해지는 답답함을 자각했다. 쓰쿠다는 지난 번 자신이 삿사가를 다녀와서 한 말이 얼마나 노부코에게 치명적인

---

32 구라노수케(大石内蔵之助) : 아코번(赤穂藩)의 아사노가(浅野家)의 가로(城代家老)였다. 1701년 3월 14일, 번주인 아사노 나가노리(浅野長矩)의 할복이후, 아사노가의 재흥에 진력을 다했다. 아사노의 적인 기라 요시나카(吉良義央)를 다음 해 12월 15일에 습격하였다. 1703년 2월 4일에 할복하였다.

것이었는지 전혀 모르는 것 같았다. 그 후, 노부코는 한층 더 분명하게 쓰쿠다와 자신과의 생활에 균열을 계속 느껴서 불안한 상태가 계속됐다. 깊은 곳에서 솟아나오는 '이래도 되는 것인가'라는 의문은 공중에서 속삭여지는 소리처럼 가끔 생각지도 못한 데서 그녀의 마음을 붙잡았다. 그것을 느낄 때면 두세 번 숨을 쉬는 동안 노부코는 자신이 서 있는 장소, 하고 있는 일에 대한 지각을 잃어버리는 듯한 내면의 긴장감에 사로잡혔다.

혼자 있으니 그 의문이 마음속에서 더 크게 외쳤다. 바로 답을 요구하며 노부코를 공격했다. 노부코의 이성은 그것에 대한 답을 만들고 있었다. 그러나 전혀 반대의 힘으로 인해 자신에게라도 그것을 똑똑히 나타내지 않으려고 했다. ─그러나 노부코는 쓰쿠다의 아내로서 사는 것에 다시 두려움을 느꼈다. 그녀는 이런 상태가 평생 계속될 것이라고 생각하는 것조차 두려웠다.

늦봄답게 먼지가 많은 섞인 바람이 불던 어느 오후였다. 덧문이 닫힌 옆집 처마 밑에 뭔가 작고 빨간 헝겊이 달려 있었다. 따뜻하고 건조한 바람이 불 때마다 가는 대나무 장대와 함께 빨간 헝겊이 움직였다. 그 작은 마당과 처마 밑 부분만 그늘져 고요했다. 노부코는 책상에다 턱을 괴고 그 모양을 바라보면서, 결단을 내리지 못한 괴로운 생각에 잠겨 있었다. 쓰쿠다도 아버지도 다들 외출한 뒤라 노부코 혼자 집에 있었다.

"안녕하세요… 계세요?"

뜻밖에 요코타가 찾아왔다.

"어머, 용케도 찾아오셨네요…. 들어오세요."

요코타는 어딘가 별난 사람이었다. 그의 여동생이 노부코 아버지의 회사에 근무했던 청년과 결혼했는데 어느 날 부부가 형인 요코타를 데리고 와서 소개했다. 고마고메駒込에 살고 있었을 때의 일이었는데, 그 후 가끔씩 몇 시간 들렀다가 수다를 떨고 가곤 했다. 그의 얘기에 의하면 외국어를 여러 가지 할 수 있어서 무심코 창작보다 번역을 하게 되어 안 좋다고 했다. 그는 현관 구석에서 외투를 벗으면서 귀가 약간 멀었기 때문에 목을 돌려서 등을 둥글게 굽히듯이 하며 노부코에게 물었다.

"혼자 계십니까? 쓰쿠다 씨는요?"

"오늘은 잠깐 나갔어요. 곧 돌아올 거예요."

"아직 방학이죠?"

"네. 하지만 학교에 곧 황족 분이 들어오신대서, 그 일로."

"아아."

요코타는 고개를 크게 끄덕이며 답했다.

"그렇습니까?"

여러 번 더 자기 자신에 대해 납득시켰다. 그의 버릇이었다.

그는 자꾸 노부코의 책상 쪽으로 시선을 돌렸다.

"요새는 뭐 쓰세요?

"전혀요…. 당신은요? 바쁘세요?"

"늘 사소한 일 때문에 바빠서, 참."

"번역… 재미있는 걸 하고 계시네요."

"…별로 그다지 재미있는 것도 아닙니다…. 물론 그냥 읽고 있으면 재미도 있고 즐겁기도 하지만 번역하게 되면 힘들지요."

그는 체격에 비해 어딘가 약한 웃음소리를 냈다.

"지금은 뭘 번역하세요?"

"즉흥시인의 자서전입니다…. 저는 원본의 초판을 갖고 있는데… 귀찮아서 독일어판과 대조하면서 하고 있습니다…."

"그분의 자서전이라면 재미있겠네요. 읽으셨어요?"

"아아, 뭔가 있죠."

그는 작은 책상 위에 한 권의 책이 마루젠丸善 서점의 포장지에 포장된 채로 있는 것을 보았다.

"그건 뭡니까?"

노부코는 웃었다.

"빨리도 알아차리시네요."

잡담 끝에 그가 말했다.

"어떻습니까? 가정을 가지게 되면 일하시기 참 어렵죠?"

"…남자 분 입장에선 어떠신데요?"

"글쎄, 어떨까요. 저는 경험이 없어 잘 모르겠지만… 하지만 물론 부담이 늘어나는 점은 안 좋지만 대개 안정적이 되는 것 같습니다."

그리고 그는 버릇처럼 혼자서 여러 번 고개를 끄덕였다.

"그건 혼자 살 때보다 부인이 잘 돌봐주기 때문이겠죠? 마음에 여유가 생기는 거죠. 그래도 여자는 입장이 반대라서."

"잘 안 됩니까?"

노부코는 이상하게도 자신이 한 말에 책임을 느꼈다.

"절대 안 된다고 단언할 수는 없어요. 하지만 뭐라고 할까 남자는 남편이 돼도 어디까지나 그대로 통하잖아요. 부인은 왠지 천성 이외에 부인적인 속성이라 할까, 그런 것이 요구되는 것 같아요. 부인의 업은 여자의 적응성을 극단적으로 발달시키는 점에서 위험하지 않을까요? 〈나〉라는 것이 없어지니까 무섭죠?"

농담처럼 말하면서도 노부코는 여자의 외로움이라는 것을 마음 전체로 느꼈다.

"어려운 일이로군요."

"…일단 어렵다는 것은 알고 있지만 실제로 그 상황이 되면 누구라도 더욱 복잡해져요. 그러니까 독신이 좋다, 사람들이 이런 이유일지도 모르지만… 일을 위해 연애도 안 한다는 게, 그런 부자연스런 짓, 저는 못해요. …남녀 상관없이 본인들 스스로 자연스럽고 자유로운 생활을 하는 사람은 소수 아닌가요? 용기가 필요하죠."

"그래요… 그렇습니다. 특히 일본에서는 답답하지요… 정말 그렇습니다."

그런 얘기를 나누는 사이 쓰쿠다가 돌아왔다.

노부코는 현관에 나왔다.

"요코타 씨가 오셨어요."

"아아, 그래."

쓰쿠다는 곧바로 요코타가 있는 방으로 들어갔다.

"어서 와요."

"아, 부재중에 왔습니다. 어떻습니까? 바쁘신 모양이군요."

쓰쿠다는 의자에 깊이 앉아 상체를 비비꼬며 한쪽 팔을 뒤로 돌려서 등받이를 껴안는 듯한 자세를 취했다.

"아니, 뭐… 변함없이 가난에 쫓겨서 말라 가고 있습니다. … 당신은 살이 많이 찌셨네요."

다시 차를 가지고 들어온 노부코에게는 왠지 그 말에 가시가 있어서 상대에게 상처를 주는 것 같이 느껴졌다.

"…그건 당신이나 내 성격이 좋아서 그래요…."

요코타는 말없이 입을 열어 위를 올려다보며 웃는 듯한 표정을 지었다. 이야기꺼리를 찾지 못하여 침묵이 이어졌다. 농담이라도 꺼내지 않으면 수습되지 않을 듯했다. 요코타는 얼굴을 찌푸리며, 안주머니를 더듬어서 접은 원고지를 꺼냈다.

"…만약 시간이 있으시다면 좀 여쭤보려고 했는데요. …이것…."

"뭡니까? 희랍어입니까?"

"대충 이렇다고 짐작하고 있는데, 좀 애매해서요."

"시 같은데요…. 어디에 인용된 겁니까?"

"서양 학자들은 왠지 뭐라고 할 때마다 꼭 라틴이나 희랍을 꺼내니까 번거롭습니다."

요코타는 노부코를 향해 말하며 웃었다.

"급한 겁니까?"

"아뇨, 급하지 않습니다."

"그럼, 제가 맡겠습니다."

또다시 이야기가 끊어져서 자리가 불편해졌다.

"잘 부탁합니다."

요코타는 이렇게 말하고 바로 돌아갔다.

그를 배웅하고 다시 방에 들어왔다. 쓰쿠다는 요코타가 두고 간 종잇조각을 손에 들고 선 채로 보고 있다가 코웃음 치는 듯한 표정으로 가까운 책꽂이에 놓았다. 노부코는 왠지 불쾌한 느낌이 들었다.

"괜찮아요? 그런 곳에 놓아도."

"괜찮아요."

쓰쿠다는 노부코가 그렇게 신경을 쓰는 것조차 불쾌한 모양으로 말했다.

"언제쯤 왔어요?"

"왜요?"

부자연스런 반문이 저절로 노부코의 입에서 튀어나왔다.

"왜냐니… 또 당신의 일을 방해한 것 같아서요. 시시한 얘기밖에 못하면서."

―노부코는 비꼬는 듯한 표정으로 어깨를 흔들었다. 그녀는 심술궂은 심정이 되었다. 쓰쿠다는 그녀의 친구가 찾아와도 유쾌한 상대가 된 적이 아마 딱 한 번도 없었다고 해도 과언이 아닐 것

이다. 그가 자리에 나타나자마자 찾아온 사람들은 귀가 준비를 시작했다. 여자의 경우라도 상황은 마찬가지였다. 지금도 그는 분명히 마음이 평온하지 않을 것이다. 하지만 불가사의하게도 그는 노부코에게는 책임이 없다는 이유로, 그것을 제대로 드러내지 않고 친절한 척하면서 또한 남을 위하는 체하면서 자기 실속을 차리는 말을 또다시 한다. 그녀는 갑자기 들이받듯이 얄밉게 말대꾸를 했다.

"전혀 방해가 되지 않았어요. 재미있고 좋았어요."

쓰쿠다는 침묵으로 반감을 나타내며 옷을 갈아입으러 갔다. 노부코는 애정이 아닌 괘씸함, 싫증, 미움으로 인해 쓰쿠다한테서 떨어지지 못하고 자신도 뒤를 따라갔다. 사실은 그녀의 요코타에 대한 심정은 더 복잡한 것이었다. 그가 자꾸 책상 쪽만을 신경 쓰는 것과 지나치게 꼬치꼬치 캐묻기를 좋아하는 데가 있다는 것 등을 그녀는 좋아하지 않았다. 그래도 그런 남편의 말하는 스타일이 노부코의 평정을 깨뜨렸다. 노부코가 있는 것을 알면서도 모르듯이 옷을 벗어, 그것을 장롱에 걸고 있는 고집 센 쓰쿠다를 보고 있자니 그녀는 맹목적으로 격한 감정이 솟아오르는 것을 느꼈다. 아아, 아무렇지도 않은 듯한 이 모습! 학대하고 또 학대하여 속마음을 토로할 때까지 굴복시킬 수 있다면 얼마나 산뜻할 것인가. 이렇게 새침한 그가 아닌 그, 이렇게 뻔뻔스러운 그가 아닌 그, 그런 그를 보고 싶다! 그런 그를 좋아한다!—이번엔 그가 나를 때려눕혀도 강인하게 물러서지 않을 것이다. 사나운 열정으로 노부코의 마음은 아찔해졌다. 서로 부딪히는 강렬한 두 개의 힘을 자신 속에 느껴 찢어질 것 같았다. 어딘가에서 그러지 말라고, 자 저쪽으로 가자고 열심히 권하는 것이 있었다. 그 권유에도 돌아다보지도 않고, 손을 뿌리치고, 혼자서, 또 외롭게 싸우고 싶어 하며, 또 대들고 싶어 하는 다른 하나의 것. 자신도 그도 산산조각이 나 '꼴좋다'고 외치고 싶을 정도로 사나운 것. ─옷을 다 갈아입은 쓰쿠다는 특유의 영민함으로 말도 안 하고 돌아보지도 않고 조용히 헛방에서 나갔다. 노부코는 갑자기 표현할 수 없는 공허함에 휩싸였다. 자신과 그에 대한 슬픔이 그녀를 압도했다. 노부코는 그 자리에 선 채로 흐느껴 울었다.

바로 쓰쿠다의 나이 드신 아버지가 돌아오셨다.

노부코는 부엌에 들어가 생선을 조리기 시작했다. 화기로 푹푹 찌는 좁은 주방 공기가 괴로운 노부코의 마음을 둘러싸며 그녀를 더욱더 괴롭혔다.

노부코에게는 지금 다른 슬픔이 있었다. 만약 이것이 1년 전의 으르렁거림이었다면 나는 이렇게 혐오와 어둠으로 찬 마음에서, 게다가 굳게 혼자서 비뚤어져 있었을까. 예전의 노부코였다면 쓰쿠다의 말을 솔직히 받아들이지 못한 자신의 마음을 그에게 사과할 수밖에 없었을 것이다.

"미안, 미안."

남편에게 다가가 사과하며 명랑하게 악수라도 했을 것이다. 그

후 그들은 적어도 싸우기 전보다 산뜻한 기분이 됐다.

노부코는 지금도 자신의 뻔뻔스러움을 충분히 알고 있었다. 울적한 괴로움으로 인해 직접적인 원인 이상으로 자신이 심하게 자극받았다는 것도 알고 있었다.

그러나 그녀는 아무래도 예전처럼 쓰쿠다에게 그런 심정을 드러내며 다시 사죄할 생각이 나지 않았다. 쓰쿠다에게 지금 그 얘기를 하면 정말로 노부코 스스로가 성찰하여 후회하는 것이 당연하고, 그것을 예기하고 있었던 것처럼 그 고백을 들을 것이다. 그리고 스스로의 마음에는 단 한 번도 매를 가하지 않고 마치 때 묻지 않은 양처럼 그녀에게 축복을 줄 것이다.

그런 일을 생각하니 노부코는 불끈불끈 화가 났다. 위선적인 쓰쿠다의 마음이 노부코를 질식시키는 듯했다.

냄비 밑에서 흔들리고 있는 가스의 불길을 가만히 바라보며 조용히 있던 노부코는 자신들의 생활에 대한 두려움으로 인해 몸을 떨기 시작했다.

자신 앞에 넓게 펼쳐져 있는 길은 무엇일까? 한 명의 여자가 인간이기를 포기하는 길은 아닐까. 그녀가 생활에서의 이런 고통, 애절함, 답답함으로 인해 어떠한 외형상의 고집을 부려도, 자포자기한 나쁜 여자로 영락하여도 쓰쿠다는 의연히 겉보기에 나무랄 데 없는 관대하고 인내심이 강한 남편의 역할을 계속할 것이다.

노부코는 절망과 공포 때문에 눈물을 흘렸다. 그것은 길고 조용하고 또한 땅으로 숨어들고 싶을 정도의 슬픈 눈물이었다.

5

영국 황태자의 내유는 일반인에게 호의를 불러일으켰다. 경마장에는 커다란 환영문이 만들어졌다. 한밤 아크등의 불빛 밑에서 줄줄이 지나가는 사람들도, 수로의 소나무 가지도 보통 때와는 다르게 보였다. 나이 든 쓰쿠다의 아버지는 이것을 구경하고 시골 생활에 도움이 될 실용적인 수공예품을 가지고 돌아왔다.

창문을 열자 밤기운과 함께 봄날의 땅 냄새와 어린잎의 향기가 불 밝은 방으로 흘러들어왔다.

아버지가 가고 난 후 저녁은 길게 느껴졌다. 그날 쓰쿠다는 방 가운데에서 책상다리를 하고 외국에서 온 서적더미를 꺼내보았다. 노부코는 옆에서 풀어헤쳐진 끈과 종이를 치우고 있었다. 주위가 조용해서 그녀가 접는 두꺼운 포장지의 부스럭부스럭하는 소리만이 귓가를 울렸다.

"저쪽 책상에 송장送狀이 있을 거예요. 가져와 주세요."

노부코는 송장을 가지고 왔다. 그는 일단 테이블 위에 쌓아올린 책을 한 권씩 송장과 대조해보기 시작했다. 노부코는 조용히 그 모습을 바라보았다.

"저기⋯."

노부코는 여느 때와는 다른 목소리로 말을 걸었다. 쓰쿠다는 손에 잡은 일에 마음을 빼앗겨 멍하게 대답을 했다.

"무슨 일이에요?"

"이야기할 게 있어요."

"뭔데요?"

"그게…… 부부 생활이 이런 것밖에 없나요?"

"글쎄…… 무슨 뜻으로 말하는지 모르겠지만, 그렇겠지요."

"조금 더 자유로워지면 안 될까요?"

쓰쿠다는 책을 손으로 들면서 경계하듯이 노부코의 얼굴을 쳐다보았다.

"왜? 뭔가 다른 형태가 필요하나요?"

"난 잠시 우리가 따로 생활하는 건 어떨까 하고 이전부터 생각해 봤어요."

"나는 조금도 그렇게 할 필요가 없다고 생각하는데요."

단언하는 듯한 어조였다.

"그래서 말하는 거예요. 아버지께서 집에 가시면 천천히 이야기하고 싶었어요."

노부코는 이전부터 따로따로 생활하는 것도 좋지 않을까 하고 생각하곤 했다. 최근 그녀는 그렇게라도 해 보지 않으면 새로운 생활이 시작되지 않을 것이라고 느꼈다. 우리 부부의 생활 태도의 차이를 추상적으로 비평하거나 주장하거나 하는 식으로는 실제 생활이 추호도 변화하지 않을 것이라는 것을 노부코는 경험으로 알았다. 쓰쿠다는 인생의 상대로서 그러한 종류의 인간이 아니었다. 그는 그만의 독특한 소극적인 성격으로 끝까지 살아갈 사람이었다.

함께 살면서 마음에 영향을 받지 않는다는 것은 일어날 수 없는 이야기였다.

　　이전에 시골에서 생각했던 것처럼, 그는 살고 있는 이 자리가 이 세상에 있다는 생각만으로도 함께 살아서는 평화적인 미온함을 유지하지 못했다.

　　한 사람의 인간으로서 자신이 싫어하는 행위에 남편이라는 이름만으로 공범자가 되는 것이 노부코에게는 견디기 어려웠다. 그의 생각과 삶을 살아가는 방법에 끌려들어가지 않으려고 노부코는 한층 비평적으로 되었다. 비평적으로 된 순간 그녀는 잔혹할 정도로 노골적으로 자신과는 정반대의 방향으로 살아가려는 한 남자를 보았다.

　　그 남자가 남편이다. 그와 자신 사이에 욕정의 교환은 있다. 그러나 아름다운 연심과, 잘 살아보려는 의욕, 보람, 그것이 있어야만 살아갈 수 있는 충족스런 전망과 기대가 없다. ——노부코는 그것만으로는 살아갈 수가 없었다. 하물며 쓰쿠다의 성의조차 신용을 잃은 지금, 남편이자 아내라는 약속, 그것이 무슨 권위가 있는지. 부부라고 해서, 무리하게 하나로 뭉치지 않고 한 사람 한사람 제각기 살아갈 곳을 찾아가 살아간다면 그나 자신이나 자연스럽게 될 수 있는 것이 아닐까? 노부코는 남편의 반대를 각오하며 이야기를 꺼낸 것이었다.

　　"물론 그것은 변칙이에요. 하지만 병에 걸리면 우리들은 이사도 하고, 병원에도 들어가잖아요? 결혼생활이 병이에요. 우리 집에서는."

쓰쿠다는 불쾌한 이야기만 나오면 항상 보이는 두 개의 주름살을 이마에 깊게 드리웠다.

"나는 모르겠어요. 처음부터 몇 번이나 말해왔던 대로 당신은 자유예요. 어디까지나 자유이니까 편한 데로 하면 되잖아요. 하지만 나는 그렇게 할 수가 없어요."

노부코는 자신의 생각을 설명했다. 그녀는 별거를 해도 도자카動坂에는 가지 않을 작정이라는 것과 경제적인 면에서 쓰쿠다를 귀찮게 할 생각은 없다는 것을 말했다.

"정말로 각각 자신의 마음에 정직한 생활을 시작한다면 이러한 이상하고 거짓말투성이로 둘러싸인 생활의 일부분만이라도 어떻게든 깨끗이 정리될 것이라고 생각했어요. 그렇게 생각지 않으세요? 우리가 서로를 속이는 생활을 하고 있는 것은 정말로 좋지 않아요."

쓰쿠다는 뺨이라도 맞은 듯한 눈으로 노부코를 바라보았다.

"우리가 무슨 죄를 지었는데요? 적어도 난 하나님께 언제 불려가도 좋을 만큼 결백한 마음으로 당신을 사랑하고 있고 생활하고 있어요."

"그렇지만… 내가 거짓말투성이의 생활이라고 한 것은 말이죠, 이런 점이에요. 하나의 예를 들자면 우리들은…."

자신이 하려는 말이 두려운 듯 노부코는 무심코 주저했다. 하지만 곧 빠른 어조로 계속해서 말을 이어갔다.

"우리들은 이미 예전부터 마음이 잘 맞지 않았어요. 물론 당신도 그것을 알고 있었지요? 하지만 마치 이렇게 내가 말을 꺼낼 때까지 모르는 척하고 있던 것 아닌가요? 난 말이죠. 그런 당신이… 싫고… 밉습니다. 그렇게 느끼고 있으면서도 나는 나대로 요즘 뭔가 정직하게 당신에게 그런 말을 할 수가 없었어요. 서로 뒤틀려 있어요. 이렇게 서로가 흔들리면서도 웃는 얼굴을 하며 남편과 부인이란 말 속에 자신을 감추는 것은 나에게는 부끄러운 일이에요. 정말."

쓰쿠다는 책 따위는 어찌되었건 팔짱을 끼고, 희미하게 입술을 떨면서 밀어내는 듯한 음성으로 말했다.

"내가 이렇게 진심으로 당신을 사랑하고 있는데, 나를 괴롭히는 것은 매우 슬픈 일이에요. 그렇다고 절대로 별거는 할 수 없어요."

남편의 입에서 쉽게 '진심', '사랑'이라는 말이 나오는 것에 노부코는 어색하고 의심스런 기분이 들었다. 그녀는 물었다.

"왜 절대 안 된다는 거죠?"

"부부는 부부예요. 다만 생활 방식만 두 사람 모두 서생이 되어 다시 바꿔보는 거예요."

"안 돼. 생각해 봐요. 만약 교단에 서서 가르치는 사람이 그런 일을 하고 어떻게 사람들에게 얼굴을 든단 말이에요? 모처럼 이상적인 결혼이라고 생각했는데."

"그런 말은 이상해요."

노부코는 열심히 남편의 말을 부정했다.

"나는 그렇게 생각하지 않아요. 우선 우리들이 어떤 사람으로 생각되었으면 하는 바람으로 생활하고 싶지 않아요. 또 얼굴을 대할 면목이 없다는 것은 오히려 이대로라면 두 사람 관계만 나빠질 뿐이에요. 정말로 우리들의 인연이 조금이라도 이상적이라면 그것이야말로 형식 따위에 구애받지 않고 삶을 만들어 가면 된다고 생각해요. 그리고 말이죠. 우리도 다른 부부처럼 꼭 붙어서 생활해야 한다고는 생각하지 않아요."

긴 침묵 끝에 쓰쿠다는 노부코에게는 의외로 평정함을 보이며 오히려 그녀를 위로하듯이 반문했다.

"그렇다면 당신은 우리가 잠깐이라도 떨어져 있으면 두 사람의 사이가 반드시 좋아질 것이라고 믿소?"

"……."

노부코는 그렇다고 대답할 수 없었다. 쓰쿠다가 말하는 의미처럼 좋아질지도, 나빠질지도 모른다. 하지만 그로 인해 각자의 성격이 변한다면 결국 좋은 일이 아닐까? 결혼생활의 세습적이고 애매하고 어수선한 것을 대청소하는 것이다. 이런 인연으로 평생 자유롭게 될 수 없다고 생각하는 것만으로 쓰쿠다에게 반감이 일어나 증오를 느끼는 것은 서로를 위해 견딜 수 없는 일이었다.

쓰쿠다의 의견은 전혀 반대였다. 부조화스러우면 부조화스러운대로, 싫은 것이 있다면 싫은 대로 함께 생활하지 않으면 안 된다. 가까이 있으며 서로가 밤낮 맞추어 나가는 것이야말로 부부라고 말하는 것이었다.

남편의 이런 말을 듣고 노부코는 가슴속이 뜨거워지는 것을 느껴졌다. 얼굴색이 변한 그녀는 덤벼들 것 같은 눈으로 그를 보았다.

"당신은 그렇다면 언제 한 번이라도 내가 묻는 질문에 소탈하고 남자답게 대답해 준 적이 있었나요? 자신의 과오를 마음 속이라도 솔직하게 인정한 적이 있었나요?"

노부코는 그를 응시하며 눈을 깜빡거리지도 않고 눈물을 주르르 흘렸다.

"그런 점이 우리들 생활의 지옥이에요. 당신은 내가 화를 내거나 말실수를 좀 하거나 하면 냉담하고 약삭빠르게 움직이지요. 나중에 그것을 미안해하면 내가 평계를 댄다는 것처럼 자신 맘대로 생각하잖아요. 당신은 말뿐이에요, 말뿐…. 그래서 진정한 생활이 가능하다고 생각해요?"

노부코는 소맷자락으로 얼굴을 훔쳤다.

"나는 바보니까 언제나 이번에야말로 이번에야말로 하며… 생각했는데. 이제 싫어요!"

쓰쿠다는 눈살을 찌푸리며 마치 머리가 아프다는 듯이 머리를 흔들면서 말했다.

"나의 진심을 부디 믿어줘요."

"믿을 수 없어요. 요즘 믿을 수 없게 되었어요…."

"아아, 그렇겠지. 그렇고 말고…."

한 시간이나 지난 것처럼 느껴진 몇 분 후, 쓰쿠다는 다시 처음의 문제로 돌아갔다.

"그렇다면, 어떻게 해서라도 별거하고 싶은 거요?"

목소리에 뭔가 떠오른 듯해 노부코는 본능적으로 깜짝 놀랐다. 그녀는 젖은 눈동자로 남편을 바라보았다. 창백해져, 지쳐 보이는 표정으로 그는 얼굴을 돌리고 노부코의 대답을 기다렸다. 노부코는 자신의 한마디가 어쩐지 운명적인 반향을 남편의 마음속에서 꺼내려고 한다는 사실을 확실히 느꼈다.

"그 편이 좋지 않을까요?"

진창을 걷고 있는 듯한 무게로 노부코는 말했다. 이런 말을 듣고 쓰쿠다는 의자 위에서 그것으로 좋아, 라는 식으로 몸을 약간 움직였다.

"그렇다면 어쩔 수 없지요. 함께 살 수 없다면 헤어집시다."

"……."

등나무의자 팔걸이에 팔을 괴고 묵묵히 있던 노부코의 얼굴을 이번에는 쓰쿠다가 살펴보기 시작했다.

"그래, 그렇게 하지요. 그렇게 할 수밖에 없겠네요. 나는 모든 것을 버리고 시골로 가죠. 정말로 유감이라고밖에 말할 수 없네요."

노부코는 불가항력적인 힘에 이끌려 자신의 마음이 한 걸음 앞서가는 듯한 기분이 들었다.

"그것과 이것과는 다른 문제에요."

"어째서? 어째서 다른 문제죠? 나에게는 전부인걸. 그래서 당신 따위는 모른다는 거지요. 이런 것을 말할 정도라면 왜…
왜….”

쓰쿠다는 갑자기 노부코의 손을 모아 잡고 머리를 엉망으로 흔
들어대더니 서럽게 울기 시작했다.

“처음부터 쭉 우리는 친구가 아니었던 거야.”

6

눈물로 범벅이 된 남편의 일그러지고 창백한 얼굴, 익사한 시
체처럼 이마를 덮은 머리카락, 목소리. 그것을 생각하면 노부코는
2, 3일이 지난 후에도 놀란 상태였다. 그리고 불안했다. 이상한 기
분이 들었다. 무서운 진실을 본 것 같고 마치 연극을 본 것 같아서
—쓰쿠다에게 이런 회의적인 책임은 있었다. 노부코는 남자는 여
자처럼 진심일 때만 눈물을 흘리지는 않는다고 생각했다. 그가 언
젠가 도자카에 사는 부모님께 보인 감상극에서 흘린 눈물은 노부
코에게 커다란 감명을 주었다.

다음날, 쓰쿠다가 노부코가 자고 있는 사이에 책상 위에 놓인
컵에 꽂아 두고 간 철이 지난 벚꽃. 그 꽃으로부터도 노부코는 그
때와 같은 감명을 받았다. 뒤뜰 대나무 울타리 밑에서 전에 살던
사람이 뿌리고 잊고 간 씨앗에서 옅은 복숭아색 꽃이 핀 것이었다.
노부코는 자신을 향해 왠지 표정을 짓고 있는 것 같은 가련한 꽃을
보는 것도 싫고 치우는 것도 미안하여 이도 저도 아닌 마음으로 긴

시간 바라보았다.

어찌 되었든지 노부코는 단단히 잡고 있는 쓰쿠다의 속박을 온몸으로 느꼈다. 근본은 그 말이 무엇이든지 간에 그는 자신을 해방시키지 않고 점유한 채로 풀어주고 싶지 않은 것이다.

노부코에게 그의 괴로운 마음이 통하지 않는 것은 아니었다. 두 사람이 결혼한 후 남편을 좋게 보기는커녕 노부코는 늘 제멋대로인 아내였다. 그를 혼자 남겨두고 여행을 떠났다. 늦잠을 잤다.

노부코에게는 그러한 일상의 사소한 작은 자유조차 아내가 되면 큰 특권처럼 공공연히 부여받는다는 것에 대한 표현하기 어려운 우울함, 남편이 그것만이라도 건네주면, 불만을 말할 만한 것이 없는 것처럼 다른 것을 배려하지 않는 영혼의 고독이 있었다.

이것이 계산 밖의 일이라고 해도 그가 결혼에 대해서 주위 사람에게 받은 비평은 참을 수 없는 것이 많았다. 쓰쿠다가 처음부터 사랑도 없으면서 노부코를 속이고, 자신의 사회적인 지위를 만들려 했다는 듯이 주위에서 말했다. 그로서는 지금 노부코와 별거하고 세상에 가정생활의 파탄을 알리고, 따라서 자신에게 가해진 평언을 사실로 증명하는 일이 정말로 고통일 것이다. 결혼생활을 형태만이라도 성공시켜 그것들에게 '봐라'라며 냉혹한 비판을 뒤집어 엎고 싶다. ―진정한 사랑이었다는 것을 나중에라도 알리고 싶다.

서글프게도 노부코가 느끼는 것은 그의 진정한 사랑이었다고 알리고 싶다는 이차원적인 욕심이었다. 태양처럼 잡을 수 없고 게다가 사계절 밝고 따뜻한, 흔들리는 마음을 살릴 수 있는 사랑의

유로라기보다 노부코와 자신이 형태를 만든 생활의 조직을 중단시키지 않을 수 없었다. 내 것으로 만들려고 하는 중년 남자의 실제적인 고집만이 지렛대처럼 느껴졌다. 노부코가 의심하지 않고 느끼는 그의 진심이란 이뿐이었다.

노부코는 기회가 생기자, 흐지부지 끝난 여러 이야기를 다시 꺼냈다.

"우리들은 스스로 다르게 생각하고 있던 것이 아닐까요? 당신은 나를 위해서만 살고 있다고 하지만 둘 다 그렇게 생활력이 약한 사람들일까? 나는 처음부터 말했던 것처럼 생활 그 자체를 사랑하고 있어요. 만약 당신이 이렇듯 맘이 약하고 생존력이 희박한 사람이었더라면 그렇게까지 젊어서부터 고생하며 자신의 길을 걸어오지 않았을 것이라고 생각해요. 당신은 역시 자신을 굳게 지키며 살 수 있는 분이에요. 그것을 부자연스럽게, 또한 불필요할 정도로 나를 위해, 나를 위해라고 말하면 안 되는 것 아닐까요? 천성대로 살아가는 것이겠지요. 그렇다면 반드시 깨끗이 정리될 거예요. 마찬가지로 두 사람 사이도 깨끗이 정리될 거예요. 당신은 당신대로 충분히 살 권리를 정면에서 주장하면 되는 거예요."

쓰쿠다의 대답은 정해져 있었다.

"어떻게든 생각해 보세요. 나의 본성은 이뿐인걸. 나의 각오는 이미 결혼할 때부터 정해져 있었어요. 그 결심을 자신이 좋다고 생각했을 때 실행했을 뿐이라고요."

결심이라는 것은 죽어 버린다든지, 전부를 포기하고 고향에 틀

어박혀 산다는 의미였다. 이러한 말도 노부코는 어디까지 진심인
지 몰라서 잠자코 있을 뿐이었다. 진심이라고 생각하면 무서웠다.
이러한 심리적인 맞물림은 어느 쪽이든지 죽을 때까지 그렇지 않
다면 계속되던지 하겠지. ―그러나 겁을 주려고 하는 것이라고 생
각하자 노부코는 빙그레 웃고 한쪽 발을 물러서 인사를 하고 "그
래요. 그럼 안녕히 계세요."라고 말하고 싶었다.

7월이 되었다.

쓰쿠다는 간사이關西로 출장을 가게 되었다. 짧은 여행이었기
때문에 준비는 조금도 필요 없었다. 서로의 사이가 온화하지 못하
고 저변은 계속 흔들렸다. 그 때문에 오히려 꼴사나운 여행을 만들
고 싶지 않았다. 노부코는 어느 날 돈을 조금 가지고 집에 온 야스
와 미치코시 백화점에 나갔다. 덥지만 상쾌한 바람에 미치코시 백
화점의 붉은 깃발이 유쾌하게 파란 하늘에 펄럭이고 있었다.

한 시간 만에 쇼핑이 끝났다.

"어떻게 할래? 이제부터 도자카에 갈 거야?"

"나는 어떻게든 상관없어."

"또 아카사카에 가면 늦지 않을까? 그럼 긴자라도 좀 걸어볼
까."

야스는 매우 기쁜 듯이 싱글벙글하면서 찬성했다.

그들은 시세이도에서 아이스크림소다를 마셨다. 노부코는 빨
대를 2개 뽑아 야스에게 건네고 자신도 같은 수의 빨대를 컵에 꽂
았다.

"한번 해봐. 요즘 유행하는 마시는 법이야. 한쪽 빨대로는 불어서 거품이 잘 부풀게 하고 다른 빨대로는 마시는 거지."

야스는 대수롭지 않게 대답했다.

"응….."

그는 2개의 빨대를 입술에 한 번에 대고는 말했다.

"아, 이상하다, 이상해."

야스가 손을 떼었다.

"미안한데 나는 잘 모르니까 먼저 누나가 좀 해봐."

"괜찮아, 봐."

노부코는 컵에서 넘칠 정도로 소다 거품을 만들어 보여주었다.

"진짜네?"

야스는 소년처럼 진지하게 보았다. 거품이 일어날 때 노란색 액체가 올라오지 않는 것을 보고 이전부터 기대한 것처럼 몸을 흔들며 다른 한 개의 빨대를 불기 시작했다.

"봐봐, 어쩐지 이상하다고 생각했지. 숨을 두 번에 나눠서 하는 거야."

노부코는 웃기 시작했다.

"바로 이상하다고 생각했어? 나는 정말로 해봤는데."

"언제?"

"훨씬 예전에 서양 할아버지에게 속았었지."

야스가 우에노행 전철에 타는 것을 보고 나서 노부코는 라이온 앞에서 전철을 탔다. 이른 오후라서 차 안은 비어 있었다. 노부코는 보따리를 무릎 위에 올리고, 열려진 창문으로 해자 끝의 경치를 바라보았다. 여름답게 투명하고 밝은 서쪽 하늘이었다. 무거운 돌담의 표면과 색, 잔디, 울창하고 녹음이 푸른 노송 등이 널찍하게 굽어진 냇물에 반사된 빛을 받아 아름답게 빛나 정말로 일본적인 아름다움으로 충만해 보였다. 조금 전의 여운 때문에 겉으로만 명랑하게 보이는 노부코의 가라앉은 마음에 이러한 경치는 쾌적함을 주었다.

반대편에 여자가 한 명 앉아 있었다. 37, 8세의 교양 있어 보이는 부인은 괜찮아 보이는 검은색 띠를 두른 옷에 부드러운 머리카락에서부터 게다 발끝까지 안정적이고 순진하게 보였다. 무릎 옆에 있는 양산도 검은색이었다. 소극적인 옷차림에서 단정한 몸가짐과 천성적인 관용이 한눈에 빛나고 있었다. 여유롭게 정면을 바라보며 역시 창밖을 보고 있던 부인은 노부코가 보고 있는 것을 알아차린 듯이 매우 자연스럽게 그녀 쪽을 바라보았다. 우연히 눈이 마주쳤다. 그것은 뭐라 할 수 없는 밝고 따스한 눈길이었다. ―눈동자가 옅은 갈색으로 빛나고 있는 것까지 마음이 끌렸다.

때때로 부인을 바라보는 사이에 노부코는 이상야릇한 마음이 들었다. 부인의 이쁜 마음이 노부코에게 파도처럼 밀려들었다. 그리고 이상하게도 자신이 옆에 가서 그녀의 도톰한 손에 자신의 손을 대고 "저기요…"라고 한마디 속삭인다면 요즘 일어난 괴로운 모든 것이 당장 상대에게 전달될 것처럼 느껴졌다. 그리고 자신 앞을 가로막고 있는 애절한 일들이 기적적으로 탁 트일 것 같았다.

노부코가 계속 쳐다보니까 부인도 그녀에게 조금 특별히 주의를 기울이기 시작했다. 갈색 눈동자가 한 치의 흐트러짐도 없는 밝은 표정으로 때때로 그녀의 이마와 볼을 스쳤다. 노부코는 시선으로 만진다는 말 그대로의 감각을 느꼈다. 지금 자리를 일어날까, 지금 일어날까, 괴롭게 가슴이 두근거렸다. 노부코는 그런 일을 자신이 할 수 없음을 알고 있으면서도 부인으로부터 주의를 돌릴 수 없었다. 러시아 소설에서는 기차에서 갑자기 옆에 있는 사람을 잡고 남자가 자신의 이야기를 시작하는 경우가 자주 있었다. 반신반의로 읽었던 사나이의 애절한 마음이 이런 기분일 것이라고 노부코는 생각했다.

내릴 곳에 다다랐을 때 노부코는 안심했다. 인도에 나와도 여전히 마음의 여운이 남아 있었다. 그녀는 자신의 놀라움을 되짚어보듯이 서 있는 전철의 창문을 올려다보았다. 카키색 군복의 남자들의 등 뒤로 부인은 보이지 않았다.

"편지 보내실 거죠? 도자카로."

"자, 그런 짬이 있을지… 내 편지 따위 재미없잖아요."

다다음날 쓰쿠다는 출발했다. 노부코는 도자카에 갔다.

7

그렇게 말하고 나섰어도 쓰쿠다는 가끔 노부코에게 편지를 보냈다. 자신이 경치를 그린 엽서가 많았다. 간단하게 그날의 날씨

따위만이 적혀 있었다. 그는 자신이 여행하는 사이에 노부코가 감정을 추이하기를 기대하고 있는 것 같았다. 실제로 노부코도 매일 상극적인 상태로 쓰쿠다와 좁게 생활했을 때보다 정신적으로 여유가 생겼다. 도자카에 있는 집은 여름휴가로 비어 있었다. 다케요는 아이를 데리고 시골로 피서를 갔다. 남아있는 사람은 아버지와 노부코뿐이었다. 그것도 노부코에게 안정을 주었다.

어느 날 아침 바람이 잘 통하는 다다미가 깔린 복도에서 노부코는 유카타 천과 김 통 등을 커다란 양동이에 집어넣었다. 점심 무렵 기차로 서생이 고향에 간다. 그때 건네줄 물건들이었다. 쓰쿠다에게 온 엽서가 옆에 떨어져 있었다. 오늘 아침 온 편지는 나라奈良에서 온 것이었다. 눈만 커다란 사슴과 도리이鳥居[33] 가 그려져 있었다.

"어제 잠깐 짬을 내서 나라를 자동차로 일주 했습니다. 가스가春日신사의 산속은 별천지처럼 시원했습니다. 사슴이 다정한 얼굴로 몇 마리나 따라왔습니다. 이런 착한 동물이라면 다리가 아플 일은 없겠지요."

노부코는 문장을 읽고 쓴웃음을 지었다.

다모쓰와 미치코시 백화점에 간 날, 돌아와서 보니 오른쪽 다리가 게다 끈에 쓸려 상처가 나 있었다. 미숙한 치료로 덧나서 노부코는 요즘 매일 병원을 다니고 있었다. 사슴이 가냘픈 다리 앞을

---

33 도리이(鳥居) : 신사 입구에 세운 두 기둥의 문.

자기처럼 붕대를 감고 절뚝거리며 걷는 모습을 상상하자 조금 우스웠다. 하지만 짐을 꾸리는 사이에 한 번 더 대충 읽어보니 노부코는 왠지 단순하게 우스워할 수 없었다. 이런 착한 동물이라면 하고 운운하는 것은 노부코가 착하지 않다는 말일 것이다. 그다운 감상법이라고 노부코는 생각했다. 다정함이라는 것도 그가 한다면 사랑과 같이 소모하지 않는 고형물과 같은 존재로 생각되어지는 것이겠지?

노부코는 기모노를 갈아입고 병원에 갈 차비를 했다. 차에 타려고 할 때 여종이 허둥지둥 복도를 달려왔다.

"아, 잠깐만요 전화 왔습니다."

"누구?"

"유즈키 씨라고 합니다."

노부코는 급히 전화가 있는 곳으로 돌아왔다. 유즈키 씨라는 사람은 노부코의 스승이라고 할 만한 나이 든 박사임에 틀림없었다. 그녀는 도자카로 올 때 바로 전날 긴 편지를 보냈다. 그녀는 어제 오늘 생리적으로 견디기 힘든 헛소리가 나올 것 같은 내심의 괴로움, 자유로운 생활에 대한 동경을 편지에 토로했던 것이다.

전화기 저편은 부인이었다.

"여보세요. 노부코 씬가요? 저는… 남편의 대리인입니다만, 남편이 편지는 확실히 읽었습니다."

노부코는 부인에게 어떤 쑥스러움을 느꼈다. 그녀는 어설프게 답례를 했다.

"그래서 말인데요. 바로 답장을 보내려고 했는데, 마침 오키쓰 興津로 온 김에 전화를 드렸습니다. 내일 집에 계시나요?"

"네? 당분간 여기에 있을 것 같습니다만."

만약 노부코가 집에 있다면 면담하고 싶으니까 유즈키 선생님 자신이 직접 노부코가 있는 곳에 오겠다는 말이었다. 노부코는 죄송한 마음이 들었다. 그녀는 지금은 다리 상태가 나빠 안 되지만 조만간 찾아뵐 생각이라는 것을 말하고 사양했다.

"하지만 어찌 되었든 오이시가와小石川에 들릴 일도 있고 해서 나가는 거니까…."

그렇다면 오시라고 하고 노부코는 전화를 끊었다.

병원은 월요일이라서 특별히 혼잡했다. 대기실은 매우 더웠다. 복도의 끝에는 한 개의 창문이 있었다. 거기로부터 뒤뜰의 기관실과 그 주변의 빈방들이 눈에 들어왔다. 그곳에서는 배달 통을 들은 젊은 배달꾼이 다니는 모습이나 팔뚝까지 내놓은 혈기왕성한 간호사의 모습이 가끔 보였다. 간호사는 실내 조리를 신은 채 석탄 재 위를 깡충깡충 건너뛰어 비스듬한 맞은편 별동의 입구로 모습을 감추었다. 하얗고 넓은 소맷자락 아래에 빨간 슬리퍼 끝이 보이는 것이 병원다운 아름다움처럼도 느껴졌다. 그러한 광경을 노부코는 긴 시간 보고 있었다. 드디어 대기실의 사람 속에서 노부코와 면식이 있는 간호사가 왼팔에 장부를 들고 나왔다.

"많이 기다리셨습니다. 어서 들어오세요."

항상 귀찮다는 식으로 환자를 취급하기 때문에 노부코가 싫어하는 수염이 적은 의사가 그날은 당번이었다. 그는 노부코의 인사에 "네."라고 냉담하게 대답하고 검지를 잠깐 움직였다. 붕대를 풀라는 지시였다. 그는 손가락 끝으로 한두 군데 환부를 눌렀다.

"어제처럼."

간호사가 손바닥으로 석고형을 만들 듯 처덕처덕 노부코의 다리 전체에 고약을 발랐다. 그러는 사이 하얀 커튼으로 가려진 옆 칸으로 눈과 코와 입의 구멍만 남기고 얼굴 전체를 붕대로 감고 있는 남자가 불려 들어왔다.

노부코는 음침한 표정으로 애물단지 같은 다리 쪽을 바라보고 있었다. 그녀 안에는 그 사이에도 착 달라붙어서 떨어지지 않는 복잡한 감정이 있었다. 다음날 유즈키 선생님이 와주신다. ─와주신다. ─그것에 대해서, 나에게는 죄송스럽고 호의에 감사하면서도 무겁게 느껴지는 감정으로 나오는 길에 받은 전화를 끊고 나서부터 노부코는 구애를 받고 있었다.

유즈키 선생님에게 보낸 편지에 노부코는 쓰쿠다와 결혼하고 나서 자신 이외의 사람에게 처음으로 고백하는 불만과 의혹을 감추지 않고 적었다. 수년 동안 마음에 머물고 있던 기세가 선생님을 적어도 움직이게 했을 것이라고 추측했다. 선생님은 그녀가 상담에 응할지 안할지 운명의 갈림길에 있는 것을 알고 이 위기를 조금 더 적당히 구체적으로 상담해줄 상대로서 내일 와주시려는 것임에 틀림없었다. 자신의 상태는 어떠한가? 자신조차도 자신의 정신이 활발하지 않은 것에 놀랐다. 노부코는 전화를 들었을 때 그 기회를 강하게, 한층 깨끗이, 솔직하게 계획을 실행하려고 하는 늠름한 용기를 느끼기는커녕, 오히려 뒷걸음치는 비겁한 자신을 느꼈다. 선생님의 방문에 의해 사태가 일변하려는 것 같은 불안, 아직 그것까지는 결정하고 싶지 않다는 미련. 결국에는 같은 결과가 돼도 선생님의 말에 따르는 일이라고, 나중에 그런 의식으로 괴로워할 것 같은 자신의 성미. 이치대로 말하자면, 애당초 그렇다면 왜 아무런 책임도 없는 유즈키 선생님에게 그러한 편지를 보낸 것인가? 라는 것이었다. 적으면서 울며 자신의 괴로움과 동경을 호소해야만 하는 심정. 그것도 노부코는 자신을 기만하는 것이 아니었다. 마음이 타들어가서 참을 수가 없어서 그것을 명령하였던 것이다. 그렇겠지, 현재 결정을 못 내린다는 것을 알면서도 뭔가 소중한 것을 잃어버린 것이 아닌지, 지금에서야 늦게나마 의심하는 것도 마땅한 일이다. 움직일 수 없는 본심의 말로였다.

다음날 아침, 약속시간에 선생님이 오시자 노부코는 드디어 어리석게 기가 죽었다. 병이라도 걸렸으면 좋겠다고 생각했다. 한쪽 다리에 두껍게 붕대를 한 의기소침한 노부코가 처참한 모습으로 보였을 것이다. 선생님은 노년이라 약간 목이 잠기었지만 생기 있는 음성으로 정중하게 그녀의 건강을 물었다.

"아내라는 것은 성가신 사람이네요……. 역시 그와 닮은 사람이라 오랫동안 난처했습니다. 편지는 자세히 읽었습니다. 어찌된 일입니까? 쓰쿠다 씨는 어딘가 여행이라도…?"

노부코는 어설프게 필요한 대답을 하였다.

"아아, 그렇습니까?"

선생님은 안락의자에 깊숙이 앉아서 생각하면서 오른손 손가락으로 가볍게 하얀 수염을 만졌다.

"편지를 보고 사실은 놀랐습니다. 어머니는 처음부터 매우 걱정하셔서 여러 가지 이야기를 하셨습니다만, 자신도 부인인 이상한 번은 가정을 갖는 것이 좋을 거라고 말씀하셨습니다. 양친에게는 말씀드렸습니까?"

"아직이요."

말을 마친 노부코는 뭐라고 말할 수 없는 부끄러움이 밀려들었다. 그녀는 자신이 대답한 순간에 그것이 선생님에게 예상외의 일이라는 것, 동시에 선생님의 마음에 이 문제가 그 순간 처음의 무게를 잃어버린 것을 지각했다. 노부코는 자신의 굼뜬 태도 때문에 선생님이 자신의 친절한 마음까지 조롱당하는 것같이 느끼신다면, 그것이야말로 죄송하다고 생각했다. 그녀는 사죄를 하듯 말했다.

"오해로 인해 선생님에게 걱정을 끼친 일은 정말 죄송하게 생각하고 있습니다만…."

"아닙니다. 결코 그런 염려는 하지 마십시오. 힘닿는 대로 무엇이든지 도와드리겠습니다."

처음과는 명확히 다르게 조금은 가볍게 말했다.

"그렇다면, 어떻습니까. 아직 확실히 이렇다고 할 실제적인 계획은 세우지 않았습니까?"

노부코는 자신의 의지박약을 그 자리에서 견딜 수 없을 만큼 자각하면서 있는 그대로 대답할 수밖에 없었다.

"편지에 말씀드린 것처럼 생각하고 있습니다. 도저히 지금까지처럼 살아갈 수가 없으니까요."

"그러나 그렇다 해도, 계속 떨어져 살지는 않겠지요?"

"……어떻게 되는 건가요?"

"아니오."

유즈키 선생님은 노부코 쪽으로 구부린 허리를 펴면서 말했다.

"만나서 안심했습니다. 편지를 봤을 때는 이보다 더 괴로워하는 것 같았습니다. 슬기로운 부인인데 혹시 무슨 일이 있나? 하는 노파심에서 온 것이니까. 그 정도로 생각할 여지가 있다면 됐습니다."

노부코에게 이런 말은 괴로움을 더욱 심하게 할 뿐이었다. 기분만으로 더욱 깊이 생각하게 되었고 결국 실행할 수 없는 우유부단함을 보기 좋게 지적당했다고밖에 생각되지 않아 비참했다. 그렇지만 유즈키 선생님은 마치 그런 노부코의 마음을 배려하듯이 점차 쾌활하게 말했다.

"당신의 결심은 매우 기특합니다. 적어도 부인의 몸으로 독립생활을 하려고 하는 것은 사실 쉬운 일이 아닙니다. 당사자가 확고하다고 해도 세상의 눈이라는 것은 까다로우니까요. 잘 생각해 볼 필요가 있습니다. 마침 훌륭한 부모님도 계시니까 저도 안심입니다만."

그런 세정에 밝은 사람이라면 누구라도 할 만한 말을 선생님으로부터 듣고 싶지는 않다는 소리가 거세게 자신의 마음속에 일어나는 것을 노부코는 느꼈다. 그렇다면 어떤 말을 듣고 싶은 것일 까? 저런 쓰쿠다 같은 녀석은 지금 바로 버려버려 라는 말을 듣고 싶은 것일까? 그렇지 않으면 터무니없는 말이다. 평생 순종적이고 맹목적인 아내로서 살라는 호된 말을 듣고 싶은 것인가? 결국 자신 의 마음이 선생님에게 그렇게 밖에 말할 수 없게 만든다는 것을 알 면서도 노부코는 뭔가 하늘의 계시와 같은 한마디, 심경에 대변동 을 불러일으킬 편력적인 한마디를 갈구하였다.

"이런 일은 복잡하고 일생의 문제이니까 손해라고 볼 것은 결 코 없습니다. 하루아침에 결정할 수 없는 일입니다. 또 뭔가 내가 도움일 될 만한 일이 있으면 사양하지 말고 말씀해주십시오. 미흡 하나마 힘이 되도록 노력하겠습니다."

사紗[34] 로 만든 하오리[35] 를 힘차게 차면서 차에 탄 선생님이 꼼 꼼하게 말했다.

"어머님께도 안부 전해주십시오."

선생님이 인사로 정중하게 머리를 숙이자 노부코는 갑자기 슬 퍼졌다. 선생님의 호의도 자신의 좋은 생활을 하고 싶다는 열망도, 자기 자신은 흐리멍텅하고 돌이킬 수 없이 엉망진창으로 되어버 린 기분이 들었다. 노부코는 이 문제로는 두 번 다시 선생님을 귀 찮게 하지 않겠다고 생각했다.

---

34 사(紗) : 성기고 얇은 견직물. 사(紗). (여름용의 일본 옷감으로 씀)
35 하오리 : 일본옷 위에 입는 짧은 겉옷.

8

7월 하순이 되자 쓰쿠다로부터 귀경한다는 통지가 있었다. 올 여름은 노부코만이 도자카에 있었기 때문에 아내와 아이들이 없는 매일 밤을 사사佐々는 비교적 무료하게 지내왔다. 그는 26일에 돌아온다는 쓰쿠다의 엽서를 보고 말했다.

"그렇다면 나는 열흘 정도 K에 갔다 올까. 너도 바로 아카사카에 돌아가지 않으면 안 될 거야."

노부코는 아버지의 발밑에서, 낮은 봉당에 걸터앉아, 부채로 모기향의 연기를 저쪽으로 부치거나 이쪽으로 날리게 하며 멍하니 대답을 했다.

"그렇네. 돌아가지 않으면 안 되겠지요."

"이제 병원에는 가지 않아도 되는 건가?"

"이제 꽤 괜찮아요. 많이 나아지고 있어요."

"괜찮다고? 그러면 어딘가 다른 곳이 나쁜가? 가난이 병이라면 내가 고쳐줄까?"

"아니에요."

부녀는 소리를 맞추어 웃었다. 그러다가 갑자기 노부코가 쓸쓸하게 속삭였다.

"나도 같이 가버릴까?"

"K에? 그러나 나도 아직 계획뿐이라 좀처럼 언제 갈지는 몰라."

노부코는 아카사카에 돌아가는 것이 도저히 싫었다. 여러 방의 모습과 그 안에서 재차 반복되는 일상생활을 생각하면, 억압받는 것 같은 기분이 들었다. 자신을 가만두지 않는 철로 만든 기계 사이로 끼어들어가는 것 같은 기분조차 들었다. 쓰쿠다가 도착한 아침은 병원에 가는 날이어서 노부코는 아카사카로 돌아가지 않기로 했다. 쓰쿠다는 신슈信州를 돌아 10시가 넘어서 우에노에 도착할 예정이었다.

"그럼, 스즈키가 어차피 한가하니까 정류장까지 데리러 가서 이쪽으로 데리고 오면 되겠다. 저녁을 같이 먹고 난 다음에 너희들 형편에 맞추면 좋지 않을까?"

정해진 시각에 병원에서 나와 집으로 오자 현관의 디딤돌에 검은 가죽 신발이 가지런히 정리되어 있었다. 노부코에게는 광택이 나는 검은 구두가 묘하게 인격을 갖고 있는 것처럼 느껴졌다. 노부코는 감정을 갖고 자신의 짚신을 그 옆에 벗었다.

"돌아오셨어요. 쓰쿠다 씨도 와 계십니다."

거실로 곧장 갔다. 쓰쿠다는 거기에 있지 않고 식당의 창문에 걸터앉아 있었다. 웃옷을 벗고 색이 바랜 와이셔츠 차림으로 선풍기를 쐬고 있었다.

"다녀왔어요."

그는 노부코를 보자 꼬고 있던 다리 하나를 내리고 조금 전에 헤어졌다 돌아온 사람처럼 말했다.

"발은 어때요?"

목 언저리가 부쩍 햇볕에 그을린 그는 얼굴은 정색을 하고 어딘가 살피는 듯한 표정을 지었다. 노부코도 똑같이 진지한 모습으로 묵묵히 남편에게 한손을 뻗었다.

"그쪽은 더웠지요?"

"네, 오사카는 엄청 더웠어요. 잠자리는 편했지만…."

노부코는 그의 옆에 앉았다. 쓰쿠다는 머리를 젖히듯이 찬찬히 노부코를 쳐다보며 낮은 목소리로 물었다.

"어때요?"

그녀의 마음이 어떠냐는 의미인 것을 노부코는 바로 알 수 있었다. 노부코는 한꺼번에 몰려오는 애정과 그에 대한 반발심을 느꼈다. 노부코는 당혹해하며 머리를 떨구고 어느 쪽이라도 선택해야 할 듯이 입술을 실룩거렸다.

"오늘밤 같이 돌아가요"

노부코가 바보같이 대답을 하지 않아서 쓰쿠다는 그녀를 안으려는 듯한 얼굴로 가까이 와서 반복해서 물었다.

"응, 돌아갈 거죠?"

바로 대답이 나오지 않아 노부코는 허세를 부리며 그의 손을 잡고 억지로 끌었다.

"어쨌든 씻고 오세요. 개운하지 않잖아요."

유카타를 내놓고 쓰쿠다를 목욕탕으로 보냈다. 노부코는 그 사이에 자신도 옷을 갈아입었다. 단정히 머리에 빗질까지 하고 온 그와 마주하고 수레국화가 만발한 거실에서 차가운 음료수를 먹었다. 노부코는 그가 없던 동안에 있었던 이야기를 짧게 했다. 그러면서 그녀는 그 사이 쭉 자신의 쓰쿠다에 대한 생각이 변한 것 같아 그를 공격했다. 원래 20일이나 여행하고 온 그를 예전 같으면 자신이 얼마나 매우 기뻐하며 환대했던가. 그녀는 기쁨에 겨워 시끄러울 정도로 따라다녔다. 그의 모습이 보이지 않는 곳에서 그의 목소리를 듣는 것만으로 매우 기뻐서 들떠있는 노부코의 마음이 보일 정도로 단순하고 순수했다. 지금 자신이 그렇지 않은 것은 노부코 자신도 잘 알고 있었기 때문에 슬플 정도였다. 분열할 것 같은 마음은 통일이 되어서 움직이지 않았다. 남편이 절친한 사람이면서도 마치 타인과 같은 얼굴을 보자 안심하고 귀여워해도 좋을지 미워해도 좋을지 결심이 서지 않아 서먹서먹하였다. 쓰쿠다도 마음이 진정되지 않음을 노부코는 느꼈다. 기괴한 일은 그의 얼굴을 보지 않고 창문 너머의 푸른 잎을 보며 말하면 이야기가 술술 나왔다는 것이다. 문득 눈동자가 마주치면 의심이 일어나서 양보하지 않으려는 두 마음이 번개처럼 번쩍이며 씨름을 하려는 것을 서로 예리하게 느꼈다. 그런 순간 말은 허무하게 느껴져 부끄러웠다. 두 사람은 자연스레 점점 입을 다물게 되었다. 쓰쿠다는 탄식하듯 중얼거렸다.

"여행이라도 하고 오면 당신의 마음도 그 사이에 변하지 않을까 하고 기대했는데… 그렇지도 않았네요."

"네."

울음이 터져 나올 듯 노부코는 말했다.

"나도 싫어요. 이런 것, 정말로 싫어! 그렇지만 어쨌든 어쩔 수가 없어요. 당신, 자신도 알아요? 당신이 얼마나 귀엽고, 매우 미운 사람인지요?"

노부코는 "미워"라고 강하게 힘을 주어 말하고 눈물을 흘렸다.

3시쯤 친척집에서 머물고 온 할머니가 돌아오셨다. 머지않아 아버지도 돌아오셨다. 그들은 간신히 살았다. 아버지는 아이스크림 병을 노부코에게 흔들며 보였다.

"이봐, 좋지? 쓰쿠다 군을 환영하는 표시라고."

의자에서 일어나서 인사를 한 쓰쿠다를 보며 그는 애교 많게 이야기를 했다.

"호텔에서라도 저녁을 먹으려고 했는데, 생각해보니 자네는 줄곧 양식만 먹었을 테니 오늘밤은 책상다리를 하고 앉아서 먹는 게 더 낫겠지?"

식탁에서 아버지와 쓰쿠다는 간사이關西의 여러 도시에 대해서 이야기를 했다. 아들과 손녀 부부와 오붓이 둘러앉아 있는 할머니는 매우 행복해 보였다.

"자네 미카게みかげ에는 가지 않았나?"

그녀는 돌연 쓰쿠다에게 물었다.

"거기에는 좋은 곳이 없지. 아는 사람이 있어서 50일이나 신세를 졌었는데 아주 가까운 곳에… 음 뭐라던가 이름이… 머리를 올려주는 가게가 있는 온천이 있어서… 쇼쟌省三이던가? 너는 기억하고 있지?"

"온천이라 하면… 아버님, 가까운 곳에 어딘가에 좋은 온천 알고 계시지요?"

식사가 끝나갈 무렵에 쓰쿠다가 물었다.

"넘치고 넘치는 곳이 하코네箱根와 이즈伊豆지."

삿사는 오코바奧羽 지방의 온천을 두세 곳 들었다.

"가려고?"

쓰쿠다는 애매모호하게 대답했다.

"네… 생각한 곳이 있어서요. 만약 가난한 서생의 맘에 꼭 맞는 곳이 있으면 잠시 갔다 오려고 합니다."

잡담이라고 듣고 있던 노부코는 자신도 모르게 주의 깊게 쓰쿠다를 바라보았다. 쓰쿠다는 얼굴을 아버지 쪽으로 돌려 대화하고 있었다.

"어쨌든 여행 중이니까, 열흘 정도 갈 수 있다면 가고 싶었습니다."

"그래? 그것 좋은 계획일세. 자네에게도 유익한 일이고. 꼭 가게나, 온천은 좋지."

아버지는 일류라고 할 만한 귀로 모은 학문의 폭 넓은 지식으로 온천의 천연요법의 가치를 논했다.

노부코는 예상 밖의 일과 쓰쿠다가 왜 직접적으로 자신에게 말해 주지 않은지 의문이 들었지만 서서히 그것들을 잊고 기뻐했다. 노부코는 천성적으로 여행을 좋아했다. 결혼하기 전에는 도요 씨와 가까운 곳이라도 자주 외출했다. 온천도 한두 곳은 알고 있었다. 쓰쿠다와 생활하게 되고부터는 그의 직업관계와 성격 때문에 3,4일 되는 작은 여행도 하지 않았다. 여름에 쓰쿠다의 집에 간 것이 전부였다. 그런 것은 많은 가족 틈 사이에 들어가 주변만 다른 도쿄에 있는 것과 같은 생활의 반복에 지나지 않았다.

정말로 온천에 간다고 하자 그것은 노부코에게는 처음으로 하는 여행같았다. 숙박은 둘만 할 것, 그것도 그녀의 공상을 번쩍이게 했다. 아버지의 이야기는 아니지만, 산들과 온천의 공기가 청명한 아침에 잠에서 깨듯이 활발한 세포의 작용으로 두 사람의 고충이 작은 싸움으로 완전히 잊혀지는 기적이라도 일어난다면 얼마나 멋진 일일 것인가? 얼마나 행복한 일일 것인가! 쓰쿠다도 같은 생각일 것이라고 생각한 노부코는 그것은 놀라운 일이자 희열이라고 생각했다. 그녀는 마음을 열고 아이스크림을 먹고 있는 남편에게 말했다.

"정말이에요? 그 이야기."

"가겠어요?"

"네, 가요."

"그럼 빨리 전보로 알아보지요."

쓰쿠다는 사무적인 말투로 되물었다.

"그런데 정말 가도 되는 거예요? 병원은 그만 가도 돼요?"

노부코는 말이 끊기면 큰일이라는 기세로 막았다.

"물론 괜찮아요. 하지만 만약을 위해 내일 물어보고 올게요. 괜찮을 거니까 가자구요. 그만두지 말아요."

9

정면으로 청명한 공기를 세차게 뚫고, 분화산이 짙은 팥색으로 우뚝 솟아있었다. 정상의 연기가 움직임도 없이 피어오르고 있었다. 담배밭, 왜수나무숲, 그런 거라고 생각하자, 또 담배밭. 비탈이 급해지면서 좌우로 아오키가하라青木ヶ原의 상쾌한 지평선 풍경이 수십 리의 먼 곳까지 펼쳐졌다. 노부코 부부를 태운 자동차는 저력을 가진 폭음을 내면서 마구 돌진하면서 올라갔다. 오전 5시, 이슬을 가득 머금은 공기를 뚫고 질주하고 있고 태양이 오르는 중이라서 노부코의 뺨과 입술은 따끔따끔 하여 경직될 지경이었다.

다리를 하나 건넜다. 구(<)라는 글자 형태에 절벽을 낀 급한 언덕을 오르자 가는 쪽으로 고풍스런 온천마을이 나타났다. 언덕을 따라서 양측으로 여관과 토산품을 파는 가게들이 줄줄이 서 있었다. 길 한 가운데에는 하얗게 뜨거운 김이 올라오는 도랑이 있고 높게 오르는 뜨거운 김 내음이 주위에 흐르고 있었다. 자동차가 집들 사이로 아슬아슬하게 지나갔다. 어떤 여관에서도 이미 잠든 손님은 한 사람도 없는 듯 활기가 넘쳤다. 활짝 열어젖힌 난간에 유카타가 널려 있고 방 안 가득 아침햇살이 드리우고 있는 곳. 지금 막 도착한 손님이 양산을 턱밑에 바치고 그들의 자동차를 떠나보내는 모습. 토산물품 가게 앞에 소박한 빨강과 녹색으로 칠한 구리

모노彫物[36] 가 나란히 놓여있었다. 그것도 시골스럽고 생동감이 있는 아침풍경이었다. 노부코는 기분이 좋아 방이 없는 것도 그다지 고생스럽지 않았다. 그해는 여름휴가 내내 특별하여 노부코가 도착했을 때조차 요시다의 가게 앞에는 20명 정도의 손님만이 있었다. 그들은 하룻밤 요시다 가게의 지배인의 집에서 머물렀다. 요시다 가게에는 대각선으로 마주보는 곳에 토산품 가게가 하나가 있어, 앞에서는 장사를 하고 2층은 여름에 몰려오는 손님들을 위해 사용하고 있었다. 배달통을 든 요시다 가게의 젊은 일꾼이 붉은 칠을 한 쟁반을 등으로 운반하는 것이 보였다. 노부코 부부는 그곳에 조차 장소가 없어서 가게의 바로 뒤편의 객실에 있었다. 헛방의 어두운 곳에는 복숭아색의 헤코오비兵兒帶가 보였다. 방의 전등이 꺼지면 가게 전등에서 구리모노 가지의 그림자가 창호지에 비쳤다.

빈 방도 본래는 쇼린구小林区 관사의 일부였다.

"그래도 좋은 일이야, 오히려 조용해서 좋아요. 산가에서의 집이라……."

팔조 다다미방과 육조 다다미방이었다. 팔조 다다미방은 그들이 사용하기로 됐다. 육조 다다미방은 경치가 좋은 대신 축대 밑이 바로 도로라서 계속해서 지나가는 손님들이 방 내부를 볼 수 있게 되어 있었다. 팔조 다다미방은 가늘고 긴 공터 너머에 있는 관사의 안채와 마주보고 있고, 왼편에는 얼룩조릿대가 무성히 핀 벼랑이

---

36 구리모노(彫物) : 나무로 만든 조각품.

있었다. 거기에는 시골 온천답게 온천물을 끄는 홈통이 지나가고 있었다. 얼룩조릿대 사이에는 용담꽃이 질투심 가득 피어 있었다.

고원적인 푸른 나무들의 웅성거리는 소리, 경쾌한 공기, 자동차가 오는 도로들, 노부코는 거의 관능적인 해방을 맛보았다. 그곳에는 자연적으로 인간의 힘을 북돋게 하는 원소가 특별히 많은 것 같았다. 노부코는 스스로 활발한 성격의 소유자가 되고 싶다고 강하게 느꼈다. 그녀는 자신이 주의가 깊고, 성격이 더 쾌활해지게 하려는 구석이 있었다. 점점 힘이 넘치면 남편과 자신의 사이에 놓인 여러 가지 먼지들이 떠나버릴지도 몰랐다.

"저기요, 그런 재미없는 얼굴 하지 말고 이거라도 하자구요."

그녀는 쓰쿠다 앞에 트럼프를 내놓았다.

"여기! 이런 꽃이 피었네."

이렇게 말을 꺼낼 때의 노부코는 대개 심적으로 쾌활한 미터의 하강을 예감하는 때였다. 하지만 쓰쿠다는 노부코의 그런 권유에는 온천장으로 와도 집에 있을 때와 같이 좀처럼 흥이 나지 않았다.

"결국에는 올해 여름은 아무것도 못했네."

손톱을 깎으면서 노부코가 말한 것과는 다른 대답을 중얼거렸다.

"뭔가 예정한 것이라도 있었나요?"

"자신의 시간이란 것이 여름휴가 때만 있는 것인데, 물론 하고 싶은 것은 얼마든지 있었지요."

산책하고 전망대에 가서 보자, 사격연습장 앞에 젊은 사람들 여럿이 모여 웃고 있었다. 자연석으로 된 평상에서는 환한 얼굴을 한 부부가 앞의 광장에서 놀고 있는 아이들을 보고 있었다. 줄줄이 노부코 부부의 앞뒤를 지나서 잔디 사이의 가랑길에서 멀리 있는 유원지 쪽으로 가는 사람들. 모두가 경쾌해 보였다. 자연의 광대함 과 거기에 섞여 사는 작은 인간들의 혼잡함을 마음 편하게 즐기고 있는 것처럼 보였다. 노부코도 그러한 사람들과 뒤섞여 걷고 있으 니 마음이 단순하게 즐거워지자, 즐거워지자 라고 북돋아주는 것 을 느꼈다. 그리고 실제로, 그녀는 사격 연습장에서 콜크공을 쏠 정도로 죄 없는 마음이 되는 것 같았다. 하지만 그것 역시 일시적 인 것이었다.

방으로 돌아와 남편과 마주앉자 오히려 무거운 기운이 그녀를 엄습해 왔다. 많은 인파 속이 오히려 참을 만했다. 문밖의 밝은 곳 에서 그들은 지금 서로 마음이 녹아 따뜻한 기분으로 있을 수 있을 것인가 생각하면, 홀연 떨어진 서로를 느끼고 쓸쓸하고 애절한 기 분이 들었다. 뭐라고 말할 수 없는 안절부절못하는 마음이 그런 때 노부코를 괴롭혔다. 그녀는 떠들어대거나 쓰쿠다에게 짓궂은 잔 소리를 하곤 했다.

어느 날 아침 샤워를 하고 나오자 쓰쿠다가 툇마루에서 나와 뜰에 있는 여종과 이야기를 하고 있었다.

"그럼, 당일치기라도 가능하겠군."

"네, 천천히 보내세요. 조금 빨리 나가셔야 할 것입니다."

"어떻게 가면 될까? 여기에서부터. 셋쇼세키殺生石의 옆에서부터 올라가야 하나?"

"그렇습니다. 그곳에 조금 급한 경사가 있지만 곧장 길이 나옵니다. 사람이 많으니까요. 그곳까지 가시면 자연히 정상까지 오르실 수 있을 겁니다."

"어디요?"

"모처럼 왔으니까 나수那須에 오르고 싶어서요."

아침밥을 먹고 나서 쓰쿠다는 노부코에게 말했다.

"당신은 어차피 힘들 테니까 여기서 기다릴래요?"

"글쎄요. 기다려도 좋지만……."

하루 종일 혼자서 우두커니 있을 것을 생각하면 내키지 않았다.

"몇 리나 되지요? 가게 되면 나도 가고 싶어요."

"왕복 3리 정도 될 것 같은데, 계속 오르기만 하는 거니까… 괜찮겠어요?"

"갈래요, 그럼. 혼자서 우두커니 있는 것보다 가는 편이 나아요."

쓰쿠다는 귀찮아 보였지만, 노부코는 쟁반을 치우러 온 여종에게 조리와 잡아맬 끈을 부탁했다.

일어날 때에는 안개가 있었는데, 여덟 시가 넘자 청명한 날씨가 되었다. 나무 사이의 산길에서 길로 이어진 등산로는 완전히 개어 있었다. 여자를 데리고 온 사람과 아이들을 데리고 온 관광객이 느긋하게 얼룩조릿대 사이를 헤치고 가는 것만이 아니었다. 두 칸 반 정도의 길이 한쪽으로 치우쳐 화차궤도가 놓여있었다.

"음… 계속 위에까지 있는 거네. 뭐가 다니는 걸까요?"

"잘 열었는데요. 이 궤도로 유황을 중턱에 있는 공장까지 내린데요. 산출량이 많은 것 같아요."

15살 정도의 소년을 데리고, 중간니를 한 남자가 노부코 부부의 옆을 걷고 있다가 우연히 듣고 말했다.

올라감에 따라 키가 큰 수목이 줄어들었다. 햇볕이 뜨거워져서 노부코는 양산을 펼쳤다. 조릿대가 무성히 핀 산중턱, 반짝반짝 빛나는 파란 여름하늘 밑에 겨우 한 점 뿐인 자신의 붉은 양산은 얼마나 생기 있고 아름답게 보일까? 노부코는 아이답게 신기한 듯이 흥분했다. 풍경도 유모토湯本까지 자동차에서 바라보는 것보다 이 근처가 훨씬 웅대했다. 물결이 완만해 조릿대가 시야을 막는 것 하나 없이 물결이 계속 친다. 아득한 세상에 8월의 열기로 물색이 진주색으로 부옇게 된 지평선이 널리 보였다. 길의 형세로 인해 앞에 가는 사람의 모습은 보이지 않고, 가끔 이야기하는 소리만 들렸다. 사람 소리가 산길의 밝고 정숙함의 깊이를 느끼게 했다.

그들은 다이마루라고 하는 산자락의 온천에서 점심을 먹었다. 점점 강이 되어 내려가는 노천장의 바위 사이로 많은 남녀가 벌거벗고 들어가 있었다. 그림 같은 풍경이었다.

그 이후부터 근처의 풍경이 일변하여 화산길이 되었다. 조릿대의 곳곳에 새하얗게 벗겨진 고목의 뼈가 무참하게 꺾어진 채로 삐

쭉삐쭉 우뚝 서 있었다. 길옆의 작은 평지에 유황 채집 인부의 집이 있어서 정말로 공업 산의 분위기이었다. 노부코는 다이마루을 나올 때 딸을 데리고 온 친절한 신사에게서 받은 지팡이를 짚고서 가까스로 올랐다. 겨우 정상이 보였다. 그 앞에는 급한 오르막이 하나 더 있었다. 노부코는 땀범벅이 되어서 그 앞에서 서버렸다.

"조금 쉽시다."

쓰쿠다도 다이마루에 도착하기 전부터 윗옷을 벗어버렸다. 땀이 홍건했다.

"그늘이 없어서 큰일이네. 아, 시원한 바람."

기분 좋은 바람을 맞고 있는 사이에 노부코는 점점 분화의 소리가 걱정되기 시작했다. 유황 운반용 궤도도 정상 가까이에서는 산중턱의 저편에서만 내리는 것이 보일 뿐, 등산길 위에도 아래에도 인간의 모습은 없었다. 불에 탄 흙만 있는 곳을 계속 잇는 좁은 길이 한 개, 사람도 오두막 쪽으로 사라지고 없는 외로운 길. 그 밑으로 먼 산이 이어져 있었다. 오후 2시의 태양은 꼼짝 않고 그것들을 내려쬐고 있었다. 돌들이 굴러가는 소리도 없는 곳에서는 거대한 풀무가 부는 것 같은 분화구의 울림만이 들렸다. 음은 세게도 작게도 변하지 않고 느릿느릿 하다 갑자기 울림을 멈추며, 산중에 폭발이라도 있을 것 같은 공포를 노부코에게 주었다.

"가시지 않을래요?"

"음."

험한 길과 자연에서 받는 위압. 두 사람은 입을 다물고 한 번에 언덕을 넘었다.

"간신히 왔네. 잘 버텼습니다. 저는 꼭 중도에 돌아가려고 각오하고 있었어요."

"오르기 시작하면 어떻게 해서든 오른다고요."

분화구는 정상 옆에 난 굴처럼 생긴 곳에 작열하는 유황이 타올라 용암이 되어 거기에서 흘러나오고 있었다. 불꽃색의 주위에 냉각된 부분이 세상에서도 가장 선명한 황색의 종유석처럼 응고되어 있다. 끝없는 한여름의 창고, 유황색의 강렬한 배색이었다. 유황을 채집하는 남자들이 수십 명, 어떠한 불안으로 입을 다물어버린 것처럼 진진하게 움직이고 있는 게 황량하고 긴 산의 경사면에서 보였다.

가는 길은 삼십 분도 걸리지 않았다. 그들은 언덕의 작은 휴게소까지 돌아갔다.

"어머, 가게를 닫아버렸네, 쉬려고 했더니."

"날씨가 나빠져서겠지. 계속 가지."

안개가 짙어져서 돌아온 곳에서 산 정상을 돌아보니 더 이상 보이지 않았다.

"밑에서는 비가 내리겠어요."

"자, 바람이 있으니까 괜찮을 거예요."

내려가는 기세에 보조를 맞추어 착착 내려가는 사이에 툭하고 얼굴을 때리는 것이 있었다.

"내리기 시작했어요."

"소나기겠지."

뚝뚝 점점 빗방울이 거세졌다. 노부코는 붉은 양산을 펼쳤다.

높은 산을 뒤덮은 비는 마을 하나 차이로, 위와 아래의 강우량이 전혀 달랐다. 반 정도 내려오자 벌써 주위에는 많은 비가 내렸다. 황톳길이 진창으로 변했다. 천둥이 치고, 조릿대 속에서 망령 모양으로 솟아있는 죽은 하얀 나무에 번개가 널찍하게 번쩍였다. 노부코는 깜짝 놀랐다.

"이쪽이 빨리 걸을 수 있어서 좋아요."

쓰쿠다는 노부코의 팔을 자신의 팔에 걸었다.

"이제 바로니까. 다이마루에서 비를 피해서 가요."

노부코의 붉은 양산은 전혀 도움이 되지 않았다. 스키야透綾의 기모노가 피부까지 젖어 보였다. 물기를 빨아들인 조리가 무겁게 붙어나 철꺽철꺽 노부코의 발밑에 진흙이 튀어 올랐다.

"그치지 않아요. 이곳은 구름이 어디에도 끊어진 곳이 없는 걸요. 정말로 잠깐 다이마루에 들렀다 가요."

"……."

쓰쿠다는 보조를 빨리했다. 노부코는 조금 달려 그에게 보조를 맞추면서 또 말했다,

"난 번개가. 너무 싫어요. 네? 안 들려요?"

"괜찮아요. 번개는 멀리 있어요."

"하지만 난 몸이 안 좋아서…. 정말로 조금 쉬고 싶어요."

다이마루로 꺾어진 숲 옆으로 나왔다. 노부코는 쓰쿠다의 팔을

끌어 멈추게 했다.

"그렇게 싫어요?"

"곧장 가자고요, 응? 쉬어봤자 별 도움도 안 되고."

"사람이 많아서 그래요?"

쓰쿠다는 애매모호하게 응석을 부렸다.

"어쨌든 가자구요."

이렇게 뼛속까지 푹 젖었는데, 왜 다이마루에서 비를 피하고 가면 안 되는 것인가? 노부코는 남편의 마음을 이해할 수 없었다. 그녀는 이유도 말하지 않고 무리하게 끌려가는 것이 더욱 불만이었다. 마침 가지고 있는 돈이 없는 것도 아니었다.

다이마루를 지나자 앞길은 비바람에 하얗게 보였다. 번개를 동반한 폭우가 보이지 않을 정도로 내리쳤다. 산중의 조릿대를 옆으로 세차게 내려치며 바람이 우르르 불어 떨어졌다. 우산이 낙하산처럼 바람을 머금어 노부코는 날아갈 것만 같았다. 어느 모퉁이에서 난데없이 돌에 발톱을 잘리는 순간 노부코는 그 탄력으로 깜짝할 사이에 양 무릎을 찍히고 굴렀다. 팔을 같이 걸고 있던 쓰쿠다도 매달려서 중심을 잃었다. 그는 다시 일어나려고 노부코의 등에 다리 하나를 뻗어 안으니 겨우 무릎을 굽히지 않아도 되었다.

노부코는 1리 반이나 되는 산길을 푹 젖어서 걸어 내려왔다.

산에는 가을이 빨리 와서 그날부터 여름의 끝자락처럼 호우가 가끔 내렸다.

"이런!!! 엄청난 비네요!"

비옷을 쓰고, 지배인이 달려왔다.

"……최근에는 없던 많은 비네요. 지배인도 울고 싶습니다."

하천의 수량이 증가하여, 엄청난 소리를 내며 흘러갔다. 낮 무렵부터 비가 내려서인지 사람들의 목소리가 번번이 우왕좌왕하듯 들렸다. 툇마루의 빈지문에서 보자, 도롱이를 쓴 인부들이 여울의 힘으로 위에서 내려오는 돌을 치우며 움직였다.

많은 비가 검게 내리는 것도 노부코에게는 분위기가 이상했다. 빈지문의 한 겹 벼랑에서 얼룩조릿대에 비가 내리치는 소리가 들렸다. 물의 양이 증가한 온천이 꿀꺽꿀꺽 홈통을 달리는 소리. 빗속에 물 냄새가 평상시보다도 강하게 떠돌았다. 노부코는 어린 시절, 여름의 폭풍을 디딤대로 타고 흘러내리던 비를 창문에서 열심히 바라보던 시절의 일을 애절하게 생각했다.

쓰쿠다는 그런 하루 멍하게 지갑을 꺼내서 책상에서 계산을 하거나 낮잠을 자곤 했다.

"뭔가 하고 놉시다."

노부코가 남편에게 말을 걸었다.

"모처럼 놀러왔으니까 가능한 한 유쾌하게 지내는 게 좋지 않아요?"

그러자 쓰쿠다는 나무라는 듯한 눈초리로 노부코를 바라보며 다시 물었다.

"단지 놀러 온 겁니까?"

무심코 눈이 마주쳤다. 노부코는 서서히 죄여오는 공포를 심장으로 느꼈다.

"왜? 아니에요?"

"나는 당신의 발을 위해 온 겁니다."

노부코는 자신들 사이에 위험하게 타고 있던 촛불처럼 훅하고 불어 꺼질 듯한 외로운 심정이었다.

"그래서 요전에 다이마루에 머무르지 않은 거예요?"

그러나 쓰쿠다는 묵묵히 물음에는 대답을 하지 않았다. 그러한 감정의 어긋남이 집으로 돌아갈 때까지 결국에는 그들 사이에서 사라지지 않았다. 7일 머문 뒤 그들은 소위 싸우고 헤어지듯이 쓰쿠다는 도쿄로, 노부코는 K로 따로따로 갔다.

쓰쿠다의 검은 제복의 어깨가 창문에서 보이며, 기차가 움직였다. 자신이 타고 있는 기차도 움직여 서로 반대 방향으로 갔다. 노부코는 다시 돌아오지 못할 곳을 향해 움직이기 시작한 것을 느꼈다.

6
노부코

1

넓은 모기장 속에서 누워 노부코는 중얼거리며 어머니와 이야기를 나누었다. 주위가 쌀쌀한 시골 여름밤이었다.

"그러니까 부부라는 건 어려운 것이라는 거야."

느긋한 다케요의 목소리가 높은 천장에서 흘러나오는 것처럼 울렸다.

"성격이 매우 달라도 안 되고 그렇다고 제멋대로인 사이는 잘되지 않고. 너는 옆에서 보아도 무조건 자신보다도 약하고 비굴할 것 같은 남자를 고르는 경향이 있다니까."

노부코는 베게 위에 누워서 눈을 뜬 채로 모은 손을 머리 밑으로 넣었다.

"그런가? 나, 자신이 약하다고 생각해요. 예를 들면 쓰쿠다 말이죠. 내가 좀 더 넉살좋게 마음먹고 그 사람을 컨트롤했다면 분명변했을 거예요. 그 사람은 심지가 깊은 사람이거든요. 어쨌든 내힘으로는 어쩔 수 없는 부분이 있어요."

"그거야 세상이 보고 있는 거지. 너를 어떻게 움직이게 할지는 잘 알고 있어."

"나는 속이 뻔히 보이는 좋은 겉모양만 표면적으로 주고받아, 점점 나를 넓혀 가는 것은 할 수 없어요. 진심이 아닌 관계는 나는 유지 할 수 없어요. 그러면 과감한 결단을 해야 하는데 또한 그렇게 할 수도 없고요."

"사람마다 다르지."

다케요는 갑자기 힘주어 목소리를 내었다.

"나라면 한 번 더 생각하고 각오하겠어. 자신을 진심으로 사랑해주지 않을 사람에게 끌려가는 것은 생각만 해도 싫어."

노부코는 쓰쿠다에게 자신에 대한 작은 사랑도 없다고는 생각지 않았다. 그는 적어도 남자가 자신의 아내가 된 여자에게 품을 만한 마음을 노부코에게도 가지고 있었다. 그것을 알고 있어 자신이 응석받이가 되기 싫어서 노부코는 슬프고 괴로웠던 것이다.

"그래서 그럼 자신의 맘은 어때요? 상대가 정말 사랑하지 않는다고 해서 자신의 사랑이 갑자기 사라지나요? 그렇게 보기 좋게 정리할 수 없으니까 애절한 맘이 되는 거 아니에요? 결국 말하자면 누구라도 상대의 사랑을 괴롭게 해서는 안 되서 자신의 맘에 있는 사랑을 많이 괴롭히는 거예요."

"그럼 넌 아직 쓰쿠다를 사랑하고 있니?"

틈새로 바람이 이는 것처럼 적막함이 노부코의 마음을 지나갔다. 한 번 결혼해서 그것이 파경을 맞고, 부모가 사는 집에 돌아온 딸이 혼자서 남지 않고 경험할 것이라는 우울한 근원이 어머니의 단순한 질문 속에 있었다.

노부코는 조금 뜸을 들인 뒤 말했다.

"나에게는 어떻든 평범한 결혼생활을 할 수 없으니까 남아있는 호의와 사랑까지 전부 죽이지 않으면 안 될 이유는 결코 없는 것 같아요. 이제까지 부부가 그래왔던 것을 흉내 내지도 못하고 다시 만든다고 해도 또한 맺힌 감정을 푼다고 해도 각각의 방법을 따라하게 되는 것뿐이겠죠."

"쓰쿠다라는 사람은 그런 일을 모를 거야. 처음부터 너… 목적이 다른 걸."

"그렇다면 그래도 좋아요. 나와의 생활에서 뭔가 좋은 일이 있었다면 나는 그것으로 만족해요. 그래서 떨어져 있으려면 결국 자포자기와 같은 말조차 해야 하는데. 나는 자포자기만큼 싫어하는 것도 없어요. 세상에 자신이 그런 어긋난 인간을 한 사람 만들었나 싶어서 놀랐고, 용기도 무엇도 다 없어져버렸네요."

희미한 어둠 속에서 다케요가 일어나려고 했다.

노부코는 머리를 어머니 쪽으로 향했다.

"뭐예요?"

"좋네. 조금 쌀쌀한 것 같은데 깃이불이라도 덮을까 해서. 너는 어떠니? 그대로도 괜찮아?"

노부코는 삼베 이불을 덮은 가슴을 두드렸다.

"괜찮아요."

"시골은 이정도로 달라."

다케요는 노인네답게 중얼거리면서 다시 잠든 듯하다가 갑자기 생각난 듯이 소리 높여 말했다.

"뭐, 어쨌든지 간에 걱정은 안 해."

"뭘요?"

"그 사람이 말하는 것."

"무슨 의미예요?"

"알고 있지 않을까? 죽거나 할 것 같은 사람은 아니야. 그런 젊디젊은 바보가 아닌걸."

"그렇게 우습게 여기지 마세요."

"그럼 한번 봐 봐."

다케요는 즐거운 듯이 도발적인 목소리를 내었다.

"만약 정말로 그런 사람이라면 나는 그런 사람을 존경하니까 어떻게 해서라도 나의 잘못된 생각을 사과하겠어."

노부코는 귀찮아져서 입을 다물었다. 결국 진심이 되어 여러 가지 이야기를 한 자신의 얕음이 불쾌해졌다. 한 사람의 생사를 이렇게 이야기한다는 것은 무서운 일이었다. 노부코는 파자마를 턱까지 끌어올려 자는 척했다.

"슬슬 잘까?"

다케요는 노부코가 자고 싶어 한다고 생각한 듯 하품을 하면서 속삭였다.

"공기가 좋아서 그런지 여기 와서는 불면증을 완전히 잊어버린 것 같아."

"……."

"그럼 잘 자."

"안녕히 주무세요."

10분도 지나지 않아서 어머니의 전혀 고통없는 평탄한 숨소리가 들려오기 시작했다. 다케요는 노부코가 오랜만에 자기와 며칠 같이 지내는 것으로 만족하는 것처럼 보였다. 노부코가 어떠한 심정으로 왔다고 할지라도. 노부코는 눈을 뜬 채 가느다란 숨소릴 조용히 듣고 있었다. 그 소리에 이끌려 홍수처럼 주위의 어둠과 조금 전의 씁쓸한 기분이 규칙적으로 밀려오고 가는 것 같았다. 그녀는 슬며시 잠자리를 나왔다. 모기장 자락이 시원한 등나무의 깔개 위로 떨어져 무거운 소리를 내었다.

복도를 지나자, 인광과 같은 달빛이 나란히 닫혀 있는 창호지의 표면을 비추었다. 노부코는 덧문에 끼워 넣은 유리창에 얼굴을 대고 밖을 보았다. 뜰 전체에 달이 비추고 있었다. 그 가운데를 걷고 있자니 머리 위로 빛나는 액체가 끈적이는 듯한 빛의 파도에 둘러싸여 둥근 철쭉과 가랑잎이 확실히 검은 그림자를 정복하여 아주 조용해졌다. 나무와 잔디가 몽환적으로 살아있는 것처럼 보였다. 그러한 달밤에는 인간의 영혼도 멀리까지 간단히 전달되는 것 같았다. 몇 백 리나 떨어져 있는 곳에서 아내인 여자와 어머니가 이런 이야기를 했다. 그것이 오늘 밤 만약 쓰쿠다의 영혼에게 들리면 그는 얼마나 감동을 받을 것인가?

노부코는 정색을 하고 2, 3번 힘껏 달빛이 넘치는 유리면을 닦왔다. 덧문을 넘어 달빛에 젖은 한밤의 기운 속에 뜨기 시작한 영혼의 파동을 서둘러 섞어서 방해하려는 듯이.

2

10월이 되어 노부코는 도쿄에 갔다. 1월 중순 전, 쓰쿠다와 나스那須에 가기 위해 같은 노선의 기차를 타고 북쪽으로 향했던 때와는 풍경이 완전히 달랐다. 완연한 가을이었다.

우에노 역내에 열차가 들어오자 짐꾼을 부르기 위해서 노부코는 일찍부터 창문을 열고 플랫폼을 보았다. 발차하는 기차가 반대편에 들어와서 그쪽의 배웅하는 사람과 적재하는 화물들로 혼잡한 가운데 수명의 배웅하고 환송하는 사람들이 지금 정차하려고 하는 이쪽의 객차 하나하나를 주목하며 서성거리고 있었다. 그 속에서 노부코는 생각지도 못한 옆모습을 본 기분이 들었다. 쓰쿠다와 꼭 닮은 외투를 입고 중절모를 쓴 남자가 사람을 기다리고 있는 듯 서 있었다. 그녀가 도착할 시간은 편지로 알려두었다. 노부코는 몸 전체가 뜨거워지는 것 같았다. 그가 온 것일까? 그일까? 그가 올 것이라고는 생각하지 못했다. 노부코는 한층 더 창문에 매달렸다. 그녀는 쓰쿠다와 비슷한 옆얼굴을 향하여 알아볼 수 있도록 손을 흔들었다. 하지만 그 사람의 주의를 끌지는 못하고 짐꾼만이 그녀의 행동에 아직 미끄러지고 있는 열차의 창 아래로 달려왔다.

"몇 개예요? 이것만입니까?"

노부코는 목소리가 도달하지 않는 곳에 우두커니 서 있는 그 사람의 그림자를 놓치지 않으려고 그쪽에 신경을 쓰면서 트렁크를 건넸다.

"몇 번?"

"28번"

발 빠르게 노부코는 그 사람이 서 있는 기둥까지 나아갔다. 드디어 남편이 왔다고 생각했을 때는 엄청난 경련이 일어나 입을 다물지 못할 정도였다. 일직선상으로 삼 척 정도의 거리까지 와서 다시 그의 얼굴을 봤을 때 그녀는 이상하게 울다 웃는 듯한 주름을 입가에 흘리며 슬며시 옆으로 피했다.

쓰쿠다가 아니었다.

개찰구까지 이번에는 천천히 콘크리트 위를 걸으면서 노부코는 저렇게 누군가가 배웅하러 와준 사람들은 얼마나 행복할까라고 곰곰이 생각했다. 생각해 보면 남편이 데리러 나왔을 거라고 상상한 것이 처음부터 착각이었다. 그는 노부코가 도쿄에서 어디에 가거나 오거나 할 때도 결코 역까지 온 적이 없는 사람이었다. 게다가 선뜻 배웅하러 와 달라고 부탁할 기분도 아니었다. 작년 초여름, 같은 시골에서 똑같은 노선으로 왔다. 둘의 감정은 그때와 전혀 달랐다. 그것은 노부코도 잘 알고 있었다. 이번에 돌아온 노부코에게는 어떻게 해서라도 부부관계를 개선할 것이라는 생각보다 관계를 더욱 합리적으로 바뀌게 하려면 어떻게 하면 좋을까라는 생각으로 가득 차 있었다. 서로 운명에 대한 두려움도 깊어졌다.

특히 쓰쿠다에 대해서 아무리 구제하기 어렵게 되었더라도 노부코는 남편과의 인연에 아직 애정이 남아 있었다. 타인이 결과를 매듭져주기를 바라지 않았다. 적어도 자신의 의지로 나중에 후회 없는 필연으로 깰 수 있다면 깨고 싶었다. 그러한 마음이었다. 그럴 리 없다고 생각하면서도 자동차의 끌채가 올라갈 때 노부코는 한 번 더 물이 뿌려진 햇볕이 드리우지 않는 콘크리트 바닥 위로 작은 화물 운반 수레를 피해서 한데 모인 드문드문 있는 군중 속을 물색했다. 쓰쿠다와 똑같은 옆얼굴을 한 남자는 벌써 저편으로 가 보이지 않았다.

노부코가 돌아온 지 얼마 되지 않아 이틀 간 휴일이 있었다.

노부코는 툇마루에 방석을 들고 나왔다. 맑게 갠 가을 날씨였다. 뜰 앞 손 씻는 그릇 옆에는 먼저 살던 사람들이 두고 간 붉은 핑크색의 작은 장미꽃이 두 송이 피어 있었다. 장미 나무 뒤 늙은 대나무 울타리 뒤에는 더욱이 낡은 이웃집 판자벽이 높이 보였다. 판자벽은 검은색이었지만 긴 세월 비바람에 시달려 흐릿한 검은색으로 바래 녹색의 작은 곰팡이가 나방의 날개 분이 떨어진 것처럼 물들어 있었다. 그런 배경 앞에 옆으로 드리워진 두 송이 장미는 선명하고 아름답게 보였다. 농염한 연지의 가냘픈 선, 밤안개를 머금은 벌레 먹은 나뭇잎, 황폐한 검은 판자벽, 이것보다 멋진 장식도 없을 것이며, 가을 장미꽃에게 이 조화보다 좋은 주변 환경은 없다고 생각했다.

노부코는 쾌감을 느끼며 한구석의 시정을 맛보았다. 세상의 아름다운 사람들은 왜 이러한 시소 모양을 입으려고 생각하지 않는 것일까? 훌륭한 의상이라는 것은 이렇듯 계산하지 않아도 인상에 남는 자연이 완성한 미를 주입한 것이 아닐까?

그러자 그때 저쪽에서 정색을 하고 한 그루의 소나무 밑에서 마당을 쓸고 있던 쓰쿠다가 노부코 쪽을 돌아보았다.

"어때요? 재미있어?"

"이거요?"

노부코는 장미에서 눈을 떼고 아까부터 들고 있던 책을 들었다.

"모험이야기예요. 순로春浪[37] 같은 시작이야."

"그 저자? 좀 오래된 사람이지."

"오래되긴 오래된 것이죠."

노부코는 서언부터 넘겼다.

"4세기쯤이라네."

"음…."

쓰쿠다는 그것은 그것으로 끊고 10평 정도인 정원의 돌 가운데에 서서 이쪽저쪽을 둘러보았다. 그는 뭔가를 발견하고 별로 흥이 나지 않는 표정으로 뜰 앞의 손 씻는 그릇 옆으로 갔다.

"방법이 없군. 또 이런 발자국을 찍었어."

---

[37] 오시카와 순로(押川春浪, 1876년 3월 21일-1914년 11월16일) : 소설가. 수많은 모험소설을 집필하여 '모험소설'이란 장르를 만들었다.

그는 낡은 슬리퍼를 신은 발로 철떡철떡 한 곳을 밟았다.

"도요! 도요!"

"부르셨습니까?"

여닫이문을 열고 도요가 머리를 빼꼼히 내놓고는 말했다.

"너 아침에 게다로 여기를 지나갔지?"

"글쎄요."

도요는 툇마루에 있는 노부코를 곁눈질하면서 곤혹스러운 것처럼 쓰쿠다가 밟고 있는 쪽으로 눈을 돌렸다.

"엉망으로 다니지 마. 나만 열심히 청소하고 있는 거 아니야?"

"네."

"전지가위를 갖고 와."

가위를 받은 쓰쿠다는 주의해서 발자국에 발자국을 거듭했다.

옆에 있던 노부코는 묘하게 겸연쩍었다. 자신들 부부의 맞지 않는 마음을 여종이 대신 받고 있는 것 같았다.

전지가위로 쓰쿠다는 꺾인 채 오래되어 내려앉은 소나무 가지를 자르고 나서 장미 밑으로 왔다. 팔손이나무 아래를 빠져나간 뒤 옆에서 그는 피지도 못하고 시들은 꽃망울을 자르기 시작했다. 노부코는 가만히 보고 있었다. 쓰쿠다는 점점 가위를 넣어 노부코가 아까부터 마음이 끌려 바라보고 있던 반쯤 핀 두 송이 꽃을 잡으려고 했다.

"아, 그것은 놔두세요. 예쁘니까."

"이렇게 두면 안 돼요. 정리해 두는 게 좋아요."

"하지만 정리하면 주위의 모습이 달라지니까… 괜찮잖아요. 내버려둬요."

쓰쿠다는 잡은 가지를 놓지 않고 말했다.

"꽃을 오래 두면 가지가 상하니까 모아두는 게 좋다고 생각한 것뿐이에요."

노부코는 말을 꺼내면 비꼬는 것 같아 두 개의 붉은 핑크색의 장미가 그런 배경으로 있으니까 운치가 있어 더 아름다워 보인다고 설명할 수 없었다.

"정말로 그대로 피어 있으면 좋을 텐데."

"그럼 그만두지요. do as you please."

실쭉해진 얼굴로 다시 팔손이나무 밑을 빠져나오면서 중얼거렸다

"이 꽃! 정말 아름다웠던 때에는 보는 사람도 없었는데"

나무 가득히 장미꽃이 피었을 때라면 30일쯤 전이었을 것이다. 그녀는 시골에 있어서 밤마다 여기저기 들려오는 벌레소리와 노랗게 된 뜰의 잔디를 보며 살고 있었다. 그간의 기분과 지금 우리들 두 사람이 투명하게 가을 햇살이 드리운 뜰에서 장미를 자를 것인가 말 것인가로 입씨름하는 기분. 엄청나게 사랑했던 두 사람의 마음이 연락을 잃고 단지 떨어질 수 없는 소극적인 힘에 이끌려 서로 끌고 당기고 있는 상태가 애절하게 노부코를 압박했다. 이제부터 몇 년 지난 후 어느 가을의 청명한 날이 되면 우연히 오늘의 사사로운 일은, 이렇게 앉아 있던 자신과 뜰에 있는 쓰쿠다의 모습,

아름다웠던 두 송이의 장미는 나에게 뭔가 이야기해 줄 것인가?

다음날 아침, 희미하게 밝아오는 빛 속에서 노부코는 유리문을 사이에 두고 뜰을 보았다. 장미는 이슬에 젖어 머리를 숙인 채였지만 어젯밤과 변함없이 선명하게 피어 있었다. 무심한 선명함과 깨끗함이 이상하게 노부코의 마음을 아프게 했다. 그녀는 눈길을 딴 데로 돌리듯이 그 모습을 지나쳤다.

3

밤 8시. 스미루노후가 하휘즈의 시를 음독하고 있었다. 뒤를 이어 쓰쿠다가 억양을 주의하면서 한 절씩 읽어나갔다. 목소리의 음이 많고 단조로운 두 남성의 목소리는 주위의 공기를 무겁게 만들었다.

"yes, yes"

스미루노후가 낮은 목소리로 뭔가 말하는 것에 대해 쓰쿠다가 조급하게 반복해서 대답하는 소리도 들렸다. ─그것들은 모두 어지럽다. 노부코는 방 안을 이쪽저쪽 움직이기 시작했다.

돌아와서 얼마 지나지 않았음에도 노부코는 며칠 사이에 일종의 정열이 부족한 자기혐오에 빠져 있었다.

노부코는 이번에는 오히려 남편이 더 이상 자신을 보통의 여자로서 받아들여주지 않고 있음을 알았다. 다루기 어렵고 요점을 알 수 없어 두려워해야 하는 것인지 가엾게 생각해야 하는지 어쨌든 긁어 부스럼을 만들지 말라는 듯이 느껴졌다. 시골에서 있었던 일에 대해서 노부코에게 물어보지도 않았고 쓰쿠다 자신의 생활에 대해서도 일절 말하지 않았다.

"돌아오기만 한다면, 언제라도 웰컴 홈이에요. 베이비."

그러나 정말로 아기처럼 순진하지는 않았다. 노부코는 여자이고 그의 아내였다. 하지만 그들 사이에서는 부부관계도 자연스러움을 잃었다. 가족주의적인 희망도 없고 원시적인 욕망의 불타오름으로부터 생기는 깨끗한 힘도 없었다. 쓰쿠다의 뭔가 어느 때에는 그런 은혜로운 행위조차 노부코를 위해서라고 말하는 듯한 감정을 느끼는 것이 노부코에게는 괴롭고 굴욕적이었다. 그녀는 스스로 넘쳐나는 자기의 젊고 활발하고 애무 받고 싶은 욕망조차 그러한 때는 밉고 분하고 슬펐다. 두 번 다시 돌아갈 수 없는 젊음조차 불합리한 굴욕으로 느끼게 하는 남편을 원망하며 울었다. 두 사람의 관계가 나쁜 것이다, 틀려버린 것이다. 노부코는 그렇게 밖에 생각할 수 없었다. 한 사람 한 사람 떨어져서 보면 그다지 나쁜 사람도 없고, 잔혹한 것도 없는 인간끼리도 어느 관계 아래에 놓이면 다른 사람들이 된다. —무엇보다 그것을 올바르게 해야 한다는 것은 그녀 자신이 더 잘 알고 있었다.

시골에서 돌아올 결심을 했을 때 노부코는 자신이 쓰쿠다를 생각하고 있다고 느꼈다. 최상의 해결책을 얻고 싶었다. 공연히 생활을 깨고 싶지 않았다. 좋은 동기로 돌아오려고 했다. 하지만 자중하는 것만으로는 아닌 듯 결단을 못 내리고 매일 없애고 있는 자신을 돌아보면 노부코는 이렇게 해서라도 걸어 다니지 않고 있을 수 없는 것이었다.

쓰쿠다는 그의 뛰어난 인내와 교활함으로 형식상 어제의 일은 어제의 일이라 할 것임이 명확했다. 이것으로 됐다면 그래 그것으로 좋아, 그렇게 생각했다. 자신은 자신이고 모르는 사이에 거기에 이용하고 있는 것이 아닌가라는 생각이 들었다. 그를 공격하면서, 결국 용기가 부족한 자신을 맡기고 있는 것이 아닌가?

노부코는 흔히 볼 수 있듯, 그 외에 새로운 애인이 생겼기 때문에 겨우 안정을 찾았다. 그러나 어느 남자의 아내인 점에서는 이전의 반복에 지나지 않았다. 남자에서 남자로 움직이는 듯한 삶의 방법에는 의심스러운 점이 있었다. 그녀는 쓰쿠다와 누군가를 비교해서 결혼생활이 싫어진 것이 아니었다. 서로의 성격에 따라 여러 가지 생긴 불편함과 그리고 결혼생활의 규칙이라고 말할까, 일반적인 남녀 간에 통용되고 있는 삶의 느낌과 활용 방법에 납득이 가지 않는 여러 가지를 발견했던 것이다.

쓰쿠다는 노부코에게 최초의 남편이었다. 그리고 아마도 마지막 남편일 것이다. 노부코 자신이 좀 더 다른 여자로 다시 태어나던지, 또는 일반적인 성생활의 상식이 어느 부분 변화해서 더욱 무리하지 않으면 안 되었다. 결국 노부코가 쓰쿠다와 부부생활을 할 수 없던 것은 단지 상대방이 쓰쿠다이기 때문만이 아니었다. 귀찮더라도 말한다면 쓰쿠다라는 남자, 자신과 그와의 결합생활로 인도한 그녀에게 견딜 수 없는 중류적인 정신과 감정이 활발하지 못함, 빈약한 위선, 결국은 은급증과 맞바꾸게 되는 것을 기대한 듯한 모든 일의 태도, 그것들과 매우 잘 조화를 맞출 수 없는 자신을 발견했다. 때문에 노부코는 쓰쿠다에 대해서 투명한 일면의 가여움이 있었다. 그만의 세상에서 그러한 생활을 바라고 무비판이 아니라서. 그녀는 자신이 원하는 그것이 그에게도 있다고 믿고 그에게 맺어진 저돌적인 열정을 슬퍼했다. 그러나 한 인간으로서 노부코는 거리낌 없이 자신의 주장을 실행하는 마음의 기댈 곳이 있었다.

그럼에도 불구하고 왜 우물쭈물하는 것일까? 사랑 때문일까? 단지 수년간 부부로서 생활한 습관 때문일까? 또 인간은 슬픈 생물로 볏짚 부스러기 한 그루라도 서로의 호의가 남아 있는 사이에는 적어도 그것을 유품으로서 서로 나누어 따로따로 살 수 없는 우둔한 것인가? 심리적으로 폭력을 가하지 않으면―예를 들어 어떤 남자가 한 사람 나타나서, 자신을 쓰쿠다로부터 빼앗아 가지 않는다면 자신의 처리가 이루어지지 않을 것인가?

밑바닥을 들여다보면 자신의 일 하나로 살아서 가려고 해도 미래에 대한 기죽음이 전혀 없다고는 노부코는 조금도 생각되지 않았다. 그가 속으로는 노부코가 아무리 격분하여도 '뭐라고, 그래 만일의 경우가 되어 봐'라고 내려다보면서 베이비 베이비 하고 응석을 받아주는 생활―. 노부코는 견디기 어려운 뭔가가 몸을 막는 듯이 양 어깨를 움츠렸다.

부주의하게 숟가락이 홍차의 접시에 부딪치는 난폭한 소리가 났다. 저쪽 방에서는 어느 틈엔가 음독이 멈췄다. 음료수를 운반하는 발자국 소리가 들렸다. ─이제 끝난 건가? 노부코는 이 방에 있는 것이 매우 싫었다. 남편과 말하는 것이 고통스러웠다.

어딘가 어둡고 사람이 없는 구석으로 빨리 숨어들어가고 싶었다. 세상이 변해 버릴 때까지 쭉 자고 싶었다……. 장지문이 삐걱거리면서 열렸다. 판자 사이를 걸어오는 소리가 들렸다. 노부코는 순간 방 밖의 툇마루 쪽을 봤다. "숨고 싶다!" 심장이 괴물처럼 고동을 쳤다. 이 충동은 그러나 노부코 자신에게조차 이상했다. 왜? 몸을 움직일 새도 없이 장지문이 열렸다. 노부코는 자신에게 놀란 얼굴을 한 채 들어온 쓰쿠다와 마주섰다.

쓰쿠다는 뭔가 미심쩍어하면서 의자의 등받이를 잡고 선 채로 있는 노부코를 보았다. 그는 손에 작은 상자를 들고 있었다. 노부코는 목이 마른 듯한 목소리로 물었다.

"무슨 일이에요?"

"미스터 스미루노후가 이것을 주셨습니다."

쓰쿠다는 뭔가 이상한 공기를 마신 듯한 모습으로 노부코를 위아래로 쳐다보았다.

"이쪽으로 오지 않으시겠습니까?"

노부코는 등을 잡힌 채로 옆쪽에서 의자에 앉았다.

"저 좀 이상해요. 오늘 밤. 그만 갈게요. 잘 부탁해요."

그는 상자를 노부코의 무릎에 놓고 갔다. 그것은 페르샤 대추의 설탕절임 상자였다.

4

12월에 들어선 어느 밤이었다.

노부코는 여종의 방에 앉아 있었다.

삼 척 정도 떨어진 곳에서는 도요가 르느와르의 시골여자와 같은 모습으로 혈색 좋게 자신 있는 뜨개질을 척척 뜨고 있었다. 벽에는 신문의 부록에 나와 있는 미인화가 걸려 있고 빨간 옷깃은 휘발유로 닦여 창문 위에 걸려 있었다. 노부코는 기분 좋게 손을 움직이고 있었다. 어려서 어머니 앞에 앉아 실을 감는 심부름을 했다. 노부코는 심지가 없이 예쁘게 감겨 있는 형형색색이 가득히 뒤섞인 고마치이토(小町糸, 가스 실을 두 올로 꼰 실) 상자를 생각했다. 그것은 녹나무 장롱에 들어있었다. 서랍을 열 때 화사하게 녹나무 향기가 났다. 어머니는 몇 살이셨던가? 그녀는 어딘가 온화한 기분조차 들었다.

"도요, 항상 어떻게 하고 있었니? 혼자서 할 수 있었니?"

"보통 실이라면 끌어당기면 단단히 감아도 괜찮으니까 혼자서 할 수 있었습니다."

도요는 노부코가 하고픈 마음이 없다고 오해하여 급히 손을 빠르게 움직였다.

"괜찮아. 천천히 해, 나도 재미있어…… 이제부터 말하면 도울게."

"고맙습니다."

도요는 미묘한 표정을 지었다. 노부코는 웃음으로 얼버무리며 말했다.

"그렇지. 나처럼 언젠가 집에서 없어질 사람에게 기댈 수는 없겠지."

4온스 째 실이 56개, 가는 얼레가 되어서 노부코의 손목에 감고 있을 때 쓰쿠다가 방에서 부르는 소리가 들렸다. 도요는 당황해서 머리를 숙이며 앉은뱅이걸음으로 실을 치웠다.

쓰쿠다는 책상 앞에 있었다.

"무슨 일이세요?"

"잠깐."

"뭐예요?"

노부코는 책상 옆에 서서 남편을 보았다. 쓰쿠다는 다리에 모포를 감고 있는 몸을 의자 위에서 치우듯이 하며 노부코를 지긋이 바라보았다. 눈썹을 가까이 대고 인상을 찌푸리고 비통한 눈빛으로 계속 보면서 고개를 숙이고 있는 노부코의 손을 잡았다. 노부코는 그의 그러한 표정이 어딘지 모르게 고통스러웠다.

"용건이? 뭐예요?"

"오늘 밤 조금 진지한 이야기를 할 게 있어요."

노부코는 쓰쿠다가 잡은 손을 움츠렸다.

"그럼 조금 기다려줘요."

노부코는 옆방으로 의자를 가지러 갔다. 가면서 기대와 한편으로는 예상할 수 없는 불안이 느껴졌다. 그가 무엇을 말할 것인가?

"조금 그쪽으로 가요. 그래 고마워요."

노부코는 사선으로 그와 상대할 위치에 의자를 놓았다.

쓰쿠다는 잠시 침묵을 한 채로 팔짱을 끼고 있다가 이윽고 옆에서 4개로 접은 종이를 꺼냈다.

"싫겠지만, 봐주세요. 지난밤 나온 거예요."

노부코는 열어 봤다. 놀랐다. 한 번 덮고 다시 펼쳐 보았다. 종이 사이에 검은색으로 변색되어 있는 복숭아색의 꽃잎에 찢어진 커다란 마른 나팔꽃과 같은 혈흔이 묻어 있었다.

"언제요? 지난밤?"

"목욕을 하고 나서―여기에 오면 이상하게 숨이 막힐 것 같아서―게다가 침을 뱉었더니 그런 것이 나왔어요."

"오늘은요?"

"아무렇지도 않아요."

노부코는 종이를 책상 위로 돌려놓았다.

"이상하네요. 무조건 안정을 취해야한다. 왜 아무 말도 안했어요. 그럴 때 비로 소금물을 마시면 좋아요…….."

쓰쿠다는 다시 노부코의 손을 잡았다.

"나는 긴 기간 매우 몸을 혹사시켜왔기 때문에 명이 길지는 않을 거라고 생각했어요. 일본에 돌아가면 꼭 어떻게 될 거라고 생각했는데. 오늘까지 잘도 버텼습니다. 당신도 매우 괴로워하고 있다는 것은 알고 있었지만 적어도 내가 살아 있는 동안은 꼭 길지도 않을 테니까 함께 생활했으면 했기 때문에 이런저런 말을 해 왔던 건데 더 이상 만류할 권리가 없어졌네요. 마음대로 하세요. 나는 더 이상 결코 말리지 않겠어요."

노부코는 혈혼으로 인해 어느 정도 흔들렸다. 하지만 쓰쿠다의 말은 매우 감상적으로 들렸다. 생각해 보면 그는 점점 노부코의 손을 자신 쪽으로 끌어당기면서 호소하듯이 말했다.

"정말로 사양하지 말아요. 이렇게 되면 나는 당신으로부터 그런 일이 나오지 않았다고 하더라도 내 옆에 두려고 생각하지 않으니까…… 응."

노부코는 더욱 조용히 있었다. 쓰쿠다는 긴 시간 노부코를 쳐다보았다. 하지만 이윽고 한숨을 쉬며, 의자의 등받이에 기대었다.

"아."

그는 매우 감개를 한 듯이 머리를 흔들었다.

"드디어 왔나?"

노부코는 쓰쿠다의 말이 뭔가 맞아떨어지지 않음을 느꼈다. 병은 병이고 별문제라는 생각이 더욱이 확실해졌다. 병이 생겼으니까 가도 된다. 그의 제의에는 뭔가 모순으로 쌓인 비장감에 쫓기는 조바심이 있는 듯 보였다.

"그럼, 그렇게 채근하면 생각할 수가 없잖아요. 제일 먼저 병이란 게 무엇인가요? 아직 결정도 하지 않았는데."

노부코는 오히려 그를 말로 구슬리는 듯한 여유가 있는 마음으로 웃음조차 떠올랐다.

"나중에 당신의 오해였다고 소동이 일어나면 어떻게 할 거예요?"

"그런 일은 결코 없을 거요. 나는 잘 알고 있습니다."

"생각해 보세요."

노부코는 어느 샌가 쓰쿠다의 팔을 옷과 함께 눌렀다.

"만약 하려고 해도, 병든 남편을 두고 나갈 수 있는 사람이
아니라서 할 수 없는 일은 말하지 않는 것이 좋아요."

"할 수 없는 일이 아니에요."

"어째서요? 당신은 정말로 내가 기뻐하며 말한 대로 할 거라고
생각하셨나요? 어쨌든 아직 뭐라고 해도 의기양양하게 말할 때가
아니에요. 내일 쓰야마津山 씨를 부르세요."

이것은 이상한 감정이었다. 가끔은 죽여 버리고 싶다고 생각한
쓰쿠다― 그와의 관계로부터 도망치고 싶다. 도망친다면 얼마나
기쁠 것인가라고 생각한 노부코의 마음에 차츰 슬픔과 기쁨 같은
것이 밀려왔다. 그녀는 조용히 말했다.

"무엇이 행복인지 모르겠지만. 우리들은 요즘 매우 가난한 사
람들이잖아요. ―마음이―그래서 뭐든지 도움이 될지 모른다고
생각하면 도움이 될지 몰라요."

쓰쿠다의 병이 삶활의 목표를 바꿨다. 두 사람의 마음에도 변
화가 일어나 서로의 삶에 뜻밖에 새로운 국면이 열리지 않을 것도
없다고 하는 생각이 문득 노부코에게 일어났다. 적어도 병을 고치
려는 공통적 목적을 두 사람에게 신이 부여하셨다.

오히려 활기를 받은 듯이 노부코는 의자를 조금 움직였다.

"대단한 일이 아닌 게 당연할 테지만…… 이제 주무세요."

쓰쿠다는 완전히 의기소침해져 노부코의 말대로 마루에 누웠다.

"자 힘내요! 옛날 사람과 같은 생각은 안 돼요. 만약 그렇다면 미즈노水野 씨의 제자가 되지 않으면 안 돼요."

미즈노라고 하는 사람은 뉴욕에서 알게 된 고등공업학교의 교수였다. 염색 연구로 와 있는 사이, 폐가 나빠져 심각한 각혈을 했다. 그는 바로 하드슨 강 맞은편의 요양소에 들어가 일년 정도 모범적인 휴양을 하고 완전히 건강하게 되었다. 10월 중순에 돌아왔을 때 노부코도 처음 소개받았다. 그때 그는 오랜만에 일본어를 하는 유쾌함과, 한 번 사업을 성공한 인간의 예측할 수 없는 만족으로 하룻밤 내내 자신의 병과 최신 치료법과 경과 등을 그들에게 들려주었다.

그때의 이야기로부터 기억하고 싶지 않아도 기억나는 법임으로 따라서 노부코는 쓰쿠다의 마루 속에 물스포를 넣고 화로를 방에서 가지고 나왔다.

"뜰에 라즈베리가 많이 피어 있네요. 눈이 쌓이면 로빈이 놀러 오라고 했어요."

그녀는 미즈노가 그러한 광경에 위안을 받는 모습을 추억하며 이야기하던 모습을 떠올렸다.

5

노부코는 자신의 책상으로 돌아와 쓰야마에 보내는 편지를 썼다.

"지난밤 피가 섞인 가래가 나와서 매우 걱정하고 있습니다. 한번 왕진해 주세요."

그녀는 도요를 불렀다.

"이것을 내일 아침 9시에 학교로 가져다주고 답장을 받아와 주세요. 반드시."

쓰쿠야마는 쓰쿠다와 같은 학교의 의사였다. 다음날 아침에 일찍 일어나야 한다는 생각에 노부코도 그 밤은 일찍 잠들었다. 쓰쿠다는 기분 좋게 깊은 잠이 들어 노부코가 들어왔다 갔는지도 모르고 희미하게 코를 골았다.

노부코는 누워 보니 자신이 평정을 유지할 작정임에도 불구하고 가슴 밑에서는 흥분하고 있는 것을 알았다. 남편을 낙담시키면 안 된다는 생각에 부득이 병도 모르는 듯이 말했지만, 노부코는 그것이 컨셉션일 것을 거의 의심하지 않았다. 그가 20대에 치질을 앓았다는 것을 들었다. 그는 늘 장이 안 좋았다. 그의 고향은 현 중에서 첫 번째로 그런 환자가 많은 곳이었다. 그러나 그렇게 심하지는 않은 것 같고, 그의 나이는 이제 40이 되었으니까 갑작스런 일은 없을 것이다. 단편적인 지식으로 노부코는 대부분 결론을 지었다.

그래도 왜 자신이 이런 일을 갑작스런 불행이라고 생각하지 않

는 것일까? 노부코는 그것이 이상하게 여겨졌다. 떠들썩할 정도로
특별한 놀라움도 커다란 한탄도 전달되지 않았다. 동시에 노부코
는 그 정도로 고집스러웠던 서로의 확집이 오늘밤만일지라도 다
없어질 것 같이 느꼈고 중화된 상태였다. 그가 부부라는 관계를 떠
나더라도 사람으로서 건강한 자신의 도움이 필요하게 된 것일까?

pity…… pity akin to love…….

센코하나비처럼 이런 문구들이 전기처럼 들어왔다 나갔다 했
다. 노부코는 그가 사실을 숨기고 있던 하루 동안의 맘을 생각하며
기분이 차분해졌다.

노부코는 몸을 뒤척였다. 쓰쿠다도 이쪽을 바라보며 잠들었던
것 같았다. 그가 쉬는 숨이 두 개의 마루 중간에서 자신의 숨과 섞
이는 것을 노부코는 추운 밤기운 속에서 느꼈다.

그런 느낌은 이상하게도 노부코에게 예리한 의식을 깨우쳐 줬
다. 노부코는 자신도 모르게 숨을 멈추고 경악스러움을 느끼면서
어둠 속에서 눈을 휘둥그렇게 떴다. 그녀는 긴 시간 무의식적으로
담고 있던 숨을 내쉬고 다음 숨을 들이키는 것은 자연적으로 남편
쪽으로 할 수 없었다. 노부코는 가능한 이불 속에서 천장을 바라보
며 서서히 누웠다. 노부코는 자신에 대해서 비굴한 생각이 들었다.

아침이 되어 노부코는 꿈을 꾸었다.

자신이 의사와 전화로 쓰쿠다가 피를 뱉었다고 하는 것을 이야
기하고 있던 때였다. 수화기를 들고 있는 손바닥의 감촉과, 송화구
의 빛나는 니켈만이 확실하게 보였다. 옆에는 여종이 시마 모양의

옷을 입고 서 있었다. 자신은 무지한 하녀가 쓰쿠다가 피를 뱉었다는 말을 듣는 것이 싫어서 발돋움을 하며 송화구에 열심히 말했다.

"쓰쿠다가 blood를 뱉었어요."

그렇게 눈을 떴다. 눈을 뜬 다음까지도 'blood'라고 주의해서 발음하던 혀의 감촉이 이상하게 현실처럼 남아서 노부코는 슬픈 기분이 들었다.

쓰루야마는 한 시 전에 보였다.

쓰쿠다는 자세하게 상태를 설명했다. 완전히 의사와 환자의 태도였다.

"그것은 걱정스럽네요. 그러나 긴 시간에 걸쳐 목소리를 내는 직업… 서로… 잘할 수 있습니다. 결핵이 아니어도. 게다가 뭐라고요? x선이라도 보면 열 사람 중 일곱 사람까지 흔적이 남기 때문이죠. 결국 무의식적으로 병에 걸려서 무의식적으로 나은 것입니다. 인간은 아주 잘 만들어졌습니다."

혈색이 좋은 그는 신경질적인 손놀림으로 청진기를 꺼냈다.

"어디, 좀 봅시다."

쓰쿠다는 진지한 얼굴로 셔츠를 벗고 가슴 부분을 보였다. 흉각이 넓고 두꺼운 가슴에서는 병이라고는 찾아볼 수 없었다.

"단단한 골격입니다."

의사는 정신요법으로서 쓰쿠다의 살과 손가락 끝을 만지면서 말했다.

"저기, 당신의 살은 이렇게 보면 충분히 지방도 있고 혈색도 좋고 탄력도 있어요. 어째서 그렇게 보이지 않는 걸까요?"

"커다랗게 숨을 쉬고 작게 숨을 쉬어요."

"크게 한 번 더."

노부코는 남편 옆에서 그 모습을 바라보니 진정 가여웠다. 쓰루야마에게 명령을 받은 대로 그는 진심으로 눈썹을 올리고 커다란 숨을 쉬었다. 이번에는 주의해서 작게 숨을 쉬었다. 노부코는 그가 그렇게 진지하게 열심히 하는 모습을 어떤 경우에도 본 적이 없었다. 그도 살고 싶은 것이다. 그래서 정직하다. 노부코는 코끝이 시큰하고 절이는 듯하였다. 손 씻을 물을 준비하고 돌아오자 벌써 쓰쿠다는 옷을 갈아입고 있었다.

"어때요?"

알코올 냄새가 나는 탈지면 조각으로 청진기를 윤이 나게 닦으면서 쓰루야마가 대답했다.

"특별히 이상한 점은 없습니다. 조금—아주 조금 왼쪽에 잡음 같은 것이 들리는 것 같은데요. 그 정도의 일은 일시적으로 누구에게도 있을 수 있는 일이니까요."

쓰쿠다는 오늘 아침부터 자신을 매우 위로하며 목소리조차 힘주어 내지 않았다. 그는 쓰루야마의 진단만으로도 기운이 났다.

"고마워요. 붉은색이 묻어 나와서 정말로 깜짝 놀랐습니다."

"그래요. 아마추어는, 그러나 오히려 그쪽이 안심이에요. 빨리 알아차리니까요."

노부코는 화장실 좀…… 이라고 말하려고 할 때 생각이 났다.

"죄송합니다만, 하는 김에 저도 한번 봐주세요."

노부코는 어디도 이상이 없었다. 쓰루야마는 내일 K병원의 호흡기전문의와 함께 오겠다고 말하고 돌아갔다.

"보세요. 내가 말한 대로죠."

노부코는 의사를 보내고 말했다.

"아니, 그러나 아직 모르겠습니다. 전문가가 보지 않은 이상은."

"에고……."

노부코는 웃었다.

"히스테리 아가씨 병이 심하지 않아서 맘에 안 들어요?"

그러나 그 밤 자려고 침구를 꺼내올 때 쓰쿠다는 소량의 피를 다시 토했다. 그는 정신적인 충격에 얼굴이 새파랗게 되어 사지를 떨었다.

6

일요일에 노부코는 도자카에 갔다. 모퉁이에 차를 세웠다. 노부코는 현관에서 물었다.

"손님?"

"스마의 아가씨가 와 계십니다."

"아버지는?"

"손님과 계십니다."

"어, 따로 오신 손님이야?"

난로 옆에 수다스런 세 아이와 노부코의 남동생과 여동생, 어머니 셋이 있었다.

"와……."

예고도 없이 들어온 노부코를 보자 그들은 각자 일시에 함성을 질렀다.

"안녕하세요? 조금 와 보고 싶어서요. 우리들은 한 시간 전에 왔어요."

"딱 맞춰 왔네. 좀 전에 전화라도 걸어보자고 말하던 참이야."

"그래요. 잠깐."

노부코는 장갑을 벗으면서 사촌여동생들에게 인사를 했다.

"오랜만이야. 이전에 준이 결혼한 날 만나고 오랜만이지."

"그러게 노부가 조금도 와주질 않으니까."

끼어들며 앉자 커튼의 칸막이에서 쓰야코가 고상한 노란색의 털스웨터를 입고 나왔다.

"언니, 여기서 잘 거야? 오늘"

"글쎄. 쓰야 오늘은 스웨터 멋지네. 무슨 일이야?"

"스키가 떠주었어."

"예쁜 색이네. 아이에게는 그런 색이 잘 어울려."

"쓰야는 머리카락이 검으니까 더욱 잘 어울려. 쓰야는 무엇으로 답례할 거야."

쓰야코는 잠시 생각하다가 수줍게 대답했다.

"저도 떠줄래요."

그러자 야스가 엉뚱하게 돌아보았다.

"네가 뜬다고? 전에 쓰야코가 뜬 장갑을 봤는데 너무 소박해 보였어. 빨갛고 작고 구멍투성이야."

모두가 웃음을 터뜨렸다. 높은 창문으로부터 서리 어린 굴거리 나무의 가지들이 보였다. 겨울날 일요일 같이 한적했다.

노부코는 30분 정도 어머니에게 물었다.

"저, 아버지에게 여쭈어볼 것이 있어서 왔는데요…. 손님이 오래 계실까요?"

"글쎄."

다케요는 시계를 쳐다보았다.

"어, 벌써 2시간이 넘었네. 이제 곧 돌아가겠지. 왠지 회사 일 같으니까. 노부코, 집에서 자고 가도 되니? 오늘은 그렇게 하지."

노부코는 무시스시(찐스시)를 먹으면서 말했다.

"오늘은 정말 안 돼요. 집에 환자가 있어서요."

"응?"

다케요는 의외라는 듯이 물었다.

"쓰쿠다 씨?"

"요전부터 아팠어요."

아무렇지도 않은 듯이 다케요가 중얼거렸다.

"또 배가 아픈 거니? 늘 약해서."

"배가 아니에요. 이번은."

그때 아버지가 들어왔다.

"야, 왔다."

사람들은 모두 벌떡 일어났다.

"안녕하세요?"

"안녕하세요? 큰아버님."

"안녕"

아버지는 익살스럽게 안경을 코끝에 미끄러트렸다.

"이것, 큰일이네. 우리 아이들이 두 배가 되었네. 누가 누군지 분간이 가지 않네."

소란스러움이 조금 가라앉자 노부코는 아버지에게 물었다.

"아버지, 언제더라. 괜찮은 침대 카탈로그를 보고 계신 적이 있잖아요. 그것 지금도 있나요?"

"글쎄 찾아보면 물론 있겠지만, 침대 사게?"

"하나 갖고 싶어요."

"하나?"

아버지가 되물었다.

"어쨌든 산다면 두 개가 좋지 않을까? 건강에도 좋을 거야. 우리도 고집 센 아줌마만 이해해 준다면 침대로 할 텐데."

노부코는 온 일을 매듭짓고 싶어서 농담을 하지 않고 계속 이야기를 이어갔다.

"그곳이 아니야. 그쪽에 있는 침대는 아닐 거야. B를 봐봐."

그들은 카탈로그를 찾아내어 아이들이 놀고 있는 옆을 빠져나와 난로 앞에 마주앉았다. 아버지가 걱정스럽게 물었다.

"무슨 일이야. 도대체 계속 나쁜 게냐?"

노부코는 맘을 정하고 온 듯이 가볍게 대답했다.

"무리를 한 것 같아요, 목이 나빠졌어요. 한 학기 정도 휴양하면 좋다네요."

어머니가 저편에서 들여다보는 듯한 표정으로 자신의 말을 듣고 있는 것을 느꼈다.

"그러면 안 돼지. 의사는 누군가 신용이 가는 사람을 부른 거야?"

"아버지도 아시는 분이에요. K의 세리자와 씨라는 사람."

노부코는 카탈로그를 살펴보면서 가게로 전화를 걸었다. 월요일에 도착하게 해달라고 했다. 쓰쿠다는 3번의 정밀 진찰로 처음 의심했던 대로 왼쪽에 경미한 침윤이 있는 것이 확실해졌다. 하지만 노부코는 어쩔 수 없을 때까지 그의 병에 대해서 부모님께 상세하게 알리지 않을 작정이었다. 슬슬 돌아가려고 하자 하녀가 부르러 왔다.

"어머니가 좀 고타쓰로 오시라고 하십니다."

노부코는 용건이 무엇인지 알아서 가기가 싫었다. 마지못해 장지문을 열자 다케요는 고타쓰에 앉은 채 머리만 돌아보았다.

"비가 오다말다 해서 그런지 그쪽은 시끄러워서 곤란하니까. 이야기를 좀 하고 싶어."

노부코는 무릎을 넣었다.

"쓰쿠다의 병 말인데. 정말로 괜찮은 거니?"

"뭐가요?"

"단순히 목만이 아니지?"

"왜 그렇게 생각하세요?"

"언젠가 왔을 때 안색을 보니 도저히 단순한 일이 아닌 것 같아서."

노부코는 어머니를 조금 안심시켜야 할 의무를 느끼고 말했다.

"어차피 그렇게 걱정할 것은 아니에요. 제가 이렇게 건강하다는 게 괜찮다는 증거 아니에요? 단지 그쪽은 추우니까 잘 챙겨야 할 뿐이에요."

"네가 건강하다는 건 별 증거가 되지 않아. 어쨌든 곤란하구나. 그래서 정말로 한 학기 정도면 원래대로 돌아오는 거야?"

"아마도."

노부코는 어두운 얼굴로 웃었다.

"그거야 인간이니까 알 수 없겠지만."

"그러나 만약 쓰쿠다가 결핵이라면 그것을 말하지 않고 결혼 생활을 한 건 나빠."

"만약에 그렇다고 하더라도 전부터 있던 일이 아니에요. 그렇게 생각하는 것은 잔혹해요."

"너도 모처럼 건강한데…… 뭘 해도 몸이 자본이야. 고향에 계신 아버님에게는 이야기 했니?"

"그럴 필요는 없어요. 아직."

"여러 가지로."

돈 때문이라는 것을 노부코는 알았다.

"정말로 괜찮은 거니?"

노부코는 고타쓰의 이불을 펄럭였다.

"자, 오늘은 가야겠어요. 여러 가지로 고마워요."

"그래?"

다케요는 미련이 남은 듯 자기도 일어나려고 했다.

"정말로 조심해야 한다. 너까지 이상한 것을 걸머지면 우리 집도 곤란하다구."

집을 나오며 그녀는 비아냥거리듯이 중얼거렸다.

"음, 저 사람에게는 오히려 잘되었다고 할 거면서. 이렇게 되면 나가라고 해도 나갈 수 없잖아요."

노부코는 어머니가 밉지만 진실을 말한 듯했다.

7

무거운 스프 접시를 실은 쟁반을 들고 노부코는 살며시 창문을 열었다.

숯불이 전혀 들어가지 않아서 실내 공기는 깨끗하고 시원했다. 유리창 넘어 화창한 햇빛이 침대의 금속 장식에 반짝였다.

"기분 좋네요. 여기는 머리가 깨끗해지는 것 같아요."

대답이 없었다. 노부코는 난처한 듯이 머리를 움츠렸다. 쓰쿠다는 자고 있는 듯이 보였다.

노부코는 갑자기 슬며시 걸어서 베게 근처에 가까이 갔다. 소리를 내지 않도록 옆의 작은 탁자에 쟁반을 내려놓고 베게 위를 바라보았다. 그는 자고 있지 않았다. 누워서 천장을 바라보고 있었다. 입술을 굳게 닫고 위의 눈꺼풀에 경련이 일어난 듯한 눈빛으로 한 점을 응시했다. 무슨 일이지? 하며 노부코는 자신도 조금 천장을 올려다보았다.

"어떻게 된 거예요?"

"…."

"잤어요?"

쓰쿠다는 천천히 눈동자를 노부코의 얼굴 위로 움직여 비통하게 호소하는 듯한 시선으로 기운이 있어 보이는 노부코를 바라보았다.

"자고 있는 것이 아니야."

비난을 품은 어조였다. 노부코는 처음으로 쓰쿠다가 보이지 않는 쪽의 손에 작은 성서를 갖고 있다는 것을 알았다. 노부코는 그것을 보자 설명하기 어려운 불쾌함을 느꼈다. 남편이 마루에 누워서부터 벌써 몇 번 그녀는 이러한 정경을 목격했다. 그럴 때마다 똑같이 새롭고 날카로운 전신적인 불쾌함이 노부코의 가슴에 끓었다. 만성신장염에 걸려도 쓰쿠다는 역시 성서를 한 손에 들고 이같은 표정을 지을까? 일본으로 돌아와서 자신을 더욱 불행에 빠뜨린 사람처럼 취급하고 음산하게 성서를 넘기는 것이 노부코에게는 비참하고 매우 부끄러운 기분을 들게 했다. 노부코는 자신의 감정을 억제하고 무엇도 못 본 척 수저를 들었다.

"자, 뜨거울 때 드세요. 국이라 식으면 맛이 없어지니까."

쓰쿠다는 명랑한 노부코를 물리치는 듯한 시선으로 침대 위에서 일어났다. 조용히 수저를 들었다. 의무처럼 스프를 마시면서 눈동자의 흰자가 다 보이는 신경질적인 시선을 때때로 들어 옆에 있는 노부코를 보았다.

노부코는 뭔가 이유를 모르는 힐문이라도 듣고 있는 듯한 답답함을 느꼈다.

"뭐예요? 상태가 좋지 않아요?"

"아니."

"그럼 용기를 내서 드세요. 당신이라면 이제 회복기일 거예요. 기죽을 필요 전혀 없어. 평소대로 있는 편이 좋아요."

"고마워. 맛있었어."

쓰쿠다는 접시를 돌려주면서 천으로 입 주위를 닦고 말했다.

"가여워. 당신은 건강한데."

"어째서요?"

"내가 이러니까."

"병?"

쓰쿠다는 대답 대신에 굵직한 한숨을 쉬었다.

"그것은 누구라도 마찬가지예요. 병에 걸리는 것보다 건강한 편이 좋아요. 하지만 둘 다 아프다면 방법이 없어요. 더욱 잘 치료하도록 할 수 밖에요. 그것이야 상관없지만 뭐라고 할까?"

노부코는 비아냥거리듯이 말했다.

"생각하기 나름이라고 할까. 왜 이런 병은 다른 보통 병을 취급하듯이 취급하지 않는 것이죠? 위험하지 않을 정도라면 오히려 머리가 좋아질 정도로 확실히 생각해버리는 편이 나아요."

"어쨌든 행복한 인간은 걸리지 않는 병이야."

이번에는 노부코가 어둠침침한 공포로 천천히 그를 내려봤다……. 이것은 어두운 계시였다. 노부코는 이 병이 남편이 받는 벌이라고 생각했다. 쓰쿠다는 단순하게 그렇게는 생각하지 않았다. 노부코가 '생활이 안정되지 않아서 그를 괴롭히니까.'이라고 말한 것이었다.

접시를 안은 채로 노부코는 계속 서 있었다. 그녀는 여기까지 와서도 도망칠 길이 없다는 것을 안 것같이 침착했다. 병이라고 해도 맘과 맘속에서 일어나는 소리 없는 싸움을 말릴 힘은 없었다.

남편이 지금은 병에 걸렸으니까 혼자서 위로하며 도와주고 있지만 막다른 곳까지 간다면 역시 그를 받아주지 않을 것이다. 마찬가지로 쓰쿠다도 내심으로는 계속 노부코를 이처럼 공격하고 있는 것인가?

노부코는 암담한 심정으로 부엌으로 나가 조용히 여종에게 빈 스프 접시를 건넸다.

아무 생각 없이 말하면서 쓰쿠다의 베개 형태를 고쳐주고 있는 순간, 노부코는 문득 그것을 생각하기도 했다. 마음이 눈을 망보고 가볍게 사물을 말하고 있는 두 사람의 맘속에 무서운 어둠을 내리 비추었다. 노부코는 갑자기 괴로워져서 자신이 입술을 모으는 것을 느꼈다. 자신이 쓰쿠다에게 여러 가지 간호를 하려는 것도 사랑해서가 아니다. 자신이 냉혹하지 않아서이다. ─ 결국은 자기만족 때문이다. 노부코에게 그렇게 속삭이기조차 하였다. 자신이 원래의 한 사람의 인간이라면 이렇게 닌자처럼 발길질을 했을 것이다.

자신의 단순한 자연스러운 행위까지 이상하게 위선적인 것처럼 생각되어 노부코는 괴롭고 아픈 마음으로 서둘러 하다 만 일을 정리했다. 쓰쿠다는 그것이 노부코의 변덕이자 자신을 귀찮은 것으로 밖에 취급되지 않는다는 것을 알았다. 노부코는 슬펐다. 자신이 쓰쿠다더라도 밉게 느껴질 것이었다. 이것은 애절한 일이었다.

어느 밤 노부코는 잠시 자신의 방에 들어갔다. 정신을 차리자 집안 전체가 매우 조용했다. 그녀는 조용히 들어봤다. 자신의 방만이 남고 주위가 없어진 것 같은 조용함. 노부코에게 불안이 엄습했다. 몸으로 의자를 밀어제치고 서서 옆의 장지문을 열었다. 스탠드가 켜 있었다. 침대 위 이불 속이 옆으로 누워있는 사람의 몸처럼 볼록 올라와 있었다. 어떤 변화도 없었다. 노부코는 무엇 때문에 그러한 불안에 휩싸였는지 이상해졌다. 침대 끝 쪽의 벽에 커다란 자신의 그림자를 비추면서 노부코는 방으로 들어갔다. 하지만 남편의 모습을 보자 말이 막혔다. 그가 성서를 읽는다. 어떠한 마음에서 읽는 걸까? 그것을 이러쿵저러쿵 말할 권리가 나에게는 없다는 것을 노부코는 잘 알고 있었다. 밝게 읽으려고 감상을 넣어

읽겠지. 그러나 세상에는 신경이 쓰이는 것이 있다. 예를 들면 같은 것을 먹더라도 보고 있으면 화가 나는 법이 있다. 쓰쿠다는 성서로 무엇을 자신에게 알리려는 것일까.

노부코는 쓰쿠다의 얼굴을 내려다보았다. 그는 노부코가 내려다보는 시선이 발로 밟는 것처럼 강하게 느껴져도 눈썹 하나도 움직이지 않았다. 강한 응시를 발밑의 벽에서 떼지 않았다. 노부코는 점점 참을 수가 없었다. 그녀는 기가 죽은 소리로 낮게 말했다.

"그것을 이쪽으로 주세요. 부탁이니까…."

그녀는 그렇게 말하면서 손을 뻗었다.

"……."

쓰쿠다는 이불에서 나와 성서를 가지고 있는 손의 엄지손가락에 살모사처럼 힘을 주면서 그것을 다시 들었다. 노부코는 황량한 기분을 억제할 수 없었다.

"주세요."

그는 이쪽으로 건네려고 하지 않았다.

"주세요."

아아, 자신은 무엇을 하려고 하는 것인가? 이러한 일은 쓰쿠다의 몸에 나쁘다. 무서운 일이 될지도 모른다. 무서운 일이면 좋겠다. 한 번에…… 한 번에…… 쓰쿠다는 새파란 얼굴로 노부코를 노려본 채 손을 들거나 내리거나 하며 건네지 않겠다고 한다. 노부코는 그것을 진짜로 쫓았다. 쫓는 사이에 노부코는 자신이 무서워져 눈물을 뚝뚝 흘렸다.

"달라고 하는데. 주면 되는 것 아니야."

빼앗은 성서를 노부코는 침대 밑에 접어 두었다. 그리고 둘이서 같이 울었다.

8

2월 하순에 쓰쿠다의 건강은 학교에 출근하지 않는 일, 아침 늦게까지 침대에 있는 일, 밤에는 외출할 수 없는 일을 제외하고는 거의 평상시대로 돌아왔다.

겨울의 마른 뜰은 어느 샌가 윤기가 흐르고 상세히 나뭇가지를 바라보면 아련한 광택과 싹이 솟아나오는 것이 봄을 다정하고 빠르게 느끼게 하는 날이었다.

쓰쿠다는 우물 옆에서 나무문을 만지고 있었다. 두껍게 옷을 입고 스키 탈 때 쓰는 털모자를 귀까지 잡아당겨 쓰고 있는 그의 모습은 50살 정도의 노인으로 보였다.

"그렇게 힘을 써도 되는 거예요? 내가 박아줄까요?"

"뭐? 괜찮아요. 철사만 좀 이정도 가지고 와줘요"

노부코는 창고로 가려고 했다.

"아, 그리고 시계 좀 봐 주세요. 책상 위에 있어요."

노부코는 철사 묶음과 철사를 자르는 가위를 가지고 왔다.

"1시 10분전이에요."

"벌써? 그럼 준비해야지."

쓰쿠다는 서둘러 일을 마무리하기 시작했다.

"어디 가세요?"

"네, 당신도 준비해주세요."

"갑작스럽네요."

노부코는 도요를 돌아보며 웃었다.

"그러면 빨리 말씀하셨으면 준비했을 텐데. 몸치장으로 두 시간이나 걸리면 어떻게 해요."

노부코가 옷을 갈아입으려고 방으로 가고 쓰쿠다도 손을 씻고 왔다.

"기모노로 하죠."

"네, 기모노? 늘 같은 것 말구요? 도대체 가는 곳이 어디에요?"

"됐어요. 이렇게 하고 가도 상관없는 곳이야."

"어딘데요?"

"가보면 알 거예요."

"도자카?"

"아니."

"모르고 가는 곳이라면 좋은 곳이에요? 재미있는 곳?"

"아마도 그럴 거라고 생각하지만."

남편 때문에 버선과 이것저것을 준비하면서 노부코는 머릿속에서 이제부터 자신들이 갈 곳을 여기저기 유추해봤다.

"저기, 앞글자만 말해 봐요. 맞춰볼게요."

"가면 알 거예요."

이런 일은 그들이 결혼한 이래 처음 있는 일이었다. 쓰쿠다는 흥겨워하며 즐거운 기습에 상대를 기뻐하게 할 계획을 세울 따위의 사람이 아니었다. 다른 곳에 가도 예정된 시간에 돌아가는 것을 잊지 않는 사람이니 신기한 일이었다.

그들은 근처까지 전철을 탔다.

"혼코本郷 사카나마치肴町 2장."

사카나마치…… 노부코는 쓰쿠다의 옆에 앉아 눈을 깜박거리며 생각했다. 그들의 친구들의 범위는 좁았다. 두 사람이 방문할 곳은 결코 생각 못할 곳은 아닐 것이다. 사카나마치— 노부코는 무심코 말했다.

"아아, 알았다."

"알았어요?"

쓰쿠다는 정면을 향해 외투 밑에 팔짱을 낀 채로 다시 물었다.

"어디?"

"확실하지는 않지만 사카베 씨라고 생각하는데. 도쿄에 와 계시죠? 그분? 지금 어딘가 대학 정문 주위가 아니었던가? 여관인가?"

쓰쿠다는 어디라도 좋다는 듯이 웃었다.

"그럼 그렇게 생각해 두세요."

사카베는 지방대학에서 식물학의 교편을 잡고 있는 그들의 친한 친구 중 한 명이었다. 상경하면 꼭 만나는 사이였다.

예상대로 쓰쿠다는 대학 정문 앞으로 올 거라며 일어났다.

"내리지요."

그리고 과일가게 옆으로 곧장 들어갔다. 어느 서양음식점 앞에 하얀 옷, 하얀 앞치마를 두르고 커다란 요리 모자를 쓴 요리사가 멍하게 서서 그들을 바라보았다. 조금 전의 신사의 앞에 풍선가게가 나와 있었다. 노부코는 온화한 오후의 왕래를 복잡한 마음으로 걸었다. 부부라는 것은 또한 인간의 삶이라는 것은 얼마나 묘한 것인가? 가까운 밤에 그처럼 울었던 두 사람이 이렇게 나란히 걸어간다. ─예고 없이 사카베의 방문에 자신을 데리고 갈 생각을 한 남편의 기분이 노부코에게 어떤 동정을 일으켰다.

혼코다이本郷台를 오이시가와小石川 쪽으로 내려오는 언덕 오른편에 '하숙'이라고 쓰인 중고 간판을 건 문이 있었다. 쓰쿠다는 그곳에 들어갔다. 그는 소매를 접고 지나가는 하녀에게 말을 걸었다.

"사카베 군은 돌아오셨습니까?"

"어서 들어가세요."

하녀는 노부코를 관찰하면서 슬리퍼 두 켤레를 나란히 놓았다. 쓰쿠다는 안내를 기다리지 않고 스스로 안뜰을 돌아 복도를 걸었다.

"아, 언젠가 들린 적이 있지요."

그 소리를 신호처럼 복도 모퉁이를 돌아 기둥 밑으로 사카베가 모습을 나타냈다.

"야."

"잘 왔어. 자 들어오세요."

사카베의 방은 창문에서 언덕 밑의 나무와 지붕을 멀리 조망할 수 있는 조용한 곳이었다. 노부코는 창문에 걸터앉았다.

"꽤 좋은 방이네요. 전혀 하숙집 같지가 않아요."

"옛날 학생 때부터 친구라서. 여기 아저씨는 대 사카베당지."

사카베는 차를 타면서 쓰쿠다에게 물었다.

"어때? 계속 순조롭게 되고 있나?"

"음, 이제는 아무렇지도 않은 것 같지만 3월까지 참고 있으려고. 그래도 신경은 쓰이네."

"하하하하, 일하는 근성이 있는 녀석이어서. 나가야 할 때 쉬어서는 안 된다는 말인가? 글쎄 쉴 수 있을 때 확실히 쉬고 잠재력을 비축해야 하는 거야."

노부코는 사카베에게 말을 걸었다.

"있잖아요. 사카베 씨, 오늘 어떤 멋진 일이 있어요?"

"왜요?"

"두 사람이 미리 계획하고 온 거잖아요."

"이것은 약한가요. 하하하하. 뭔가 그러면 다른 특별한 취향이라도 있었던 건가요? 이제 시간이 없어요. 밤에 대접하는 것으로 용서해 주십시오."

사카베는 눈 끝에 작은 주름이 있는 쌍꺼풀진 눈으로 노부코를 빈번히 바라보았다.

"당신은 변함없이 건강하시네요."

노부코는 힘이 없는 듯 입술을 오므렸다.

"아니, 건강한 건 사실이에요."

사카베는 그녀의 감정을 알아챈 듯이 바로 감정을 누르고 말했다.

"살아있는 사람이라면 모두 건강한 것이 자연스러운 일이죠. 진정한 건강은 보려고 하는 것에 따라 일종의 성스러운 하늘의 힘을 반영하는 것과 같아요."

작년 여름, 마침 쓰쿠다가 관서 방면을 여행하던 중에 있던 일이었다. 노부코가 도자카 집에서 병원을 다니고 있던 무렵 사카베가 상경했다. 그는 아카사카의 집을 돌봐주는 사람으로부터 두 사람의 소식을 듣고 도자카로 만나러 왔다. 노부코는 그를 아버지에게 소개한 후 세 사람은 저녁을 먹었다. 그때 그들은 주로 C대학에 있을 무렵의 이야기를 하며 즐거워했다.

"당신도 그때는 지금처럼 큰집이 아니었어요,"

노부코가 웃으면서 말했다.

"열심히였잖아요. 봐, 곰팡이 난 사과를 소중히 했던 일"

"음."

사카베는 현미경을 들여다보듯이 곧바로 평면의 시선으로 잠깐 노부코의 얼굴을 보면서 돌연 물었다.

"당신, 이런 일을 물어보는 것은 실례일지도 모르지만 행복합니까?

노부코는 갑자기 괴로운 심중을 정확히 명중당한 것처럼 느꼈다. 하지만 그녀는 부끄러운 듯이 웃으면서 말했다.

"그것과 같은 세포의 변화가 나타났나요?"

"당신에게는 쓸데없는 일이 아니겠지요. 좋아요, 할 수 있는 만큼은 해보는 거예요."

역시 웃었지만 노부코의 눈에는 남몰래 눈물이 맺혔다. 그녀에게 이런 식으로 말한 사람은 없었다.

노부코는 지금 사카베를 만나서 다시 그때의 심정을 떠올렸다.

"올해 눈이 내리지 않는다고 한다면?"

사카베는 기모노를 입고 다른 사람처럼 보이는 등을 둥글게 하고 책상 아래에서 두꺼운 가위를 꺼냈다.

"이번에는 이것을 인쇄하는 것도 하나의 용건으로 왔는데요."

노부코는 과자 그릇과 다기를 한쪽으로 치웠다.

"전문적으로 말하면 또 귀찮은 일이 되겠지만… 결국 요점은 사진이 설명하고 있을 뿐이야. 우선 이것을 뭐라고 말할까요. 서론이랄까."

그것은 벚꽃과 닮은 한 그루의 나무 사진이었다. 줄기가 곧게 뻗쳐 좌우로 여유롭게 가지를 치고 꽃을 피우고 있었다. 노부코들은 가만히 쳐다보았다.

"다음은 이것."

"폭풍? 전선이 끊어지고, 집이 쓰러지고 있고."

이야기하는 사람보다 듣는 사람인 쓰쿠다가 사카베에게 물었다.

"어디? 만주 근처 같은데."

"아, 북만주네. 처참한 광경이네요. 매년 어느 기간 계절풍이 부는데 그것이 이런 기세라고 보여주는 것이네요."

다음은 몇 그루의 커다란 가지가 모두 한쪽으로 비틀어져 있어, 한쪽은 대머리처럼 말라버린 듯한 사진이었다.

"관계를 알겠습니까?"

노부코는 재미있어졌다. 그녀는 열심히 비교하며 외쳤다.

"아, 알았다. 알았다."

"그래서요."

6장의 사진은 매년 계절풍 때문에 만주의 어느 수목이 발달을 저지당하고 일정한 법칙으로 변화함을 나타냈다. 기형이었다. 그 경과를 연구하는 것이었다.

"이것은 이전부터 계속 모아온 자료지요?"

"10년 가까이 되지요."

"……그러나 같은 연구라도 자네 것은 좋은데 나는 할 수 없어. 무엇보다 사실 아직도 자료를 찾아내고 있으니까."

"일본에서는 안 되네."

"가난하면 짬이 없다고 하지. 먹고 살아야 하니까."

사진을 또 반복해서 보고 있던 노부코가 말했다.

"먹고 살아야 하는 것은 누구라도 마찬가지지요. 10분의 9의 사람은 그럴 거예요."

"그래요."

쓰쿠다는 갑작스런 노부코의 말에 감정이 상한 듯 말했다.

"그러나 나의 연구로는 교사도 될 수 없어서."

"자신의 전공으로 교사가 된다고 해도 재미없어. 언제라도 자신의 능력 이하의 학생을 상대로 한다는 것은. 역시 정말로 자유로운 일은 다르다구. 오히려 다른 일을 강의하고 본직은 본직대로 열심히 하는 것이 순수한 즐거움일지도 모르네."

"시간이 없어, 사실은."

"몇 시간에요?"

"11시간."

"그럼 아직 괜찮아."

"내 일은 한 마디 찾아내는 데에 하루가 아니라 삼 일 걸려도 허사인 날도 있으니까."

노부코는 전공 여하를 불문하고 열의가 가득 차 일하는 모습에 자극을 받는 성격이었다. 사카베가 어쨌든 자기 것으로 만들어가는 노력을 막 보았을 때, 남편의 자신의 일에 대한 푸념이 그녀의 일에 대한 영혼의 말이라도 되는 것 같았다.

"그것으로는 일할 수 없어요. 사카베 씨의 책임처럼."

거기에 노부코조차 예기할 수 없는 상태, 얽히고설킨 부부의 울적함이 뒤얽혔다.

"그래서 내가 말하는 대로 하는 것이 좋아요. 그러면 학교는 연구의 변명, 연구는 학교의 변명이라는 듯한 성가신 일은 만들어지지 않으니까 좋아요."

"매우 귀찮네. 하하하"

사카베가 중재하듯이 웃기 시작했다.

"뭐예요? 노부코 씨가 말하는 대로라는 것은."

노부코는 기분 좋은 얼굴로 시원하게 말했다.

"내가 좋은 제의를 했어요. 이제 남편, 아내로서는 무엇 하나 제대로 못하니까, 체면만 차리는 것은 지겨워졌으니까 원래의 학생으로 돌아갑시다. 좋지요? 그리고 둘이서 정말로 자신의 힘으로 할 수 있는 곳까지 해 본다면 되는 거야. 그렇지요?"

가볍게 꺼낸 것이 분위기가 점점 무거워져 노부코는 슬픈 얼굴을 했다. 그녀는 자신에게 이런 이야기를 시키려고 쓰쿠타가 자신을 여기에 데리고 온 것이 아니라는 것을 잘 알고 있었다. 여기에 남편이 없었다면 그의 얼굴, 그의 목소리, 뚝뚝 손가락 마디를 꺾는 손을 보았다면 아마도 자신은 이런 일을 말하지 않았을 것이다. 노부코에게는 특히 그것이 괴로운 심정이었다. 그녀는 뚱하게 조용히 있었다.

"매우 어렵네."

쓰쿠다는 한숨과 함께 말했다.

"우리들은 서로 일이 있어. 고마워."

사카베는 슬슬 해가 기운 방의 화로에 불을 붙였다.

"그렇다면 처음부터 잘 알고 있던 일이니까 비교적 번거롭지는 않지. 더욱이 이것은 뿌리지요. 뿌리가 중요해요."

사카베는 잠시 생각을 하다가 계속했다.

"또 식물을 메어낼 것이지만 왠지 그 풀과 나무가 살 수 있는 더욱 자연적인 좋은 상태로 두게나. 장소라는 것은 정해져 있지. 지면 위에서 있으면 된다고 생각해서는 전혀 안 되는 것 같네. 그 풀은 북위 몇 도의 지대에서만 생존할 수밖에 없네. 또는 적도 부근에서만 살 수도 있네. 인공으로 온실에 들어가거나 다른 방법으로 마르지 않게 유지가 되지 않는 일도 없지. 하지만 슬픈 일은 그렇게 해서 산 식물은 열매를 맺지 않는다는 거야. 번식할 수 없어. 이것이 무서운 점이지. 인간도 어떤 경우에도 어느 정도까지라면 생리학 상 목숨만은 잃지 않고 살 수는 있지. 하지만 순수함이 진실되지 않으면 열매를 맺지 않아. 이상론이지만 뭐든지 할 수 있다면 인간 서로에게 진실된 소박함을 만들어주고 싶다는 것이 나의 생각이야. 이런 이야기가 나와서 솔직히 말하지만 글쎄 자네들도 억지로 몸에 맞지 않는 하나의 작은 식물 화분 속에서 비비대며 있을 필요가 없지 않은가?"

쓰쿠다가 이 사이로 중얼거렸다.

"이상은 그렇겠지. 그러나 나는 할 수 없어. 그런 것이 아니야."

"뭐가? 노부코 씨가 말하는 것과 같은 건가?"

"그래."

"날고 싶어 하는 새를 기세 좋게 날려 보내는 것도 기분 좋은 일이라고 나는 생각하네."

노부코는 사카베가 명확하게 자신에게 호의를 갖고 짐을 지고 있는 것을 느꼈다. 그녀의 감정이 움직였다. 호의는 좋았지만 사카베에게 기분 좋게 그런 일을 듣는 것은 고통이었다.

"좋은 일이야. 논의해서 결정짓는 것이 아니야. 가당치도 않은 일에 말려들게 된 것은."

그들은 다섯 시까지 말했다.

"모처럼이니까 어딘가에서 저녁이나 먹자고."

"아직 저녁이 늦지 않았으니까 오늘은 돌아가겠습니다. 집으로 와주세요. 집이라면 언제라도 좋아요."

복도로 나와서 사카베가 멈춰 섰다.

"아, 잠깐 기다려. 줄 것이 있네."

사카베는 게다를 돌려달라고 말하고 안뜰로 내려왔다. 돌아왔을 때 그의 손목은 3~4센티 정도 물에 잠겨 차가운 듯 빨갛게 되어 있었다.

"뭐야?"

"도쿄에서는 진귀한 것. 마리모毬藻[38]."

현관의 마루방에 서서 그는 카운터에서 가져온 종이로 비로드로 싼 약초를 두 근 싸서 노부코에게 건넸다.

---

38 마리모(毬藻) : 녹조류의 한 가지.

9

톳마루에 손을 대고, 노부코는 큰 유리병 속을 들여다보았다. 흐린 물에 사카베가 준 마리모가 잠겨 있었다.

"왠지 색이 나빠진 것 같아요. 조금도 올라오지 않고 있잖아요."

"그래요?"

"그렇게 언제나 영양을 속에 비축하고 있는 것인가요?"

"글쎄요."

시간을 두고 노부코가 물었다.

"사카베 씨 언제 남양南洋으로 떠나신데요?"

"아직 1, 2개월 남았어요. 아직 완전히 정해진 게 아니라서."

노부코는 물을 교환한 유리병을 양지로 옮겼다.

"당신 사카베 씨를 어떻게 생각해요?"

"당신이 생각하기에는, 어때?"

"뭐, 변함없는 남자지요."

"당신 맘, 변하지 않았지? 먼저와."

쓰쿠다는 예상한 것처럼 문책을 하는 듯한 시선으로 되물었다.

"왜 그러세요?"

노부코는 이전 사카베를 둘이서 방문했을 때 우정의 한 부분에 변화가 생긴 것을 느꼈다. 그녀는 그것이 세 사람을 위해서 유감이었다. 반 정도는 자신에게도 책임이 있다고 생각했다. 그녀는 쓰쿠다에게 털어놓는다면 불쾌함을 털어놓고 싶었던 것이다.

"정말로 지금까지 대로예요."

"그런 것이 아니지요."

4월 신학기가 되어 쓰쿠다는 출근하기 시작했다.

처음 나가는 아침, 작년 말 복장 그대로에 신발을 신는 그를 뒤에 서서 배웅한 노부코는 충격을 받았다. 쓰쿠다에게도 노부코에게도 그의 병은 일시적인 또는 단순한 병이 아니었다. 병만 좋아졌다. 예전의 그로 돌아왔다. 익숙한 제복을 입은 그대로의 그로. 그런 모습을 보자 자신의 가슴 바닥에 조수처럼 슬픔과 혐오가 끓어오르는 그로……

"다녀오세요."

머리를 숙인 그녀는 그 자리에서 바로 힘 있게 일어나지 못했다.

남편에 대한 사랑과 증오의 전전반측이 노부코의 맘에 다시 힘을 불러일으켰다. 그녀는 어디에 있어도 괴로웠다. 때문에 어딘가 맘의 휴식처를 찾고 싶어 이리저리 돌아다녔다.

노부코는 도자카에 가끔 가서 머물렀다.

어느 날 쓰쿠다가 도자카에 있는 노부코에게 전화를 걸어 왔다.

"내일 돌아오지 않을래요? 좀―사카베 군이 28일 드디어 떠난다고 해서 밥이라도 함께 먹고 싶은데."

다음날 그들은 셋이서 저녁을 먹으러 나갔다. 완전한 초여름이었다. 밤하늘은 가로수가 연약한 어린잎을 산들산들 흔들었다. 그들은 이전에 조금 서먹서먹했던 이별을 잊고 유쾌하게 이야기하거나 산보하거나 했다. 노부코는 그날 밤 아카사카로 돌아왔다.

아침이 되자 지난밤에 별이 아름답게 보였었는데도 가랑비가 내리고 있었다. 그 가운데 도요가 우산도 쓰지 않고 연못을 들여다보았다.

"무슨 일이야?"

"금붕어 한 마리가 이상해요."

"어떻게"

"오늘 아침 일어나서 보니까 한 마리가 겨우 헤엄치는 것을 다른 물고기가 뒤에서 부지런히 뒤쫓고 있기에 약한 붕어를 도와서 헤엄치고 있는 거겠지 생각했는데 그게 아니라 괴롭히고 있는 거예요."

도요는 물 위를 손으로 쳤다.

"이것 봐요, 또. 조용 쉿!"

"왜 괴롭히는 거야. 가엾게."

노부코도 약한 금붕어를 도와서 따로 두려고 산대를 찾았지만 찾을 수 없었다.

"이상해요. 지난 밤에 개 한 마리가 자동차에 치어서 캥캥 울면서 도망치는 것을 역시 많은 개가 쫓아가며 물고 있는 것을 봤어요."

이런 사이에 노부코는 툇마루에 둔 유리병이 보이지 않는 것을 알았다.

"어라, 그 병 어떻게 했어?"

"어떤 병 말이에요?"

"어. 파랗고 둥근, 봐 요전에 내가 가위로 머리를 잘라준 둥근 해초가 들어있는 건데."

3월정도 지난 사이 마리모가 점점 파랗게 되어 처음으로 색을 잃었다. 물을 통해 보니 공 모양의 주위에 매끈매끈하게 물때 같은 것이 있는 것을 알 수 있었다.

"이래서는 안 돼. 마르기 시작했네. 한번 잘라보자."

이전에 도자카에서 돌아왔을 때 노부코는 도요의 도움을 받아 해초 표면의 노폐물을 정성스럽게 없앴다.

"이것 말입니까?"

도요가 이윽고 야단을 받을 각오라는 식으로 말하며 빈병을 가지고 왔다.

"없어? 해초는?"

"이전에 남편분이 이것을 도랑에 비우셨는데. 버리신 건가요?"

노부코는 잠자코 잠시 도요가 손에 들고 있는 하늘색 유리병으로 비 내리는 하늘을 둔하게 반사시키며 바라보았다.

"이제 됐어. 그럼."

도요가 사과하려는 듯했다. 하지만 노부코는 도요의 책임이 아닌 것을 알고 있었다. 노부코는 서둘러 얼굴을 씻으러 갔다.

—노부코는 그 마리모가 좋았다. 진기한 마리모의 생활 상태를 사카베로부터 설명을 들어서가 아니라 모양도 색도 사랑스러웠다. 쓰쿠다도 누군가로부터 받은 것이기 때문에 함부로 버릴 수는 없었을 것이다. 노부코는 그렇게 생각하며 서운한 마음이 들어 생명이 있는 마리모가 애처롭게 느껴졌다. 어제 그는 그것에 대해서 한마디도 하지 않았다. 노부코가 사카베에게 마리모가 이상해진 것을 말했는데도 불구하고.

두 시 넘어 노부코는 집을 나와 마루젠丸善[39] 으로 갔다. 어젯밤 사카베가 오늘 마루젠으로 참고서를 주문하러 간다는 이야기를 했다.

"마루젠—나도 뭔가 보러 갈까?"

"갈 거면 요전에 보내줬던 것 중에 돌려줄 것이 있다고 가지러 와달라고 스기 군에게 말해주세요."

외출할 때까지 노부코는 마리모가 내심 걸렸다. 그가 일부러 버린 것을 잘 알아서 정말로 싫었다. 그녀는 잠시 주저했다. 그렇지만 생각하는 동안에 그녀는 그것에 집착하고 있는 자신에게 화가 났다.

"돌아오면 마루젠에서 사카베 씨에게 줄 것을 찾아서 도자카로 간다고 말씀드려줘."

---

39 마루젠(丸善) : 서점명.

그녀는 도요에게 이렇게 말하고 나왔다.

마루젠 2층으로 올라가 보니 사카베는 벌써 몇 권의 책을 골라 놓고 지배인과 뭔가 이야기하고 있는 중이었다. 노부코는 우선 남편의 말을 전했다. 사카베는 식물학을 통속적으로 쓴 좋은 책을 노부코에게 보였다.

"—이런 식으로 적는 것은 우리가 많이 배울 필요가 있다고 보는데 어떻습니까?"

「식물의 생활」은 파블로가 아이들을 위해 쓴 책과 어딘가 닮은 문장이었다. 노부코는 다른 책장에서 자신이 원하는 책을 찾아보았지만 찾을 수가 없었다. 사카베가 항해 중에 읽게 책 한 권을 사고 1시간 정도 있다 마루젠을 나왔다.

아침부터 내린 가랑비는 아직 그치지 않았다. 시내 전체가 한 장의 젖은 커다란 외투와 같았다. 그리고 안개가 축축하고 자욱하게 끼어 멀리 있는 높은 건축물이 흐릿하게 보였다. 우산을 펴서 높이 들고 맞은편에서 오는 사람을 피하며 사카베가 노부코에게 물었다.

"그럼 어떻게 할까요?"

"기분 나쁜 날씨네요. —이래서는 걸을 마음도 안 들고"

"어디로 가세요?"

"저는 오늘은 도자카로."

"그럼, 차라도 마시고 헤어질까요?"

그들은 어느 가족적인 찻집으로 들어갔다. 사카베는 언제나 이야기를 좋아하지만 그날은 특히 화제가 끊이지 않았다. 그는 언젠가 쓰고 싶은 좀 전의 식물학과 같은 책에 관한 것, 이번 남양南洋 여행에서 부속적인 수확으로서 하고 싶은 어느 인류학 상의 흥미 있는 계획에 대해 이야기했다. 노부코가 사카부와 이야기할 때 항상 재미있다고 느끼는 것은 그가 일종의 종합적인 천성을 발로시켜 식물학으로 관련시켜가는 점이었다. 그가 변형균에 관해 이야기하면 반드시 그것은 어딘가에서 오늘날을 살아가는 인간의 사회생활과 관계를 갖는 결론에 달하게 되었다. 현미경적인 정보로 끝나지 않았다. 그 점이 그의 이야기의 생생함과 매력이었다. 이야기하는 동안에 확 하고 점내에 전등이 켜졌다. 대리석 테이블과 거울을 박아 넣은 기둥이 갑자기 밤의 긴자처럼 빛나기 시작했다.

"─그럼 그만 움직일까요…?"

"아, 오늘은 굉장히 떠들었네요."

사카베는 시계를 보았다.

"몇 시? 4시가 지났겠네요."

"20분입니다."

그는 계산을 하면서 말했다.

"어떻게 할까요? 어차피 식사해야 하니까 근처에서 저녁을 드시지 않겠습니까?"

"그렇네요."

노부코는 이렇게 말하다가 잠시 말을 끊었다.

"─그러면 이렇게 하지요. 만약 당신이 내일 떠나는데 혼자서

드시기가 싫으시다면 도자카로 가시지요. 오늘은 아버지도 돌아
오시니까 마침 좋네요."

"―그렇군요."

사카베는 노부코의 마음을 알아챈 듯 말했다.

"삿사 씨를 뵙는 것도 유쾌한 일이니 그럼 부탁드릴까요?―갑
작스러운 일이라 괜찮으실까요."

"괜찮아요.―다른 곳에 가는 것보다 낫지요."

노부코는 도자카 집에 전화를 걸었다.

"오늘 일은―뭐 말하지 않는 것이 좋으려나."

도중에 어떤 이야기 끝에 사카베가 혼잣말하듯 중얼거렸다.

"무슨 일이요?"

"아니 지난번 일을 봐도 쓰쿠다는 일종의 환자이지요. 정신적
으로―그러니까 환자에게는 환자로 취급을 하는 마음가짐이 필요
한 거겠죠. 들려줄 필요가 없는 것까지 들려줄 필요는 없다고 보는
데."

"……."

노부코는 그의 주의가 불쾌했다. 그녀는 사카베에게서 그러한
말이 나올 것이라고는 예측하지 못했다.

사카베의 말은 인상 깊게 며칠이 지나서도 그녀를 맥 빠지게
했다. 사카베와의 서로 거리낌 없는 교제를 노부코는 몇 년 전부터
안심하고 즐겼다. 그와 이야기하는 것은 재미있고 자극이 되었다.
그도 노부코의 장난과 지식욕을 즐겼다. 친하게 지내는 나이차가

많은 삼촌과 조카 같은 왕래로 지극히 자연스레 그를 좋아했는데 왠지 경계하지 않으면 안 되게 되었다. 마리모를 준 사람과 그것을 버린 사람과의 남자의 본능이 느긋하게 생각하고 있던 자신을 압박하고 암흑 속에서 저항하고 있었던 것인가 하고 노부코는 쓸쓸해졌다. 자신은 어느 쪽에도 속하지 않는데도.

묘하게 추운 날이 계속되었다. 노부코는 장 상태가 좋지 않아 다시 기운이 없어졌다. 일을 조금도 할 수 없어 그녀는 홑옷 위에 어머니의 하오리를 걸쳐 입고 집안을 어슬렁거리며 지냈다.

어느 날 노부코는 드물게도 "오늘이야말로" 하며 의욕적인 모습으로 마루로 나왔다. 그녀는 남색 무늬의 기모노 차림으로 터벅터벅 식당으로 갔다. 드물게 부모님이 테이블에 나와 계셨다.

"안녕히 주무셨어요?"

말을 거는 노부코를 향해 가지고 있던 신문과 함께 손을 흔들며 다케요가 공허하게 말했다.

"큰일 났어."

보아하니 아버지도 다른 한 장을 읽으며 평소와는 다른 표정을 하고 있었다. 노부코는 어깨너머로 지면을 들여다보았다. 3단이 빠진 제목이 눈동자에 비추자 노부코는 목에서부터 닭살이 돋을 정도의 충격을 받았다. 그녀는 그곳에 앉아 다른 한 장을 펼쳐 단숨에 읽었다. 보이는 글자는 알 수 있었지만 글자에서 느끼는 것이 너무 많아 이성이 넘칠 듯한 기분이었다. 어느 존경받던 문학자가 어느 부인과 자살한 사건이 보도되어 있었다. 노부코는 다시 읽으면서도 말할 수 없는 슬픔과 두려움으로 떨릴 듯했다. 말을 할 수 없게 되어 그녀는 무언가 말을 걸려는 부모님을 두고 방을 나왔다.

X씨는 40세를 거의 넘긴 상류 출신의 교양과 재능을 동시에 갖추고 인간적인 민감함을 다분히 가지고 있는 예술가였다. 이상가이며, 사랑하는 부인을 잃고 두 아이의 아버지로서 고독하게 생활하고 있었다. 작품의 취미와 그 특수한 경우가 여러 방면으로 젊은 여성숭배자를 만들었지만 노부코는 그런 면이 아니라 반대로 더욱 위대한 인간 및 예술가로서 자신을 완성시키기 위해 행하는 그의 격정적인 내면적 투쟁에 굉장히 마음이 끌렸다. 최근에 쓰인 장편이 노부코에게 여러 가지 그런 점에서 암시를 주고 있었다. 그녀가 이해한 X씨는 근래 2, 3년간 반드시 운명적인 전향을 예술상, 생활상에서 하지 않으면 안 되는 시간의 압박을 받고 있었다. 그는 그곳을 쿵!하고 제2의 하늘에서 제1의 하늘로 오를 수 있을 것이다. 노부코는 그때 어떠한 심정이었을까? 노부코는 예술가의 운명, 특색이 있는 성격과 환경과의 맞물림을 남의 일이라고 생각할 수 없는 연령이 되어 있었다. 그녀는 기다리고 있었다. 그리고 보았다.

그런 기대 속에 있을 무렵 오늘의 보도가 들렸다. 전혀 몽상도 하지 않은 형태로 그는 날았다. 위로? 아래로? 노부코가 온 마음으로 느낄 수 있는 것은 그러한 의문에 대한 이지적인 대답이 아니라 그는 그렇게 했다는 사실이었다. 그는 거짓을 말하는 사람이 아니다. 그런 두려운 확인뿐이었다. 사건에는 사람을 침몰시키는 성실

한 위력이 있고 초인력적인 무언가가 있다. 그것이 노부코는 굉장히 괴로웠다. 현재 흔들리고 있는 자신의 존재의 뿌리까지 울리는 것이 느껴졌다.

노부코는 식사를 할 수 없었다. 하루 종일 감동에 휩싸여 혼자 앉아 있었다. 그날 밤 자려고 노력했지만 잘 수가 없었다. 눈물이 날 정도의 긴장이 정신을 꽉 붙잡았다.

고별식은 다음날 오전이었다. 노부코는 아버지와 그곳에 참석했다. 하얀 천이 씌워진 위를 제단 앞까지 나아가, 엄청난 하얀 꽃으로 뒤덮인 뒤편에 있는 한 장의 사진에서 다시 고인의 온화한 얼굴과 마주치자 어제 신문을 봤을 때와 마찬가지로 그 이상의 괴로움이 새삼스레 그녀를 죄어왔다. "그는 날았다. 위로? 아래로?" 눈물이 솟구쳐 올랐다. 외부관계자가 본다면 그녀는 그렇게 울 정도로 고인과 가까운 사람은 아니었다. 노부코는 부끄러웠지만 고별식에 늘어서 있는 친척들 앞에서 눈물을 제어할 수 없었다.

7
노부코

1

전철이 구단자카九段坂와 수로 사이의 좁은 궤도를 느릿느릿 브레이크를 걸며 내려가기 시작했다. 3분의 2쯤 갔을 무렵 앞쪽에서 손에 붉은 깃발을 든 남자가 잔걸음으로 뛰어 왔다. 운전수를 향해 뭐라고 외쳤다. 운전수는 서둘러 양손으로 급히 브레이크를 밟았다. 전차는 끽 하고 날카로운 소리를 내며 경사진 비탈길의 불안정한 위치에 멈춰 섰다.

"뭐야, 어찌된 일이야?"

차장이 아래로 내려갔다. 몇 몇 남자가 웅성거리며 창밖으로 무리하게 앞쪽을 쳐다보려고 했다.

"폭파 작업이 있어 30분간 멈추겠습니다."

"―뭐야?"

성난 기색의 남자들은 짐작이 어긋났다는 듯이 자리로 돌아갔다.

차 안은 잠시 잠잠해졌다. 얼마 지나지 않아 드문드문 이야기 소리가 났다. 관동대지진이 나고 거의 한 달이 지났지만 도쿄 사람들은 아직 당시의 흥분에서 완전히 회복되지 않았다. 사람들은 모이면 화재시의 불 끄는 법, 대피로의 상담 등을 대단한 여세로 떠들기 시작했다.

두서없는 잡담이 본 적도 만난 적도 없는 승객들 간에 오가기 시작했다. 그중에서도 한층 더 높이 두드러지는 목소리가 노부코의 주의를 끌었다. 그 남자는 내일 공판이 있는 아마카스甘粕[40]의 행위를 일본 남자의 귀감이라고 강력하게 찬양하고 있었던 것이다. 지극히 도전적인 밉살스러운 어조로 사회주의자를 닥치는 대로 죽여 버리라고 맹렬하게 말하고 있었다. 노골적으로 들으라는 듯해 불쾌하게 여겨지는 것은 노부코만이 아닌 것 같았다. 그녀 앞에 있던 젊은이는 무시하려고 해도 귀에 들어오는 문구에 짜증을 내며 구두 앞코를 까딱거리며 들썩거렸다. 결국 획 하고 창밖으로 몸을 돌려 수로를 내려다보며 토가바토레를 휘파람으로 불기 시작했다. 쾌청한 10월의 오후 햇살이 간다神田의 평평한 불탄 잔해 일대를 비추고 있다.

"―쳇."

잠시 후 서 있는 노부코 뒤에서 혀를 차는 소리가 났다.

"못 참겠네. 이러다가 자리에 꼭 붙어버리겠어."

노부코는 시계를 봤다. 벌써 30분에서 10분은 지나 있었다.

---

40 아마타스 사건(あまかす事件) : 大正12년(1923)관동대지진 직후, 헌병대위 아마카스 마사히코(甘粕正彦)들이 무정부주의자 오스키 사카에(大杉栄)와 이토노에(伊藤野枝)부부와 조카인 다치바나 조이치(橘宗一)를 헌병대사령부에서 살해한 사건.

"꽝 소리가 안 나면 몇 분이 지나도 꼼짝도 못하잖아. 내려버릴까."

그 후 그녀는 빈자리에 앉았다. 뒤에 있는 높은 붉은 벽돌담에 이글이글 반사하는 가을햇살에 햇빛가리개를 내렸음에도 숨이 막혔다. 옆에 넥타이를 안 매고 소프트칼라에 때가 묻은 여름옷을 입고 머리가 벗겨지기 시작한 남자가 있었다. 남자는 왼손에 수첩을 들고 짧은 연필 끝을 입에 물고 문장의 추고를 하고 있었다. 고단講談[41] 책이라도 읽듯이 가락을 붙여 반복해서 자신이 적은 문장을 읽었다.

"한번 육체사(죽음)와 그 영혼은 떠돌며ㅡ떠돌며"

그리고 여기에서 막혀 다시 처음부터 "한번 육체사(죽음)와 그 영혼은 떠돌며ㅡ떠돌며"질리지 않고 반복했다. ㅡ반동주의 남자는 상대가 없어 조용해졌다.

갑자기 쾅 하고 땅을 흔드는 폭음이 울렸다. 전철의 유리창이 순간 덜덜덜 흔들렸다.

"됐다."

너무 오래 기다려 멍하니 있던 승객들은 갑자기 활기를 띠고 창밖을 보았다. 반쯤 불탄 잔해. 고독하게 서 있는 붉은 벽돌의 큰 건축물의 잔해에서 자욱하게 누르스름한 커다란 연기가 올랐다.

---

41 고단(講談) : 무용담, 복수담, 군담 등을 가락을 붙여 재미있게 들려주는 연예(演芸), 야담.

이어서 다시 한 번 폭발음이 울렸다. 유유히 사라져 가는 연기가 아직 자욱이 깔린 앞의 연기와 무겁게 겹쳐졌다. 연기가 흩어지자 좀 전의 큰 건물은 잔재도 없어져 버렸다. 빈곳의 공활함. 반짝이는 햇살을 이상하게도 확실히 느껴졌다. 웅대하고 적막한 광경이었다.

문득 여자가 울면서 뭔가 말하는 목소리가 노부코를 놀라게 했다. 정신을 차리고 보니 그녀 옆에 35, 6세 정도의 수척한 아낙네가 짐 꾸러미를 안고 앉아 있었다. 꽝 하는 폭발음이 난 순간부터 그녀는 참을 수 없다는 듯 주위를 두리번거리며 누구에게랄 것도 없이 빠르게 말을 걸었다.

"여기에 있으면 괜찮을까요. 괜찮겠지요?"

그녀의 목소리가 울면서 입술을 빨아들여 말하는 듯이 울렸다.

"—여러분들과 같이 있으니까 괜찮겠지요……."

그러나 훅 하고 자욱하게 흙먼지가 그녀를 덮자 그녀는 다시 두려움에 떨며 자제력을 잃었다.

"어어, 진짜 괜찮을까요?"

노부코는 자신까지 슬퍼지는 비참한 마음이 들었다.

"괜찮아요. 저건 공병대가 하고 있는 거니까—. 안심하세요."

약 20분을 더 기다려 전철은 겨우 달리기 시작했다. 노부코는 도자카로 오래된 잡지와 의류를 받으러 나가는 중이었다. 그녀는 직접적인 재해를 당하지는 않았다. 그렇지만 폐허가 된 대도시의 광경이 강하게 그녀의 마음을 빼앗았다. 반동적인 생활력이 시민 모두를 둘러쌌다. 그녀는 지금까지 잃어버리고 있던 생존감의 응집을 느끼고 다른 여성들과 함께 재해 이재민을 위문하는 일을 도왔다.

결혼해서 4년간 그녀의 생활은 남편과의 내면적인 싸움의 연속이었다. 심한 기관소리만 나는 공장에서 4년 동안 일했던 인간은 분명히 고막이 이상해져 보통의 사물소리 따위는 잘 들리지 않게 될 것이다. 노부코의 정신 상태도 완전히 위기에 달했다. 점점 긴장하며 팽팽해져 터질 듯한 정신 상태로부터 터져 나오는 마음의 고통으로 그녀는 일종의 편집광이 될 지경이었다. 혼자 조용히 있을 때 그녀는 이러한 생활이 언제까지 이어질까 하는 공포에 질렸다. 이제 눈물도 떨어지지 않고 냉정히 말할 수 있을 정도로 진정을 찾아 어떻게 여기에서 도망칠까? 정말로 그가 말한 것처럼 조만간 죽으면 당연히 자연스럽게 정리될 텐데—그렇게 생각하게 되었다.

강한 집념으로 하루 종일 질리지도 않고 그러한 것들을 생각했다. 그런 주제에 도망친다며 도망칠 방법을 계획하는 것을 들여다보면 노부코의 정신은 건전한 의지가 썩어빠진 듯이 보였다. 그녀는 결심이라는 것은 거의 하나도 하지 않았다. 다만 생각만 할 뿐이었다. 그녀는 꿈에서조차 그렇게 끝없이 고뇌하는 자신을 바라보았다.

그해 여름 노부코는 쓰쿠다에게 이끌려 그의 고향에 가 있었다. 2층을 자신의 방으로 했다. 그 방은 2층이라고 해도 제대로 된 방이 아니라 이른바 지붕 밑 물건을 쌓아두는 다락방과 같았다. 넓은 판자바닥 위에 다다미를 5장 깔아놓고, 구석에 책상을 두고 생활을 했다. 3척 1간의 작은 창문으로부터 큰 떡갈나무가 보였다. 떡갈나무에서 하루 종일 매미가 울었다. 한쪽에 있는 아직 벼가 여물지 않은 밭에서는 낮 동안 바람 한 점 통하지 않고 흠뻑 수증기를 머금은 8월의 더위를 매미 울음소리가 더욱 참기 힘들게 했다. 노부코는 흐르는 땀을 젖은 손수건으로 계속 닦으며 병적인 근성으로 하루하루를 보내고 있었다.

뜻밖에도 재해는 노부코를 그러한 의지 상실에서 엄청난 힘으로 일으켜 세웠다. 놀라움이 우선 그녀를 확실히 그녀의 발 위에 우뚝 서게 했다. 이어서 늘 같은 생활을 다시 불러오려는 의지가 그녀의 마음에서 불을 일으키듯 풀무질을 해댔다. —9월 7일, 도자카에서 아카사카까지 걸어서 돌아왔다. 도중에 구단까지 와서 온 쪽을 되돌아봤을 때 황량한 화재 잔해의 도쿄가 얼굴을 들고 노부코에서 달려들었다. 그 감동을 그녀는 잊을 수 없었다.

그해 가을 노부코는 생명력을 새삼 실감했다.

2

10월의 어느 날 아침 아침밥을 다 먹고 쓰쿠다가 말했다.

"이 근처에서 벽에 바를 종이를 사오지 않겠습니까?"

아카사카 집은 지진 당시 벽이 곳곳에서 떨어졌다. 그대로 달이 바뀐 것이었다.

"잘 모르는 초보에게는 무리예요. 조만간 고치러 올 거예요."

"해 버리죠. ─언제 올지도 모르니까"

노부코는 쓰쿠다가 정한 컬러가 들어간 종이와 풀을 큰 길로로 나가서 사 왔다. 위태로운 벽지 공사가 시작되었다. 다다미 위에 신문지를 펼치고 노부코가 풀을 바른 종이를 집어 건네주면 의자 위에 올라간 쓰쿠다가 벽에 붙였다. 오전부터 점심때에도 계속 일을 했다. 노부코는 평소에도 이런 일은 금방 싫증을 내는 성격이었다.

"이제 오늘은 이 정도로 끝내지 않을래요?"

그녀는 2, 3번 틈이 났을 때 말했다. 쓰쿠다는 전에 정원에 시멘트 연못을 만들 때에도 그랬지만 일을 대충대충 그만둘 수 있는 사람이 아니었다. 한번 하기 시작하면 자신도 옆에 있는 사람도 진절머리가 날 때까지 열심히 했다. 그때도 이런 적이 있었다. 그때 정원의 포석을 구두로 밟는 소리가 났다. 노부코는 풀 솔을 손에 든 채 귀를 기울였다.

"계세요?"

노부코는 그 소리를 듣자 풀을 풀어 놓았던 둥근 통을 뛰어넘어 현관으로 나갔다.

"누나 있어요?"

"있는데."

"어, 안녕"

가즈이치로가 왔다. 가즈이치로는 9월 1일에 오다와라에서 가마쿠라로 갔는데 5일까지 생사불명이었다. 중순이 되어 겨우 전함으로 귀경했다. 아카사카에는 그리고 나서 처음이었다.

"엄청나네. 들어가도 돼?"

"응 괜찮고말고. ―가즈이치로가 왔어요."

노부코는 일하고 있는 남편에게 말했다. 가즈이치로는 노부코의 뒤를 따라 하나 가득 흩어져 있는 신문지를 피해 발끝으로 걸으며 안에 있는 방으로 들어갔다.

"안녕하세요―."

"어서와."

가즈이치로 쪽으로 등을 돌려 의자 위에 선 채 한마디 한 것이 쓰쿠다가 한 인사의 전부였다. ―노부코는 느끼는 것이 있어 가즈이치로를 데리고 옆방으로 갔다.

"차 타 왔어요. 마시러 오세요."

"나는 필요 없어."

때때로 남편의 모습을 보러 갔다 오며 노부코는 가즈이치로와 오랜만에 여러 가지를 이야기했다. 이런저런 이야기가 끝나지 않은 상태에서 그가 방문한 것을 기뻐했다. 쓰쿠다가 도배를 멈추고 차 한 잔이라도 사이에 두고 마셔주면 가즈이치로나 자신도 얼마나 마음이 편할 수 있을까 하고 노부코는 안타깝게 생각했다. 쓰쿠다가 일하고 있다는 생각이 그녀의 즐거움을 그늘지게 했다. 드디어 쓰쿠다는 겨드랑이 아래에 종이를 만 것을 끼우고 위에 풀 통을 얹은 발판을 가지고 그들이 있는 6조 방으로 들어왔다.

"잠시 비켜 줘. 하는 김에 이곳도 해버리게."

"—정말 이제 그만두고 쉬세요. 모처럼 가즈이치로도 왔는데."

노부코 생각에는 오늘 하루 벽에서 바람이 들어오는 정도는 아무렇지도 않았다. 그러나 쓰쿠다는 혼자 풀 통 등을 끌어 모으고 신문을 펼치기 시작했다.

"도망가자."

어쩔 수 없이 그들은 이번에는 거실로 갔다. 가즈이치로는 의자에 앉았다. 칸막이의 미닫이를 열고 노부코는 부엌에서 일하기 시작했다.

남동생이 무사한 것을 축하하고픈 마음이 그녀에게는 있었다.

"뭔가 주문하고 싶은 것 없어? 오늘은 근사한 것을 먹어도 돼."

"굉장하네. —뭐가 좋을까?"

"현미만 먹어서 핼쑥하네."

"이제 괜찮아. —함께 먹을 수만 있으면 나는 좋아. 누나 별로 걱정 안 해도 돼. 혼자서 힘들잖아."

"뭐로 할까? 이 근방에는 맛있는 게 아무것도 없어서."

이때 쓰쿠다가 들어왔다. 이번에는 아무런 양해도 없이 그는 한쪽부터 누런 벽을 거칠게 떼어내기 시작했다. 가즈이치로는 잠자코 가만히 일어서 8조 방으로 갔지만 거기에도 다다미 위에 신문지가 펼쳐져 있었기 때문에 그는 어쩔 수 없이 의자를 툇마루로 가지고 갔다. 부엌과 거실 사이의 마루에 멈춰 쓰쿠다의 시비 거는 모습을 올려다보며 노부코는 남편의 기분을 짐작하는 것이 괴로웠다. 쓰쿠다는 가즈이치로에게까지 화풀이를 할 어떤 이유를 가지고 있는 것일까? 노부코는 바라지 않았다.

"여기는 조만간 내가 할 테니까 오늘은 그만하지 않겠어요? 집 안에 밥 먹을 곳도 없어져 버렸잖아요."

"밥은 아직 안 먹을 거야."

그녀는 자신도 모르게 화가 치미는 것을 꾹 참고 가즈이치로가 듣게 하고 싶지 않아서 발판에 올라서 있는 쓰쿠다의 바지주머니 부근을 잡아당겼다.

"뭐요?"

노부코는 남편의 귀에 작은 목소리로 속삭였다.

"저는 오늘 가즈이치로가 마음 편히 밥을 먹게 하고 싶어요. 돌아와서 처음으로 온 거니까. ─ 부탁이에요."

쓰쿠다는 주저하는 기색이었으나 다시 휙 하니 벽 쪽을 향해 돌아섰다. 그리고 노부코의 소근거림에 대답하는 대신 큰 소리로 들으라는 듯이 혼잣말을 했다.

"─항상 먹으려만 오니 아무것도 안 되지."

노부코는 간신히 화를 참았다. 증오와 눈물이 마음에 넘쳤다. 그는 반감에서 ─ 노부코가 쓰쿠다보다 남동생을 더 챙겨주는 것에 대한 반감인지, 아니면 가즈이치로가 전혀 어려워하지 않고 친근하게 구는 것을 곡해한 반감인지 일부러 방들을 돌며 어지럽히는 것이, 가즈이치로와 그녀의 안정된 장소를 없애려고 하는 것과 같았다.

가즈이치로까지 왜 그러한 취급은 당하지 않으면 안 되는지. 쓰쿠다의 등을 노려보며 서 있자니 조금 거친 발소리로 가즈이치로가 8조 방에서 나 왔다.

"나 갈게."

노부코는 목이 막혀 대답을 할 수 없었다.

"……."

"밥 같은 건 안 먹어도 돼."

가즈이치로는 모자걸이에서 모자를 집어 쓰고 구두를 신기 시작했다. 노부코의 앞에 가즈이치로가 쭈그리고 앉아 있었다. 바로 왼쪽, 기둥이 떨어진 곳에서 쓰쿠다의 두 다리가 보였다. 노부코는 어떻게 할 거야 하고 갑자기 그 다리를 떼어내어 뒤집어놓고 싶은 격정적인 맘이 되었다 .

구두를 다 신은 가즈이치로가 노부코를 보고 말했다.

"잘 있어."

벌써 7시 정도였다. 참으로 참기 힘든 듯 그녀는 간신히 말했다.

"또 와. 그럼. 미안해."

격자문이 그의 뒤로 닫히자 노부코는 눈물이 나와 참을 수 없었다. 가즈이치로가 만약 돈이 없으면… 하는 걱정이 들자 노부코는 더욱 참을 수 없는 심정이 되었다. 그녀는 발판에서 쓰쿠다를 억지로 끌어내렸다. 그녀는 거세게 말다툼을 했다.

"그럴 생각은 아니었어."

쓰쿠다는 그렇게 되면 언제나처럼 이러한 한마디로 노부코가 지쳐 쓰러질 때까지 자신을 지켰다.

—그 후에 다시 생각해보면 노부코는 쓰쿠다의 쓸쓸함과 자신의 외로움이 마음에 가득 차오르는 것을 느껴졌다. 노부코는 자신의 슬픔과 분노가 잘못되었다고는 생각지 않았다. 다만 자신의 마음의 한층 더 아래에 흐르고 있는 무언가가 그것을 쓸쓸하게 느꼈다. 그것은 어느 틈에 자신에게 남편인 쓰쿠다보다 혈족인 아버지와 동생이 더 귀엽고 소중하게 되었는가 하는 새로운 자각이었다.

4년 전 그들의 연애 초기 결혼하려고 했을 때 자신이 얼마나 부모님에게 그 일로 반항했는지 노부코는 후회가 되었다. 그녀는 그당시 피로 전해오는 여러 가지 전통과 형태와 정신에 반항하고 자신만은 별종이라고 생각하며 훨씬 자유롭고 확고한 생존이 될 거라는 대망을 품고 있었다. 점점 결혼이라는 접목이 실패라는 것을 증명하게 된 지금 아직 스스로 피가 피를 부르고 자신은 혈족 속에 당겨지고 있는 것일까, 본능의 불가사의한 힘. 그러나 노부코에게는 노력해 나온 곳으로 다시 되돌아가지 않겠다는 신념이 있었다. 뱀은 아무리 상처 입어도 더 이상 작년의 뱀 껍질로 두 번 다시 들어갈 수 없다.

3

해가 바뀌었다.

4월로 들어선 어느 날, 노부코는 나라자키楢崎의 서재에서 이야기하고 있었다. 서재의 창으로 밭의 조금 높은 곳이 전망에 들어왔다. 며칠 바람이 강하다 겨우 평온해진 햇살과 풍경이었다.

"전망이 바뀌었네. 요전에 왔을 때보다―."

"그렇고말고요. 이제 완연한 봄이에요."

사호코佐保子는 정면의 의자에서 일어섰다. 그리고 노부코의 옆으로 돌아 유리창 밖을 바라보았다.

"목련은 어떻게 된 걸까. 이맘때 저쪽 방에 앉아 있으면 그게 예뻤는데. 빨리 왔으면 볼 수 있었을 텐데."

묶은 머리가 관자놀이 부근에서 살짝 빠져나온 고전적인 옆모습이 아름다운 향취를 더하고 있었다. 노부코가 말했다.

"―그렇지만 당신은 일종의 힘을 가지고 계시잖아요."

"호호호."

사호코는 독특한 웃음소리를 내며 다시 원래의 장소로 돌아왔다.

"엄청나게 되었어요."

"그렇지만 그렇게 생각해요. 어쨌든 당신이 있는 곳은 게으른 마음으로는 올라갈 수 없는 면이 있어요."

"답답해요. 세상 물정을 모르니까. 전 그게 멍청이 같은 걸요."

사호코는 노부코보다 10살가량 연상으로 문학상의 선배였다.

여학교 4, 5년 때부터 노부코는 그녀의 제작에 친근감을 가지고 있었다. 자신이 이제부터 가려고 하는 길을 이미 밟아가고 있는 선배. 그러한 의미에서 존경과 자극을 느끼며 몇 년이 지났다. 그렇지만 우연한 기회로 교제가 시작되었다. 서로 좋은 의미에서 고무되고 일로는 서로 격려하는 일종의 우애가 일어났다. 사호코가 여러 가지 곤란, 고통과 잠자코 계속해서 싸우며 한결같이 예술을 갈고 닦으려 노력하는 모습은 노부코에게 작은 즐거움이었다.

결혼해서 생활이 달그락거리며 아무것도 할 수 없을 때 마음이 어리석음으로 흘러넘쳐도 사호코는 노부코에게 그것을 도저히 호소할 수 없었다. 사호코는 훨씬 더 괴로움을 알고 있을지도 모른다. 그것을 이렇게 꾹 참고 해 가는 게 아닌가라고 생각했다.

"당신은 뭔가 과대평가하는 거예요."

이야기 도중에 그러한 마음을 조금 이야기하자 사호코는 차분하게 웃었다.

"─그렇지만 지금은 어느 정도 생활을 객관적으로 보고 안정을 찾을 수 있게 되었지만 이렇게 되기까지는 예전에 가지고 있던 좋은 점도 많이 잃었어요. ─인간으로 산다는 것은 한 가지를 얻기 위해 무언가 다른 하나를 희생하지 않으면 안 되는 것인가 보네요."

사호코는 그 당시 러시아 귀족 출신으로 19세기말 구미에서 가장 존경받던 여류수학자이며 작가였던 여성의 전기를 번역하고 있었다.

"어떠세요. 번역. ─잘 끝내셨어요?"

"아, 이제 곧 책이 나올 거예요. 나오면 꼭 읽어봐 줘요. 내가 소냐를 사랑할 수밖에 없는 이유를 알 수 있을 거야. 정말로 여성이라는 기분이 들어요."

문을 노크하는 소리가 났다.

"들어오세요."

젊은 하녀가 노부코에게 인사를 했다.

"요시미吉見 씨가 오셨어요."

"어머."

사호코는 의자 위에서 몸을 흔들며 노부코를 뒤돌아보았다.

"보기 힘든 사람도 오시고 오늘은 좋은 날이네. 좋아하는 손님만 오고. ─노부코 씨 괜찮죠?"

"네."

요시미라는 사람이 여자인지 남자인지조차 짐작이 안 되어 노부코는 멍하니 대답했다.

"그럼 이쪽으로 모셔요. 그리고 맛있는 차를 갖다 주세요."

하녀가 문을 닫고 가자 사호코는 창백한 피부 밑으로 열기가 새어 나오는 듯한 표정을 하고는 노부코에게 설명했다.

"오래된 친구예요. 좀 색다른 구석이 있지만 그것은 마음이 맑은 사람이라서 그래요. 솔직하고. ─일 년에 몇 번 정도 밖에 오지 않지만 당신에게도 좋은 친구가 될 거예요."

계단에서 발소리가 났다. 노크. 문이 열리고 사호코의 말에서 호기심과 기대를 느낀 노부코 앞에 한 여자가 나타났다.

"안녕하세요."

"지금도 욕을 하고 있던 참이에요. 당신이 가끔씩 밖에 오지 않는다고."

"당신이 더 심하지 않아요? 요전에 온 것이 처음이었으면서."

두 사람이 이야기하는 모습은 노부코와 사호코와는 다른 느낌이 들어서 노부코는 미소를 띠고 가만히 그녀들을 바라보았다.

"소개할게요. 삿사 노부코 씨. 이쪽은 요시미 모토코 씨. 아버지에게 얹혀사는 좋은 집안 사람이에요."

"별나게 소개하네."

모토코는 이렇게 말하며 쓴웃음을 지었다.

"이래 뵈도 먹고 살 만큼은 스스로 어떻게든 하고 있어요."

"—XXXX의 편집을 하고 계세요."

노부코는 자신도 모르게 모토코의 얼굴을 바라보았다. 제멋대로인 아이 같은 분위기에 고집이 셀 것 같은 모토코의 첫인상과 그녀가 한 번인가 본 적이 있는 그 시대에 버려진 듯한 어느 단체의 기관 잡지와는 거의 동떨어져 있는 듯한 감정을 느꼈다. 모토코는 부끄러운 듯 수줍게 웃었다.

"싫어지려고 하네."

노부코도 웃기 시작했다. 빨개진 모토코의 대추 형의 보리 빛의 살결의 매끄러운 얼굴 윤곽에서 강하지만 천진스럽고 순진한 매력을 느꼈다.

"—그 잡지 정말 재미없지요."

"예 돈을 쓰지 않으니까 도저히 잘 만들 수가 없어요. 망하게 하는 편이 좋지만."

오사카스시를 먹으며 사호코가 말했다.

"저는 말이죠. 외출도 싫어하고 충실하지 못한 친구예요. 그렇지만 요전에 요시미 씨의 집을 방문했는데. 이 사람은 아주 커다랗고 탄탄한 책상 위에 산처럼 물건을 쌓아두고 정말, 이 정도로."

양손으로 5, 6척 정도 폭을 벌렸다.

"그 틈새에서 뭔가 하고 있는 거예요. ─재미있는 사람이에요. 2층에 그렇게 조용한 세간이 있다면, 나라면 거기에서 공부하는 모습을 보여줄 텐데."

"이층을 빌리셨어요?"

"……."

모토코가 입을 열기 전에 사호코가 알려줬다.

"아니요. 집 한 채를 제대로 점령하고 있어요. 자신은 2층을 사용하고, 아래에는 부부가 사용하고 계세요"

"좋겠네. 부러울 정도예요. 말해 봐요. 뭐라고 설명을 해 봐요. 좋은 신분이지요?"

모토코가 기모노와 오비의 자잘한 끈 등을 취향대로 골라 몸에 하고 있는 것을 한눈에 알 수 있었다. 이러한 복장을 할 수 있고 전공이 러시아문학, 혼자서 한 채의 집주인이 되어 자유롭게 생활할 수 있는 여성의 생활이 노부코에게는 아득히 먼 독립적인 것으로 강하게 상상되었다.

5시쯤 사호코가 물었다.

"노부코 씨 천천히 가도 되지요?"

"예. 오늘은 마음껏 즐기고 갈 예정이라."

"그러면 모두 지쇼우켄自笑軒이라도 가지 않을래요? 아버지의 사정을 좀 살펴보고."

먼저 나가게 되어 세 사람은 옛 풍의 정원사가 아직 남아있는 해질 무렵의 밭을 지나서 차 요리 집까지 천천히 걸어갔다. 도중에 절을 지나쳤다. 모토코가 말을 꺼냈다.

"당신 집에서 머물렀던 날 아침 일찍 여기를 눈 오는 아침에 지나간 적이 있어요."

"그래그래. 눈 구경 잘 했겠네요. ─5시쯤 아니었어요? 나 정말 놀랐어요. 너무 일찍 가 버려서."

지쇼우켄에서 안쪽 차실로 안내되었다. 노부코는 지진이 있은 후 처음이었다. 벽 등 여러 군데가 망가졌지만 구석에 여러 종이를 바른 작은 병풍 등을 놓아 둔 방의 모습은 나쁘지 않았다. 30분 정도 늦어서 나라자키에 왔다.

"벌써 어두워져 안 보이려나. 아마 정원 안에 뭔가 받들어져 있던 게 있었을 텐데"

달 밝은 밤에 술에 취해 흥에 겨워 낮은 백토담에 검은 묵으로 대나무를 그렸던 정원이 그곳에 있었다.

술을 마시는 사람이 없어서 식사는 곧 끝났다. 정말 어이없을 정도였다.

"단지 꾸역꾸역 먹는 것은 뭔가 풍류가 아니라 무료함을 달래는 것 같아."

"이상하게도 다시 일이 잘되어 가는 것 같네."

모두 웃었다.

돌아오는 길에 현관에서 어두운 문까지 하녀가 앞서 초롱을 들고 발밑을 밝혔다.

다시 밭길을 지나 이번에는 정류장까지 네 명이 일렬로 나란히 걸었다. 지나가는 사람이 없었고 바람이 좀 불어 포목집의 깃발이 펄럭이고 있었다. 노부코는 만세이다리까지 모토코와 함께 전철로 갔다. 노부코는 아카사카로 모토코는 우시코미牛込로 돌아갔다.

4

10일경 노부코는 좋은 계절임에도 불구하고 집에 틀어박혀 지냈다. 나라자키로 놀러가기 전날 대강 썼던 소설을 다시 고쳐 쓰려고 했지만 노부코는 일의 쾌감을 별로 느낄 수 없었다. 어딘가 부족하면서도 마음 전체가 밖으로 나타나지 않는 의식—따라서 자신의 진심의 내적 발육 위에 큰 의미가 없는 작품이라는 생각이 쓰기를 마치자 강하게 남았다. 노부코는 그 소설에서 기교적으로 애매하게 자신의 결혼 생활의 내부를 건드렸다. 완성된 것을 보자 노부코는 여러 가지로 자신의 허영과 예쁜 것을 좋아하는 약한 근성 등을 깨달았다. 아내로서의 실제가 자신이 수렁에서 허우적거리고 있던 동안은 정말로 솔직하게 자신이 빠져 있는 진흙의 더러움과 자신의 아둔함 등, 자신을 향해서도 납득하기 힘든 여성스러운 작은 의지가 버티는 것을 느낄 수 있었다.

한번 차기 힘든 지면을 차고 바다로 뛰어드는 것처럼 일 가운데에 뛰어들어 머리에서 발끝까지 씻겨 산뜻하게 바뀐 자신이 되고 싶은 욕망이 오히려 노부코의 안에 격렬하게 일었다. 마음이 완전히 떠나 있는 쓰쿠다와 거의 형태뿐인 부부처럼 지내는 것도 노부코에게는 결국 자신이 비겁하기 때문이라고 분명하게 느끼게 되었다. 이제까지 그녀는 자신의 그러한 결단을 내리지 못하는 감정을, 사랑해야만 하는 미련과 그를 최소한도로 상처주고 끝내는 방법을 찾아내고 싶은 약간의 호의에 원인이 있는 것으로 생각한 것도 아니었다.

지금 생각해 보니 그러나 그것은 자기중심적인 것을 포함하고 있는 것으로 생각되었다. 결국 자신은 가능한 한 마음 편하게 타당한 이유를 붙여 주위로부터도 그다지 나쁜 아이가 아니라고 생각되게 목적을 달성하고 싶어 하는 벌레 같은 속셈이 있었던 것은 아닐까?

쓰쿠다가 자신에게 있어 얼마나 불만스러운 남편인가를 설명하기에 앞서 노부코 자신이 이제 그를 사랑할 수 없었다. 도저히 부인으로 사는 것이 싫다고 확실하게 말할 수 있는 용기만이 필요한 것이었다. 아무리 사랑을 받아도 충실한 그의 아내로서 생애를 보낼 수 없고 그것을 스스로 확신하고 있으면서도 왜 미움을 사고

에고이스트라는 말을 들어도 태연해 하지 못하는가?—자기의 안에 쓰쿠다가 받을 동정(세속적인 것임을 알면서도 사실의 가치는 인정하지 않는 주제에)에 대한 질투가 있는 것 같아 그것을 생각하면 노부코는 자신을 경멸했다.

홀연히 그곳으로 모토코가 찾아왔다. 노부코는 생각지도 않은 방문에 기뻤다. 조만간 찾아뵐 게요 하고 헤어졌지만 모토코가 약속을 벌써 지키리라고는 생각지 않았다.

"역시 먼저 와 버렸네요."

"게으름뱅이네요, 당신도……."

"못됐어."

올라오며 모토코가 물었다.

"바쁘신가요?"

"이제 한가해요."

"잠깐 나가지 않을래요? 괜찮으면 산책가자고 왔는데"

노부코는 모토코를 기다리게 한 뒤 준비를 하고 집을 나왔다. 양산 없이는 눈이 부실 정도로 쾌청했다. 두 사람은 점심 전이었기 때문에 먼저 긴자로 갔다. 가벼운 식사를 마치고 모토코가 볼일이 있는 K신문사에 들르고 나서 제국호텔 옆을 지나 히비야日比谷 공원에 들어갔다.

"히비야는 참 오랜만이네. 몇 년 동안이나 안 왔을까."

모토코가 깜짝 놀란 듯이 다시 물었다.

"—그렇게 안 나오세요?"

"이런 곳을 혼자서 돌아다녀도 별 수 없잖아."

우치이와이쵸內幸町에서 들어오는 문 부근에는 아직 판잣집이 대로 뒤로 늘어서 있었다. 식사만 하는 가게가 이어졌다. "잠시 한 잔 하세요"라고 적힌 입간판도 있었다. 단팥죽 가게, 완탕 가게, 오수를 내려 보내는 하수구, 불완전한 취사장에서 나오는 더러운 열기와 불건전한 냄새가 먼지로 하얗게 된 봄의 가로수 길에 퍼져 있었다. 노부코가 어린아이였을 때 커다란 리본을 매고 자주 놀러 왔던 효우탄瓢箪연못 옆에 섰다. 잎이 파릇파릇한 플라타너스 아래 연못에 빈 벤치가 하나 있었다. 적당히 걸은 그녀들은 그곳에 앉았다.

"이제 양산 없이는 무리네요. 덥지요?"

모토코는 가지고 있던 잡지로 부채질을 했다.

"그렇지만 기분 좋아요. ─오리가 유쾌해 보이네요. 보세요."

판잣집이 있는 탓인지 일요일이 아닌데도 주위에는 비집고 들어오는 나들이 인파가 많았다. 푸른 잡업복과 상호가 들어간 겉옷을 입은 남자가 많았다. 그들은 담배를 피우거나 신문을 보거나 하면서 연못 주위의 벤치, 철책 위에서 쉬고 있었다. 지진 당시 물새를 잡아먹었다고 전해지는 연못에는 오늘은 물이 출렁출렁 하고 파도를 일으키고 있었다. 반짝반짝 햇살이 흔들렸다. 수면에서는 두 마리의 오리가 활발히 헤엄치고 있었다. 오리들은 때때로 급하게 노란색 물갈퀴가 보일 정도로 발돋움해 위세 좋게 날갯짓을 했다. 물이 너울너울 흩어졌다. 물보라 위에 순간 낮고 작은 무지개가 희미하게 떴다. 고요하면서도 뜨겁게 아름다운 모습이었다. 바로 옆에 상호가 적힌 겉옷을 입은 남자가 있었지만 노부코는 신경 쓰지 않고 편안해진 마음으로 여러 가지를 모토코와 이야기했다. 대부분의 경우 노부코가 말을 꺼냈다. 체홉에 관한 것, 사이가쿠 西鶴[42] 에 관한 것, 긴카이슈우金槐集[43] 에 관한 것 등. 긴카이슈우는 최근에 읽어서 흥분이 다시 선명하게 되살아나 노부코는 열심히 그것에 대해 이야기했지만 갑자기 묘한 얼굴을 하고 말을 끊었다.

"잠깐,—저 아까부터 잘못 말하지 않았어요?"

"이름말이에요?"

"다메토모라고 하지 않나? 한 번인가 두 번—."

모토코는 하하하 웃으며 말했다.

"아, 뭔가 이상하다고 했어."

"짓궂긴. 잠자코 싱글싱글 웃는 게 어딨어요?"

자신도 웃고는 있었지만 노부코는 어쩐지 부끄러워 조금 빨개졌다.

"—진짜 당신이 말해서야 아 그렇구나 하고 생각했어요. 어쨌

---

42 이하라 사이가쿠(井原西鶴, 1642~1693) 에도시대의 우키오조시(浮世草子)의 작가·하이진(俳人). 오사카 사람이다. 니시야마 쇼인(西山宗因)에게 하이카이(俳諧)를 배우고 야카즈(矢数.やかず)하이카이를 잘 만들었다. 우키요조시(浮世草子)에서는 무사와 쵸닌(町人)의 생활상을 객관적으로 묘사하여 일본최초의 현실주의적인 시민문화를 확립하였다. 저서에는「호색일대남(好色一代男)」「일본영대장(日本永代藏)」「세간속셈(世間胸算用)」등이 있다.

43 가마쿠라(鎌倉) 3대장군인 미나모토 사네토모(源実朝)의 사가집(私家集) 1권을 말한다. 1213년에 만들어짐. 약 700수를 봄·여름·가을·겨울·연애·잡글로 분류.

든 내용하고는 상관없으니 이름 따위 괜찮지 않아요?"

다시 생각나 둘이서 실책에 대해서 계속 웃으며 그녀들은 벤치에서 2시간 정도 있었다.

"당신은 어때요? 나는 산책해도 같은 길을 갔다 다시 돌아오는 것이 굉장히 싫어요. 어떻게 해서든 다른 길을 걷지 않으면 기분이 풀리지 않아요."

사쿠라다 문桜田門으로 빠져나오는 길을 걸으며 모토코가 그렇게 말했다. 그렇게 좋고 싫음이 분명한 점이 너무나도 그녀다워서 노부코는 재미있었다.

사쿠라다 문에서 전차를 기다렸지만 좀처럼 오지 않았다. 얼마 지나지 않아 히비야의 교차로에서 고장이 난 것을 알았다. 석양이 탁 트인 광장을 비추었다. 정류장에서 기다리고 있는 사람들의 윤곽이 조그맣게 보였다. 거기에서 수로를 지나 그녀들은 미야케三宅 고개까지 걸었다. 버드나무 아래를 걷는 동안 히비야에서 넘어오는 전차는 한 대도 없었다.

노부코는 산책으로 조금이지만 기운을 얻은 자신을 느꼈다.

5

노부코는 어느 날 도자카에 갔다. 어머니는 집에 안 계셨다. 그녀는 그러자 정원의 나무문으로 할머니가 계시는 툇마루로 돌아갔다. 반짇고리가 나와 있었지만 할머니의 모습은 그 근처에 보이지 않았다.

"할머니."

두 번 정도 부르자 부엌에서 할머니가 밖으로 나왔다.

"누구세요? 쓰야코니? 올라와"

바늘 상자 앞에 벌써 앉아 있는 노부코를 발견하고는 그녀는
조금 흥분해 웃었다.

"너였구나. 언제 왔어? 에미 보러 온 게냐?"

"오늘은 할머님께 볼일이 있어서요."

"그래?"

할머니는 자신이 77세 희수 때 선물로 받은 두꺼운 능직비단
방석을 침봉 맞은편에 두었다.

"봐, 어제 스다須田에서 막 돌아왔다. —거기에서도 이제부터 어
떻게 살아갈지 큰일이야. 그걸 생각하다 어젯밤은 잠도 잘 못 잤다."

할머니의 둘째딸, 노부코의 이모가 스다의 부인인데 지진 때
압사했다. 여학교를 나온 지 얼마 안 되는 딸이 어머니의 뒤를 이
어 가족을 돌보고 있었다.

"—어쩔 수 없으니까. 가정부라도 둘까."

할머니는 그에 대답하지 않고 손으로 빚은 찻잔을 양손으로 들
어 올리듯 들어 한 모금 마시고 말했다.

"봐, 지진이 나고 그렇지 않아도 쇠약했는데 더욱 늙어버렸어.
오세お静도 죽고, 호시나保科도 죽고…… 어째서 나처럼 있는 듯
없는 듯한 사람은 언제까지나 죽지 않고."

작년 9월 할머니는 도쿄에서 자신의 눈앞에서 피를 나눈 딸과 동생의 죽음을 경험했다. 노부코는 애처롭게 그때의 이야기를 들었다.

"이제 그만 날이 좋아지면 할머니께서는 K에서 편히 쉬시면 어때요?"

"그럴까. 보러 가지 않으면 폐허가 될 테지."

"저도 근처에 가고 싶은데 같이 가지 않으실래요?"

의외라는 듯 할머니는 노부코를 보았다.

"정말로? 네가 간다면 나도 가고 싶구나."

"저도 좋아요. 할머니 언제가 좋으세요?"

"오늘만 아니면 나는 언제라도 좋아."

할머니는 갑자기 노인처럼 성급하게 담뱃통을 두드리며 물었다.

"—집은 어떻게 하고—쓰쿠다 씨에게는 물어본 거야? 노부코."

"그건 상관없어요."

노부코는 할머니의 걱정을 막으며 가볍게 답했다.

"저 다음 달 일찍 떠나고 싶으니까 할머님도 그렇게 알고 준비해 주세요."

만족스러운 듯이 할머니는 목에 힘을 주며 확실하게 대답했다.

"좋아."

어머니의 귀가를 기다리지 않고 노부코는 집을 나왔다. 정류장 옆에 모슬린 가게가 있었는데 가게 앞에 가격표가 붙은 화려한 남염 비단들 중에서 눈에 들어오는 무늬가 하나 있었다. 가격도 싸서 노부코는 마음먹고 조금 가격을 깎아서 그것을 샀다. 그녀는 멀리서 화려한 검붉은 연지색의 무늬를 보고 있는 동안 시골집에서는 이불자리며 어깨에 두르는 천이며 방석이며 뭐든 전부 갈색과 검정색뿐이라는 것이 생각났다.

쓰쿠다가 노부코보다 먼저 집에 와 있었다. 그는 노부코의 얼굴을 보자마자 바로 물었다.

"도자카에 갔다면서?"

"네."

"전화라도 왔었어?"

"아니요. 그러지는 않았지만—할머님께 같이 가시자고 하려고."

"—어······."

"나 다시 K로 가고 싶어서 할머님께 같이 가시자고 했어요."

쓰쿠다는 안 좋은 표정으로 잠자코 이쪽을 보던 얼굴을 책상 쪽으로 돌렸다. 가도 좋지요? 아니면 있잖아요. 괜찮지요? 하고 자신이 말하기를 기다리고 있는 남편의 기분을 느꼈지만 노부코는 일부러 침묵을 지켰다. 노부코의 마음에는 버림받은 결과로 생겨난 여유 같은 것이 있었다.

잠시 후 쓰쿠다가 노골적으로 시비를 거는 어조로 힐문했다.

"—마음을 돌리러 가는 겁니까, 아니면 헤어지려고 가는 겁니까?—이쪽도 사정이 있으니까 알려주세요."

말투는 격했지만 쓰쿠다가 그것을 진심으로 말하고 있는 것이 아니라는 것을 노부코는 직감했다. 이제까지는 언제나 자신이 멍청이 같이 쓰쿠다가 말하는 것을 최대한으로 받아들여 그 자리에서 결말을 지려고 했기 때문에 실패만 했다. 노부코는 그것을 알아채고 묘한 웃음을 지으며 거꾸로 물었다.

"당신은 어떻게 생각하세요?"

쓰쿠다는 스스로 어느 쪽으로도 결론을 내리는 모험을 무리하게 할 수 없어 증오가 섞인 눈으로 노부코를 노려보았다. 그의 얼굴을 보자 공포 대신 그녀 자신도 놀랄 만큼 조각조각 난 가벼운 심술궂은 웃음이 갑자기 튀어나왔다. 그녀는 표독스럽지만 상냥한 목소리로 천천히 말했다.

"얄미워요?"

쓰쿠다는 몸의 어딘가를 찔린 듯한 공포스러운 표정을 지었다. 남편의 고통이 노부코의 혼에 불을 붙였다. 아아, 그는 괴로운 것이다. 괴로운 것이다. 그러나 노부코는 남편과 자신에게 새겨지는 고통에 취한 것처럼 입 언저리에 차가운 미소를 띠우며 자못 좋은 일이라도 보고하는 듯이 한마디, 한마디를 정확하게 속삭였다.

"나도 당신이 너무 미워서 참을 수 없어요. ……사육되는 듯한 기분이에요."

숨이 콱 막히게 쓰쿠다에 대한 증오와 자기혐오가 밀려왔다. 노부코는 눈앞이 까매지는 듯한 기분으로 방을 떠났다.

7일인가 8일에 K로 출발할 예정이었다. 쓰쿠다는 여느 때처럼 매일 학교로 나갔다가 저녁 무렵 돌아오면 안 보는 척하며 슬며시 방 안의 모습을 살펴보았다. 노부코가 여행 준비를 오늘은 했나, 어떻게 했을까? 생각하며 그는 돌아오는 것이겠지.

"정말로 갈 거라면 준비하는 게 어때?"

점점 날이 가까워지자 아무것도 하지 않는 그녀를 더 이상 기다리지 못하고 그는 어느 날 마음을 떠보듯이 말했다. 쓰쿠다가 아무렇지도 않은 듯 그러나 짐은 어떻게 할 것인가 생각하며 집으로 돌아오는 기분을 느꼈다. 노부코는 이미 할 만큼 했다. 그녀에게는 야단스럽게 준비할 만큼의 기운이 없었다.

"야단법석 할 것까지는 필요 없어요. 내 일이니까."

노부코는 분개하며 퉁명스럽게 대답했다. 멍하니 안주인이 없어진 것을 안 하녀는 교육을 받아 이해심 깊은 여자였음에도 불구하고 왠지 진정되지 않는 듯이 불안한 마음을 감추며 일하는 것도 노부코에게는 보기 힘든 일이었다. 하나의 가정이 무너지기 전의 압박적이며 해체적인 분위기—.

드디어 떠나기로 한 전날 노부코는 10시쯤 눈을 떴다. 그녀는 바닥 위에 일어난 채로 잠시 동안 비어 있는 다른 하나의 바닥과 창 너머로 보이는 좁은 정원 대나무담 등을 바라보았다.

"요즘은 아주 자잘한 문양이 유행이군요."

옆집 부인이 떠드는 소리 중 이 말만이 확실하게 들렸다. 드높고 거친 투박한 목소리, 아침 다다미의 쥐죽은 듯한 감촉 등이 이상하게 선명할 정도로 노부코를 괴롭게 했다. 모두 눈에 익은 것이었다. 모든 것을 마지막으로 보는 것이라는 생각이 들었다. 다다미 위에서 아침에 눈을 떴을 때 "아아 아직 이곳에 있는 건가."라고 말하기 힘든 고뇌를 느끼는 일이 몇 번이었던가. 생활은 불가사의한 것이라고 노부코는 생각했다. 그곳이 자신을 괴롭히던 곳이었기 때문에 우선 집에서조차 떠나기 힘들다고 생각했다. 아무것도 아닌 대나무담의 뿌리 부근의 만년청 등이 기억의 정면에 서 있었다.─노부코는 남편이 없을 때 혼자서 조용히 집을 나갈 작정이었다. 정말로! 자신이 가지고 태어난 장점과 단점 모두를 전부 쏟아부어 사랑하고 미워했던 쓰쿠다이다. 그렇게 생각하고 나니 이것이 문득 생각난 돌 하나에도 이어져 그가 언젠가 이렇게 말했던 목소리, 아아 자신을 보던 눈매 등이 생각나는 것이 아닌가. 쓰쿠다도 마찬가지로 자신의 세세한 점까지 생각해 내겠지 라고 생각하니 노부코는 한순간 서로 생활하던 5년이란 세월이 누적되어 자신을 덮쳐오는 듯해 숨 막히게 괴로웠다.

홍차와 토스트를 먹은 노부코가 테이블을 떠나며 하녀를 불렀다.
"잠깐─옷장에 있는 가방을 꺼내서 청소해 줘."
"떠나시는 거예요?"
"응, 오늘부터 도자카로 가지 않으면 사정이 나빠질 테니까."
툇마루로 여행 가방을 꺼내 와서 마른걸레로 광을 내어 닦았다. 옆에서 노부코는 책상 위에서 일기와 그 외 필요한 문방구를 챙겼다. 갈아입을 겹옷 조금과 모직옷 등을 넣은 후에 원고지를 얹었다.

"짐은 이것으로 되겠습니까?"

"—더 필요하면 말해서 보내달라고 할 테니까. 보내줄 거지?"

"네 그럼요—."

말을 꺼내기 어려워하며 그녀는 물었다.

"어느 정도 지나면 돌아오실 건가요?"

"안 오면 곤란한가?"

노부코는 농담이라는 듯이 조금 웃었다.

인력거를 불렀다. 짐만을 실어 도자카로 보냈다. 여행 가방이 작아서 인력거에 가방을 몇 번이고 감은 가는 줄이 더욱 눈에 띄었다.

쓰쿠다가 없는 동안에 나가버리는 것은 역시 주저되었다. 노부코는 쓸쓸히 흔들리는 마음으로 세 시 넘어서까지 우물쭈물 거리고 있었다. 그러나 마침내 그가 그 목소리와 눈을 하고 여느 때와 다름없이 매일처럼 이 문을 열고 들어올 거라는 생각이 들자 그녀는 갑자기 집을 나갈 마음이 들었다.

"그럼 조심하고."

대로로 나갈 때까지 좌우로 산울타리가 계속되는 골목이 두 동네 있었다. 그곳을 짐 보자기를 안고 걸으며 노부코는 뒤가 신경 쓰여 자신도 모르게 발걸음을 서두르는 기분 나쁜 경험을 했다. 대로는 쭉 직선으로, 먼 곳의 큰 대로까지 직각으로 이어져 있었다. 노부코의 집도 어느 장방형의 한 구획에 오목하게 둘러싸여 있었다. 쓰쿠다가 일터에서 돌아오는 길은 정해져 있었다. 오목한 형태의 오른쪽 길을 쭉 걸어와 담뱃가게의 모퉁이를 왼쪽으로 해서 지금 노부코가 걷고 있는 골목으로 돌아오는 것이었다. 언제나 사람이 별로 다니지 않는 좁은 길이어서 그는 모퉁이를 돌면 멀리에서도 노부코의 뒷모습이 보일 것이었다. 무슨 사정이 생겨 그가 평소보다 30분 먼저 돌아와 그 골목을 도는 바람에 자신을 보지는 않을까. 뒤에서 빠른 걸음으로 오거나 휘파람을 불거나 하지는 않을까. ―쓰쿠다는 오늘 노부코가 어느 쪽이든 나가는 것을 알고 있었다. 그런데도 왜 이렇게 도망자의 감정이 자신에게 강하게 드는 것일까? 자신에게 반항하듯 스스로 괴로울 정도로 천천히 작은 자갈을 깐 길을 걸으며 노부코는 다른 사람에게는 말할 수 없는 감정 때문에 괴로운 눈물이 눈에 고였다.

6

시골에 도착한 날 그 지방에는 5월 바람이 거세게 부는 날씨였다. 인력거를 타고 시에서 마을로 통하는 쓸쓸한 외길로 들어서자 거칠고 센 바람이 마을 몇 개나 떨어진 산맥에서 외길로 몰아쳤다. 포장이 윙 하고 한차례 바람을 안으면 인력꾼은 끌채에 자신의 체중을 전부 실어 온몸으로 매달리며 버텼다. 그 순간 노부코는 석양을 정면으로 받으며 희미하고 하얗게 가로지르는 한 줄기 길과 검은 먹구름이 소용돌이치는 하늘이 산기슭에서 굉장한 쪽빛으로 빛나고 있는 것을 말끄러미 쳐다보았다. 정열적이며 어둡고 불안한 모습의 하늘은 그녀의 마음 상태를 반영하는 듯했다.

할머니는 매일 대나무 숲에서 대나무를 뽑거나 헛간에 들어가거나 하며 돌아다녔다. 그리고 이것저것 안 보이면 집안에 소동을 불러일으켰다.

"잠깐 밭에 가서 요지로与次郎가 있으면 불러와 줘요."

요지로가 툇마루로 오자 할머니는 화로 가장자리에 담배를 털며 말했다.

"당신, 차 항아리 몰라? 시마모토에 있을 때 출입하던 목수이자 다인이던 사람이 여기에 차를 넣어두면 습기 차는 일이 없다고 하며 주었던 거라 내가 소중하게 생각하던 것인데."

"어르신, 그것은 후루타古田 씨에게 파시지 않았습니까?"

할머니는 의의인 듯이 입을 내밀었다.

"내가?"

기가 막힌 듯 중얼거렸다.

"내가 왜 그런 짓을 했지?"

"곤란하네요."

여지로는 당황한 듯 어색하게 웃으며 노부코에게 말했다.

"정말로 어르신이 파셨습니다. 후루타의 어르신이 이것 좋은 차 항아리네, 하고 말씀하시고 도쿄에 가지고 갈 수도 없다고 하니까 주시지 않았습니까. —오 엔짜리 지폐와 바꾸어 제가 배달하러 갔었으니까 절대로 틀림없습니다."

"그런가 내가 늙었나보네—나는 정말 판 기억이 없는데."

요지로는 자신이 의심받는 것을 알고 조금 거칠게 말했다.

"그럼 제가 심부름으로 갔었으니까 오 엔 받아가서 다시 찾아 오겠습니다."

"……그런가……."

요지로가 모호하게 밭으로 돌아가자 나중에 할머니는 책상까지 노부코를 쫓아왔다.

"정말 싫어.—늙어 빠져서 뭘 해야 할지. ……요전에 찾던 동냄비는 내가 야마모토에게 팔았다잖아."

"할머님 노쇠는 나이 탓이니까 걱정하지 마세요. 나이가 드셨음에도 너무 기억력이 좋은 게 오히려 곤란한 거예요."

"흠…… 그런가—그렇지만 노부코 너 정말 그렇다고 생각하니?"

노부코는 마음이 편안한 때에는 하하 하고 자신도 모르게 웃고 그렇지 않을 때는 날 선 말을 내뱉곤 했다.

"제가 알리가 없지요. 만약을 위해 그쪽에 물어보세요."

자신에 대한 생각만으로도 충분히 신경이 곤두섰을 때 끈질기게 말을 걸면 노부코는 화를 돋우었다.

"할머님, 조금은 하늘이라도 바라보시며 가만히 있을 생각이라도 하세요."

노부코는 6조 다다미 구석에 있는 오래된 책장 위에 자단紫檀 판자를 얹어 테이블을 마련했다. 복도 바깥은 정원이고 그 안으로 더 들어가면 밭이었다. 문에 붙어 있는 작은 문을 열면 정원과 밭을 나누고 있는 낮은 풀 제방과 기세 좋은 매실가로 수의 일부분이 보였다. 빛이 사선으로 비추는 오후 좁은 가로수길, 풀숲의 풍경은 황폐한 정원의 정취와 초여름의 녹색의 싱그러운 눈부심이 어우러져 아름답게 보였다.

노부코의 심정은 음울함과 민감함으로 심지가 텅 비어 황량했다. 예전에 쓰쿠다를 원망하거나 자신을 채찍질해 여기에 있던 무렵에는 마음이 울컥울컥해졌기 때문에 주위의 자연은 그렇게 깊게 자신에게 스며들지 않았다. 지금의 노부코의 마음은 병적으로 텅 비어 침체되어 있었다.

시골의 땅과 하늘을 부지런히 바꾸어가는 자연의 힘과 자신과 쓰쿠다를 지배한 생존의 힘이 연결되어 몸이 저밀 듯이 느껴졌다. 자신이라는 한 사람의 여성 안에 존재하는 여러 욕망과 본능. 무엇이든 장밋빛으로 확 불타게 하는 음영이 비출 여유조차 주지 않았던 스무 살의 정열─정열도 거기에서는 쾌활한 힘이었다. 쓰쿠다가 35살의 긴 유랑 후, 피로를 풀고 싶은 얼굴을 지니고 나타났다. 그의 피곤한 눈동자마저 경악할 만큼 몸을 바치거나 눈물을 흘리거나 무언가에 열중하고 싶어 하던 노부코의 젊음 생명에게는 자극이었다. 노부코는 자신의 정열에 도취되어 모든 것을 쏟아 부어 쓰쿠다를 자신의 것으로 했다. 노부코의 생명 속의 정열이 그걸로 다 타버려 두 사람의 생활에는 따뜻한 기운 정도만을 남겨두었으면 아무 일 없었을 것이다. 쓰쿠다 교수 및 부인─검약과 저축과 연금이 부부의 즐거움이고 금실 좋게 사십, 오십이 되어 무덤에까지 갈 것이다.

그렇지만 노부코의 정열은 쓰쿠다 한 사람에게 전부 쓰이지 못했다. 그녀의 생명은 홋카이도의 소젖으로 길러진 세포와 같이 풍부하고 왕성하며 탐욕스러웠다. 생활 속에서 그녀가 갈구하던 것에는, 남편인 쓰쿠다가 갈구하는 것과 같은 소모하는 것도 흡수하는 것도 「우리들의 안온함」이 생존의 표어인 듯한 태도가 없었다. 그녀는 지면에 붙어있는 그림자조차 두 사람이 가까이 오면 두 개가 되는 것을, 남자와 여자 두 사람이 가까워지면 가까워진 만큼 많게 넓게 깊게 매일 매일을 새로운 인생을 생각해 가지 않는 법은 없다고 믿었다.

기원을 거슬러 올라가면 결국 하나의 열정이 사랑으로 나타나 증오로 나타나게 되는 두려울 정도로 생생한 마음의 밀물, 또한 자신의 본질이 열렬하게 자유와 독립을 사랑해 마지않는 본능인 점이었다. 그리고 그것은 사람과의 교섭에 있어 실로 깊게 빠져들며 쉽게 믿고 쉽게 받아들이는 자신의 성질에 대해 자연이 준 유일한 의미 깊은 지팡이인 것처럼 노부코는 오랫동안 조용히 뜨고 지는 시골의 하루하루를 정리해 갔다. 연애와 결혼의 밝고 어두운 여러 종류의 잡다한 정감을 온 마음으로 맛보게 해 준 사람으로서 설령 결과는 파탄으로 끝났어도 쓰쿠다는 자신에게 있어 결코 지나친 사람은 아니었다. 생각하기에 따라서는 어떤 여성이라도 한 번은 사로잡히지 않을 수 없는 결혼생활의 몽상에서 매우 완전하게 해방시켜준 점에서만이라도 감사해야 할지도 모른다…….

여러 가지로 갈팡질팡하는 심정—쓰쿠다에 대해 노부코는 예상보다 누그러진 기분이었다. 함께 괴로워하며 보냈던 날을 함께 생각해내고 그것에 대해 함께 명복을 비는 듯한 기분이 될 때조차 있었다.

마지막으로 적어도 서로의 추억을 위해 좋은 편지를 한 통은 써 보내고 싶었다. 노부코는 어느날 밤 추억의 감동으로 가슴이 벅차 책상으로 향했다. 종이를 펼치고 펜을 쥐었다. 그렇지만 처음의 한 글자를 쓰려고 생각하자 왜 그런지 모르지만 어느 샌가 감정의 문이 굳게 닫혀버렸다. 어디부터 써야할지, 무슨 말을 쓰던 하찮고 삭막하고 공허한 말로밖에 들리지 않았다. 쓰쿠다에 대한 작은 감사, 진심어린 이별의 말, 문자로 적자 그것이 모두 거짓 같이 상대에게 전해질까 우려되었다. 오히려 예전에 자신이 쓰쿠다를 향해 한 많은 증오스러운 말, 밉살스러운 말이 계속해서 놀라울 정도로 현실처럼 되살아났다. 그것을 되받아치는 그의 냉담한 비아냥거림, 추한 자포자기의 말들이 그때의 얼굴과 눈매와 함께 이 고막에 지금도 들리는 듯 생생히 울려왔다. ─노부코는 밤 등불 아래 두려울 정도로 단어가 살아있음을 느꼈다. 인간의 입으로 말해지는 단어는 분명히 소리로 들리는 만큼 살아있다. 분개함에 의지하듯 원망에 의지하듯 서로 오간 언어에 지금은 서로를 찢는 위력을 보여주고 있는 것은 아닐까?

─노부코는 한 자도 쓸 수 없었던 편지지를 근심에 잠기어 조심스레 잘게 찢었다. 그녀는 의자를 뒤로 밀어 휴지통 바로 위에서 뿌려 날리며 하얀 종잇조각들을 버리고 정원으로 나갔다. 커다란

달 주위에 더욱 커다란 달무리가 걸쳐 있고 잔디는 축축한 밤의 향기를 띄고 있었다. 멀리 구석에서 검게 보이는 눈잣나무 옆에 뜨거운 물을 받아오는 할머니의 모습이 나타났다.

"달이 예쁘죠?"

"……."

"―안녕히 주무세요."

"푹 자거라."

노부코가 매정하게 말을 잇자 늙은 암코끼리 같은 모습을 한 할머니는 옆을 지나가며 일부러 눈을 가늘게 뜨고 말했다.

"좋은 노래가 있지. 멀리 헤어져서 만나고 싶은 때에는 달이 거울이 되면 좋아."

그녀는 젖은 행주를 말아 쥔 손으로 노부코에게 간섭을 하는 듯한 모습이었다.

7

노부코의 즐거움은 모토코로부터의 편지였다. 시골로 가기 전에 노부코의 요구에 따라 함께 가마쿠라에 갔다. 활동사진을 보고 올 일이 있었다. 그것도 모토코가 같이 가 주었다. 함께 생활하고 있는 할머니와는 냄비 이야기밖에 할 수 없었다. 그렇지 않은 말상대로서 주고받는 편지가 노부코에게는 점점 생활상 필요한 것이 되었다. 때때로 가슴에 꽉 차는 여러 가지 감정과 생각을, 쓰쿠다와의 일과 또 다른 일에 대해 노부코는 전후 신경 쓰지 않고 커다란 편지지와 작은 편지지에 적어 모토코에게 보냈다. 모토코는 하나하나 그것에 대한 그녀의 의견을 적어 보냈다. 모토코는 처음 노부코가 느꼈던 것처럼 감정적이지만 속은 안정되었다고나 할까, 세상일을 알고 있다고나 할까 실제적인 일종의 균형을 유지하고 있는 여성이었다. 노부코가 성급하게 감동하거나 사색하거나 하는 것을 그녀는 호의와 익살로 느끼며 사랑스러운 비아냥거림으로 응답을 보냈다.

"당신 말이지, 전혀 세상을 모르는 것 같아요. 오늘 편지도 그래요. 쓰쿠다 씨에 대해서도 몽상이었다고 생각했습니다. 나에게 감탄하는 것은 바보 같은 일이에요. 심하게 과대평가된 나머지 나중에 환멸받는 것은 누구라도 싫으니까요."

또 이러한 응답도 있었다.

"저도 바보지만 당신도 바보입니다. 게다가 이상하게 복잡한 바보네요. 자신의 아둔함을 대단히 당당하게 말하는 재주가 있으니까요."

전적으로 그렇다고 생각하며 반복에 반복을 거듭하여 모토코의 편지를 읽고 노부코는 유쾌하게 웃었다. 그날의 기분에 따라 모토코는 자잘한 동글동글한 글씨로 꼼꼼하게 쓰는가 하면, 철부지 아이처럼 편지지 끝까지 갈 정도의 커다란 글자를 난폭하게 써 내려 보내는 일도 있었다. 겉보기에는 야단스럽게 쓴 것 같지만 그녀가 정에 움직이기 쉽고 친절하고 정직한 자인 것을 노부코는 애정 어린 마음으로 통찰했다.─모토코를 만난 우연을 노부코는 진심으로 기뻐했다. 노부코의 텅 빈 공허와 소침해지기 쉬운 마음에 생기를 불어넣는 것은 모토코와의 새로운 인연이었다.

어느 저녁 노부코는 툇마루에서 할머니와 있었다. 긴 의자에 누운 할머니 옆에 노부코는 발판을 꺼내 와 앉았다. 그녀들은 점심이 지나 최근에 고용한 하녀의 급료 때문에 다툰 후 화해하는 중이었다. 점심을 마쳤을 때 하녀가 갑자기 경비가 필요하게 되어 급료를 받고 싶다고 부탁했다. 그날은 25일이었다. 소개해준 사람과는 15엔의 급료를 주겠다고 약속하고 고용한 할머니는 그래 놓고서 사람 수도 적으니까 하녀에게는 13엔으로 깎겠다고 갑자기 인색하게 굴었다. 노부코는 그것은 안 좋은 일이라고 말하고 쓸데없이 화를 냈다. 하지만 오히려 그러고 나서 사이가 좋아져 할머니는 좀처럼 이야기하지 않던 옛날이야기 등을 술술 노부코에게 들려주었다. 오래전에 다카야마라는 집에 할머니가 있었다. 할머니가 참사사보參事司補가 되었다는 것을 귀가 멀어 잘못 듣고 "삼리사방三里四方이라는 관직이 있어?" 하고 의아한 듯 물었다. 질문 받은 노인도 귀머거리여서 자못 진지하게 "그렇습니다." 하고 대답했다는 이야기 등 자신보다도 훨씬 연상의 늙어빠진 두 할머님의 문답이 79세의 할머니는 우습고 흥에 겨워 "그렇습니다." 하고 병졸 같은 어조로 흉내를 내며 노부코를 웃게 했다. 저녁식사를 하라고 부르러 온 하녀는 편지 두 통을 노부코에게 건넸다. 아래에 놓여 있는 일본 봉투 하나는 모토코가 항상 사용하는 것과 똑같았다.

그러나 아침에 한 통 받았기 때문에 그녀로서는 의아하게 여기며 뒤로 돌려보았다. 역시 모토코에게서 온 것이었다. 오늘 아침에 받은 것과 같은 날의 저녁 소인이었다.

"28일에 제 일이 일단 거의 끝이 납니다. 잠시 시간이 나게 되어 그쪽으로 갔으면 합니다. 폐가 되면 안 되니까 사정이 생기면 거리낌 없이 답장을 주세요. 가도 괜찮다면 대략 28일 한 시 경에 떠나겠습니다."

노부코는 계속 걸어가며 읽다 생각지 못한 기쁨에 가슴이 괴로워질 지경이었다. 빨리 써 보내서 바로 오도록 전보를 치려고 하다가 어떻게든 진정하고 식탁에 앉았다. 흥분되어 그녀는 할머니에게 알렸다.

"저 할머님 좋은 일이 있어요. 28일에 요시미 씨가 온다고 하네요."

"흠—뭔가 먹을 게 없어서 곤란하네."

"그런 건 신경 쓰지 마세요. 불편할 것이란 사실은 알고 있으니까요."

기분 좋게 젓가락을 집었지만 문득 노부코는 집어삼킨 밥이 목에 멜 정도로 감정이 거꾸로 솟아오르는 것을 느꼈다. 지금 자신을 휘어잡는 기쁨 덕에 5년간 자신이 얼마나 즐거움이라는 것에 굶주려 살아왔는지가 비참하고 두려울 정도로 확실히 느껴졌다. 친구조차 이처럼 따뜻한 즐거움을 자신에게 배려해 주는데 쓰쿠다는 왜 단 한 번도 기억에 남을만한 즐겁고 자랑스러운 기쁨을 자신에게 전해주지 않았는가? 하긴 시골집에 그가 오는 것은 거부당했다. 그렇지만 그에게 만일 마음만 있다면 5년 동안에 어떠한 기회와 어떠한 장소에서 자그마한 그러나 잊을 수 없는 기쁨을 연결시켜 줄 수 있었을 것이다. 쉽게 즐거워하고 안달하는 자신을. ― 생각해보면 정말이지 오히려 불가사의할 정도였다. 마음속으로부터 기뻤던 일, 쓰쿠다의 따뜻한 마음을 몸에 와 닿게 느껴본 기억이 아무것도 없는지, 설마 하나도 없을 리가 없다. 아무것도 없다고 하는 것은 너무나 두려운 일이어서 노부코는 기억 속을 다급히 뒤지기 시작했다. 기억나는 것은 자신의 진심을 믿게 하려고 열심히 쓰쿠다를 설득하고 있는 자신, 절망에 지기 싫어하는 마음을 덮으며 달래려고 노력하고 있는 자신, 그렇지 않으면 어두운 불길 같은 남자와 여자 같은 것뿐이었다. 기억에 남아있을 정도의 장면 장면은 어느 것이나 뺨에 흐르는 눈물, 타들어갈 것 같은 가슴속을 흐르는 눈물이 괴로움을 동반해서 떠올랐다. 그런 주제에 언제나 생활의 주인으로서 찾으려고 발버둥쳤던 것이 자신이었다.

책상으로 돌아와 모토코에게 엽서에 대한 답장을 써 보냈다. 이제 이들의 모든 일을 계속 생각하면 노부코는 떨릴 듯한 슬픔을 느꼈다. 쓰쿠다와 같이 살 수 없다고 결심하고 나서 노부코는 자신의 정신과 육체로 얻은 경험을 헛되게 만들지 않겠다고 굳게 각오했다. 다만 불행과 실패는 끝을 내자! 그 위에 어느 쪽인가 하면 이성적으로 마음이 움직여 시대와 성 문제를 배경으로 해 자신이 살아온 길을 통찰하거나 해부하려는 경향이 있었다.

그러나 모토코의 거리낌 없는 마음에서 우러나오는 따뜻함에 노부코의 감정은 억눌렸던 것이 터져 버렸다. 그녀는 20에서 25살까지의 젊고 어떠한 정열과 환희로도 순수하게 불같이 받아들였던 시대를 허망하고 빈약하게 보내버리고 만 것과, 그들의 세월은 일생에 다시 돌아오지 않을 것이라는 걸 통감했다. 생활을 아쉬워하는 마음이 머리카락의 끝까지 가득 찼다. 쓰쿠다와 자신과의 무기력함을 마음속으로 비난하며 노부코는 오랫동안 조용하게 소리 없는 눈물을 흘렸다. 울고 울어서 어느 정도씩 괴로움이 사라져 편안해진 후 노부코는 생각했다. 세상에서 자신과 같은 마음을 가진 여자는 한 명뿐일까. 자신이 얻고 싶고 원하는 생활의 기쁨은 이 세상에 있어서는 안 될 만큼 사치스러운 것일까. ―신이시여, 신이시여. 자신은 누구에게도 사랑받지 못할 정도의 여자입니까?

8

모토코가 오는 날 노부코는 앉아서 기다릴 수 없어 정거장까지 마중을 나갔다. 오후부터 심한 번개를 동반한 비가 내렸다. 집을 나설 때는 잠시 약해졌으나 시장에서 돌아올 때쯤에는 다시 세차게 내리기 시작해서 인력거가 못 간다면 시장에서 머무를 수밖에 없다고 생각하고 작은 빗등을 가지고 나갔다. 작년 여름, 마을에 있는 인력거꾼의 집에 번개가 떨어졌다. 그는 그때 깜짝 놀란 나머지 병이 났다. 그때부터 번개가 심한 날에는 인력거꾼은 다리가 얼어붙어 움직이지 못하는 것이었다. 그런 날씨에 시가지에서 마을까지 그렇게 강한 바람이 몰아치는 길을 모험하며 올 인력거꾼은 한 명도 없었다.

돌아오는 길에는 다행히 바람만 불었다. 새까만 밤길에 사방에서 몰아치는 바람의 황량한 울부짖음만이 들렸다.

"―엄청나네. ―아직도 멀었어요?"

앞의 인력거에 탄 모토코가 약간 불안한 듯이 말하는 것이 들렸다.

"이제 겨우 삼분."

천천히 힘주어 큰 소리로 또박또박 대답했는데도 바람에 흩날려 모토코에게는 들리지 않았다.

"뭐라고요?"

다시 묻는 소리가 났지만 노부코는 잠자코 흔들림만 느끼고 있었다.

"어머! 이런 좋은 풍경이 있는 곳이었어요?"

다음날 아침 동쪽 툇마루의 비막이를 열고 모토코는 새삼 놀라워했다.

"두 번 놀랍네요. 어젯밤에는 실은 이상한 곳에 온 게 아닌가 조금 겁에 질렸었는데."

번갯불과 비에 씻긴 맑고 널따란 북극의 하늘과 멀리 매력적인 산봉우리들, 왼쪽 전망에 보이는 구름 위의 귀여운 숲의 생생한 아름다움이 노부코의 눈을 빼앗았다.

"공기가 뭔가 다르지 않아요? 상당히 상쾌하고 강한 것 같지요?"

"F현에 이런 곳이 있으리라고는 생각지도 못했어요."

"저는 관서는―교토―정도밖에 몰랐는데 그 근처의 경치보다 이쪽이 훨씬 더 좋네요."

"그쪽은 평범해요.―평범한 아름다움."

"잘 왔어요. 시골이라 뭐 대접할 것도 변변치 않아 부끄럽네요."

할머니가 나와 열심히 반복했다.

"80이 되어도 아직 이런 기교는 잊혀지지 않은 건가."

노부코는 모토코에게 속삭이고는 크게 웃었다.

검정빛이 도는 남색에 녹색과 갈색이 고풍스럽게 성긴 격자무늬 무릎담요 한 장이 옷장에 있었다. 노부코는 그것을 정원의 잔디 위에 펼쳤다. 두 사람은 그 위에 엎드려 뒹굴었다. 모토코가 무릎덮개의 술 사이로 빠져나온 풀을 뽑아 자신의 가는 파이프 앞에 화살처럼 꽂고 입으로 놀이를 발명했다.

"뭐든지 빌려주세요. 제가 훨씬 더 멀리 날려 버릴 테니까요."

풀은 너무 가벼워서 오히려 멀리 날지 못했다.

"아아, 이상한 자세로 있었더니 어깨가 아파졌어."

결국 모토코는 드러누워 양손을 끼고 이마 앞으로 올려 햇빛을 막으며 가만히 지평선을 바라보았다. 향기로운 풀과 햇살 내음이 주위를 떠돌았다. ……평화롭고 유쾌한 신뢰로 풍만한 감정이 노부코의 가슴에 와 닿았다. 그녀는 지난번에 가마쿠라에 갔을 때 호텔 옆에 있는 모래구릉에서 두 사람이 지금과 마찬가지로 지금처럼 햇살을 쬐던 기분을 생각해 냈다. 그녀는 모토코의 곁에 있으면 의지할 곳이 있는 듯한 기분 좋음, 평온, 나쁜 의미의 여성스러움에서 비롯되는 답답함에서 벗어난 것 같아 기분이 좋았다. 이것은 노부코에게 전혀 새로운 감정이었다.

돌아가신 할아버지가 사용하던 망원경을 꺼내어 그녀들은 구름을 살펴보거나 산을 엿보거나 했다. 푸르디푸른 아름다운 산 표면을 망원경으로 보면 나무가 듬성듬성해서 멧돼지의 피부 같았다. ―이야기하기 시작했다. 진지한 이야기, 한가한 이야기, 추억 이야기. 이야기 재료는 끊이지 않아서 노부코는 모토코의 이제까지의 생활에 대한 거짓 없는 이야기를 들었다. 다루사키樽崎로부터 두 사람이 같이 써 보낸 편지의 답장이 왔다.

'지금쯤 요시미 씨는 거기에 계실 거라고 생각됩니다. 어떻습니까? 저의 천리안은 틀리지 않았겠지요?'

두 사람은 읽고 웃었다. 모토코는 삼 일 있다가 귀경했다.

모토코가 떠나기 전에 옆으로 가로놓였던 긴 의자가 그대로 새 털 이불을 얹은 채 방구석에 있다. 밤, 경계로 둔 가라카미唐紙[44]로 만든 맹장지를 열어둔 채여서 책상이 있는 쪽 방은 밝고 그 다음은 어두운 사이를 하릴없이 오가며 노부코는 어느 샌가 다시 자신을 가로지르며 활발한 생활에 대한 욕망이 흐르기 시작하는 것을

---

44 가라카미(唐紙) : 중국에서 건너온 화려한 무늬가 있는 두꺼운 종이.

느꼈다. 자각하지 못하는 사이에 전신이 그 흐름에 지배당한듯했다. 일주일 전 모토코가 온다는 통지를 받아든 밤, 자신을 잠 못 들게 했을 정도였던 육체적 통증을 동반하는 슬픔이 오히려 생활의 욕망을 눈뜨게 하는 전조였던 것 같은 감이 들었다. 새로운 생활을 하고 싶다. 다른 생활을 발견하고 싶다. 그렇게 생각하며 찾고 있던 때 그러한 것이 어디에 있는지조차 몰랐다. 어찌할 바 모르는 사이에 때가 되었다. 어느 날 아침 문득 눈을 뜨니, 사람이 갑자기 절실히 천지의 봄을 느끼는 것처럼 정신을 차리고 주위를 둘러보니 벌써 어느 틈엔가 자신의 주위를 흐르고 있는 것은 과거의 밀물이 아니었다. ―그러한 깊은 기분이 노부코를 움직였다.

다음날 노부코는 확실하게 다시 한 번 각오를 정하고 쓰쿠다에게 편지를 써 보냈다. 정의 있는 편지를 쓰고 싶다고 생각하자 누 그러진 기분은 일전의 밤 같이 순조롭게 써지지 않고 이상하게 정연히 정중한 문장으로 완성되었다. 마음에 들지 않아 몇 번이고 찢은 그녀는 간단히 요점만을 쓰기로 했다. 이번에 시골에 온 것은 이것을 경계로 서로 다른 생활을 하려는 것과, 도쿄에 있으며 이것을 실행하려 한 것을 그에게 말할 수 없었던 유약함을 용서해 주기 바란다는 것.

'이것은 처음부터 저에게만 필요했지 당신에게는 조금도 필요하지 않았던 것입니다. 어쩌면 지금도 그것은 그럴 거라고 생각됩니다. 그렇지만 그렇더라도 이번에는 들어 주세요. 그리고 아무쪼록 서로 노여워하지 않고 끝나는 관계가 되기를 마음으로부터 빕니다.'

그녀는 다 쓰고도 잠시 두 장의 편지지를 바라보았다. 감동한 것일까, 평온한 것일까, 자신으로서는 확실하지 않은 상태였다. 노부코는 공들여 그것을 가지런히 모아 접어 봉투에 넣고 직접 우체통에 넣으러 나갔다.

돌아오는 길에 위를 바라보자 하늘에 석양이 가득했다. 조릿대 구름이 색색이 하늘 높이 떠 있었다. 번개가 때때로 쳤다. 뽕밭도 삼나무도 방풍림도 결국에는 먼 산맥까지 눈부심에 황홀히 녹아 들어 버렸다. 공기는 투명하고 바람 한 점 없었다. 몸도 마음도 자연에 맡기고 하늘을 바라보자 이것으로 마음의 짐을 벗었다고 하는 기분이 가슴에 사무쳤다. 노부코는 주위의 적막함과 탁 트임과 아름다움과 먼 곳에 있는 모토코를 함께 기뻐하기를 바랐다.

도쿄에 가고 싶다. ……그녀는 걷기 시작했다. 도쿄에 가고 싶다. ……가고 싶다. 가고 싶다. 템포가 점점 빨라지며 노부코는 점점 자신의 마음을 참을 수 없게 되었다. 모토코가 돌아갈 때 할 수 있다면 함께 가고 싶을 정도였다. 하지만 쓰쿠다에게 자신의 입장을 분명히 하지 않은 것을 생각하고 참았다. 지금은 어쨌든 마음이 일단 가라앉았다. 도쿄에 2, 3일간 가 있는다 해도 1개월간의 인내가 헛되지는 않을 것이다. ─노부코는 모토코가 지금 바쁠 때는 아닌가 하고 날을 헤아려 보았다. 도쿄에 간다고 해도 그녀는 사람의 출입이 많아 언제 쓰쿠다가 올지도 몰랐으며 도자카에 가는 것도 싫었다. 그녀는 모토코가 있는 곳에 갈 예정이었다. 그리고 누구와도 만나지 않고 도시의 번잡함과 모토코의 빈정대기는 하지만 유쾌한 격려만을 빨아들이고 올 생각이었다.

노부코는 대단한 기세로 걷다가 갑자기 자신이 홑옷 한 장도 가지고 오지 않았다는 것을 알았다. 겹옷으로는 6월의 도쿄를 걸을 수 없었다. 묘안이 떠올랐다. 그녀는 서둘러 집으로 돌아가 장롱에서 쪽빛 줄무늬의 겹옷을 꺼내어 밭의 반대편에 살고 있는 달이 거울이 되면 좋다는 속요를 들려주었던 할머니 댁으로 가지고 갔다. 그녀는 몹시 콜록거리며 부탁을 했다.

"이것의 뒤를 모두 떼어내어 소매와 옷깃을 박아 줘요. 4일 아침까지. 홑옷으로 할 거니까."

홑옷은 한번 더 염색한 천으로 안감은 하얗고 우스꽝스런 모양이었지만 노부코는 하오리를 입을 것이라 아무렇지도 않게 여겼다.

9

도자카의 집에는 알리지 않을 생각이었는데 도쿄로 오는 기차 안에서 생각지도 않은 사람을 만나 생각을 바꿨다. 모토코의 집 근처에 있는 자동전화로 노부코는 어머니를 불렀다.

"어……."

어젯밤 도쿄에 돌아왔다고 알리자 어머니는 의심하는 듯 불쾌하게 흥분된 목소리로 말했다.

"이상한 일이 있어. ―쓰쿠다가 아카사카에 없어."

그것은 어떤 의미일까 노부코는 판단이 서지 않았다.

"전 아카사카에 안 가봐서 몰라요."

"지금 어딘데?"

"요시미 씨네."

"―아무튼 쓰쿠다는 아카사카에 없어."

다케요는 경고하듯 다시 그 말을 반복했다.

"K에서 네가 언제 돌아오느냐고 묻는 전보를 보냈어."

빙빙 돌리며 뭔가 의미가 있는 듯한 말투여서 노부코는 직접 요점을 언급했다.

"―기차 안에서 존스톤 씨를 만났더니 꼭 만나고 싶다고 내일 도자카로 오겠다네요. 나도 갈 테니까 그때 여러 가지 들을게요."

어머니는 생각하더니 단호히 말했다.

"지금 오너라."

쌍방의 전화기에는 잠시 침묵이 이어졌다. 노부코는 그럼 갈게요 하고 전화를 끊었다.

택시 안에서 흔들리며 노부코는 그러면 쓰쿠다가 K에게 간 것인가 하고 생각했다. 편지를 보고 그는 어젯밤 노부코가 전날 떠난 후에 출발했을 것이다. 물론 노부코는 그 편지만으로 만사가 해결될 것이라고는 생각하지 않았다. 쓰쿠다가 편지 내용을 2, 3번 반복해서 읽고 노부코가 진심인 것을 알고 떠날 결심을 했을 때의 마음을 그녀는 잘 알 수 있었다. 그는 7분의 불안감과 3분의 자신감을 가지고 떠났을 것이다. 왜냐하면 노부코가 헤어지고 싶다고 말을 꺼낸 것이 벌써 3년도 전의 일이었기 때문이다. 그녀는 가마쿠라에 잠시 집을 마련해 생활을 했지만 결국 그의 눈물과 당시의 열정에 져 돌아왔다. 이번에는 조금 완고하지만 이쪽도 그만큼 강경하고 끈기 있게 마주하면 된다. 그러한 남편 쓰쿠다의 습관적인 태도가 분명히 보여 노부코는 진저리치듯 화가 났고 그에게 품었던 어느 정도의 공평심마저도 잃는 듯한 기분이 들었다. 지금까지의 자신과는 전혀 다른 싸늘한 반발심마저 고개를 들었다.

곤란한 표정을 한 아버지와 어머니가 앉아 있는 곳으로 노부코는 들어갔다. K에 가는 것을 거부하던 쓰쿠다가 그냥 나갔다. 노부코는 언제 돌아오냐는 알 수 없는 전보가 왔는데도 당사자가 있는 곳은 알 수 없었다. 여러 가지가 어수선했고 게다가 밑바닥에는 무슨 일이 잠재되어 있는지 예측할 수 없는 점에서 양친은 편찮은 심정으로 굉장히 기분이 언짢았다. 감정은 노부코도 이해할 수 있었지만 왠지 쓰쿠다의 옆에 서서 자신을 호되게 꾸짖거나 사과하게 만드는 듯한 그들의 마음이 노부코를 상처 입게 했다. 부부간의 자질구레한 일들이 부부만의 일로 멈추지 않고 주위에 파급되어 꺼림칙한 마음의 그림자를 서로 마주보지 않으면 안 되게 만들었다. 자신에 대한 비난으로 생각되었지만 노부코는 남편을 사랑해서도 안 된다고, 미워해서도 안 된다고 말하는 듯한 부모님의 미묘한 마음을 오히려 가엾게 여겼다.

쓰쿠다가 보낸 편지의 내용을 말하고 부모님들은 침묵했다. 결국 다케요가 처음으로 침울히 말했다.

"―일생의 큰일이니까 심사숙고해서 결정해야 돼.―네가 그런 감정으로 일생을 고독하게 살 거라고는 생각하지 않으니까."

"그것은 나도 알고 있어요. 아니 더 오랫동안 생각했어요. 그렇지만 나는 더 이상 사리분별 없이 살 수가 없어요. 물고기가 물 없이 살 수 없듯이—그것을 보고 물고기가 나쁘다고 하는 사람은 없잖아요.—사람도 마찬가지지요. 그런 경우가 있다고 생각해요."

"언젠가 내일이라도 만나겠지만 잘 생각해보고 결정해.—결국 뭐 그편이 좋을지도 모르니까……."

진심으로 용기 있는 사람은 온화하다. 자신도 아무쪼록 그런 온화함의 백 분의 일만이라도 받아 쓰쿠다와 만남을 가지고 싶다. 노부코는 그렇게 생각하며 바닥에 누웠다.

다음날 일찍 쓰쿠다로부터 걸려온 전화 때문에 노부코는 잠에서 깼다.

"아카사카에서 전화."

목소리를 듣자 눈꺼풀이 아직 다 떠지지 않은 것 같은 기분 나쁜 순간이 가슴을 스치고 지나갔다. 마음을 정리하고 여유를 가지기 위해 기모노를 바로잡고 갔다.

"여보세요?"

"여보세요, 언제 돌아옵니까?"

급한 성격에 목이 말라버린 듯한 쓰쿠다의 목소리가 갑자기 고막을 자극했다.

"그걸 마치고 나서 차 마시러 오늘 존스톤 씨가 오세요."

"바쁩니까?"

"……."

"그렇게 바쁘면 언제라도 좋을 때 돌아오세요."

딸깍 하고 수화기를 놓는 소리가 났다.

노부코는 다시 잠들지도 못하고 그대로 일어났다. 한 시간도 지나지 않아 다시 아카사카에서 전화가 왔다.

"여보세요? 노부코 씨입니까?"

이번에는 쓰쿠다가 아닌 쓰쿠다의 친한 친구인 오다織田의 낮은 목소리였다. 뭐라고 해야 할지 몰라 잠자코 있었다.

"언제 돌아오십니까?"

"아마 8시쯤이 될 것 같습니다. ─당신─ 거기 계세요?"

"네. 어제 여기 머물러서─그럼 들어가세요."

이야기가 도중에 끊기고 철컥 전화가 끊겼다. 쓰쿠다와 오다, 남자 두 사람이 "이번에는 내가 걸어볼게."라며 들떠서 이야기하는 방 안 광경을 생각하자 이상하게 엄숙한 기분이 들었다. 노부코는 부끄러웠다.

10

아카사카로 간 것은 9시가 넘어서였다.

큰 길 모퉁이에서 사람이 한 명도 지나지 않는 일찍 잠든 어두운 골목길을 걸어가자 대나무담장의 틈새로 쓰쿠다의 방에 켜져 있는 불빛이 휘황하게 길까지 새어나오고 있었다. 홑옷만 걸친 어깨가 쌀쌀한 것을 느끼며 그것을 바라보았다. 노부코는 어두운 격자문을 열었다. 쓰쿠다가 활시위가 끊어진 것 같은 기세로 뛰어 나왔다.

"노부코?"

"네."

그는 노부코가 게다를 벗는 것을 기다리지 못하겠다는 듯이 양손을 잡고 앞으로 나가 막다른 곳의 등불이 없는 방으로 그녀를 데리고 들어갔다. 노부코는 암흑 때문에 갈팡질팡하다 의자에 부딪치고는 그것을 잡았다. 쓰쿠다는 손을 떼지 않고 한손으로 그녀를 안듯하며 또 다른 의자를 옮겨 와 앉아 광기어린 듯한 힘으로 그녀를 끌어안았다.

"Do you still love me?"

그는 이 말을 하자마자 아이처럼 소리를 높여 울기 시작했다. 그는 울며 노부코의 뺨에 자신의 뺨을 비볐다. 손으로 쓰다듬고 어깨를 어루만지고 머리를 만지며 떨리는 큰 손바닥으로 으깨듯 그녀의 온몸 이곳저곳을 어루만졌다. ─노부코는 잠자코 움직이지 않고 몸을 맡겼다. 그의 무거운 머리가 그녀의 가슴 위에 묵직하게 걸려 있었다. 멈추지 않는 눈물이 따끈따끈하게 기모노에 흘러내리는 것을 느끼며 노부코는 그의 머리를 감싸 안고 조용히 서글프게 머리카락을 어루만졌다. 눈이 어둠에 익숙해지고 오열하는 남편의 어깨가 들썩이는 것이 어둠 속에서 보였다. 망연히 그것을 바라보던 노부코는 스스로에게 놀라 소름끼쳐하며 마음속으로 속삭였다.

"아, 나는 울고 있지 않아……. 나는 울고 있지 않아……."

남편과 함께 엉엉 울지 않는 자신에게 놀라 소름끼쳐하며 노부코는 열심히 그의 머리를 어루만졌다. 그녀도 갑자기 오한이 나며 토할 것같이 몸이 떨릴 정도로 애처롭고 괴롭고 슬펐다. 그렇지만 아무리 해도 눈물은 나지 않았다. 두 사람이 모두 이처럼 괴로워하지 않는 것, 게다가 죽은 사랑은 두 번 다시 되살아나지 않고 이 모든 것들이 이제 곧 예전 일로 되돌아간다는 절망적인 의식, 이것들이 노부코에게 호흡이 멈출 것 같은 고뇌를 주는 것이었다.

"아아…."

노부코는 한층 더 가슴 깊숙이 쓰쿠다의 머리를 안고 끌어당기며 그의 머리카락 위에 자신의 뺨을 쉬게 했다.

"─내가 사랑한 사람! 이처럼 사랑스럽고 천진한 사람. ─서로 얼마만큼의 눈물이 흐른 걸까?"

한마디도 입을 열지 않고 눈물도 나오지 않은 애처로움에 가슴이 경직되어 노부코는 정신을 잃을 지경이었다. 그녀는 눈을 감고 비틀거렸다. 쓰쿠다는 당황해 그녀를 받치고 옆으로 뉘었다.

쓰쿠다는 관능적인 폭풍으로 노부코의 마음을 돌려 다시 자신에게로 돌아오게 하려고 했다. 노부코는 처음에는 거절했다. 그러나 결국에는 서럽게 울며 자신의 격렬한 슬픔을 안고 그에게 몸을 던져 포옹했다. 그녀는 스스로에게 상처를 주는, 끝을 모르는 고통과 어지럽게 흔들리는 관능의 불꽃 사이에서 표류하며 마지막이라는 글자가 크게 뭔가 말하려는 듯이 자신들의, 슬픈 남녀의 몸 위에 쓰여 있는 것을 알았다.

다음날 쓰쿠다는 일하러 가지 않았다.

"나 K로 갈 때 다음 주까지 결근계를 내 두었어. 3일 정도면 어느 쪽이든 결정이 날 테니까."

노부코는 남편이 이번에는 온힘을 다하는 것을 느꼈다. 전력을 다하면 그녀를 되돌릴 수 있을 거라는 확신 아래에.

그것은 일종의 감금이었다. 그날은 흐리고 무더웠지만 장지문을 닫은 채로 좁은 책 상자 앞의 다다미 위에 무릎을 포개어 하루 종일 마주보았다. 식사 때만 일어섰다. 노부코가 혼자 생각하며 대답을 머뭇거리고 있을 때 쓰쿠다가 식사 준비도 한 것이었다. 식사가 끝났다. 그는 다시 상냥하면서도 무섭게 말을 꺼냈다.

"―이렇게 부탁해도 생각을 되돌리지 않을 건가요. ―나에게도 결점은 있으니까 반드시 이제부터 고치겠다고 말하는 데도, 이래도 당신은 함께 살지 않겠다고 하는 건가요."

노부코는 맥없이 그를 올려보며 고개를 끄덕였다.

"―결점을 고친다고요?―그럼 당신은 어디가 나쁘죠?"

"그걸 알리가 있나요?"

그는 결연히 어깨를 치켜 올리며 대답했다.

"나는 내가 나쁘다고는 생각지 않아요. 그러나 당신이 그렇게 말하니까 그런 점도 있다면 고치려고 하는 거예요."

노부코는 한숨을 쉬고 말했다.

"그러니까 서로 결말이 나지 않는 이야기는 그만해요. 나쁜 걸로 보면 두 사람 다 나쁜 거예요. 싸움이라 한다면 양쪽 다 진 거예요. ─다만 적어도 조금은 사물의 도리를 아는 사람처럼 좀 더 상처 주는 일만은 그만두고 싶어요."

잠시 침묵이 흐른 후 쓰쿠다는 깊이 생각하듯이 말했다.

"일을 하는 여자라도 다루자키 씨 경우는 그렇게 훌륭히 잘하고 있는데. ─당신도 할 수 있지 않을까. 게다가 오다도 그렇게 말했지만 그런 괴로움은 우리들이 15년 전에 모두 지나온 거야."

노부코는 쓴웃음을 지으며 입술을 일그러뜨렸다.

"당신……은 다루자키 씨? 우선 어째서 당신은 내가 일, 일만으로 살아갈 수 있을 거라고 생각하는 건가요. 이상하군요. ─나는 소설을 쓰기 전에 여자로 태어난 거예요."

"그렇다면."

그는 노부코의 손등을 아이를 어루만지듯이 쓰다듬으며 설득하려는 듯 말했다.

"어째서 이렇게 사랑하고 있는 나에게서 떠나려고 하지요? 왜? 나는 이제 어차피 오래 살 수 있는 몸이 아닙니다. 적어도 죽을 때까지 만이라도 같이 있어줘요, 응?"

눈물 고인 눈으로 노부코를 바라봐도 그녀가 가만히 있자 쓰쿠다는 독기어린 눈빛으로 강요하듯이 말했다.

"─나는 K에서 당신의 일기를 모두 읽고 왔습니다."

─비어 있는 집의 책상 주변을 그는 동요되어 다급히 여기저기를 찾아봤을 것이다. 뭔가 부딪칠 곳 없는 휘저어진 불안과 맺어진 증오의 암석이나 마음의 안정이 되는 암석이 무언가 발견되지 않을까 조바심에 안절부절 못하는 그의 마음이 느껴졌다. 그녀는 일기를 책상 위에 펼쳐둔 채로 왔다. 거기에는 모토코에게 심취된 자신의 감정 등이 자세하게 쓰여 있었다.

"……."

쓰쿠다는 애태우며 다시 한 번 탄환을 놓았다.

"─다락을 열었더니 잡동사니 안에서 당신이 도자카로 보낸 편지가 나왔어요. 스가에서. ─그런 편지를 쓸 사람이라고는 생각지 못했는데, 정말 의외였습니다."

더위로 인한 괴로움으로 노부코는 머리가 멍해지는 것 같았다. 다시 밤이 왔다. 그는 죽으려는 모기처럼 다시 노부코 위에 양팔을 펴려고 했다.

"아아, 나를 어떻게 할 겁니까? 어떻게 하려고 하는 거예요?!"

엉엉 울기 시작해 멈추지 않고 흐느껴 울며 노부코는 정신을 잃었다.

어제와 마찬가지인 두려운 두 번째 날, 노부코의 신경은 완전히 피로해지기 시작했다. 저녁 무렵이 되어 그녀는 애원하듯 쓰쿠다에게 말했다.

"여보, 정신이 이상해질 때까지 서로 힘들어져도 마찬가지예요. 만일 시기를 놓쳐도 당신이 괜찮았다면 훨씬 전에 어째서 나의 본심을 인정해 주시지 않았는지요? 아무리 괴로워도 떨어지지 못한다고 소리 높여 말해주지 않았었나요?"

"여자는 어떤지 모르겠지만 남자는 일단 결혼하고 나면 결코 혼자서는 살 수 없는 법이에요. 육체적 의미를 빼더라도."

"그건 그렇겠지요ㅡ. ……그렇지만 당신에게 진정으로 필요한 건 부인인 한 사람의 여자예요. 제가 부인이기 때문에 뗄 수 없다고 생각하는 것뿐이에요. 노부코이기 때문에 라는 것은 결코 아니에요."

"그럼 죽어도 싫다는 건가요?"

물어뜯을 듯이 노부코를 노려보며 쓰쿠다는 확인을 했다. 노부코는 고개를 끄덕이며 동의했다.

"아무리 해도?"

"ㅡ네, 어떻게 해도."

"그걸로 됐어요. 그 대답이 듣고 싶었어요."

그는 맹렬하게 일어섰다. 그리고 책상 위에서 종이와 펜을 가지고 왔다.

"그럼 완전히 결정했으니까 짐을 나누는 각서를 만듭시다."

하얀 편지지 중앙에 가로선을 그어 위에 T 아래에 N으로 약자를 적었다.

"이거면ㅡ책상ㅡ필요하지요? 의자는 나도 아깝지만 3각만 받아두지요. 그리고 장롱과."

쓰쿠다의 얼굴은 새파랬다. 볼이 홀쭉해 보였다. 펜을 든 검지에 기분 나쁠 정도로 힘을 주어 쓰는 것을 노부코는 멍하게 지켜보았다. 짐을 나눈다. ……짐을 인수한다. ……마음이 깨졌는데도 짐은 남는다. ……굉장히 기분 나쁜 인수인계였다. 노부코는 비참해져 그 순간 가구류들이 한꺼번에 다 사라져버렸으면 좋겠다고 느꼈다. 부끄럽지 않게.

"당신, 안 적어도 돼요. 전 아무것도 필요 없으니까. ─ 책과 도자기만 있으면…….."

"그래요? 부모님이 아서도 그럴까요?"

쓰쿠다는 댕그렁 펜을 집어던지며 머리를 쥐어뜯고 울기 시작했다. 노부코는 그것이 조금 연극하는 것처럼 느껴졌다. 부모의 힘이 뭔가 도움이 되는 자신들 사이인가. ─그럼에도 불구하고 그녀의 눈동자에서는 차가운 눈물이 흘러넘치고 줄줄 뺨을 타고 무릎 위로 방울져 떨어졌다.

쓰쿠다는 비틀거리듯 걸으며 다락방에서 철사를 끊는 가위를 가지고 왔다. 그리고 툇마루 쪽으로 나가 구석에 만들어둔 새장 앞에 쪼그려 앉았다. 홍작과 십자매가 그를 향해 날개를 퍼덕였다. 가만히 바라보고 있더니 곧 기침을 하며 가위로 망을 자르기 시작했다.

"아, 이런 것도 이제 볼일 없어."

노부코가 앉아 있는 곳에서도 철컥철컥 한쪽에서 망을 들어올리는 것이 보였다. 작은 새들은 갑작스런 변동에 놀라 한쪽으로 몰리며 애처롭게 소동을 부렸다. 큰 구멍이 생기자 쓰쿠다는 파닥파

닥 망 뒤를 두드렸다. 돌팔매질처럼 결국 한 마리의 십자매가 찢어진 구멍을 통해 정원으로 날아갔다. 계속해서 홍작과 남아 있던 십자매. 어떤 것은 툇마루 아래의 서향의 울창한 가지에 머물렀다. 어떤 것은 좀 더 멀리 있는 매화가지까지 날아서 갑자기 펼쳐진 공기의 광활함과 자유로움을 믿지 못하겠다는 듯이 짹짹 울었다. 그러자 무엇을 생각했는지 한 마리의 십자매가 툇마루까지 휙 하니 돌아왔다. 고개를 갸우뚱, 갸우뚱하며 찢겨진 망 입구를 보고 있더니 훌쩍 날아 다시 원래의 망에 들어가 버렸다. 쓰쿠다도 노부코도 새의 동작에 어느 틈엔가 마음을 빼앗기고 바라보고 있었다. 쓰쿠다는 예상외로 십자매가 돌아온 것을 보고는 갑자기 부숴질듯 노부코의 손을 잡았다.

"아, 새조차도 돌아오는데—……당신은 ……당신은…….."

괴로운 마음이 솟구쳐 노부코는 눈을 돌렸다. 사육되는 새가 되는 것은 참을 수가 없다 그렇게 다짐을 했다. 노부코의 시선 앞에 저녁하늘이 보였다. 도시의 누런빛이 도는 저녁하늘 아래 정원에 있는 소나무가 검게 보였다. 이상하게도 솔잎 하나하나가 선명하고 또렷하게 보였다.

■ 미야모토 유리코

미야모토 유리코宮本百合子 1899년(출생) : 2월 13일 도쿄 고이
시카와구小石川区, 현 분쿄구:文京区에서 아버지 주조 세이치
로中条精一郎와 어머니 요시에葭江의 장녀로 태어났다. 아버지는 건
축가, 어머니는 화족여학교華族女学校 출신의 재원이었음.

1916년(17세) : 3월 오차노미즈 고등학교お茶の水高校를 졸업하
고, 4월 일본여자대학日本女子大学 영문과 예과에 입학. 처녀작 『가
난한 사람들의 무리貧しき人々の群』를 주조 유리코中条本百合子라는
필명으로 아버지의 친구였던 쓰보우치 쇼요坪内逍遥의 추천으로
『중앙공론中央公論』 9월호에 발표. 이후 학교를 자퇴하고 작가 생
활로 들어감.

1918년(19세) : 9월 아버지와 함께 미국으로 건너감. 가을 콜롬
비아 대학에서 고대동양어학을 연구하고 있던 아라키 시게루荒木
茂를 알게 됨.

1919년(20세) : 10월 아라키 시게루荒木茂와 결혼(호적상으로는 8월). 12월 어머니의 출산으로 혼자 귀국.

1920년(21세) : 봄, 남편 시게루가 귀국하여 유리코의 부모님 집에서 동거를 시작. 8월 독립함.

1922년(23세) : 야마카와 기구에山川菊榮의 러시아 기아구제유지 부인회에 동참.

1924년(25세) : 봄, 유아사 요시코湯淺芳子를 만남. 여름, 아라키 시게루와 이혼. 이후 요시코와 공동생활.

1927년(28세) : 12월 『한송이 꽃一本の花』 발표. 유아사 요시코와 함께 소비에트로 출발.

1928년(29세) : 8월 남동생 히데오英男의 자살. 「모스크바 인상기」를 『개조改造』에 발표.

1930년(31세) : 11월 귀국. 12월 일본 프롤레타리아 작가 동맹에 가입.

1931년(32세) : 소비에트 기행을 다수 집필. 작가 동맹 상임 중앙위원, 일본 프롤레타리아 문화 연맹 중앙협의회 의원 등을 역임. 11월 일본 공산당에 입당.

1932년(33세) : 2월 미야모토 겐지宮本顕治와 결혼(혼인신고는 1934년 2월). 4월 문화 단체에 대한 대탄압으로 검거되어 7월 석방. 겐지는 지하활동 시작.

1933년(34세) : 2월 검거되었지만, 바로 석방. 6월 『각각刻刻』을 집필하지만, 발표는 사후 1951년 3월『중앙공론中央公論』에 게재.
12월 겐지 검거.

1933년(34세) : 1월 검거. 2월 프롤레타리아 작가 동맹 해산. 6월
모친이 위독하여 석방. 1월『문예文芸』에『소축의 일가小祝の一家』
를 발표하고, 12월 동지에『겨울을 이겨낸 꽃봉오리冬を越す蕾』발
표.

1935년(36세) : 4월『중앙공론』에『유방乳房』발표. 5월 재검거.
10월 수감.

1936년(37세) : 1월 부친 사망. 3월 건강 악화로 인해 석방. 6월
공판.『우리 아버지わが父』『맥심·고리키의 생애マクシム·ゴーリキ
イの生涯』『「어떤 여자」에 관한 노트「或る女」についてのノート』발표.

1937년(38세) : 필명을 미야모토宮本로 바꿈. 1월『잡답雜沓』을
『중앙공론』에 발표하고, 8월『문예춘추文芸春秋』에『해류海流』를
발표.『오늘날의 문학의 조감도今日の文学の鳥瞰圖』『깨어진 거울こ
われた鏡』『길동무道づれ』등 소설 7편, 평론·감상 등 약 80편을 왕
성하게 발표.

1938년(39세) : 1월부터 이듬해 봄까지 집필 금지를 당하여 경제
적, 정신적으로 타격을 받음.

1939년(40세) : 1월「그해その年」를『문예춘추』에 발표하려고 했
지만, 내무성에 의해 금지당해 41년에 다시『종이로 만든 작은 깃
발紙の小旗』로 발표.

1940년(41세) : 1월 『광장広場』을 『문예』에 기고하고, 4월에는 『3월의 넷째 일요일三月の第四日曜日』을 『일본평론日本評論』에 발표. 8월 『쇼와 14년간昭和の十四年間』을 『일본문학입문日本文学入門』에 발표. 같은 해 소설 4편, 평론·감상 약 90편을 발표.

1941년(42세) : 2월 재 집필 금지에도 불구하고 소설 2편, 평론·감상 50여 편을 발표. 12월 8일 태평양 전쟁에 돌입하자 다음날 검거.

1942년(43세) : 7월 열사병으로 넘어져서 인사불성인 채 집행이 정지되어 석방. 의식은 점차 회복되었지만 시력과 언어장애가 일어남.

1945년(46세) : 남편이 교도소로 이감되었다. 일본공산당원으로 활동을 시작하여 신일본문학회, 부인민주클럽의 창립을 위해 열심히 노력함.

1946년(47세) : 1월 평론 『가성이여! 일어나라歌声よ‘おこれ』를 『일본문학日本文学』에 발표. 『반슈평야播州平野』(3월~47년1월)를 『신일본문학』에 발표. 9월 시코쿠 지방의 당회의에 출석. 같은 달에 『암크령風知草』을 『문예춘추』에 발표.

1947년(48세) : 1월 『두 개의 정원二つの庭』을 『중앙공론』에 연재하기 시작하여 8월에 완결. 『도표道標』(10월~1950년 12월)를 『전망展望』에 연재.

1948년(49세) : 건강악화로 의사로부터 활동 제한을 받지만 반

전평화의 의견을 개진. 평론『두 바퀴兩輪』를『신일본문학』에 발표.『여성의 역사女性の歷史』를 부인민주신문출판부에서 간행. 그리고『평화로의 하역平和への荷役』등을 발표.

1950년(51세) : 6월 맥아더의 공직추방령에 의한 일본공산당 중앙위원회에 대한 탄압으로 남편이 추방됨.『현대문학의 광장現代文学の広場』『마음에 강한 욕구가 있다心に疼く欲求がある』를 발표.

1951년(52세) : 1월「인간성·정치·문학人間性·政治·文学」을『문학文学』에 발표. 1월 21일 급성 뇌수막염균 패혈증으로 사망.

「노부코伸子」

미야모토 유리코는 1918년 가을 아버지와 함께 미국으로 건너가 다음해 미국에서 공부하고 있던 아라키 시게루荒木茂와 결혼한다. 그러나 1920년 귀국하여 자신의 이상과의 괴리를 느껴 1924년 여름에 이혼한다.

「노부코」는 이러한 작가 자신의 연애·결혼·이혼에 이르는 실제 경험을 토대로 하여 미국과 일본을 무대로 중상류가정의 모습을 그린 자전적 소설이라고 할 수 있다.

여주인공 삿사 노부코는 남편 쓰쿠다 이치로의 외롭고 뭔가 부족해 보이는 부분을 자신이 채워줄 수 있을 것이라 생각했다. 그리고 무엇보다 자신이 결혼 후에도 아기를 낳지 않고 일을 계속하겠다는 것에 동의하는 쓰쿠다의 배려에 마음이 끌려 주위의 심한 반대를 무릅쓰고 결혼한다. 그러나 어머니 다케요는 노부코의 갑작스런 결혼에 크게 실망하여 쓰쿠다를 미워하며 딸과 늘 부딪힌다.

두 사람의 결혼 생활에서, 노부코는 당연히 아내로서 누려야 할 권리라고 생각하는 것을 쓰쿠다는 아내에게 자신이 희생하며 베풀고 있다고 생각하므로 서로의 견해 차이가 깊어진다. 이러한 사고는 단지 쓰쿠다에게 문제가 있는 것이 아니라 사회전반에 깔려있는 남성 우월사상에 입각한 정서이기도 했다. 그러나 자신의 결혼생활에서 그것을 인정할 수 없는 노부코는 주체자로서의 균열을 느끼면서 본래의 자신을 찾아 독립적으로 살고 싶다는 욕망으로 남편과 헤어지려고 결심한다.

이렇게 자신의 일을 하며 인간답게 살기를 갈망하는 여성 앞에 놓인 장애물과 싸우며 탈출하려고 애쓰는 모습에서 그 당시의 여성이 처해진 현실을 매우 리얼하게 대변하고 있다고 할 수 있다.

이런 유리코는 노부코를 통하여, 전 근대적인 당시의 사회인습이나 여성의 무권리상태에 저항하여 성별에 따른 차이의 중요성을 인식하고 사회의 패러다임 변화의 양성성을 지향하는 젊은 여성의 내적욕구를 향한 전력적인 삶을 그리고 있다.

이상복

일본 대동문화대학 대학원 졸업(문학박사) 전 삼육대학교 일본 어학과 교수.

일본 근대 여성문학에 관한 최다수의 논문과 번역활동을 하고 있다.

[주요 저·역서]로『일본최초의 여성문예잡지 세이토』(공역), 『뜬구름』(공역)『노부코』미야모토 유리코의 작품모음집 1 (공역), 『두개의 정원』미야모토 유리코의 작품모음집 2 (공역),『반슈평 야』미야모토 유리코의 작품모음집 3 (공역),『처음 배우는 일본 여 성 문학사』(공역),『단념』다무라 도시코 작품모음집 1 (공역),『미 라의 립스틱』다무라 도시코 작품모음집 2 (공역),『일본 근·현대 문학사』(공저),『羅惠錫の作品世界』(공저)『전쟁과 검열』(공역),『남 경사건』(역서),『혁명과 문학 사이』(저서),『조선인과 아이누 민족 의 역사적 유대』(역서) 등이 있다.

김화영

현재 수원과학대학교 호텔관광서비스과 조교수

일본 오사카대학대학원 문학연구과(문학박사)

중앙대학교 일어일문학과 졸업

전공-문화표현론, 한일비교문학비교문화

저서로『무라카미 하루키를 읽다』(공저, 제이앤씨, 2014), 『近代韓国の「新女性」羅蕙錫の作品世界—小説と絵画』(オークラ情報サービス株式会社, 2010), 『일본근현대문학과 연애』(공저, 제이앤씨, 2008)등이 있으며, 역서로『유녀문화사』(어문학사,2013), 『노부코』(어문학사, 2008), 『세이토』(어문학사, 2007)등과 그 밖에 논문「미야자키 하야오 애니메이션에 그려진 '마녀'—『마녀배달비 키키』를 중심으로」, 「미야자키 하야오의 『하울의 움직이는 성』론」 등 다수 있다.

일본 근현대 여성문학 선집 9

미야모토 유리코 宮本百合子 1

초판 1쇄 발행일 2019년 3월 31일

지은이 미야모토 유리코
옮긴이 이상복·김화영
펴낸이 박영희
편집 박은지
디자인 박희경
표지디자인 원채현
마케팅 김유미
인쇄·제본 태광인쇄
펴낸곳 도서출판 어문학사
　　　　서울특별시 도봉구 해등로 357 나너울카운티 1층
　　　　대표전화: 02-998-0094 / 편집부1: 02-998-2267, 편집부2: 02-998-2269
　　　　홈페이지: www.amhbook.com
　　　　트위터: @with_amhbook
　　　　페이스북: https://www.facebook.com/amhbook
　　　　블로그: 네이버 http://blog.naver.com/amhbook
　　　　　　　　다음 http://blog.daum.net/amhbook
　　　　e-mail: am@amhbook.com
　　　　등록: 2004년 7월 26일 제2009-2호

ISBN 978-89-6184-912-8 04830
ISBN 978-89-6184-903-6(세트)
정가 18,000원

이 도서의 국립중앙도서관 출판예정도서목록(CIP)은 서지정보유통지원시스템 홈페이지(http://seoji.nl.go.kr)
와 국가자료공동목록시스템(http://www.nl.go.kr/kolisnet)에서 이용하실 수 있습니다.
(CIP제어번호: CIP2019014636)

※잘못 만들어진 책은 교환해 드립니다.